KB099617

나는 하늘로 출근한다

나는 하늘로 출근한다

발행일 2022년 11월 25일

지은이 은진기
펴낸이 손형국
펴낸곳 (주)북랩
편집인 선일영   **편집** 정두철, 배진용, 김현아, 류휘석, 김가람
디자인 이현수, 김민하, 김영주, 안유경   **제작** 박기성, 황동현, 구성우, 권태련
마케팅 김회란, 박진관   **감수** 이덕환
출판등록 2004. 12. 1(제2012-000051호)
주소 서울특별시 금천구 가산디지털 1로 168, 우림라이온스밸리 B동 B113~114호, C동 B101호
홈페이지 www.book.co.kr
전화번호 (02)2026-5777   **팩스** (02)3159-9637

ISBN 979-11-6836-600-8 03810(종이책)   979-11-6836-601-5 05810(전자책)

잘못된 책은 구입한 곳에서 교환해드립니다.
이 책은 저작권법에 따라 보호받는 저작물이므로 무단 전재와 복제를 금합니다.
이 책은 (주)북랩이 보유한 리코 장비로 인쇄되었습니다.

(주)북랩 성공출판의 파트너

북랩 홈페이지와 패밀리 사이트에서 다양한 출판 솔루션을 만나 보세요!

홈페이지 book.co.kr   •   **블로그** blog.naver.com/essaybook   •   **출판문의** book@book.co.kr

작가 연락처 문의 ▸ ask.book.co.kr

작가 연락처는 개인정보이므로 북랩에서 알려드릴 수 없습니다.

공군·항공사 43년 비행일지

나는 하늘로 출근한다

은진기

＊

하늘과 바다를 꿈꾸던 소년,
푸른 하늘이 있어 행복한 기장이 되다

🐦 북랩

인생은 살아보지 않고는 아무도 모른다

살면서 무슨 일이 생길지 그 누구도 모른다

CONTENTS

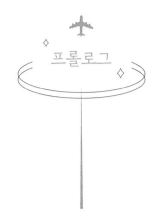

"FOX 2(적외선 미사일 발사 가능)."

편대원을 가상 적기로 간주하고 전환 조종사를 훈련시키고 있는 나는 지금 공중전투 기동 중이다. 기본적인 전투 기동은 마치 개싸움을 하는 형태로 진행된다. 개는 서로 꼬리 쪽을 공격하기 위하여 계속 뒤를 공략한다. 전투기는 기본적으로 후미에서 나오는 적외선을 추적, 미사일을 발사하기 위해 뒤쪽을 공략한다. 이런 공통점 때문에 전투 기동을 Dog Fighting(개싸움)이라 부른다. 고도를 속도로 바꾸어 공격하는 HI SPEED YOYO(고도를 취해 내려오며 적기의 선회 안쪽으로 진입하여 공격하는 기동)를 하며 가상 적기 안쪽으로 진입하여 미사일 발사조건을 만든다.

이젠 'FOX 3(기관포 사격 가능 조건)'을 만들 차례다. 기관포를 발사하기 위해선 조금 더 거리를 좁혀야 한다. 가상 적기가 급선회를 하는 과정에서 안쪽으로 진입하려면 더욱 많은 선회율이 필요하다. G포스(중력치)를 가하자마자 항공기가 선회 반대쪽으로 튕겨 나간다.

"이런…. OUT OF CONTROL(조종불능상태)에 들어간 거 아냐?"

이어서 항공기가 SPIN(스핀: 회전)에 진입한 듯싶다.

항공기는 이제 조종 불능 상태에 빠져 계속 빙글빙글 돌며 밑으로 내려가고 있다. 시뮬레이터에서 많이 해본 비상 상황이다. 전방석에 타고 있는 전환 조종사에게 소리쳤다.

"I HAVE CONTROL(내가 조종할게). 손발 다 떼."

전환 조종사에게서 조종간을 이어받아 연습하고 익힌 대로 회복 조작을 시도한다. 항공기는 회복 기미를 보이지 않고 계속 고도가 낮아만 간다. 항공기가 SPIN에 진입하면 한 바퀴 돌 때마다 2,000피트씩 고도가 떨어지는 것으로 알고 있는데 마음이 조금씩 조급해지기 시작했다.

교범에 고도 10,000피트가 되면 안전상 EJECTION(비상탈출)하도록 되어 있다.

전방석에 타고 있는 전환 조종사가 소리친다.

"10,000피트입니다. EJECTION하겠습니다."

그런데 항공기가 SPIN에서 회복되려다 말고, 회복되려다 다시 SPIN에 진입, 회복 조작을 잘하면 항공기를 살릴 수 있을 것 같은 생각이 스친다.

"기다려, 조금만 더 기다려…"

다시 회복 조작에 심혈을 기울인다. 머리가 복잡하다.

"이러다 탈출 고도를 놓치는 건 아닐까?"

몇 바퀴의 SPIN이 더 있었다. 순간 밖을 내다보았다. 전투기 창밖에 보이는 산이 내 눈보다 높아 보인다. 항공기가 골짜기로 내려가고 있었기에 망정이지 정상이었으면 최악의 상황이었을 것이다. 온몸에 소름이 끼친다. 모골이 송연했다.

급히 소리쳤다.

"EJECTION한다. EJECTION."

EJECTION 핸들을 당기며 엉덩이가 곧 산에 충돌할 것 같은 소름과 함께 몸이 공중에 붕 떴다.

로켓 출력이 급가속해 비상탈출 중에 잠깐 정신을 잃었다. 자동으로 펼쳐진 낙하산에 매달린 상태에서 정신을 차렸다. 내 항공기는 골짜기에 추락하여 화염을 뿜고 있었다. 낙하산은 화염 쪽을 향하여 날아가고 있다. 화염으로 인한 산소의 유입으로 그쪽으로 밀려가고 있으리라. 이러다 화염 한가운데로 들어갈 것 같다는 생각이 든다. 도피 및 탈출 훈련 때 배운 낙하산 조정법이 문득 생각났다.

양쪽 손으로 낙하산 줄을 X자로 잡고 휙 돌려본다. 얼굴 전면으로 화염을 향하던 낙하산이 180도 바뀌어 거꾸로 빨려 들어가기 시작한다. 그러다가 낙하산이 나무에 걸렸다. 근처에 이미 화염이 옮겨와 발 근처가 뜨겁다. 나무에 걸린 낙하산을 풀고 발을 땅에 내디딘다.

바로 근처에서 항공기는 화염에 휩싸여 있다. 갑자기 눈물이 핑 돈다. 내 항공기는 비상탈출 후 3.5초 만에 추락했다. 거의 죽기 일보 직전이었다.

아, 동승했던 전환 조종사는 어찌 되었는지 불안이 엄습해온다. 발에 화상을 입었나 보다. 걷기 불편하다. 그렇지만 먼저 전환 조종사의 생사가 걱정된다. 비행 장구를 벗고 조종사의 이름을 부르며 뛰어다녔다. 아무리 불러도 대답이 없다. 신이시여! 도와주소서…. 한참 동안 산길을 뛰어다니다 보니 작은 소리가 들렸다. 누워서 고통을 참고 있는 전환 조종사가 눈에 들어왔다.

"하느님, 감사합니다!"

다가가 보니 비상탈출 중 부상당한 듯하다. 비상탈출은 조종사 안전을 위해 후방석이 먼저 탈출이 되고, 1초 후에 전방석이 탈출하도록 설계되어 있다. 불과 1초도 안 되는 시간, 전방석에 타고 있던 전환 조종사가 부상을 입었다. 그는 걷지도 못할 것 같다. 주변을 보니 생환 장구 중 바다에 떨어졌을 때를 대비하는 팽창된 고무보트가 있다. 조종사를 고무보트에 태우고 보트에 달린 끈을 이용해 끌고 가기로 했다.

이제야 발이 너무 아프다는 생각이 든다. 하지만 지금 이 조종사를 빨리 병원에 데리고 가야 한다는 생각이 고통을 잊게 했다. 산길에서 고무보트를 끌고 내려가는 게 쉽지 않다. 바닥도 거칠지만 길이 좁아 양쪽의 잡목에 걸려 속도가 더디다. 갑자기 소란스러운 기척이 가까이서 들린다. 항공기 사고로 소집된 민방위대원들을 산 쪽으로 올라오는 중에 마주쳤다.

너무나 반가웠다. 그들이 고무보트를 대신 끌어주고 난 의연한 척 걸어내려온다. 산 아래쪽에 그들이 타고 온 트럭이 세워져 있었다. 우리는 트럭을 타고 비상 출동한 헬기가 있는 초등학교 운동장으로 갔다. 헬기에 탑승해 근처 도시의 종합병원으로 가는 도중에 갖가지 상념이 떠올랐다. 생사의 갈림길에서 살아나니 퍼뜩 현실감이 되살아났다.

"나는 이제 어떻게 군 생활을 해야 하나?"

"아내와 가족은?"

"진급을 앞둔 우리 대대장은?"

불길한 생각이 꼬리에 꼬리를 물었다.

어금니를 질끈 깨물었다.

내 인생을 송두리째 바꾼 사건은 이렇게 시작됐다.

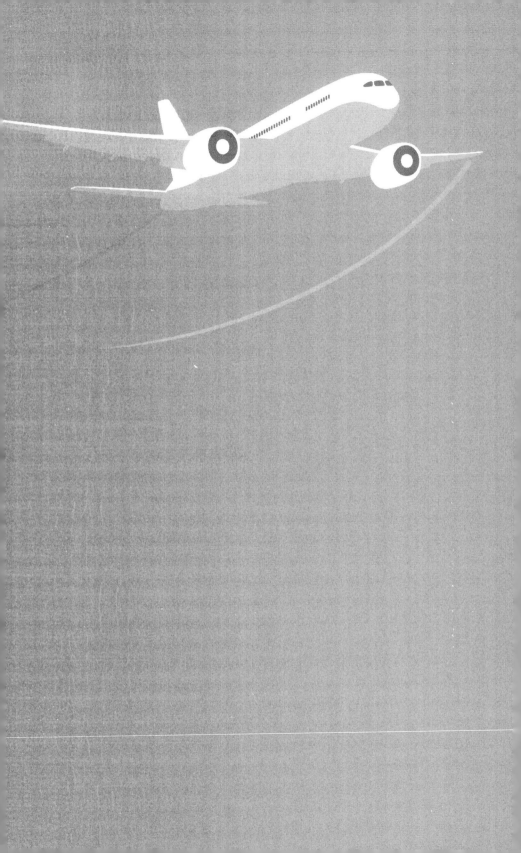

나는 한국전력에 근무하던 아버지와 어머니 사이에서 태어났다. 부친은 학창 시절 배구선수를 할 만큼 활동적인 분이었고 모친은 초등학교 교사로 근무하다 한국전쟁 후 교편을 접었다고 했다. 두 분은 한국전력에 같이 근무하다가 결혼했다.

부친은 호방한 성격에 두주불사, 모친과 과음 때문에 생긴 갈등이 간혹 있었던 것으로 기억한다. 부친이 한전 지방 출장소장으로 근무하는 바람에 난 여러 차례 전학을 다녔다. 어릴 때 전학을 자주 다녀 친구를 사귀기 어려웠다. 집안 형편은 그런대로 괜찮은 편이라 교사들로부터 인정을 받는 편이었다. 학업성적은 상위권을 유지하는 수준이었다. 누구나 없이 살던 시절에 난 유치원을 다녔고, 초등학교 시절 전과와 수련장을 가진 드문 아이였다. 시험 즈음에는 담임이 출제를 위해 우리 집 수련장을 빌려 가기도 해 성적이 좋지 않을 수가 없었다. 교우관계도 원만한 편이어서 4학년 때까지 학급 반장으로 계속 선출되었다.

운동은 잘하는 쪽은 아니고 그저 뒤처지지 않는 수준이다. 초등학교 운동회 때 달리기 시합을 하면 아무리 열심히 달려도 3등이 되기 어려웠다. 상품으로 주던 공책과 연필을 받아 본 적이 거의 없다. 그렇게 소소한 행복을 느끼며 살고 있던 가정환경이 5학년 때 확 바뀌었다. 4학년을 마치고 학년이 올라가기 직전에 갑자기 나와 바로 밑 여동생을 지방에 있는 백부 댁에 맡기기로 했다. 나머지 가족은 서울로 이사를 결정했다. 훗날 듣기로 우리를 맡기려고 이모 댁 외삼촌 댁 등 여러 군데를 생각했는데, 최종적으로 백부 댁에서 학교에 다니기로 했다고 한다. 자존심이 강한 모친은 내가 다 자란 후에도 가족의 별거 내막에 대해서 일체 언급하지 않으셨다.

　　지방 도시에 있는 백부 댁에서 학교 다니던 한 학기. 아직도 잊히지 않는 기억이 많다. 한창 감수성이 예민한 시기이고 당시엔 중학교 입학시험이 있는 상황이라 5학년 1학기는 중요했다. 감시의 눈초리가 없어 일단 공부는 제쳐두고 놀러 다니는 일에 몰두했다. 특히 옆방에 자취하고 있던 중학생 뒤를 많이 쫓아다녔다. 모친은 열심히 공부하라고 편지를 자주 보냈지만, 옆에 아무도 참견할 사람이 없어 한 학기는 거의 무절제한 생활의 연속이었다.

　　당시엔 담임교사가 같은 반 학생을 대상으로 과외공부를 해도 되는 시기였다. 실제로 성행하고 있었다. 모친은 담임교사의 과외 팀에 들어가서 공부하라고 했다. 그때 돈으로 한 달에 8백 원이었다. 지금 돈으로 환산하면 얼마가 될지 모르겠으나 어린 나이에 적은 돈은 아니었다. 담임교사 집에 가서 과외를 하는 곳에 한 번 합류해보았는데, 거의 교실을 옮겨놓은 듯 소란스러웠다. "이건 아니다" 싶어서 다음날부터 가지 않았다. 아마 담임교사가 날 미워한 원인이 되었을 것이다.

　　　　　　　　　　　　　　　　　　나는 하늘로 출근한다

주말이 되면 시외버스를 타고 여동생과 같이 근처에 있는 외가에 가서 시간을 보내는 것이 그나마 유일한 위안이 되었다. 외조부와 외조모, 이모들은 우리를 안쓰럽게 생각하시며 부족한 사랑을 많이 베풀어 주었다. 난 성격도 거칠고 반항적인 데다 늘 소외된 느낌을 가졌다.

어느 날 갑자기 모친이 백부 댁을 방문했다. 나와 여동생이 공부에 관심이 없는 모습을 보고 아무래도 직접 같이 생활하는 게 낫겠다고 판단한 모양이었다. 학기를 마친 후 서울로 전학을 가게 되었다.

서울에서 5학년 2학기부터 다시 시작했다. 그때서야 막내 누이를 포함한 온 가족이 함께 모여 사는 생활이 시작되었다. 당시 살던 곳이 연희동이었는데 그때의 연희동은 요즈음과 같은 부촌이 아니었다. 생활이 넉넉하지 못한 사람들이 많이 살던 곳이었다. 이마저 이모네 얹혀사는 공동생활이었다. 당시 이모는 서울시청에서 의사로 근무했다. 몸이 좋지 않을 때 우리 집의 주치의 노릇을 해주셨다. 하교 후 시청 이모를 찾아가면 구내식당에서 당시 최고의 외식 메뉴인 함박스테이크를 사주고 버스비까지 챙겨줬다.

부친은 퇴직 후 수입이 될 만한 일을 하지 않아서 주로 집안의 일을 맡아 했다. 당시 부친 퇴직금으로 기억하는데, 고리대로 꽤 많은 돈을 먼 친척에게 맡겼다, 그런데 이자는커녕 원금마저 받기 어렵게 되자 모친이 거의 매일 그 집에 가서 원금 중 푼돈을 받거나 물건을 대체 형식으로 가져왔다. 그 집은 아마도 모친의 먼 친척뻘로, 그로 인해 부부싸움을 자주 벌였다.

언덕배기에 살면서 양쪽 어깨에 물통을 지고 공동 급수장에서 물을 길어 나르던 일, 세계적인 유류 파동이 일어나 긴 줄을 서서 기다려 연탄 두 장을 배급받아 새끼줄에 꿰어 집으로 들고 오던 기억이 새롭다. 이모 댁에는 읽을 책이 많았다. 소년 월간지도 있어서 정서적인 도움을 많이 받았다. 특히 백 권짜리 청소년 문학전집이 있어서 주기적으로 빌려 모두 읽었다.

부친은 수입이 될 만한 일을 하고자 하는 의욕은 있지만, 소극적인 성격이었다. 오히려 모친이 먼저 지인이 운영하는 석유난로, 곤로 회사의 경리로 일을 시작했는데 그 인연으로 부친도 그 회사에 취업, 다시 일을 시작했다. 당시 석유난로, 곤로는 가정 필수품이었다. 사업도 잘되어 나름 안정적이었던 시절이었다. 사업의 무분별한 확장이 화를 자초해서인지 모르지만, 어느 날 부도가 나서 안정된 시절은 짧게 막을 내렸다.

그 후에 회사의 지분인지 미지급된 급여 보상 때문인지 집에는 많은 석유난로와 곤로가 쌓여있었다. 지인들에게 소량씩 판매해 현금을 확보하였다. 다시 가정형편에 어둠이 내리고 있었다.

일자리를 잃은 부모님들은 신경이 곤두서 있었다. 가정형편이 옹색한 형편에 돈을 받아 중학교 입시 과외를 하는 나도 마음이 편치 않았다. 용돈 받아서 저녁을 매식하는 것도 부담이 되었다. 나름 장남이라고 어려운 가정형편이 항상 마음을 무겁게 짓눌렀다. 저녁값을 받으면 돈을 적게 쓸 요량으로 국수, 빵을 사 먹거나, 학원 친구 몇 명이 모여 라면을 사다 끓여 먹었다.

그때는 중학교 입학시험이 있었는데 선택한 학교 시험에 낙방하면 2차에 응시하고, 그도 안 되면 재수를 해야 하는 시절이었다. 그간의 모의고사 성적으로 볼 때 상위권 중학교는 위태로웠다. 재수는 언감생심 가정 형편상 어려워서, 나는 변수가 없는 중위권 중학교에 들어가게 되었다.

중학교 입학 후 시험을 보는데 급우들 모두 영어 알파벳은 기본이고, 넉넉한 집안의 급우들은 영어와 수학을 선행학습하고 입학했다. 입시를 마친 후 입학 전까지 3개월을 허송세월 후 입학한 나는 마음이 급했다. 하교 후 우선 알파벳 대문자, 소문자, 필기체 등을 암기하면서 스스로를 닦달했다. 그나마 시험은 그런대로 봤지만 거의 임기응변식 대처에 불과했다. 심적으로 열등의식이 생기고 불안정해 무언가 돌파구가 필요했다.

나는 싸움을 잘하는 편이 아니지만, 자존심은 아주 강했다. 누군가에게 폭력을 당하면 꼭 다시 갚아줘야 직성이 풀리는 성격이었다. 그러기에는 완력과 싸움 실력이 부족했다. 초등학교 시절 같은 반 친구와 싸움이 붙었는데, 체격이 훨씬 크고 싸움 실력도 월등하여 누가 봐도 그 싸움의 승부는 예측 가능했다. 나는 그의 밑에 깔려 얻어맞다가 옆의 돌멩이를 들어 그의 머리를 가격했다. 어린 시절에는 피를 보면 대개 승부가 결정이 난다.

그는 울면서 집으로 돌아갔다. 나는 혹시 그가 집에 올까 봐 두려워했는데 불길한 예감은 맞아떨어졌다. 그가 그의 모친과 함께 머리를 붕대에 감은 채 집에 왔을 때 온몸이 얼어붙은 듯했다. 몇 가지 질문을 하는 부친에게 그가 체격이 크고 싸움을 잘하여 돌멩이를 사용하지 않을 수 없었다고 실토했다. 예상 밖으로 부친이 순순히 치료비를 물어주고 나를 질책하지 않았다.

부모님은 어떻게 생활을 꾸려야 할지 갈피를 잡지 못하고 오랜 시간 고민하셨다. 생활력이 강한 모친은 가게라도 해서 무언가 고정수입이 있어야 한다는 생각을 가졌다. 모친이 결국 외삼촌과 상의하여 외사촌 형이 운영하는 양계장의 달걀을 판매하는 가게를 운영하기로 했다. 모친은 안양에 내려가서 가게를 얻고 영업을 시작했다. 일이 없었던 부친은 모친의 강권으로 가게에 합류했다. 그러면서 우리 가족들도 자연스럽게 안양으로 이사를 했다. 바로 아래 누이만 중학교 진학 때문에 이모댁에서 지내다 중학교 진학 후 합류했다. 그나마 가정형편의 숨통이 조금 트이는 듯했다. 가게에 붙어있는 단칸방에 온 가족이 기거하다 보니 생활이 아니라 거의 생존 수준이었다.

특히 부모님들이 하는 일이 육체적으로 힘들다 보니 우리 손이 필요할 때도 많았다. 달걀을 가지러 갈 때는 누이와 내가 가게를 보는 경우가 많았다. 언젠가 가게를 보다가 계산을 잘못해 몇천 원 손실이 났는데 차마 부모님께 얘기하지 못하고 용돈으로 메꾼 적도 있다. 단칸방에서 온 가족이 생활하며 공부하기에는 무리가 따랐다. 특히 시험 때 늦게까지 불을 켜고 공부하기가 어려웠다. 종일 육체적으로 힘들었던 부모의 취침에 방해가 될까 봐 시험공부를 포기하고 불을 껐던 일도 있다.

사업이 잘되면서 사환을 고용했지만 초기에는 일하는 사람이 없어서 나도 배달을 많이 했다. 자전거에 달걀을 싣고 식당 혹은 다른 가게에 배달하는 일은 기꺼이 할 만한 일이었다. 문제는 시험 기간에 배달하라고 할 때는 가긴 하지만 어린 마음에 속이 많이 상했다. 남들은 시험 기간에는 특별 과외공부를 시킨다, 그룹 지도를 받는다는데 배달을 해야 하는 형편이 처참했다. 그래도 성적은 어느 정도를 유지해야 한다. 평소에 공부를 열심히 하지 않는데 시험 기간마저 벼락치기 공부를 하지 않으면 결과는 너무 뻔할 듯싶었다.

그나마 모친은 미안해하며 어쩔 줄 몰라 하며 부탁하는데, 부친이 당연한 듯 시키는 게 싫었다. 반항심으로 "내일 시험인 것 아시죠?" 하곤 말없이 다녀오곤 했다. 그나마 생활 형편은 조금 나아져서 근처의 영어 수학 학원에도 다녔다. 집안일은 모친이 가게 일 때문에 상주 가사 도우미의 도움으로 살림과 식사를 해결했다. 그러다 모친의 도움으로 공부 방을 따로 얻어서 동생들과 함께 지내게 되었다. 부모 명의의 집을 소유하게 된 것이 아마도 고교 3학년 시절이 아니었나 싶다.

내가 공군사관학교에 들어가게 된 것은 아주 우연이었다. 학원에 가기 위해 버스를 타고 서울로 가던 어느 날, 옆자리에 해군 장교가 군복을 단정히 입고 앉았다. 그는 나에게 바다의 색이 몇 개 정도 되는지 아느냐고 물었다. 난 푸른색이 기본일 테고 파도가 칠 때는 흰색도 될 수 있다고 답변을 했다.

그는 바다색이 수십 가지가 된다며 설명을 했다. 얕은 바다, 깊은 바다, 비 오는 바다, 맑은 바다, 배와 배가 스칠 때의 바다, 파도가 칠 때 바다 등 헤아릴 수 없다고 얘기했다. 그는 본인이 해양대학을 나왔고 군 의무복무 기간이 끝나면 상선을 탈 예정이며, 지금의 군 생활도 만족하지만, 전역 후 상선을 탈 미래가 훨씬 기대된다고 얘기했다. 월급도 당시로서는 파격적인 수준으로, 좋아하는 일을 하면서 고수입을 올리는 본인의 미래에 대한 청사진을 얘기했다.

무척 신선한 충격을 받았다. 전문기술을 습득해야만 제대로 된 대우를 받을 수 있다는 취지의 얘기에 온통 정신이 쏠렸다. 그와의 만남을 계기로 해양대학 진학을 결심했다. 당시 해양대학은 특수대학으로 전기 대학 시험 이전에 시험을 봤다. 만약 낙방하더라도 전기, 후기 대학에 응시할 수 있었다. 또한 국비로 학비가 지급되고, 전원 부산에 있는 기숙사에서 숙식을 해결한다. 생활비 걱정도 없고 스스로 자립하기에도 좋은 조건이었다. 고수입도 보장된다고 하니 매력적인 직업으로 보였다.

나는 해양대학 입시 기출제 문제를 찾아보고, 예상 문제도 풀어보면서 나름 준비하기 시작했다. 마침 문과에 있는 고교 동창 친구가 해양대학에 가겠다고 해 정보를 교환하고 준비도 같이했다. 내 선택엔 어린 시절의 마도로스라는 직업에 대한 막연한 꿈과 낭만도 한몫 차지했다.

담임 선생님과 대학진학 상담을 했다. 해양대학을 가겠다고 하니까 너는 그곳에 가면 잘할 거라는 덕담과 함께 공군사관학교에 한 번 지원해 보는 건 어떻겠냐고 권유했다. 이유인즉 선생님 사촌이 공사를 나와서 공군 조종사로 근무하는데, 집을 방문해보니 생활환경도 좋고 특히 자부심이 하늘을 찌를 듯 높아서 남자로서 한번 해볼 만한 직업이라는 생각이 들었다고 한다.

그 당시 담임인 '송재복' 선생님은 실력과 인품을 겸비해서 학우들에게 인기가 좋은 분이었다. 특히 마음에 끌리는 건 해양대학보다는 훨씬 전에 시험을 보기 때문에 만약 불합격되더라도 해양대학으로 진로를 수정할 수 있다는 점이다. 마음이 흔들렸다. 시험 삼아 한번 보자는 생각도 들고, 소년들의 로망인 하늘을 나는 조종사의 꿈을 키울 수 있는 직업에 도전해보자는 생각도 들었다.

나는 하늘로 출근한다

고3 여름에 일찍 시작하는 공사 시험에 응시원서를 접수했다. 대방동에 있는 공사 교정에서 필기시험을 보는데 시험 전날 예비모임에 구름떼같이 모인 인원을 보고 이 또한 쉽지 않겠다는 생각이 들었다. 게다가 이 인원이 서울에 국한된 인원이고 전국적으로 각 지역에서 시험을 본다니 합격이 쉽지 않겠다는 생각이 들었다. 시험 전날 모친께 내일 일찍 일어나서 갈 곳이 있다는 얘기와 함께 공사 시험을 치겠다고 했더니 미리 상의하지 않은 것을 서운해하셨다. 한번 시도해 보는 것이니 큰 의미를 두지 말라고 말씀드렸다.

시험 과목은 단출해 국어, 영어, 수학과 국사였다. 머리를 덥수룩하게 기른 재수생들이 눈에 많이 띄었다. 그런데 시험 중에 중단하고 나가는 사람들이 많이 보였다. 요즈음 표현으로 '간 보러 왔나' 싶기도 했다. 시험의 난이도는 그다지 높지 않은 편으로, 치열한 경쟁률만 아니면 잘될 것도 같았다. 며칠 뒤 일차 시험 결과를 보러 공사 교정을 찾아갔다. 요즈음 같은 인터넷 시대에서는 상상하기 어려운 일이지만, 그때는 발표장에서 당락을 보며 마음 졸이는 일이 당연한 시대였다.

일차 필기시험에 합격했다. 그때부터 계속되는 복잡한 과정이 기다리고 있었다. 듣기로는 총인원의 5배수를 뽑았다고 해 일차에 합격했다고 자만할 일은 추호도 아니었다. 간단한 신체검사, 체력검정, 그리고 모두가 두려워하는 조종사 자격에 맞는 정밀 신체검사가 이어졌다. 항간에 조종사는 상처가 있는 상태로 공중에 올라가서 기압이 크게 차이가 나면 상처가 벌어지기 때문에 상처가 있으면 떨어진다는 괴담이 있었다. 그야말로 괴담인데 어떻게 그런 말이 퍼졌는지 알 수가 없다. 최종 면접을 끝으로 시험은 끝났다.

면접 볼 때 빨간 머플러를 두른 조종사 장교들이 들어와서 입교 동기와 조종사들이 사고로 순직을 많이 하는데 외아들이 들어와도 괜찮냐는 질문을 했다. 나는 의연한 척, 그리고 많이 고민하고 진로를 결정한 것처럼 얘기했다. 그런대로 면접 결과도 괜찮은 듯했다.

합격했다. 나만 공사 교정에 가서 합격 여부를 확인한 줄 알았는데, 나중에 알고 보니 부친도 몰래 합격 여부를 확인했다는 얘기를 모친에게 전해 들었다.

그래도 해양대학에 대한 미련은 계속 남았다. 그래서 시험 접수를 했다. 부산 교정에서 있을 시험을 대비해 기차 시간을 알아보고 내려갈 준비를 했다. 문과의 친구와 같이 서울역에서 아침에 만나 내려가서 하루를 지낸 후 다음날 시험 볼 계획까지 세웠다.

시험 며칠 전 부친이 얘기 좀 하자고 하셨다. 해양대학보다 공사에 가는 게 어떻겠냐는 얘기를 건넸다. 아마도 부친과 내 진로와 장래에 관하여 대화를 나눈 게 그때가 처음이 아니었나 싶다. 마음이 혼란스러웠다. 비행도 충분히 매력 있는 일이라는 생각이 많이 들었다. 배를 타고 최소 일, 이 년 이상 집을 떠나 생활하다 보면 가정생활이 제대로 되지 않는다는 얘기도 많이 듣던 때였다. 한참 생각한 후 해양대학 응시를 포기하고 공사를 가겠다고 답변했다.

하지만 모친은 일반대학에 가서 평범한 생활을 했으면 좋겠다고 얘기했다. 나는 전문기술이 필요하다는 생각을 설명하면서 공사를 가겠다고 했다. 가정형편이 많이 좋아졌다고는 하지만, 당시의 대학 입학금과 등

록금은 서민들에게 엄청난 부담을 줬다. 시골에서는 소와 논을 팔아 대학에 보낸다는 얘기도 심심치 않게 들리던 시기였다. 내가 국가에서 지원받는 학교에 가면 부담도 덜고, 두 명의 누이동생들에게도 기회가 될 수 있을 것이라는 생각도 들었다. 오랫동안 지니고 있던 꿈을 포기하는 것이 아쉬웠지만 이 또한 전문직이고 발전 가능성이 크다는 생각도 변심의 이유였다.

당시 민간 항공사는 K항공이 있었으나 그 규모가 너무 작고 노선도 몇 군데 없었다. 해외여행은 상상하기 어려운 남의 얘기로 치부되는 시대였기 때문에 군 전역 후 민간 항공사에 취업하기 위해 공사에 가는 사람은 극히 드물었다. 나는 같이 해양대학에 가려던 친구에게 자초지종을 설명하고 혼자 가도록 했다. 그 친구는 해양대학에 합격해 후에 선장이 되었다. 내가 사천에서 비행훈련을 받을 때 부산에서 같이 만나서 저녁과 술을 마시며 추억을 회상한 적도 있다.

막상 공사로 결정을 하고 나니 또 다른 걱정이 밀려오기 시작했다. 공사의 기본 군사훈련이 육체적으로 힘들어서 중도 포기하는 사람들이 많다는 얘기, 졸업 후 비행훈련이 까다로워 졸업생 중 불과 30~40%만 조종사가 된다는 얘기 등 흉흉한 소문이 들려왔다. 마음이 싱숭생숭했다. 자전거를 타고 수원까지 가기도 하고, 혼자 산에 오르기도 했다.

친구들은 막바지 대입에 몰두하느라 정신이 없는데 이런 고민거리를 토로하면 사치스러운 얘기를 한다고 면박을 줬을 것이다. 새로운 세계에 대한 도전, 멋지고 환상적인 하늘에서의 생활에 대한 기대와 함께, 닥치면 이 또한 고난이 될지도 모르며, 결과를 예측하기 어렵다는 불확실성에 대한 불안이 숱하게 교차했다.

1974년 2월 1일, 공군사관학교 기본 군사훈련을 받기 위해서 가입교했다. 아침 일찍 일어나 부모님께 인사했다. 친구들과 같이 가기로 했으니 부모님들은 집에 계시라고 했다. 대방동 공사에 갔다. 갑자기 같이 간 친구 세 명이 말을 만들더니 타라고 한다. 기마전할 때의 모습이랄까, 얼떨결에 타고 성무대 언덕을 넘었다.

집결 장소에 도착하니 벌써 사람들이 많이 모여 열과 오를 맞춰 있었다. 행진대형을 만들어 학교에 들어갔다. 양쪽 도로 옆에 재학생들이 도열 하여 환영해줬다. 그때는 그들이 그렇게 억센 시어머니 역할을 할지는 상상도 하지 못했다. 강당에 모여 공군 대령인 생도 전대장의 환영 인사를 듣고 내무실에 갔다.

한 내무실에 여섯 명의 동기생들이 배정되었다. 3학년생도 한 명이 우리의 내무 지도 생도라며 본인을 소개했다. 침대 위에는 이미 개인 보급품이 배정되어 있었다. 자르고 들어왔던 머리를 다시 짧게 자르고, 어제 했던 목욕도 다시 했다. 보급품에 대한 주기를 새겼다. 언제 바늘에 실을 꿰어 양말과 티셔츠에 이름을 새겨 보았겠는가. 분주하고 의구심이 잔뜩 찬 하루를 보내고 잠자리에 들었다. 삐걱거리는 침대 소리, 새로운 환경에 대한 어색함 속에서 잠을 쉽게 이루지 못했다.

다음날 새벽 6시, 기상 벨이 울리고 선배 생도들의 목소리가 점차 커진다. 그로부터 시작된 4주간의 기본 군사훈련은 내 인생에서 잊히지 않을 만큼 지옥같이 힘든 육체적, 정신적 고통의 시간이었다.

먼저 시작된 직각 보행, 영화에서 보면 멋있더니 왜 이렇게 비효율적이고 힘든 보행을 하는지… 부동자세와 행진, 총검술 훈련, 훈련 마치고 난 뒤 내무생활에 대한 융통성 없는 지침, 잠시 잠깐 개인 시간도 허용되지 않았다. 오직 단체를 위한 훈련. 끊임없이 이어지는 선착순. 이제껏 경험하지 못한 지옥에 온 듯한 기분이었다. 특히 목욕 시간을 불과 10분 주면서 닦달하는 선배들의 고함이 온 정신을 혼란스럽게 했다.

그나마 식사 시간이 되면 고픈 배를 채울 수 있을까 기대했지만, 직각 식사라는 희한한 식사 방법 때문에 밥과 국이 입으로 가는지 코로 들어가는지 모를 지경이었다. 지금은 기본 군사훈련 때도 뷔페식으로 해서 식사량은 본인이 결정해 양껏 먹을 수 있도록 바뀌었다고 한다. 당시는 양도 적어서 밥을 먹고 식당을 나오면서도 허기를 느꼈다.

공사엔 훈련받는 기수마다 해당 기수만의 정해진 특별한 노래가 있다. 우리 동기생의 지정곡은 '그린베레'였다. 식당 들어갈 때, 나올 때, 식사 중에도 여러 차례 틀어줬다. 지금도 '그린베레'를 들으면 그 당시 직각 보행을 하며 들어가던 식당 풍경, 자주 나오던 콩비지국에서 모락모락 피어오르던 하얀 김과 특유의 냄새가 떠오른다.

이제까지 살면서 한 번도 경험하지 못한 극한 생활이 지속되었다. 내심 후회가 많이 되었다.

"이런 줄 알았으면 절대 오지 않았을 텐데…"

동기들도 후회하는 듯 보였다. 급기야 일주일 만에 그만두겠다는 동기가 나왔다. 이런 곳인지 모르고 지방에서 올라왔다던 친구였다. 고향에서 홀어머니 모시고 농사를 짓는 편이 훨씬 행복하겠다며, 내무 지도 선배들의 만류를 뿌리치곤 계급장 없는 군복을 입은 채 학교를 떠났다. 그 용기가 부러웠다. 나는 용기가 없어서 그렇게 하지 못했다. 계급장 없는 군복을 입고 집에 가서 공사 진학을 만류하던 모친에게 포기했다고 얘기할 용기는 더욱 없었다.

머리가 혼란스럽고 번민이 계속됐는데, 그래도 희망을 주는 사람은 내무 지도 선배였다. 아마도 『수양록』이라 불리는 일기장을 보고 번민이 많으리라 생각했나 보다. 내무반 동기들에게 만약 생도 생활 내내 이렇다면 누가 견디고 살 수 있겠냐며, 이는 단지 민간인에서 군인으로 신분이 바뀌는 과도기적인 훈련이라고 강조했다. 곰곰이 생각하니 정식 생도 생활 한번 못해보고 포기하는 것이 나중에 더 큰 후회가 될 수도 있겠다는 생각이 들었다.

주변에선 계속 포기하는 동기들이 속출했다. 갈등과 번민 속에서 시간은 지나고 있었다. 공사는 1학년을 '메추리'라 부른다. 이는 현재는 모든 것이 부족하지만 혹독한 과정을 거쳐서 점차 보라매로 성장해 나간다는 의미이다. 그래서 관등성명을 '○○○ 메추리'로 불리고 지적받을 때도 그렇게 외친다. 얼마나 크게 고함을 쳐야 한 번에 통과되는지, 지금도 귓전에서 그 소리가 들리는 듯하다.

집에 쓰는 편지는 힘이 많이 들지만 약한 모습을 보이기 싫어서 의연한 척 썼다. 봉투를 봉하지 않고 편지를 보내기 때문에 검열 후 보낸다는 사실은 누구나 알고 있었다. 그나마 나는 구보를 잘하는 편이어서 구보에 대한 두려움은 없었다. 달리기에 취약한 동기들이 겪은 스트레스를 생각하면 그것만으로도 위안이 되었다. 완전무장을 하고 장거리 구보에 들어가면 나는 그 자체가 극복의 아이템인 양 오히려 스트레스를 풀듯이 뛰었다.

열 명의 동기들이 중도에 포기했다. 입학식 준비를 하면서 서서히 지옥이 끝나가고 있다는 생각이 들었다. 훈련 종료가 얼마 남지 않았을 때, 내무 지도 선배가 식빵 꾸러미와 마가린 설탕을 가지고 내무실에 들어왔다. 식사량은 훈련양에 비해 턱없이 적어서 허기는 일상이 됐다. 밤에 침대에 걸터앉아서 먹는 식빵은 그야말로 꿀맛이었다.

어느 누가 생 식빵에 마가린을 바르고 설탕을 조금 부어서 그렇게 맛있게 먹을 수 있겠는가. 식빵을 다 먹고 나니 마가린이 남았다. 그것도 아까워서 한 동기가 그걸 먹고 나서 밤새 설사로 화장실을 들락거린 일은 지금도 우리 사이에서 회자되고 있다. 유난히 추웠던 2월, 눈도 무척 많이 오던 훈련도 서서히 막을 내리고 있었다.

3월 2일에 입교식이 거행되었다. 형형색색의 옷을 입은 학부모들이 계단에 있고, 우리는 까맣게 탄 얼굴에 예복을 입고 식에 참석했다. 입교식도 소중하지만, 부모와 친구를 오랜만에 만난다는 사실에 가슴이 설렜다. 식을 마치고 만나니 부모님은 잔뜩 음식을 해왔고, 친구들은 그간의 군사훈련에 관해 많은 질문을 했다. 대화를 나누면서도 입에는 계속 음식을 집어넣으며 잘 견뎌냈다는 자부심이 들기 시작했다.

이렇게 시작된 1학년 시절은 그야말로 인고의 세월이었다. 1년 선배인 2학년이 사사건건 모든 일에 간섭하며 쥐 잡듯 후배들을 대할 줄은 상상도 못했다. 식사 시간에는 선배들의 이름과 출신 고교까지 암기를 시켜서 질문했고, 배식이 조금이라도 잘못되면 따로 집합해 기합 받았다. 온 생도대 건물과 교수부 교실까지 청소는 1학년이 도맡아 했다. 개인 시간은 찾아보기가 어려웠다.

그나마 수업이 있는 교수부 시간이 나름 편해 수업 시간엔 조느라 정신이 없었다. 개인 사물을 넣는 캐비닛 안에 좌우명을 써서 붙이는 제도가 있었는데, 나는 철학자 플라톤이 얘기했던 "극기는 최선의 승리다"라는 글을 써 붙이고 매번 캐비닛을 열 때마다 마음을 다잡았다.

수업은 5개의 반으로 나뉘었고, 입학 성적순으로 교반뿐 아니라 좌석도 배정돼 어디에 앉아 있는지 보면 입학성적이 바로 가늠되었다. 그래도 난 2교반 앞부분에 배정된 것으로 봐서 30% 정도의 성적으로 합격한 모양이었다. 입교식 후 그나마 위안이 되는 것은 모친이 토요일과 일요일에 계속 면회를 오는 것이었다. 정성스럽게 음식을 준비해와서 이 또한 즐거움이 되었다. 친구들도 면회를 자주 와서 소식을 전해주고 얘기도 많이 나누었다.

일요일 저녁이 되면 다시 현실의 세계로 돌아와 메추리로 신분이 바뀌었다. 마치 시간이 되면 공주에서 하녀로 신분이 바뀌는 신데렐라 같은 모양새였다. 즐거움은 없는 생활이었다. 이참에 공부나 열심히 하자는 생각이 들었다. 사람이 어떻게 될지 모르니 학업 성적이라도 잘 유지하면 자부심이 그나마 생길 듯했다. 수업 시간을 잘 활용할 방침을 정해 필기를 열심히 하고, 수업 후 10분 쉴 때 간략히 요약하여 다시 한번 복습했다. 이 방법은 나름대로 효과가 있어서 시험 때 효험을 나타냈다.

나는 하늘로 출근한다

입교 후 첫 중간고사에서 선전하여 1교반에 배정되었다.

　그러던 중에 생도 생활에 큰 변수가 생겼다. 공사에는 축구부와 럭비부가 있다. 3군 사관학교 체육대회를 대비해 육성하고 있었다. 입교 후 얼마 되지 않아서 체격이 유난히 큰 생도들이 1학년을 집합시키더니 선수 후보들을 뽑았다. 축구는 기술이 필요한 운동이라 기본 군사훈련 기간에 편대별로 시킨 축구시합을 보고 이미 선발했다.

　럭비부는 나름 체격이 좋고 다른 운동을 한 사람들을 선발하였다. 나는 태권도를 한 경력을 써넣은 적이 있는데 아마 체격과 운동 경력으로 나를 선발한 듯싶었다. 럭비부실에 가서 보니 귀에 흉터가 많은 체격이 큰 럭비부 생도들이 잔뜩 겁을 줬다. 나는 지금의 생활도 버거운데 럭비까지 하게 되면 정상적인 생도 생활을 하기가 어렵겠다고 생각했다. 그들도 똑같은 과정을 거쳐서 운동을 시작한 생도들이 많았을 것이다.

　1학년을 대상으로 달래고 겁주고 하더니, 맞고 그만둘 사람들은 지금 손을 들라고 한다. 예전에 태권도 할 때 학교에서 단체체벌을 많이 받아 차라리 맞고 그만두는 게 나을 것 같은 순진한 생각이 들었다. 알루미늄 야구방망이로 열 대를 맞고 계속 때릴 기미가 보여서 운동하겠다고 했다. 다른 동기 한 명은 스무 대를 맞고 나서 계속 운동하겠다고 했다.

　천하의 바보 같은 짓을 한 후 오전 수업을 마치고 군사훈련과 체육 시간에는 럭비부로 갔다. 당시에는 과연 사관학교를 계속 다녀야 하는가에 대한 회의가 엄습하고 있었다. 식사하면서도 맛을 느낄 수 없었다. 수업을 마치고 럭비부로 가는 길이 도살장에 끌려가는 소같이 니무 싫었다. 신경과민 탓인지 계속 설사가 나오기 시작했다.

의무대에 가니 장염이니 입원을 해야 한다고 한다. 차라리 잘 되었다 싶었다. 입원해서 생각도 좀 정리하면서 현실 도피하고 싶었다. 천만다행으로 입원 기간에 신입 부원들에 대한 럭비부 테스트가 있었다. 나는 자동으로 럭비부에서 탈락했다. 너무 잘 되었다고 생각했다. 그 후 지속된 1학년의 고된 생활은 한번 고비를 넘긴 나에게는 이제 극복 가능한 대상이 되었다. 나는 4년간 운동을 계속한 동기들을 보면 그들의 강한 정신력, 육체적 능력에 외경심을 가지고 있다. 휴가도 제대로 사용하지 못하고 정상적인 생활을 희생하며 생도 생활을 했으니 일반 생도들보다 몇 배는 힘든 과정을 거쳤으리라.

생도 생활은 다양한 행사로 구성되어 있다. 잔인한 4월은 관악산 구보 훈련으로 시작된다. 4개의 편대 별 경쟁 형태로 시행되는 이 훈련은 관악산 밑에서부터 정상까지 뛰어 올라가는 시합이다. 행사 당일 시행하는 구보보다는 사전에 실시하는 훈련이 훨씬 힘들다. 연병장을 여러 바퀴 돈 후 오르막을 골라서 뛰어오르고, 다시 학교 외곽을 도는 훈련을 매일 일과 후 실시했다. 토요일 오전 일과를 마치고 과외로 하기도 했다. 숨이 거의 턱까지 차오르고 인간의 한계를 시험하는 듯했다.

훈련을 마치고 1학년은 다시 집합하여 더 뛰고, 미진하면 선착순을 시키는 등 이 또한 잔인한 4월의 혹독한 행사였다. 그러던 중 옆 편대 동기생 한 명이 선착순 기합 중 호흡곤란으로 절명하였다. 학교에서는 너무 혹독한 훈련이었다고 판단, 이 행사를 취소했다. 절명한 동기는 국립묘지에 묻혔고 지금도 현충일에는 그 동기의 묘지를 찾아 명복을 빌고 있다. 그 후부터 관악산 구보 훈련은 사관학교 역사에서 사라졌다.

나는 하늘로 출근한다

춘계·추계로 구분하여 열리는 '무용기쟁탈전武勇旗爭奪戰', 체육대회의 열기도 무척 뜨겁다. 각 편대의 명예도 중요하지만, 그 성적이 우수 편대로 불리는 '지용편대' 선정에 큰 영향을 미치기 때문에 눈에 불을 켜고 좋은 성적을 내기 위해 노력한다. 편대별로 연습을 하고, 특히 단체로 하는 줄다리기나 기마전은 일과 후 따로 모여서 전략을 짜기도 한다. 나는 단체전을 제외하고 태권도와 편대 럭비선수에 차출되어 졸업 때까지 그 종목에 출전했다. 대진운이 좋아서인지 태권도 시합에 나가 한 번도 지지 않고 계속 승리를 해서 선후배들이 무척 좋아했다.

1학년 춘계 무용기쟁탈전 태권도 겨루기에 처음 출전했을 때의 긴장감이 생각난다. 상대는 다른 편대의 3학년 선배였다. 편대별로 5명씩 출전하여 겨루기로 승패를 정하는데, 나의 경기 결과가 편대의 승패를 좌우하는 긴박감 넘치는 경기였다. 같은 편대 3학년 선배가 등을 쓸어주며 말했다.

"반드시 이기고 와라. 만약 네가 이겨서 무슨 후환이 있으면 내가 책임져주마."

어차피 시합에서 져서 손가락질을 받으니 죽기 살기로 해서 이기는 게 낫겠다는 생각으로 거침없이 밀어붙여서 승리했다. 그 후로 나는 믿을 만한 승리의 카드로 사용되었다. 경기에서 이기는 편대는 옥상에서 빵과 음료수를 가운데 두고 환호하며 회식하지만, 패배한 편대는 완전 무장을 하고 운동장을 도는 편대도 있었다. 그야말로 희비가 엇갈리는 '무용기쟁탈전'이었다.

여름이 되면 전 생도는 해양 훈련을 떠난다. 조종사로서 만에 하나 바다에 추락했을 경우를 대비하여 바다 수영 능력을 키우는데 주안점을 둔다. 고학년 때는 주로 주문진으로 떠나서 주변 환경이 좋았는데 1학년 때는 전남 서해안의 해수욕장으로 떠났다.

당시만 해도 환경이 열악하기 짝이 없고 모래도 별로 없는 해수욕장이었다. 단지 참모총장의 고향이란 이유로 그 해수욕장이 선택되었다고 한다. 지금 같으면 어림도 없는 선택이지만, 당시에는 그러려니 했다. 학교를 떠나면 그나마 들뜬 마음이 생기고, 이 훈련은 편대 간 경쟁을 하지 않는 행사라서 부담감이 적었다.

나는 나름 수영을 제법 하는 편이라서, A, B, C, D 총 네 개 반중 B반으로 편성되어 수영에 대한 부담도 적었다. 해양 훈련 기간 동안 계속 비가 와서 숙소로 쓰고 있는 초등학교 교실에서 합창대회, 발표회도 하다가 하루 정도만 수영훈련을 했다. 환경이 열악해 학교에 있는 상수도는 고학년이 사용하고 1학년은 동네에 있는 공동 우물을 이용하거나, 그도 어려우면 논두렁에서 대충 고양이 세수를 했다. 개구리가 다니는 곳에서 세면을 하던 모습이 지금도 선하다. 해양 훈련을 마치면 대개 하계 휴가를 가기 때문에 모두가 마음이 너그러워지는 시기였다.

입교 후 첫 외출은 3개월이 지난 6월에 있었다. 엄격한 외출 교육과 용의 검사, 그리고 편대에서 정해준 3학년 의형 생도와 같이 학교를 나섰다. 세상이 달라 보였다. 집에 와서 부모님을 뵙고 친구들을 만나다 보니 시간이 무척 빨리 지나갔다. 서둘러 학교에 들어가며 이제는 자주는 아니지만, 간혹 외출을 나올 수 있는 희망이 생겼다. 그러자 무엇인가 덜 구속된다는 생각이 들었다.

나는 하늘로 출근한다

1학년 때는 외출을 한 달에 두 번 정도 나왔던 것으로 기억된다. 생도 시절에는 어찌나 외출, 외박에 목숨을 걸고 집착했는지 지금 생각하면 웃음이 난다. 행여 북한의 도발이 있거나 다른 일이 생겨 외출이 금지되면, 마치 나라를 잃은 듯 슬프고 맥이 풀린 표정으로 학교에서 주말을 보냈다.

학년이 올라가 외출 횟수도 점점 늘어나고, 외박도 많이 허용되었는데 지방에 집이 있는 동기들은 그도 귀찮아서 학교에서 쉬거나 밀린 일을 하기도 했다. 나는 허용이 되는 한 거의 매번 외출을 나갔다. 단 시험 전주에는 학교에 남아서 시험을 준비했다. 그나마 그런 준비로 내가 최선을 다하고 있다는 위안을 받기 때문이다. 휴가는 하계와 동계로 나뉘어 3주씩 주어졌다. 일반대학에 비해선 턱없이 기간이 짧았지만 그나마 감지덕지했다.

매년 3군 사관학교 체육대회가 열리는 10월이 가까워지면 다시 학교가 들썩이고 분위기가 달아오른다. 럭비부와 축구부에 소속된 선수들은 방학을 앞당겨 들어와서 합숙 훈련을, 일반 생도들은 응원 훈련에 돌입한다.

통상 1학년이 계단 제일 앞에 자리를 잡고, 고학년일수록 뒤에 앉는다. 응원단은 엄청난 훈련을 통해 카드섹션과 율동 등 응원 소재를 익히고 반복하여 사관생도답게 일사불란했다. 각 군 참모총장은 물론, 간혹 대통령까지 참관하는 체육대회라 응원은 각 군의 통일성과 자존심으로까지 여겨질 정도로 중요한 행사였다. 국군의 날 행사와 시기적으로 겹쳐 낮에는 찌는 듯한 여의도 광장에서 행사를 준비하고, 저녁에는 응원 연습을 했다. 육체적으로 쉽지 않은 행사였다.

특히 1학년은 처음 하는 응원 연습이라 틀리기도 많이 틀리고, 응원 소리가 작다고 지적도 많이 받았다. 앞에서 좀 틀리면 뒷좌석에 있는 선배들로부터 박수 소리를 크게 낼 목적으로 사용되는 나무 박수 판이 날아오기도 했다. 너무 힘이 들어서 밤에는 곯아떨어졌다. 나는 2학년 때 응원단 참모로 선발됐다. 응원단에서 응원 연습을 하는 대신 미리 응원 곡을 선정하고 율동을 만들고 카드섹션을 구상하는 등 참모 역할을 3학년 때까지 지속했다.

2학년부터 전공과목을 선정하여 수업을 듣는다. 사관학교는 당시의 특성에 맞춰 네 개의 전공과목이 있었다. 항공공학, 기계공학, 전자공학, 국방관리가 그것이다.

문과를 전공했던 동기들은 국방관리를 신청하는 사람들이 많았다. 공학 부문은 인기가 없어서 신청하면 거의 들을 수 있었지만, 국방관리는 경쟁이 치열했다. 나는 졸업 후 비행에 도움이 되길 기대하며 항공공학을 선택했다. 수업을 듣다 보니 너무 깊숙하게 들어가서 어려운 학문이었다. 오히려 '항공 우주학 개론' 정도의 교양과목만 들으면 충분했을 텐데, 어렵기 그지없는 항공기 설계부터 역학까지 쉬운 과목이 없었다.

게다가 당시 전자계산기가 없어서 계산자를 사용하여 복잡한 문제를 풀었는데, 시험 때는 4시간이 부족해 점심을 먹은 후 계속 시험을 보는 경우까지 있었다. 내심 너무 어려운 과목을 선택했다는 후회가 들었지만, 시험 때의 어려움을 조금 해소할 수는 있었다. 이미 전자계산기가 일반인에게 판매되어 무려 한 달 치 봉급을 투자해 구매한 덕분이었다.

시험 시즌이 되면 전공에 따라 희비가 많이 엇갈렸는데, 국방관리에 그토록 많은 인원이 지원하는 이유를 뒤늦게 알게 되었다. 아무래도 공학 전공과 비교하여 국방관리 시험 난이도가 낮은 편이었다. 특히 공학은 과목낙제가 많았는데, 국방관리는 깐깐하게 낙제를 주지는 않았다. 항공공학 과목 중 항공기 설계 과목이 있었는데, 졸업 작품으로 항공기를 설계하여 제출하는 것이 마지막 과제였다. 학부 과정에서 항공기 설계를 하는 것이 불가능한 것을 알면서도 교수가 생도들의 창의성을 보고자 낸 과제였다고 생각한다. 며칠 밤 고민하다가 항공 잡지에 게재된 항공기를 도용, 변형시켜 제출했던 기억이 난다. 표절을 한 셈인데 생도에게 그 이상을 요구하지는 않았다.

생도 생활에 점차 적응해가면서 이렇게 타성적으로 생활해서는 안 되겠다는 생각이 문득 들었다. 기왕 시작한 생활인데 항상 불평하면서 생활하다가는 아무것도 이룰 수 없다는 생각을 했다. 새로운 전기가 필요했다. 좀 더 긍정적이고 활동적으로 생활해야겠다고 생각했다. 동기들과도 잘 지내려 노력하고, 공동의 일에 나름 솔선수범하기 시작했다. 그렇게 바꾸고 나니 오히려 마음도 편해지고, 동기들과의 관계도 많이 좋아졌다.

그런 행동의 결과였을까. 3학년 때는 동기생회장에 선출되었다. 6개월간 동기생들을 대표하고, 후배들의 지도에도 앞장섰다. 개인 시간을 많이 빼앗겼지만 나름대로 보람을 느꼈다. 마침 친구들도 거의 군 복무중이라 외출 나가서 만날 사람도 많지 않았다.

4학년에 진급하면 지휘 근무에서 일하는 생도를 선발한다. 3개월씩 나뉘어 지휘 근무자들이 임명되는데, 나는 1차에서는 대대장 생도를 맡아서 1대대 생도들을 지휘했다. 3차에서는 전대장 생도로 선발되어, 국군의 날 행사에서 공사 전 부대를 지휘하며 퍼레이드와 시가행진을 하는 영광을 누리기도 했다. 9월 뜨거운 태양이 작열하는 여의도 광장에서, 육해공군 병력이 집결하여 국군의 날 행사를 하던 열기가 지금도 또렷이 기억난다.

4학년이 되면서 이제는 공군에서 나의 위치를 어떻게 설정할 것인지 고민을 했다. 물론 모두가 공사에 입교한 초기 목적대로 조종사가 되기를 희망하지만, 그 목표를 달성하기 위해서는 넘어야 할 산이 많았다. 좌절될 수도 있어서 신경이 예민했다. 후반기에 있는 정밀 신체검사는 조종 훈련에 입과할 수 있는 관문이었다. 뜻하지 않게 몇 동기생은 폐에 문제가 있어 비행훈련에 아예 가지 못했고, 몇 동기생은 다른 신체검사의 결격사유로 훈련의 입과가 좌절되었다. 담담하게 그 상황을 받아들인 동기들도 있지만, 너무 충격이 커서 현실을 받아들이지 못한 동기들도 있었다.

어떤 동기생은 신체검사에 불합격되고 난 후 며칠 고민하더니 그때부터 밤낮을 가리지 않고 영어와 수학 공부에 매진했다. 옆에서 보기에도 엄청난 집중력이었고 대단한 의지였다. 결국 그 동기생은 공사 교수요원에 선발되어 서울대학교 기계공학과에 편입하여 졸업했다. 미국 대학에서 기계공학 박사학위를 받아서 공사 교수가 되었다. 집념과 끈기가 만든 인간 승리였다.

정밀 신체검사를 통과한 동기들은 E&E(Escape & Evasion)라는 도피 및 탈출 훈련에 들어간다. 조종사가 되어 만약의 사고에 직면할 경우를 대비하여 낙하산 탈출 훈련과 바다와 산악지역에서 생존해 나오는 훈련이다. 낙하산 강하 훈련을 위해 만들어진 타워에서 뛰어내리는 훈련은 인간이 가장 공포를 느낀다는 10미터(33피트) 높이에서 진행되어 아찔함을 느꼈다.

그리고 체력을 기른다는 명분으로 훈련하는 낙하산 착용 구보는 정말 힘이 들었다. 특히 기온이 30도가 넘나드는 날씨에서의 아스팔트 구보는 근처에 있는 논에 머리를 처박고 쓰러지고 싶을 정도로 괴로웠다. 그때 우리 동기 몇 명이 정신을 잃고 쓰러져서 구급차에 실려가 입원했다. 다행히 다치거나 후유증이 생긴 사람은 없었으나 그때 아스팔트에서 올라오는 열기와 고통이 지금도 생생하다.

4학년 생도들은 본인의 희망에 따라 1차 반과 2차 반으로 나뉘어 비행훈련에 입과하였다. 나는 기왕 할 바에는 매도 빨리 맞자는 심정으로 1차 반을 희망하여 선정되었다. 이제는 정말 꿈을 이룰 수 있는지를 결정하는 중요한 순간이었다. 10월에 대전에 있는 초급 비행훈련 과정에 입과하였다.

초등 훈련에는 지금은 없어진 T-41이라는 단발 프로펠러 항공기가 사용되었다. 신문사에서 취재를 위해 사용하는 경항공기였다. 대전역에 도착하여 역 앞에 집결하니 선글라스를 낀 조종사 대위 한 명이 버스와 함께 대기하고 있었다. 감히 말을 붙이기 어려울 정도로 서슬이 퍼랬다. 쉽지 않은 과정에 접어들었다는 것을 실감했다. 그때부터 숨이 턱 막히는 비행훈련이 시작되었다.

지상 학술부터 시작하는데 아침 브리핑 시간에는 지난번 학술 시간에 알려준 사항을 질문하고 제대로 답변하지 못하면 추상같은 불호령에 자존심이 땅에 떨어질 정도의 질책을 당했다. 마치 다시 가입교 시절의 군사훈련을 하고 있다는 생각이 들 정도였다. 하지만 사관생도 생활 4년의 목적이 조종사로의 환골탈태라는 생각에 이를 악물고 참아서 이겨내리라는 결심을 수도 없이 했다. 밤에는 자기 전에 그날 배운 내용을 다시 복습하고 특히 항공기 시동과 공중에서의 조작 내용을 암기했다. 비행훈련은 특이하여 잘 암기한 사항도 항공기 시동이 걸리는 소리가 나는 순간, 정신이 혼미하여 생각이 잘 안 날 수도 있고, 교관의 호통에 넋이 나가서 엉뚱한 조작을 할 수도 있다. 완벽하게 암기하여 습관이 되지 않으면 어처구니없는 실수를 할 확률이 높다.

나는 동기생 3명과 해군에서 파견된 위탁 교육생 소위와 함께 수송기 조종사인 현역 대위 교관에게 배정되었다. 교관은 평소에는 점잖은 사람이지만 비행 중 실수나 위험한 조작에 대해서는 엄격한 분이었다. 나는 그나마 그 교관의 신임을 받아 비교적 무난하게 비행훈련을 받았지만, 이착륙훈련 시 슬럼프에 빠져서 혹독한 시련을 겪은 적도 있었다. 그런데 훈련을 받던 같은 조 동기생 한 명이 진도에 맞춰 기량이 발전하지 못해 훈련을 중지하고 다른 특기로 분류되는 일이 발생했다.

그 동기생은 조종사를 간절히 바랐지만, 공군의 정책은 희망사항과 달랐다. 진도에 뒤처지는 훈련 조종사는 나중에 사고를 유발할 수 있다며, 주기적으로 평가 비행을 해서 그 결과에 따라 엄격하게 분류한다. 이별의 자리에서 그렇게 눈물이 났다. 나도 어쩌면 저런 처지가 될 수도 있다는 생각이 들지 않을 수 없었다. 남의 불행을 보면서 자신을 투영하는 것이 인간의 본능인지 모른다.

그러던 중 비행훈련을 거의 마치고 정식 조종 흉장을 달고 임관하기 위해 조종 간부 한 기수가 대전에 도착했다. 그들은 나이가 우리와 유사하거나 조금 밑이지만, 2년 전 선발되어 기본 군사훈련만 받은 뒤 바로 비행훈련 과정을 거의 마치고 임관하기 위해 온 것이다. 그들이 보기에 우리가 얼마나 초라하고 앞날이 멀게 보였을까. 이제 그 험난한 비행훈련의 걸음마 단계에 있는 생도를 보면 본인들이 겪고, 극복했던 과정이 다시 생각났을 것이다. 우리는 우리들의 현실과 비교해보면 그들의 현재 위치가 부럽고 스스로 열등의식을 느끼기 쉬운 상황이었다.

그 젊은 혈기의 두 집단은 결국 식당에서 사소한 시비 끝에 집단 싸움을 벌였다. 그 여파는 실로 엄청났다. 비행 교관들은 우리가 싸움의 원인 제공자라고 생각해, 틈만 나면 단체 기합과 함께 엄청난 구보를 시켰다. 약간의 선의가 있던 교관까지 돌아서, 동기생들이 평가에서 많이 탈락, 학교로 돌아가기 시작했다.

물론 꼭 그런 이유만은 아니라고 생각한다. 그런데 재분류가 시기적으로 맞아서 그런지, 동기생들은 그로 인해서 불이익을 받는다고 느꼈다. 매일 아침 브리핑실에서 비상절차를 암기하고, 측풍 시 착륙 절차에 대한 설명이 부족하다며 단체로 기합받는 생활이 연속되었다. 비행훈련은 고도의 집중력이 요구되고, 조그만 실수가 생명을 위협하는 원인이 되기 때문에 이렇게 엄격하게 훈련을 시킨다고 알고 있지만, 항상 긴장감이 극대화된 생활이 즐거울 리 없다. 미국같이 자유롭고 민주적인 나라에서도 공군의 비행훈련과 해병대 훈련 때는 구타를 용인해 준다는 얘기가 있다. 일생일대의 중요한 전환점에 있는 우리의 현실은 누가 잘 받아들여서 극복하느냐가 관건이었다.

드디어 단독비행을 위한 평가가 시작되었다. 단독비행의 가능 여부가 초등과정의 수료를 결정짓는 중요한 기준이다. 그러기 위해서는 평가 비행 시 평가관에게 안전하게 항공기를 착륙시킬 수 있는 기량 보유자로 신뢰를 얻어야 한다. 나는 무난하게 평가 비행을 통과했고, 이어진 단독비행을 준비했다. 생전 처음으로 혼자 항공기를 몰고 하늘에 도전한다. 가슴 설레고 흥분이 가시지 않는다.

교관도 긴장되는지 연신 내 얼굴을 살피고 긴장하지 말고 평소대로 하면 된다고 안심을 시킨다. 그 당시 아주 재미있는 관습이 있었다. 교관이 단독비행 나가는 항공기 바퀴에 소변을 보면 안전하게 다녀온다는 아주 비과학적인 루틴이었다. 바퀴에 소변을 보는 교관을 보며 잘 다녀오리라 다짐했다. 처음으로 혼자 공중에 부양하니 가슴이 뿌듯했다. 잔소리를 하고 고함을 치는 교관이 없어서 어색했지만, 오히려 긴장보다는 안도가 되었다. 초등과정에서의 단독비행은 이륙하여 활주로 주변을 한 바퀴 크게 돌아서 바로 착륙하는 아주 단순한 과정이다. 착륙하면서 배운 대로 무난히 안착했다. 첫 단추를 잘 채운 듯하다. 반가워하는 교관과 포옹하고, 자부심이 가슴속에 넘치는 것을 느꼈다.

나는 초등 비행훈련 과정을 우등으로 수료했다. 비행훈련 수료 행사장에서 단독비행을 마친 기념으로 빨간 머플러와 함께 비행 단장의 우등메달도 받았다. 사관학교에서 받은 어떤 상보다도 훨씬 값어치가 있었다. 평생의 꿈을 향해서 점차 가까이 잘 다가가고 있다는 자부심도 생겼다.

사천으로 가서 중등 비행훈련 과정에 입과하자마자 우리 동기생은 졸업과 임관을 위해 학교로 돌아왔다. 이미 4년 후배가 입교하여 1학년이 되어 있었고, 1년 후배들은 4학년이 되어 있었다. 우리는 4학년도 아니고, 그렇다고 장교도 아닌 매우 어정쩡한 신분으로, 교칙에도 없는 5학년이 되었다. 숙소도 기거할 곳이 마땅치 않아서 대강당에 짐을 풀고 그곳에서 생활했다.

장교 생활에 대한 강의를 듣고 졸업식 행사 준비도 했다. 마음은 정말 편하고, 아무리 편대장, 훈육관들이 지적해도 도를 넘지 않아 생도 시절의 노고를 예우해주는 인상을 받았다. 군에 대한 위상이 높던 그 시절에는 사관학교 졸업식이 대통령이 항상 참석하는 일급 행사였다. 교정 미화 작업은 물론 행사 자체가 3군 간 비교가 되기 때문에, 교장은 물론 참모총장까지 신경을 쓰는 행사였다. 약 3주간 졸업 연습을 했던 것으로 기억한다.

나는 학업성적이 뛰어나지 못해서 수상하지 못했지만, 그래도 전 동기생 중 20등 안에 드는 성적으로 졸업했다. 이제는 제약에서 벗어나 자율적인 행동이 어느 정도 가능하고, 사관학교에서 퇴교라는 불명예스러운 상황에 직면하지 않는다는 사실도 반갑게 다가왔다. 졸업식 날 부모님과 친구들이 축하해주기 위해 참석했다. 공군 장교가 되었다. 사관학교의 엄격하고 혹독한 훈련과정을 이겨낸 의지와 노력을 자축하고 싶은 마음이다.

이제 또 다른 시작이다.

졸업 후 일주일 정도 휴가를 받았나? 다시 짐을 싸서 사천으로 향했다. 본격적인 중등 비행훈련에 들어간다. 졸업 전 사천의 제트 훈련기는 대전의 프로펠러와는 비교가 되지 않을 정도로 복잡하고 어렵다고 지상 교육 시간에 얘기했던 교관의 목소리가 생각난다.

다시 훈련이 시작되었다. 주로 전투기 출신인 비행 교관들의 성정이 대전보다 훨씬 거칠었다. 비행을 시작하면서 체벌은 점점 심해져갔고, 속도가 빨랐고, 항공기 바퀴를 이륙 후 집어넣는 등 절차도 훨씬 복잡하여 정신이 없었다. 훈련 초기, 빠른 속도에 적응하지 못하던 내게 교관은 상당히 실망한 듯 보였다. 자존심이 상한 나는 지상에서 소위 머리 비행을 많이 하여 그 간격을 좁혀갔다. 어느 정도 시간이 지나니 이 또한 적응할 만했다.

담당 교관은 전투기 출신 대위고 미혼이었다. 정이 많은 데 애써 냉정한 분위기를 연출하려 애쓰는 분이었다. 나를 포함한 두 명의 동기가 한 교관에게 배정되었는데 열심히 연구하고, 정석대로 하려는 나를 인정해주었다. 어느 일요일 늦은 아침에 밤늦게까지 동기들과 과음한 나는 구내식당에 식사하러 가서 담당 교관을 만났다. 오후에 같이 외출하자는 교관을 따라 삼천포 포도밭, 횟집을 거쳐 사천 호프집까지 다니며 술을 마셨다. 귀영 점호를 앞두고 부대에 전화하여 면담 중이니 몇 시까지 보내겠다고 연락, 좀 더 마시고 들어온 적이 있었다.

비행훈련에 입과 후 처음으로 인간미를 느꼈다. 그 교관은 혼을 내면서도 절제를 하였고, 인간적으로 잘 가르치려 했다. 반면에 어떤 교관들은 담당 훈련 조종사를 무자비하게 구타하여 엉덩이와 허벅지에 멍이 들어 목욕탕에 가지 못하는 동기들도 있었다.

인품이 있는 교관과 없는 교관이 명확히 구분되었고, 엄청난 차이가 있었다. 어떤 교관을 만나냐에 따라 인생이 바뀌는 경우가 많았다. 인격이 높고 품성이 좋은 교관을 만나면 어린 후배들의 꿈을 이해하고, 최선을 다해서 도움을 주려고 노력하는 반면 그렇지 않은 사람을 만나면 자신의 선입견과 기분에 따라 후배의 인생을 예기치 않은 길로 보내기도 한다.

세월이 지나서 생각하니 그 당시 그들의 나이가 혈기 왕성한 이십 대 말이나 삼십 대 초였으니 큰 기대를 하기에는 연륜이 부족했다. 타인의 인생을 좌지우지할 권한을 가진 사람의 인품은 정말 중요하다. 당시 담당 교관에게는 인간미를 크게 느꼈다. 십몇 년 동안 그가 어느 곳에서 근무하는지 찾아서 연하장을 보냈다. 최근엔 같이 만나서 식사한 일도 있다.

또 하나의 소망이 생겼다. 조종사가 되면 반드시 사천의 교관이 되어 인간미 있는 교관 생활을 하고 싶었다. 하지만 끝내 그런 기회는 오지 않았다. 나는 그 당시 중등 훈련과정에서 동기회장을 맡았다. 행사가 있을 때마다 동기생 일을 하면서 교관들과의 관계 개선을 위해 노력했다. 특히 단독비행 후 회식 준비를 위해 사천 재래식 시장에 가서 음식과 기타 물품을 사던 기억이 난다. 중등 비행훈련 후반기에 교관이 바뀌었지만, 그 교관과도 관계가 좋아서 큰 문제없이 훈련은 계속됐다.

그즈음 우리의 후차 반인 2차 반으로 입과해 훈련 중인 가까운 동기가 있었다. 그런데 그 친구가 공중에 올라가면 구토를 하여 정상적인 훈련이 되지 않는다고 한다. 프로펠러에서는 그런 증상이 전혀 없었는데, 제트기로 와서 산소마스크를 착용하고 나서부터 그런 증상이 생겼다고 한다. 그 친구는 아주 유능하고 똑똑하여 장차 공군의 선두주자 재목으로 평가받는 인물이었다. 마지막 기회를 주고 호전되지 않으면 훈련을 중지하겠다는 통보를 받았다고 한다.

너무 안타까웠다. 나는 동기회장이라 필요시에는 상관들과 면담 할 수 있는 기회가 있었다. 비행 대장과 면담하여 너무 아까운 인재이니 기회를 넉넉히 주면 좋겠다는 의사를 밝혔다. 그러면서 차멀미가 심한 시골 사람들도 시간이 지나고 경험이 쌓이면 좋아지는 경우가 있지 않겠느냐는 말씀을 드렸다. 그러자 흔쾌히 너희들 동기생의 의리에 공감한다며 몇 회의 추가 비행 기회를 주었다. 혈압이 높은 그는 결국 구토를 극복하지 못하고 다른 특기를 얻어 가게 되었다. 그는 의무 복무를 마치고 전역 후 고위 공무원이 되어 주요부서의 국장까지 진급하여 재능을 정부 부처에서 발휘했다.

중등 훈련과정은 여러 종류의 비행을 경험하고, 차후 가능성을 보는 과정이라는 생각이 든다. 과목이 다양하고 연구해야 할 내용이 많았다. 처음 시작하는 계기비행은 개념을 잡기가 쉽지 않았으며, 지상에서 연구를 많이 해도 공중에서는 계산 능력이 떨어져 당황스러울 때가 많았다. 계기비행은 날씨가 좋지 않을 때 눈에 의존하는 시계비행에서 벗어나 오로지 계기만 보고 항로를 유지하거나 기지에 찾아와야 하는 비행이기 때문에, 쉬울 수가 없었다.

계기비행 과정을 훈련받으면서 조종사가 달리 보이기 시작했다. 조종사들이 가슴에 다는 조종 흉장은 계기비행을 할 능력이 된다는 자격증이라고 교관들이 얘기했다. 전투대대에서 시행하는 저고도 침투 비행도 무척 생소한 훈련 과목이었다. 지도를 보고 연구를 한 후, 오직 지형지물만을 보고 낮은 고도를 이용해 목적지를 찾아가는 비행도 쉽지 않은 과목이었다. 항상 낮 시간대에 비행했는데, 이곳에서는 맛보기로 몇 회의 야간비행이 있었다.

야간 적응을 위한 명분으로 오후부터 선글라스를 끼고 다니는 모습이 우스꽝스러웠지만, 야간에 본 하늘과 지형은 새로운 세상이었다. 어둠으로 인해 시계의 제한을 받기 때문에 주변을 관찰하고 계기를 확인하는 인지 능력이 다소 떨어지지만, 지상에 있는 도시의 풍경은 마치 보석 같아 보였다. 사천 비행장 근처에 있는 도시 '진주'는 마치 보석의 진주처럼 아름다웠다. 중등 과정을 무난히 수료하고 다음 과정을 위해 짐을 꾸렸다.

고등과정은 사천에 있는 T-33(별칭: 쌕쌕이)으로 가거나, 광주에 있는 F-5B로 가는 두 가지 과정으로 나뉜다. T-33으로 가면 F-86이라는 한국전쟁 시 미 공군이 사용했던 구형 전투기로 갈 확률이 높고, F-5B로 가면 F-5A나 혹은 F-5E로 갈 확률이 높다. 나는 F-5B를 신청해 광주에 있는 고등비행 훈련과정에 입과했다. 짐을 꾸려 광주로 가면서 이제는 조종 흉장을 획득하기 위한 마지막 관문이니만큼 잘 마무리 짓겠다는 결심을 했다.

광주 비행장에 도착하니 항공기 소리가 훨씬 크게 들린다. 그도 그럴 것이 광주에는 훈련과정도 있지만, 전투 비행대대가 있어서 실제 전투 임무를 수행하고 있는 비행장이기 때문이다. 또한 항공기의 크기가 커서 굉음이 대단하다. 격납고에 있는 F-5B를 보니 먼저 그 크기가 사천에 있는 훈련기와 비교가 되지 않을 정도로 크고, 높이도 엄청났다. 기체 표면이 얼룩무늬로 칠해져 있어서 여태까지의 훈련기 도색인 회색과는 느낌이 달랐다.

지상 교육을 받으며 항공기 속도가 빨라서 쉽지 않겠다는 생각이 들었다. 실제로 착륙속도가 빨라서 초기 이착륙훈련을 하면서 애를 많이 먹었다. 훈련 과목은 다양하지만 가장 중요한 게 계기비행이다. 계기비행 평가에 합격해야만 조종 흉장을 획득할 수 있기 때문이다. 나는 동기생 한 명과 함께 현역 대위 교관에게 배정돼 큰 무리 없이 훈련과정을 소화해냈다.

최종 계기비행 평가는 미 공군이 관제하는 오산이나 군산 비행장으로 가서 하는 것이 원칙이었다. 그래서 스케줄에 미리 계획된 대로 준비하다가, 날씨가 나빠 다른 비행장으로 갑자기 바뀌는 경우가 많아 다른 비행장까지 준비하느라 무척 분주했다. 특히 미군들이 관제하기 때문에 영어 발음을 얼마나 잘 알아듣느냐도 큰 변수였다. 미리 녹음된 내용을 듣고 적응력을 키웠다. 먼저 평가 비행에 통과된 동기들이 내려오면 축하해주며 부러워했다.

나는 하늘로 출근한다

최종 평가 비행은 큰 문제없이 잘 마무리되었다. 고등비행 과정을 수료한 후에는 각 방향으로 동기생들이 분류되었다. 전투기가 적성에 맞지 않는 몇 동기들은 전투기가 아닌 지원기(수송기 혹은 헬기 등)로 분류되기도 했다. 나는 이제 고등비행 훈련과정을 마친 후 전투 조종사가 되기 위한 마지막 과정인 CRT(Combat Ready Training: 전투 대비훈련)에 입과하게 됐다.

F-5B는 훈련기로 사용되는 복좌 항공기이지만, 사실은 전투 비행대대에서도 평가 비행이나 야간 특수 작전에서 사용하는 항공기이다. 이 항공기의 단좌 전투기가 F-5A이다. 정식 전투 임무를 위해서는 공중에서 적기와 조우 시 그들을 제압할 정도의 전투 기동 능력을 배양해야 하고, 또한 폭격 능력도 갖추어야 한다. 나는 광주 비행장에 있는 CRT 전담 비행대대로 이동해 훈련했다. 주거지는 광주 비행장에 있는 숙소에 있지만, 소속만 옮긴 경우다. 여태까지 항상 교관과 동승하는 복좌 항공기를 타고 훈련하다가, 이제는 단좌 항공기를 타고 훈련하게 되었다.

초기에는 약간의 두려움이 있었지만 시간이 지나면서 훨씬 마음이 편하고 오히려 눈치를 보지 않아도 되기 때문에 여유가 생기기 시작했다. 정말 전투 조종사가 된 듯한 기분이었다. 자부심이 훨씬 커지고 난이도가 높은 훈련을 마치고 오면 자신감도 생기기 시작했다. 이미 조종사로 자격이 인정되었기 때문에, 조종 흉장을 가슴에 부착하고 그리도 갈망하던 '빨간 마후라'를 매고 다녔다. 계급은 고등 비행훈련 중 중위로 진급하여 밑바닥 장교는 벗어난 상태였다.

고민 없이 훈련을 받았던 과정이 드물었는데, 이번엔 마음 편하게 훈련했다. 공중에서 적기와 만났을 경우 관제를 받아 적기를 공격하는 훈련, 저고도로 침투하여 목표물을 타격하는 훈련, 적기와 1:1로 만날 때, 혹은 2:1로 만날 경우를 대비한 공중 전투 기동 훈련도 같이 받았다. 전투 비행대대에 배속돼 바로 실전에 투입되어도 임무를 수행할 기량을 기르기 위한 훈련이 지속되었다.

  수개월간의 훈련이 종료되고 우리 차반의 반은 전투 비행대대로 몇 명씩 배속되었다. 나는 10명의 동기생과 함께 예천에 있는 F-5E/F 전환 대대로 배속되었다. 당시 F-5E/F는 F-5A/B의 신예기로 많은 항공기가 도입되어, 그 항공기 조종사 양성이 필요했다. 사실 긴 훈련 기간으로 피로감을 느꼈지만, F-5E는 F-5A에 비교해서 항공기 기동성이 훨씬 향상됐다. 안정성도 좋은 항공기로 알려져서 어차피 F-5 계열 전투기로 비행하려면 신예기로 전환하는 것이 낫다는 생각이 들었다.

  오후에 경부선 기차를 타고 가다가 김천에서 공군 버스로 갈아타고 예천 비행장을 가는데 계속 시골길로 간다. 얘기로만 들었던 예천은 그야말로 두메산골이었다. 지금은 교통이 많이 좋아졌지만, 그때만 하더라도 예천에서 서울 가기가 정말 힘든 시기였다. 직선거리는 그리 멀지는 않지만, 교통편을 이용하여 가려면 너무 긴 여정이었다. 김천까지 나와서 기차를 타고 가거나, 상주 혹은 안동에서 시외버스를 타고 가야만 했다. 그나마 직통으로 가는 버스가 드물어 여러 곳을 경유했다. 그래서 훈련 중 서울에 일이 있을 때는 서울 가는 관광버스를 이용했다. 직통버스가 없어 관광버스가 주말에만 서울행 버스를 운영했다.

  예천에서의 훈련은 한층 성숙한 조종사로 성장하는 계기가 되었다.

치밀하고 강도 높은 훈련을 했다. 특히 공중전투 기동훈련은 실전에 가까울 정도의 난이도가 센 훈련을 하여 자부심을 높여주었다. 광주에서의 CRT 훈련과 과목이 유사하지만, 전투기의 특성이 다소 다르고 그 적응력에 주안점이 맞춰진 훈련이었다.

　주변에 아무런 위락시설이 없는 비행단 생활은 단조롭기 짝이 없었다. 일과가 끝난 저녁, 부대 내 체육관에 몰려가서 테니스 경기에 열중했다. 가끔 상주 시내나 안동에 나가서 고기에 술 한잔 곁들이는 것이 유일한 낙이었다. 약 4개월의 전환 및 CRT 훈련을 마치고 전투 비행대대로 배정받기 전에 본인의 신청을 받았다. 공군은 그래도 주로 대도시 주변에 비행장이 있고, 본인의 신청을 받아서 배치해주기 때문에 타 군보다는 그런 면에서 합리적이었다.

　당시 배치받을 비행단은 예천과 광주 수원이었다. 광주는 지역 연고가 있는 동기들이 많아서 1명이 필요한데 신청자가 3명이었고, 예천은 2명의 동기가 이미 신청하여 그대로 될 듯싶었다. 수원은 대대 수가 많아서 7명이 필요한데 신청자는 훨씬 미치지 못했다. 수원은 전방에 가까이 있어서 비상대기도 많고 군기가 엄격하다고 소문나서 별로 인기가 없는 편이었다. 나는 당연히 모처럼 집 가까운 곳에서 근무하고 싶은 생각에 수원을 신청했다. 그리고 수원에 배치받을 것으로 믿어 의심치 않았다.

　그런데 웬일인지 내가 1명이 배치될 광주 비행장으로 명령이 났다. 너무 놀라고 기가 막혀 작전과에 가서 작전 과장에게 3명이나 연고가 있는 동기들이 신청한 광주에 내가 배치된 이유가 뭐냐고 따져 물었다. 작전 과장의 설명은 광주에서 그동안 배치된 조종사가 기대에 미치지 못

하여 이번에는 수료성적 몇 등을 찍어서 요구했고, 내가 그 기준에 맞아
가게 되었다는 황당한 답변이었다. 이미 인사명령이 발표되었기 때문
에, 아쉽겠지만 그대로 따르는 방법밖에 없다는 얘기도 곁들였다. 군인
의 본분이 명령에 복종하는 것 아니겠는가? 나는 너무 어처구니없고 아
쉬웠지만 짐을 다시 쌌다.

짐을 싸서 주기적으로 운영하는 공군 수송기를 통해 보내고, 버스를 타고 광주 비행장에 홀로 갔다. 마음이 편치 않아 발걸음도 무거웠다. 광주에 배속 신고를 하고 미혼 장교 숙소를 배정받았다. 그나마 위안이 된 것은 사관학교 1년 선배들이 이미 같은 대대에 몇 명 배치돼 열렬하게 환영해줬다. 사관학교 다닐 때는 앙숙으로 지내는 기수가 바로 1년 선후배 사이인데, 졸업 후에는 가장 잘 이해하고 돕는 사이가 된다니 참 아이러니하다.

그 당시에 광주에는 전투 비행대대가 한 군데밖에 없어서 나름대로 자부심이 대단했다. 그때부터 초급 전투 조종사에 대한 보강훈련이 시작되었다. 실제로 비상대기를 할 수준의 전투 조종사 기량을 닦아야 했다. 이제껏 받아온 훈련이 아직은 병아리 수준임을 자각했다. 진정한 전투 조종사가 되기 위해서는 많은 훈련과 경험이 필요하다는 생각이 들었다. 하지만 희망하지 않은 광주에 배정받은 것에 대한 원망은 식을 줄 몰랐다. 이미 배치된 선배 중에서도 희망하지 않은 사람들이 몇 있어서 조금 위안이 되기도 했다.

한동안 의욕이 떨어져서 저녁에 술을 많이 마셨다. 수원에 갔더라면 주말에 부담 없이 집에 가고, 친구들을 만날 수 있을 것에 대한 기대가 무너져 음주로 이어졌다. 선배들의 환영 회식에서도 마다하지 않고 술을 많이 마셨다. 개인적 혹은 소규모 모임에서도 음주에 탐닉했다. 그러다가 마침내 설사가 나는 등, 장염의 조짐이 보이기 시작했다. 약을 처방받고 숙소에서 쉬면서 많은 생각을 했다.

뒤늦게 정신이 들기 시작했다. 이제 겨우 꿈을 이루고 그 첫 출발선에 섰는데 이건 아니다. 비행이 계속되고 있는 상황에서 이런 무절제한 생활은 더욱 아니라는 생각도 들었다. 저녁에 뛰기 시작했다. 뛰면서 많이 생각하고 마음을 다시 잡으며, 무엇인가 전기를 만들어야겠다고 생각했다. 열심히 근무하여 능력을 인정받아서 몇 년 후 사천 비행장의 비행교관으로 자원해 가거나, 타 기종으로 전환해 가는 것도 좋은 방법이 될 수 있다고 생각했다.

선배들을 찾아가서 미흡한 전투 기동에 대해 개인적으로 질문하여 조언을 받았다. 선배가 아니더라도 이미 배치된 위 기수에게 설명을 들었다. 다행히 선배들과 위 기수들이 많이 도와줘서 기량이 날로 발전했다.

드디어 비상 대기실에서의 첫 근무가 시작되었다. 긴급 발진 준비가 되어 있는 전투기 바로 옆에 붙어있는 비상 대기실은 비록 후방지역에 있더라도 최전선이라는 개념으로 운영된다. 빠른 속도의 전투기는 순식간에 최전방으로 내달리기 때문에 전후방이 따로 있을 수 없다. 그래서인지 비상대기를 할 때는 아주 예민하다.

까다로운 만큼 징크스도 많다. '스크램블'이라는 긴급 출동은 이상하게 어떤 특정인이 근무할 때 유독 많이 발생한다. 그래서 처음 비상대기

나는 하늘로 출근한다

를 하는 사람은 그 징크스에서 벗어나기 위해 노래를 불러야 한단다. 미신 같은 이야기지만 전통같이 굳어진 관습에 저항할 사람은 없다. 첫 근무 시 큰 소리로 노래를 불렀다. 같이 근무하는 사람들이 선배라서 부끄러움도 수치심도 느낄 경황이 없었다.

　비상 대기실은 매우 안락하게 꾸며져 있다. 커다란 공간에 소파가 널찍했고 TV와 당구장 시설까지 잘 갖춰져 있다. 책을 보고 싶은 사람은 읽고, 음악을 듣거나 TV를 봐도 좋으나 긴급 출동에 방해가 되는 행동은 용납되지 않는다. F-5E는 주로 주간 작전에 투입되는 전투기라 일몰이 되면 임무가 종료되고, 다시 일출에 맞춰서 임무가 시작된다. 중력 가중치를 최소화하는 장구인 G-SUIT를 입고 무더운 여름에 근무하는 게 쉽지 않은 일이지만, 그나마 여기까지 온 자신이 대견했다.

　후에 F-4E 팬텀으로 전환하여 비상 근무할 때는 24시간 장구를 착용한 채로 대기해야 했다. 전천후 항공기이고 야간 작전이 원활한 전투기이기 때문에, 소파에서 대기하며 밤을 지새웠다. 전투대대에서 비록 아직 저등급 조종사지만 적응력이 서서히 높아지고 있었다. 몇 달이 지난 후, 2차 반으로 입과했던 동기들이 같은 비행대대로 배치되고 상부의 관심도 그쪽으로 옮겨갔다.

　전투 비행대대는 비행을 가장 중심으로 두고 비행 기량을 높이기 위해 노력하면서 비행 사고가 나지 않도록 최선을 다한다. 개인의 비행 능력을 평가하는 검열 비행이 일 년에 2회 정도 있고, 비행 대대별 공중사격 능력과 대지 공격 능력을 겨루는 이른바 '승공 작전' 이라는 사격 시합이 있다. 승공 작전은 대대별 명예가 걸린 시합이기 때문에 편조 구성부터 연습까지 많은 신경을 쓴다. 등급이 높은 조종사만 출전하는 것이 아니라, 등급별로 골고루 편조를 짜서 출전하기 때문에, 미리 대대 내 자체 사격대회를 열어 그 결과에 따라 출전 명단을 구성한다.

나는 요기 중에서는 최저 등급을 면한 상태라 출전 명단에 들었다. 전투 조종사는 교관이 최상위 등급으로, 전환이나 자격 획득 시 비행교육을 시킬 수 있다. 편대장은 4기의 전투기를 지휘하여 비행할 수 있는 지휘관이다. 분대장은 2기의 전투기를 지휘하는 리더이며, 요기는 편대장이나 분대장의 지휘를 받아 임무를 하는 최하등급 조종사다. 대개 신임 조종사가 비상대기 능력이 되면 요기가 된다.

나는 요기로 4대 중 2번기로 승공 작전에 선발되었다. 처음 출전이고, 대대원의 열렬한 응원을 받고 나가는 시합이라 자부심보다는 잘해야 한다는 강박감이 훨씬 컸다. 더구나 사격성적이 전 공군에 그대로 노출되기 때문에, 좋은 성적은 자부심을 주지만, 형편없는 성적은 망신스럽다. 그때까지 나름 대지 사격성적은 좋은 편이었고, 그 정도만 유지하면 창피당할 수준은 아니었다.

대지사격은 바람의 영향을 폭탄이 많이 받기 때문에, 바람이 적은 아침에 사격할 때 가장 유리하다. 바람이 많이 부는 조건에서의 사격 시에는, 심지어 가장 큰 서클인 250피트 바깥쪽에 조준하고 폭탄을 투하해야 할 때도 있다. 과연 이 폭탄이 이렇게 수정을 많이 했는데도 명중할수 있을까 하는 의구심이 든다. 중심에는 20피트 서클이 있다. 이 서클을 우리는 Bull's Eye(황소의 눈)라 부른다. 폭탄을 투하하고 난 후 사격장 통제 장교가 "Bull's Eye"라고 외치면 조종석에서는 엔도르핀이 뿜어져 나오고 환성을 지른다.

나는 하늘로 출근한다

사격 방법은 여러 종류가 있지만, 2킬로미터 상공에서 깊은 각도로 투하하는 사격, 600미터 상공에서 낮은 각도의 사격, 그리고 가까이 들어가서 기총사격을 하는 경우로 구분된다. 기총 사격을 할 때 조금 더 가까이 들어가면 더욱 높은 점수를 얻을 수 있어서 낮은 고도에 진입하는 경우가 있는데, 사고로 이어질 수 있어서 위험하다. 그래서 지정된 고도를 침범하면 바로 파울을 받고 성적은 0점 처리된다.

고 각도 사격은 40도 이상의 각도로 사격하기 때문에 사격 후 조종간을 당기면 강하 각에 따른 고도 손실이 있어 늦게 사격하고 조종간을 당겨 실제 사고로 이어진 경우도 있다. 나는 승공 작전에 요기로 첫 출전한 대회에서 평균 정도의 성적을 냈다. 누구도 내게 잘못했다고 얘기하지 않았고, 덕담을 건넸지만 스스로는 아쉬웠다. 조금 더 잘할 수 있었는데… 준비에 비해서 결과가 미흡하다는 생각이 떠나질 않았다.

주기적으로 작전사령부에서 비행단에 내려와 전투 능력을 평가하는 ORI(Operation Ready Inspection: 작전 대비 검열)는 비행단에서 주관하는 중요한 검열이다. 만약 이 검열에 불합격되면 재검열받아 비행단의 명예는 회복하기 어렵게 된다. 검열이 시작되기 훨씬 전부터 모의 검열을 자체적으로 시행한다.

비행 능력뿐 아니라 지식수준을 확인하기 위한 필기시험도 보기 때문에, 일과 후 혹은 휴일에도 출근하여 준비에 최선을 다한다. ORI 시에는 비행단 전체가 전투태세로 돌입하여 전투복과 화생방 장구를 착용하고 다닌다. 이제껏 검열에 떨어진 비행단이 있다는 애기를 들어보지는 않았지만, 비행단에서 생각하는 검열의 중요성은 상상 이상이다. 간혹 연속적으로 사고가 발생하거나, 사회적으로 문제점이 노출된 비행단은 합동참모본부에서 주관하는 한 단계 높은 검열을 받기도 한다. 예나 지금이나 검열은 준비가 버겁고, 살얼음판을 걷는 것 같아서 쉽지 않다.

요기나 혹은 분대장 위치에서 파견 가는 경우가 몇 군데 있다. 2달 혹은 3달가량 육군부대에 파견가는 FAC(Forward Air Controller: 전방항공통제관) 혹은 ALO(Air Liaison Officer: 공군연락관)이 그것이다. 공군과 육군은 근접 지원 작전이라는 공지 합동작전을 한다. 육군 측에서 보면, 지상군끼리 전투를 할 때 공군의 화력지원이 필요할 때가 많다. 이때 공군의 전폭기를 요청하고, 공격이 필요한 지점으로 유도하여 목표를 공격하게 하는 역할을 하는 사람이 FAC이다. 공군과 육군의 작전을 이해하고 상황을 파악해 협조하는 역할을 지상에서 조종사가 하는 것이다.

이 역할을 하기 위해서는 한 달의 공지 합동 과정을 이수해야 한다. 모든 초급 조종사는 공지 합동 학교에 개설된 이 교육과정을 이수하고, 육군 규모에 따라 FAC나 ALO로서 파견을 나가는 것이다. 기간이 꽤 긴 편이고 새로운 환경의 근무라 많은 일이 발생한다. 나는 FAC를 2회 나간 경험이 있는데, 우선 부대에 가까운 민가에서 하숙하는 것부터 새로운 경험이었다.

아침, 저녁 식사는 하숙집에서 가까운 식당에서 해결하고, 점심 식사는 육군부대에 있는 장교식당에서 한다. 육군부대에서 조종복을 입거나 공군 전투복을 입고 다녀 눈에 띄기 쉬워서 행동거지가 굉장히 조심스러웠다. 공군 조종사에게 지급되는 부츠나 비행 재킷이 육군에서는 장군에게만 지급되는 장비라서 시샘을 받기도 했다.

나는 하늘로 출근한다

일과가 끝나면 시간이 많이 남기 때문에, 자칫 절제가 없는 생활로 빠지기 쉽다. 일과 후 동료끼리 당구장에 가서 시간을 보내거나 몇 명이 모여 화투나 카드를 하기도 한다. 또한 다방에 가서 차를 마시며 노닥거리기도 하고, 호프집에 가서 술을 마시기도 한다.

며칠을 그렇게 보내고 나니 너무 허무하게 시간을 보내는 듯해서 이건 아니라는 생각이 들었다. 주변에 혹시 영어 학원이 있나 알아보니 워낙 시골이라 학원은 찾을 수 없었다. 일단 영어 신문을 신청했다. 그리고 사무실에 출근할 때 영어 신문을 가지고 가서 오전에 탐독했다. 책을 사서 독서를 하기 시작했다. 훨씬 마음이 편하고 무엇인가 하고 있다는 뿌듯한 생각이 들었다.

그러던 중 한미 연합훈련인 'Team Spirit'이 시작되었다. 미 공군 통신 부사관과 한 조가 되어 근접 항공작전을 지원해야 한다. 한미 합동작전을 위하여 미군 부대에 가서 교육을 받았다. 열흘 간 미군과 동행하며 작전을 수행해야 한다. 통신장비가 가득한 지프 한 대와 그 차를 운전하고 통신장비를 다루는 미 공군 중사와 한 조가 되었다. 부대에 있는 미군과 가끔 얘기할 기회는 있었지만 이처럼 오랫동안 숙식을 같이하며 지내는 경우는 처음이었다. 미군은 텐트를 차에 싣고 다니며 육군이 주둔하는 야전 천막 근처에 텐트를 쳤다. 이런 생활에 익숙한 듯 텐트도 잘 치고, 가지고 다니는 전투식량으로 끼니를 해결했다. 밤에는 같이 텐트 안 각자의 슬리핑백에 들어가서 잠을 잤다. 전방의 3월 말은 아직 추위가 남아있었다.

며칠 같이 다니다 보니 서로 언어소통이 되기 시작하고, 마음을 열기 시작했다. 전투식량을 같이 먹기도 했는데 한두 끼 먹기에는 문제가 없지만, 계속 전투식량으로 끼니를 해결하려니 질리기 시작했다. 간이식당이 나오면 라면을 사 먹기도 하고, 한식으로 식사하기도 했다. 며칠 동안 샤워하지 못하고 지내니 무척 힘들었다. 가끔 목욕탕에 들러 같이 목욕도 하고, 시간이 애매하면 이발소에 들러 머리만 감고 나오기도 했다. 미군과 같이 다니니 주민들도 신기해하며 많은 도움을 줬다.

주 임무인 근접 지원 작전을 위해 미 공군의 B-52 폭격기를 요청하여 공격할 때는 육군 지휘관들이 너무 기뻐했다. 공군의 위력을 과시한듯해서 나도 뿌듯했다. 색다른 경험을 같이한 미군과 헤어질 때가 되니 서운한 생각이 들 정도로 정이 많이 들었다. 동행한 미군이 별나지 않고 나의 작은 온정을 있는 그대로 받아준 이유도 컸을 것이다. 헤어지며 선물을 주고 싶은데 무엇을 원하냐고 물었더니 이동 막걸리를 사주면 부대에 가서 동료들과 훈련 종료 파티 때 쓰겠다고 한다. 기꺼운 마음으로 이동 막걸리를 큰 통에 담아 사주었다. 미군에 대한 거리감이 좁혀지고 친근감을 느낀 계기가 되었다.

부대에 복귀하여 비행을 다시 하고 있을 때, 옆 대대에서는 사천에서 고등교육과정을 수료하고 F-86 CRT 과정에서 교육을 받는 동기생 그룹이 있었다. 식당에서 자주 만나고, 숙소도 같이 쓰는 처지라 대화를 많이 나누는 사이였다. F-86은 복좌 항공기가 따로 없어 바로 단좌 항공기를 타고 비행하는 게 독특했다. 사실 F-86 전투기는 한국전쟁 막바지에 미군이 실전에 투입한 구형 전투기다. 세월이 많이 흐른 뒤에도 구형 전투기를 사용하는 대대가 있고, 그 수요에 맞는 조종사가 필요하여 훈련이 계속되고 있었다. 항공기 부품 공급도 원활하지 못하여 점점 항공기 대수가 줄어들고 있는 현실이었다. 그래도 조종사에게 자부심 빼면 무엇이 남겠는가? 그들은 항상 "Single Engine, Single Seat" 즉 단발 엔진에 단좌 전투기라는 자부심을 입에 달고 다녔다.

어느 날 동기 한 명과 아침 식사 때 식당에서 만났는데 그가 이번에 새로 자전거를 샀다고 한다. 당시 우리는 이른 비행과 야간비행 등으로 출근 시간이 일정하지 못해 자전거를 타고 다니는 경우가 많았다. 얼마짜리를 샀느냐며 얘기를 하고 각자 출근했다.

그러다가 갑자기 비행을 중단한다는 통보가 왔다. 이유인즉 옆 대대에서 비행 사고가 났다고 한다. 비행 사고는 비행단에서 아주 민감하여 사고가 났다는 소식이 들리면 거의 패닉에 빠지고, 먼저 조종사의 생사에 관심이 집중된다. 조종사가 생존하면 사고로 그치지만, 순직하면 초상집으로 바뀐다. 아침에 식당에서 만났던 그 동기가 사고를 당해 순직했다고 한다.

아침에 자전거 얘기를 하던 그 친구…. 이젠 하늘나라에서 페달을 밟으려나….

생생하게 그 동기의 얼굴이 떠오른다. 내용을 들어보니 이륙하자마자 엔진에 문제가 생겨 엔진이 꺼졌고, 동력을 잃은 항공기는 고도가 낮은 상태에서 추락하여 순직했다는 얘기다.

모든 항공기가 마찬가지지만 이착륙 때 제일 위험하다. 고도가 낮은 상태여서 활공을 할 수가 없고, 특히 이륙 시에는 항공기의 연료가 가득 차 있는 상태라 무거워서 기동성도 떨어진다. 항공기를 운영하는 곳에서는 '마의 11분'이라는 얘기를 많이 한다. 이륙 시 3분과 착륙을 위해 고도를 낮추는 단계 8분을 합한 그 11분 동안 대부분의 비행 사고가 발생한다. 또한 비상이 발생할 때 대처하기가 가장 어려운 여건이다.

　이륙하여 고도가 가장 낮고 무거운 상태에서 엔진에 문제가 발생하여 꺼졌으니 항공기가 아니라 고철 덩어리에 불과하다. 활주로 옆에는 항상 이착륙 시 항공기를 통제하는 편대장급 이상의 조종사가 주파수를 이착륙하는 항공기의 조종사와 같이 유지하고 있다가 조언을 한다. 엔진에 문제가 생겼다는 보고를 받고 통제 조종사는 비상 탈출하라고 조언을 했다고 한다. 나중에 사고조사 결과를 보니 충분히 비상 탈출할 여건과 시간이 있었지만, 앞에 있는 민가를 보고 기수를 틀어놓고 탈출을 시도하려다가 시기를 놓쳤다고 한다.

　독실한 기독교 신자에 법이 없어도 될 정도로 천성이 착한 동기, 그라면 그렇게 할 사람이라는 생각이 들었다. 비행 사고의 장례는 삼일장이 원칙이다. 아직 미혼이라 부모님들이 서울에서 오시고 엄숙하게 장례식이 거행되었다. 사람은 어떤 특별한 일이 생기면 본인에게 투영하는 본능이 있다. 부모님이 슬퍼하는 모습을 보니 갑자기 설움이 북받치고 마치 자신의 일처럼 많은 눈물을 흘렸다. 그 후로도 많은 비행 사고를 목격하고 겪었지만, 처음으로 동기가 비행 사고로 순직한 사건은 충격 그 자체였다.

　조종사들의 음주문화는 아주 특이하다. 예전 세대의 선배 조종사들에게서 전해 내려온 독특한 문화의 산물일 것이라는 생각이다. 물론 비행이라는 고도의 집중력이 필요하고, 위험이 따르는 일을 하다 보면 당연히 그 긴장감을 해소할 대안이 필요하다. 예를 들어 중요한 훈련을 마치거나 작전을 성공적으로 수행하면 해당 조종사 그룹 혹은 전 조종사가

　　　　　　　　　　　　나는 하늘로 출근한다

모여서 맥주를 마신다. 이른바 우리 표현으로 '비어 콜(Beer Call)'이다. 어려운 훈련을 성공적으로 마치면 마무리하고 다시 도약할 전기가 필요하다. 그런 의미에서의 비어 콜은 좋은 의식이라 생각한다.

초급 조종사 시절의 음주문화는 말로 표현하기 민망할 수준이었다. 조종사는 오래 사는 것이 미덕이고, 그러기 위해서는 하늘에서 데려가고 싶지 않은 대상이 되어야 하기 때문에 어느 정도 더러움은 필요하다는 논리다. CRT 중이었던가, 그때 어떤 교관이 제청하여 큰 그릇에 맥주를 가득 따르고, 각 조종사 양말 한 짝을 벗어서 그릇에 넣고 마시자는 얘기다. 비위가 강한 사람도 마시길 꺼리는데 약한 사람은 구토하는 사람도 있었다.

언젠가는 가장 계급이 낮은 조종사의 부츠를 벗으라고 하더니 부츠에 맥주를 붓고 돌아가며 마시라는 것이다. 어디서도 경험하지 못한 의식이었다. 하늘에서 일찍 데려가지 못하도록 지저분하게 살아야 한다고 하니 아직 경험이 없는 초급 조종사로서는 반박하기 어려운 풍속이었다. 더군다나 오래 사는 것이 미덕이라고 하니 따르지 않을 수 없었다. 요즈음같이 젊은 세대의 주관이 확고하고 인터넷이 발달한 상황에서 이런 촌극이 발생한다면 아마도 대서특필되어 손가락질을 받았을 것이다.

조종사의 가장 중요한 필수조건을 들라고 하면 양날의 칼인 집중력과 주의 분배력, 그리고 체력이라고 할 수 있다. 어떤 임무를 하자면 집중력이 있어야만 최대의 성과를 얻을 수 있는데, 너무 한 곳에 매몰되었다가는 오히려 놓칠 수 있는 것이 있어서 주의 분배력도 필요하다. 또한 전투기를 탈 때는 엄청난 중력을 견딜 수 있는 체력도 중요하다.

우리가 땅을 딛고 서 있을 때의 중력이 1G다. 엘리베이터를 타고 가파르게 올라갈 때의 중력이 약 1.3G 정도 되지 않을까 싶다. 놀이공원에서 흔히 타는 청룡열차 같은 놀이기구가 높이 솟구쳐 올라갈 때도 2G를 넘지 않는다. 물론 놀이기구는 높이 솟구칠 때보다는 밑으로 하강하며 마이너스 G를 느낄 때 더욱 짜릿함을 느낀다.

전투기는 보통 7G까지 견뎌야 하고, F-16 같은 전투기는 9G까지 이겨내야 한다. 조종사는 훈련에 입과하기 전 이미 항공의료원에서 하는 'G 내성 과정'을 통과해야 훈련에 들어갈 수 있는 자격이 생긴다. 전투기가 공중 기동 중 많은 G가 걸리면 소위 블랙 아웃(Black Out)이라는, 눈을 뜬 상태라도 혈액이 하체에 몰려 아무것도 보이지 않는 현상이 발생한다. 반대로 전투기를 밑으로 급격하게 하강시켜서 마이너스 G가 발생하면, 혈액이 머리로 몰려서 레드 아이(Red Eye)라는 현상이 발생한다.

마이너스 G를 걸어서 전투 기동을 하는 경우는 드물지만, 전투 기동 중 5G가 걸리거나 7G가 걸리는 경우는 흔한 일이다. 그래서 전투 조종사는 G를 덜 느끼도록 G-SUIT라는 보호장구를 하의에 덧입는다. 마치 카우보이들이 말 탈 때 청바지에 덧입는 옷과 유사하게 생겼다. 그렇게 G-SUIT를 입고 기동을 하면, 1.75G가 되면서부터 항공기에 연결된 호스를 통해 G-SUIT가 부풀어 오르고 배를 꽉 조여주는 효과가 생겨 G를 훨씬 덜 느끼게 해준다.

컨디션이 좋지 않은 상태에서 비행해 심한 기동을 하면 훨씬 G를 크게 느끼게 되어 시야가 까맣게 보인다. 조종사가 속한 비행대대에서 운동을 적극적으로 장려하고, 비가 오는 날에 단체운동을 하는 이유가 바로 이것이다. 예전에는 유산소 운동을 적극적으로 권장했으나, G를 잘 견디려면 근력운동이 훨씬 효과적이라는 과학적 연구 결과에 따라 요즘 비행대대에는 근력운동을 할 수 있는 공간이 마련되어 있다.

대부분의 비행대대는 운동으로 체력을 기르는 것이 비행 능력을 높인다는 지론에 따라, 오후 시간 비행이 없거나 종료한 조종사는 테니스장을 이용하기도 한다. 조종사는 개인 체력을 중시해서 저녁에 시간 내어 조깅하기도 하고, 근력운동을 하는 등 체력을 향상하기 위한 노력을 게을리하지 않는다.

ORI 때는 전 조종사가 체력테스트에 대비하기 위한 훈련을 한다. 턱걸이부터 시작, 팔 굽혀펴기, 윗몸 일으키기, 넓이뛰기 등. 그중 백미는 2킬로미터 달리기다. 정해진 시간 이내에 들어와야 합격하기 때문에 미리 많은 연습을 하고 사력을 다하여 달린다. 당시 흡연하는 사람들은 달리면서 고통을 느끼고, 이제 금연하겠다고 다짐을 하지만 비행을 마치고 산소마스크를 벗은 후 담배 한 대의 유혹을 이겨내기가 쉽지는 않다.

요기의 임무를 하다 보니 어느덧 고참 요기가 되고, 이제는 분대장으로 승급할 시기가 되었다. 분대장은 언급한 대로 가장 작은 규모의 그룹 리더이다. 2기 단위의 임무가 많은 편인데, 가장 기본적인 단위의 리더로 승급하는 것이다.

여태껏 리더가 이끄는 대로 비행을 하다, 분대장이 되려면 먼저 주어진 훈련을 하고 평가 비행을 통과해야 한다. 그런데 막상 훈련받다 보니 익혀야 할 사항이 너무 많았다. 항상 요기를 배려해 유연하게 비행하고, 특히 추력을 증감시킬 때도 부드럽게 하여 요기가 느끼지 못할 정도로 해야 한다. 한 치 앞이 보이지 않는 구름 속에서 밀집대형을 만들어 통과할 때가 있다. 날개가 붙을 정도로 가까운 대형을 유지해 오로지 리더만을 믿고 대형을 유지해 요기가 가장 신뢰할 수 있는 리더 자격이 필요하다.

요기로 분대장이나 편대장을 따라다니다 보면 부드럽게 그룹을 이끄는 사람과 거칠게 이끄는 사람의 차이가 확연히 드러난다. 요기끼리 모여서 얘기를 나누다 보면 어떠어떠한 분대장이 믿을 만하다는 얘기도 나온다. 자칫 리더의 실수와 판단 착오로 요기를 죽음으로 이끌 수도 있다.

실제 야간비행 시, 리더가 시계에만 의존한 채 비행하다가 비행장 근처의 산에 부딪혀서 같이 순직한 사례도 있다. 또한 이륙할 때 구름으로 차폐된 상태에서 계기비행을 하지 않고 육감에 의한 비행을 하다가 사고로 이어진 사례도 있다. 그래서 최초의 리더 격인 분대장 교육은 비행대대에서 아주 중요한 승급훈련이다.

약 한 달 동안 지상 교육, 비행훈련을 받았다. 지적을 받고 수정을 반복했다. 드디어 평가 비행을 마치고 분대장이 되었다. 분대장이 되긴 했으나, 아직 보완할 점이 많은 분대장이다. 한동안 요기는 복좌 항공기에 교관이 탑승한 신입 조종사가 주로 매칭되었다.

분대장이 되면 비행 전 시행하는 브리핑을 해야 한다. 근거가 있는 내용을 브리핑하기 위해서 규정과 교범도 다시 확인하고, 연구해야 할 과제들이 많이 늘었다. 비행 후 교관에게 지적을 받아 다시 비행을 복기하기도 했다. 분대장이 된다는 것은 또 다른 의미가 있다. 사천 교관 지원도 최소 분대장 이상이어야 가능하고, 당시의 신예기인 팬텀으로의 전환도 분대장 이상이 지원할 수 있다. 이제 그 최소한의 자격을 갖춘 셈이다.

1981년 3월에 대위로 진급했다. 중위까지는 아마추어 느낌이었으나 대위는 이제 직업군인이다. 대위가 되면서 봉급이 상당히 인상되었다. 그도 그럴 것이 의무복무하는 장교는 대개 중위로 제대를 하고, 대위부터는 장기 복무자가 되기 때문에 직업군인으로 대우를 하기 때문이다.

그러면서 차후 진로 문제를 고심하기 시작했다. 동기 한 명은 이미 사관학교 훈육관으로 전속 갔고, 선배들 몇은 타 기종으로 전환하기도 했다. 광주 비행단은 흔히 하는 얘기로 '고인 물' 같은 특성이 있어서 비행단 내에서 부서를 옮기는 경우가 많았다. 어떤 선배는 중위 때 광주에 와서 중령까지 계속 근무하고 있다고 한다.

광주에 오래도록 근무하고 싶은 생각은 없었다. ORI 때 검열관으로 동승했던 한 선배는 여러 비행장을 돌아다니며 검열하다 보니 팬텀 같은 신예기로 전환하는 것도 좋을 것 같다는 얘기를 해줬다. 마침 비슷한 시기에 팬텀으로 전환을 한 친하게 지내던 1년 선배는 전환하기를 잘했다며 나도 오면 좋겠다고 연락이 왔다.

예전부터 사천 교관으로 가고자 했으나 전투 비행대대가 한 곳밖에 없는 광주에는 할당이 없었고, 교관 수요는 옆에 있는 CRT 대대로 가는 경우가 많았다. 마침내 팬텀 전환 지원자를 모집했고 나는 선뜻 지원했다. 1년 반 정도의 F-5E 대대 생활을 마치고 팬텀으로의 전환이 시작되었다.

F-4는 당시 신예기였다. 대구에는 팬텀 중 구형인 F-4D가 있고, 청주에는 그보다 신형인 F-4E가 있었다. 나는 당시 신형인 F-4E로 가기를 희망했다. 또 다른 이유는 서울에서 가까운 곳에 가고 싶었다. 충청 지역은 연고도 없고 방문할 기회도 없던 낯선 곳이었다. 고속버스를 타고 청주 시내에 진입할 때 도로 양옆에 서 있는 가로수길이 인상적이었다. 청주 비행장은 설립한 지 얼마 되지 않은 신생 비행단이었다. 구성 요원들도 전 공군에서 차출되거나 지원한 사람들이었다.

처음 미혼 숙소에 가서 선배들에게 인사를 다니는데 분위기가 광주하고는 달랐다. 전반적으로 계급이 높은 조종사로 구성되어서인지 모르겠지만 느긋하고 여유가 있어 보였다. 광주 미혼 숙소에는 위관급이 대부분이었는데, 이곳에서는 소령도 많이 눈에 띄었다. 대대에 가 보니 일단 조종사 수가 엄청 많았다. 그도 그럴 것이 전방석과 후방석 조종사가 같은 대대에 있으니 일반 F-5 대대보다 2배 많은 조종사가 있는 셈이었다.

아침, 저녁 전체 브리핑 때 실내가 꽉 들어찬 느낌이었다. 계급도 높아서 고정 편대장으로 중령이 3명이나 보임되어 있었다. 대대는 임무 편대장과 고정 편대장이 있는데, 임무 편대장은 비행 시 편대를 지휘하는 4기 편대의 리더이고, 고정 편대장은 대대의 보직 장교로 대대장과 비행 대장, 휘하에 4개로 구성된 편대의 리더다. 4개의 편대는 하는 업무가 구분되어 있다. 1편대는 평가, 2편대는 교육, 3편대는 안전, 4편대는 정보업무를 맡고 있다. F-5 대대는 대대장, 비행 대장이 대개 중령이고, 고정 편대장이 소령으로 구성되어 있으니 F-4 대대가 얼마나 계급이 높은지 알 수 있다.

나를 포함해 2명의 전방석 조종사와 2명의 후방석 조종사가 같이 전속되어 교육이 시작되었다. F-4는 두 명의 조종사가 동승 하는데 확연하게 임무가 구분되어 있다. 전방석은 주로 비행을 담당하고, 후방석은 레이더 탐지, 무기체계 담당으로, 미국에서는 WSO(Weapon System Officer)라고 불린다. 하지만 전환이나 특별훈련 때에는 교관이 후방석에 탑승하여 후방석 임무를 하면서 동시에 교관업무를 수행한다.

교육 중 주기된 항공기를 보니 그 위용이 대단하다. 항공기에는 별칭이 있는데 F-5E는 '타이거2(Tiger2)' 라 불리고, F-4는 '팬텀(Phantom)' 즉 도깨비라 불린다. 왜 그렇게 불리는지 항공기를 직접 보니 이해가 되었다. 높이도 상당해서 항공기 위에서 지상으로 뛰어내리지 못할 정도다. 하부에 장착되어 있는 기관포도 위협적으로 보였다.

도깨비로 불리는 이유는 야간비행 때 느낄 수 있었다. 항공기가 외부에서 잘 인식되도록 Formation Light라는 형광으로 이루어진 외부등이 있는데, 그 불을 켜고 이륙하는 F-4를 보니 영락없는 도깨비 형상이었다. 게다가 이륙 시 활주로를 뒤흔드는 굉음과 후미에서 뿜어져 나오는 엄청난 불길은 장관이었다.

원래 팬텀에는 기관포 없이 미사일만 장착했는데, 베트남 전쟁에 참전하며 필요성이 대두되어 급기야 기관포를 장착했다고 한다. 미국엔 본국에서 직접 사용할 목적으로 개발된 항공기와 외국에 판매할 항공기가 있다. F-5는 우방국에 판매할 목적으로 개발된 대표적인 전투기로, 미 공군에서는 F-5를 다른 기종 간 전투 기동을 할 때 가상 적기로 활용한다.

팬텀은 전투와 폭격을 겸하는 항공기로 미 공군에서 사용되었으며 특히 베트남 전쟁에서 많은 전과를 거두었다. 폭격 능력도 대단해서, F-5 항공기가 500파운드 폭탄을 2발 장착하고 투하하는데, F-4는 무려 24발을 장착하고 투하할 수 있다. 진정한 의미의 전폭기라고 할 수 있다.

공중전투 기동 시, F-5는 적외선 탐지 미사일만 장착되어 적기의 후미에 진입하여 발사 가능한데, F-4는 전후방 어느 방향에서도 발사가 가능한 전방위 미사일이 장착되어 당시 북한이 두려워하는 전투기였다. 다만 항공기가 워낙 커서 항공기 조종 특성은 F-5와 달랐다. F-5가 조종간에 아주 민첩하게 반응하는 전투기라면, F-4는 큰 동체를 유압을 이용하여 조종해서 그런지 F-5에 비해 반 박자 늦게 반응했다.

F-4는 2명의 조종사가 탑승하는 항공기여서 전투 기동 시에 장점이 많다. 예를 들면 항공기 후미에 진입하는 적기의 움직임을 계속 후방석에 탑승한 조종사가 주시하며 알려줘서 적의 공격에 대비할 수 있다. 전문적인 능력의 후방석 조종사가 레이더를 작동하여 미사일과 기관포를

나는 하늘로 출근한다

발사할 조건을 만들어주기도 한다. 또한 두 사람의 육감이 작동하기 때문에, 야간작전 시 조종사가 빠지기 쉬운 비행착각을 방지할 수 있어 사고 예방 확률도 높다.

간첩선 격침 같은 훈련은 통상 해상에서 하기 마련이다. 야간에는 시계가 불명확하다. 더구나 흐리거나 구름이 비스듬히 낀 밤에는 수평선이 일정하지 않게 보여서 항공기의 자세가 어떤 상태인지 파악하지 못할 때가 있다. 야간 해상 작전할 때 사고가 많은데, 가장 많은 사례가 자세를 제대로 파악하지 못해 일어났다. 해상에 보이는 배의 불빛이 마치 하늘의 별같이 보이고, 하늘에 보이는 별이 해상의 배 불빛으로 보이는 비행착각에 돌입하면 하늘과 바다를 거꾸로 인식하여 바다로 진입하는 사고가 생길 수 있다. 특히 수평선이 희미할 때 기동을 몇 번 하고 나면 그런 현상이 발생한다.

이럴 땐 항공기 내부에 있는 계기를 믿으면 되는데, 인간은 본인의 육감을 믿으려 하는 속성이 있어서 이런 사고가 발생하게 된다. 이런 경우 두 사람이 탑승하는 항공기가 유리하다. 한 사람이라도 자세를 제대로 인식하고 있으면 상대방에게 조언하여 비행착각에서 벗어날 수 있기 때문이다. 여러 건의 사고 후 F-5도 야간 해상 훈련 작전 시에는 2인승 항공기로 전환했다.

수개월간의 훈련을 마치고 F-4 조종사가 되었다. F-5와 운영상 다른 점이 많았는데 특히 비상 근무 체제가 달랐다. 일출과 일몰에 맞춰 근무를 시작하고 마치는 형태에서 24시간 지속되는 비상 근무가 시작된 것이다. 야간에 G-SUIT를 입은 채 24시간 비상 대기실에서 근무하기는 쉽지 않았다. 특히 여름철은 더욱 힘들었다. 하지만 당시 최신예기 전투기를 타는 조종사로서는 감내해야 할 몫이었다.

또한 청주에서 긴급 발진하는 전투기의 지연 대응을 보완하기 위해, 전방에 있는 비행장에서 며칠씩 파견 형식으로 비상대기를 했다. 그러다 보니 비상 대기실에서 지내는 날이 많아졌다. 비상대기는 밤샘 근무였기 때문에 다음날 휴식은 보장되었다. 비상 근무를 같이한 동료와 다음날의 휴식일을 이용해 속리산 문장대가 있는 정상까지 올라갔던 기억도 있다.

청주가 다른 비행장과 크게 다른 점은 내륙이기 때문에 통행금지가 없다는 점이다. 당시 모든 지역은 12시부터 야간 통행금지가 시작되는데, 내륙인 충청북도 지역은 통행금지가 없었다. 따라서 다른 지역과 문화 차이가 꽤 있었다. 외부에서 단체 회식을 할 때도 목욕을 하고 느긋하게 시간을 보내다가 늦게 외출하는 경우가 많았다. 음주문화도 다른 지역과는 차이가 났다. 음주를 자주 하는 편이고, 술집에선 조종사를 깍듯이 대우했다. 지역적인 특성인지는 모르겠지만, 한 달간 음주하고 총무 격인 저계급자가 돈을 걷어 술집에 갚는 일이 빈번했다. 광주에 비해서는 자유롭고 덜 속박된 느낌이 들었다.

어느 정도 적응한 시점에서 초급 지휘관 참모 교육과정에 입과하게 되었다. 장기복무 장교는 반드시 거쳐야 하는 교육과정으로, 당시 서울에 있는 공군대학에서 교육을 주관했다. 모처럼 서울에서 생활할 기회를 얻었다. 서울에 연고가 있는 사람은 집에서 출퇴근해도 되고, 연고가 없는 사람은 공군대학 숙소를 이용할 수 있었다.

나는 당연히 본가에서 출퇴근하기로 했다. 사관학교에 들어간 후 처음으로 집에서 출퇴근하는 기회를 얻은 셈이다. 비행을 생각하지 않고 교육을 받는 자유를 얻어 마음이 가벼웠다. 마침 본가 근처에 공군에서 운영하는 통근버스가 다니고 있어 편리하게 이용할 수 있었다. 교육에 입과한 장교들은 우리 동기생과 1년 선배가 주류를 이루고 있었다. 부담 없는 사이였고, 같이 즐길 수 있는 또래라서 이 또한 마음이 편했다.

교육도 유익했다. 국제정세를 비롯하여 경제, 과학, 군사 문제까지 다방면으로 다뤘다. 각 분임 별로 나누어 토론하고 발표하는 형식의 교육은 생소하지만 자기 발전에 유익했다. 나는 노력에 비해 발표를 잘하는 편이라 분임 대표로 나가서 발표하기도 했다. 주기적으로 시험을 보는데 그 시험성적이 그대로 부대로 통보되기 때문에 창피를 당하지 않기 위해서라도 일정 수준 이상의 성적을 거두어야 했다. 시험이 다가오면 집 근처의 독서실에서 시험에 대비하기도 했다. 고등학교 시절 독서실에 간 이래 처음으로 독서실을 이용한 셈이다.

고교 졸업 후 사관학교에 진학하여 집을 떠난 지 무려 8년이 지나 다시 집에서 생활하다 보니 예기치 못한 일이 발생했다. 먼저 부모님과 나의 인식 차이였다. 부모님의 시각에서는 아직도 나를 학창 시절의 나로 여기고 나는 스스로 자유로운 생활을 만끽하는 성인으로 생각했다. 특히 부친과의 인식차가 심했는데, 어느 휴일 전날 마침내 사건이 발생했다.

공군대학은 주6일제가 시행되던 시절에도 주5일제 수업을 하고 있었다. 그래서 금요일 저녁이 되면 기혼자는 지방에 있는 집에 가서 가족들과 시간을 보내고 왔다. 미혼자들은 같이 운동하거나 당구를 치기도 하고, 식사와 음주를 즐기곤 했다. 금요일 저녁에 동기들 몇이 모여 당구를 치고 저녁과 술을 마시다 아예 같이 자고 내일 들어가자는 걸로 의견이 모였다.

집에 전화해서 사정을 설명했더니 모친은 그러냐고 하는데, 부친이 화를 내며 이렇게 무절제하게 지낼 것 같으면 다른 곳에 가서 지내라고 하신다.

서운했다. 아니, 아직도 나를 고등학생으로 생각하고 계신 것인가? 전화를 끊고 무려 2박 3일간 집에 가지 않고 밖에서 지냈다. 모친이 싸준 빈 도시락 젓가락 소리가 들리는 가방을 들고 다니다가 일요일 저녁에 집에 오니 당연히 분위기가 싸늘하다.

서로 아무 말도 하지 않고 기 싸움을 벌였다. 나도 용서를 구하지 않았으며 부친도 그 일에 대해서는 말이 없었다. 그 후 늦어지거나 밖에서 자고 다음 날 들어갈 경우, 전화를 드리기는 했지만 서로의 사생활을 건드리는 일은 없어졌다. 시험성적도 괜찮았고 발표성적, 그 외 성적도 나쁘지 않아서 부끄럽지 않을 정도의 성적으로 수료하였다. 비록 3개월 과정이었지만 비행단을 떠나서 세상 보는 시각을 새롭게 하고, 자유로운 생활을 누려서 억눌린 감정이 해소된 좋은 기회였다는 생각이다.

다시 비행단에 돌아왔다. 계속되는 바쁜 생활이 언제 내가 여유로운 삶을 누렸는지 모를 정도로 빠르게 지나간다. 비행을 계속하고 분대장 임무를 하고 있던 즈음, 비행단에서 사고가 발생했다. 한미 연합훈련을 위한 합동 공격 훈련 중이었다. 여러 대의 전투기가 그룹을 지어 목표를 합동 공격하는 훈련 중, 강하 공격 후 상승하지 못하고 지상에 충돌한 것이다. 순직한 조종사는 동기생과 후방석에 탑승한 후배였다.

시신을 수습하여 화장하고, 빈소를 비행단에 만들었다. 화장장에 처음으로 따라갔는데, 정복을 입혀 화장한 후 뼈 몇 개와 금속 조종흉장이 조그맣게 줄어들어서 나온 것을 보니 설움이 북받쳤다. 같이 갔던 동기들도 모두 오열했다. 열심히 살던 친구가 그저 한 줌의 뼈밖에 남지 않았다는 회한이었을 것이다.

동기들끼리 모여서 장례에 대한 역할을 분담했다. 나는 순직 동기생 집에 가서 부모님을 모셔오는 임무를 맡았다. 가장 어렵고 부담스러운 임무였다. 조치원에서 야간열차를 타고 서울에 도착했다. 너무 이른 새벽에 도착하여 부모님께 같이 부대에 가자고 하면 사고를 눈치채고 놀랄 수도 있겠다는 걱정이 들었다. 동기와 같이 근처 여관에서 잠시 눈을 붙이고 아침 시간에 가기로 했다.

아침에 집에 들어가니 세수하려던 부모님들이 깜짝 놀라신다. 이른 아침에 아들 동기 두 명이 군복을 입고 나타났으니 당연히 심상치 않은 일이라고 생각하셨을 것이다. 우리는 약속한 대로 동기가 지금 교통사고가 나서 병원에 입원했으며 상태가 좋지 않아서 병원으로 모시고 가기 위하여 왔다고 둘러댔다. 모친은 몇 번을 물어보며 확인하려 했고, 부친은 의외로 담담하시다. 택시를 타고 청주로 오는 도중에 모친은 우리에게 동기가 살아있냐고 물으시며 생존을 확인하고 싶어 하셨다. 부친은 이미 눈치를 챈 듯 그저 소리 없이 눈물만 흘리신다. 가슴이 무너질 정도로 고통스러운 시간이었다.

비행단에 도착하여 빈소가 마련된 법당에 가니 모친이 급기야 실신하셨다. 그리고 삼일장이 거행되었다. 강당에서 진행된 장례식을 지금도 잊지 못한다. 5살 정도 된 고인의 아들이 아버지의 죽음을 인식하지 못한 채, 앙증맞은 검은 상복을 입고 많은 사람 사이에서 뛰어다니는 모습이 사람들의 가슴을 더욱 아프게 했다.

장례식을 마친 후 동작동 국립묘지에 고인을 안장했다. 그리고 동기들이 유족의 집에 동행하여 부모님을 위로하고 돌아가기로 했다. 동기들의 동행이 아들을 잃은 부모에게 큰 위로가 될 수는 없겠지만 그나마 최소한의 도리일 듯싶었다. 고인의 본가에 가서 같이 대화를 나누고 저녁 식사를 한 후 밤늦게 돌아왔다.

부대에 돌아오니 뜻밖의 뉴스가 기다리고 있었다. 흔히들 비행 사고가 발생하면 사고의 원인을 조사하고 다시는 유사한 사고가 발생하지 않도록 조치한다. 충분히 이해가 가는 일이다. 그런데 이번 사고는 조종사의 기량이 문제가 되어 사고가 났으니 저등급, 사고 조종사의 등급 이하 전 조종사를 대상으로 평가 비행을 하겠다는 것이다. 그것도 내일 아침 일찍부터 평가 비행을 시작하겠으며 국립묘지에 다녀온 우리 동기생이 전부 대상자라고 한다.

물론 그런 조치를 충분히 이해한다. 그러나 아직 충격과 슬픔에서 벗어나지 못하고 밤늦게 도착하여 제대로 자지 못한 대상자에게도 아침 일찍부터 평가 비행을 하겠다는 조치에는 기가 막혔다. 밤늦게까지 불평하면서 평가 비행을 준비했다. 다음날 비행하면서 아마도 평생 이렇게 비행하기 싫은 적이 없었을 것이다. 평가 비행을 무사히 마치고 동기들이 안정을 찾았지만, 그날의 조치는 동기들 사이에서 오랫동안 회자되었다.

나는 하늘로 출근한다

비행 사고로 순직한 동기생이 4명이다. 또한 전역 후 항공사 혹은 일반 회사에서 비행 중 순직한 동기가 두 명 더 있다. 전체 동기생 숫자에 비해 적지 않은 인원이다.

비행 사고가 나면 기혼자 경우에는 장례를 마친 후 유족들이 살던 조종사 아파트를 떠난다. 상복을 입고 이사를 하는 유족을 보며 아파트는 한 번 더 울음바다가 된다. 떠나는 사람은 고인과의 추억이 깃든 곳을 떠나며 오열하고, 보내는 사람은 언젠가 저런 광경의 주인공이 될 수도 있다는 현실에 울음을 삼킨다. 순직한 동기생을 추모하기 위하여 현충일을 즈음해 동기들은 서울 동작동과 대전으로 나뉘어 국립묘지에 모인다.

나도 비행에 지장이 없는 날은 항상 추모 모임에 참석했다. 청주에서 순직한 동기 부인과 아들은 항상 추모 모임에서 만났다. 부인은 전업주부를 하다 남편을 잃은 후 가족의 생업을 위해 미용 기술을 배웠다. 열심히 하기도 했고, 잠재된 능력이 있어서인지 부인은 후에 미용학원의 인기 강사가 되었다. 부친의 장례식장에서 천진한 모습을 보였던 아들은 부인의 소망대로 바르게 성장해 동기들이 주머니를 털어 용돈을 쥐여주기도 했다.

그러던 어느 날, 아들이 공사에 진학하겠다고 주장한다며 말려달라는 연락이 부인에게서 왔다. 특히 고인의 부모님들이 너무 놀라며 적극 반대 의사를 보인다고 한다. 가까운 동기 몇이 아들을 만나서 얘기를 나누니 그 고집을 절대 꺾을 수 없겠다고 한다. 결국 아들은 재수 후 공사에 진학했다. 부인 얘기로 아들은 비행은 하지 않기로 모자간에 약속했다고 한다. 아들은 공사졸업 후 비행훈련에 입과했고 조종사가 되기 위한 과정을 밟고 있었다. 부인은 놀라서 아들을 설득했는데 전혀 듣지 않았다. 본인이 공사에 진학한 이유는 아버지의 못다 한 꿈을 이루기 위함이라고 했단다.

부인은 동기들에게 다시 도움을 청했다. 당시 현역에 있던 동기들이 보니 비행 성적이 우수하고, 비행에 대한 재능도 있는 것으로 판단되어 굳이 포기시키지 않아도 되겠다고 답변했다. 비행훈련을 모두 마치고 정식 조종사가 된 아들은 F-16을 배정받아 CRT(전투대비훈련)를 받게 되었다.

언론에 부자 조종사, 순직한 조종사의 아들이 전투 조종사가 되었다는 소식이 퍼지면서 신문과 잡지, TV에 나오기 시작했다. 나도 당시 항공사에 근무하며 그의 소식을 신문, 잡지, TV를 통해 접하며 감개무량했다.

그러던 어느 날, 야간 해상 훈련 중 비행착각을 극복하지 못하고 순직하고 말았다. 중위에 불과한 젊은 나이에 아버지 곁으로 간 것이다. 참으로 애통한 사고였다. 아버지가 묻혀있는 동작동 국립묘지는 이미 여유가 없어서 대전에 있는 국립묘지에 묻힐 운명이었다. 현충일이나 추모를 위해 부인과 가족이 방문하려면 두 곳을 한 번씩 가야 하는 고충이 있었다. 다행히 동기들과 부인의 청원을 당국이 받아들여서 아버지가 묻혀있는 묘지에 합장하기로 했다.

지금도 동작동 국립묘지에 가면 일사불란하게 묘비가 가로세로로 정연한데, '호국 부자의 묘'로 명명된 부자의 두 묘비만 줄을 어기고 서 있다. 한 사람만 잃어도 슬픔을 견디기 어려울 텐데 남편과 아들을 하늘에서 잃은 부인의 슬픔은 감히 가늠할 수도 없을 것이다. 다행히 부인은

나는 하늘로 출근한다

꿋꿋하게 슬픔을 딛고 남은 딸을 위해 열심히 일하고 있으며, 비행 사고로 남편을 잃은 공군 단체인 미망인 모임에서 직책을 맡아 활동 중이다.

이들 부자가 공사에 세워진 '기인동체'라고 명명된 호국 동상의 주인공인 '박명렬' 소령과 '박인철' 대위다. '호국 부자의 묘' 앞에는 헌시가 있는데 읽는 사람의 가슴을 저미게 한다.

"그리워라 내 아들아 보고싶은 내 아들아
자고나면 만나려나 꿈을 꾸면 찾아올까
흘러간 강물처럼 어디로 가버렸나
애달파라 보고파라 그 모습이 그립구나
강남바람 불어오면 그 봉오리 다시 필까
잊으려도 못 잊겠네 상사에 내 자식아"

나는 이토록 가슴 아픈 사연의 아버지와 아들의 이야기를 〈조선일보〉에 「전투 조종사의 피는 푸를 것입니다.」라는 제목의 칼럼으로 기고했다. 공군의 많은 선후배들이 내 글에 공감하고 연락을 보내왔다. "나에게는 아직도 지켜야 할 푸른 하늘이 있어서 행복하다."라는 칼럼의 마지막 글은 공군 전투 조종사였던 나의 진심이다.

비행에 어느 정도 숙달이 되면 차원이 높은 전투 기량을 숙지하기 위해 미국에서 'TOP GUN SCHOOL'로 알려진, 공군 내 별도의 부대(당시 전술개발훈련본부)에서 훈련을 받는다. DACT(Dissimilar Aircraft Combat Training: 이기종 간 전투 훈련)이라고 불리는 과정을 수료해야만 진정한 전투 조종사로서의 가치를 인정받는다.

대대에서는 같은 기종 간 전투 기동만 하지만 이 과정에서는 타 기종과의 기동이 필수다. 입과 기준도 명확하게 전투대대 경력과 시간을 구분하고 있으며, 전 비행단에서 자격이 갖춰진 조종사가 입과하여 약 두 달간 훈련하는 이 과정의 비중은 크다. 각 기종과 대대의 명예가 달린 문제라 입과 전 대대에서 사전 훈련을 자체적으로 하고 있으며, 수료성적도 대대에 통보된다. 그동안 많은 차반이 훈련을 마쳤고, 수석과 차석으로 수료한 조종사에게는 참모총장과 작전사령관의 우등상이 주어진다.

그런데 공중에서 전투 기동을 하다 보면 먼저 적기를 시야에 확보하는 것이 중요하다. 타 기종 간 훈련이 주 임무이기 때문에, F-4와 F-5가 전투 기동을 하면 크기가 큰 F-4가 먼저 눈에 띄어 F-5 조종사에게 공격을 받아 불리했다. 따라서 수석 수료도 거의 F-5 조종사가 차지했고, F-4 조종사는 차석으로 메달을 받아오면 그것도 잘했다고 대대에서 인정을 받는 분위기였다.

지상 교육부터 여태까지와는 달리 차원 높은 훈련이 시작됐다. 그곳의 교관은 전 비행단을 통틀어 비행에 일가견이 있는, 우리 표현으로 에이스들로 구성되어 있었다. 당연히 비행에 숙달되고 많은 경험이 축적된 조종사들이 훈련을 담당하고 있다. 지상 교육을 마치고 드디어 실전과 같은 공중 기동이 시작되었다. 처음에는 교관이 탑승한 F-5 한 대와 F-4가 1:1 공중전투를 하고, 다음부터는 교관의 F-5 한 대와 훈련을 받는 F-4 두 대가 1:2로 공중전투를 하게 되었다.

F-4는 크기가 커서 눈에 잘 띄는 문제뿐 아니라, 후방에서 시커먼 스

모크를 뿜기 때문에, 멀리서도 하늘의 스모크를 역추적하다 보면 F-4를 식별할 수 있는 약점도 있다. 두 개의 엔진 추력 중 한 개는 최대 추력(After Burner)을 사용하고, 한 개는 최소 추력(Idle)을 사용하면 스모크가 발생하지 않아 스모크 문제가 해결된다. 그 후 상호 식별이 되면 그때부터는 최대 추력이 필요한 공중 전투 기동이 시작되므로 스모크 문제는 별 영향을 미치지 않는다.

나는 1년 후배인 옆 대대의 F-4 조종사와 파트너가 되었다. 저녁에 식사를 마친 후 우리는 마주 앉아서 많은 전술을 논의했다. 항공기 크기가 너무 커서 먼저 상대에게 식별되어 공격을 받는 상황을 타개할 방법이 필요했다. 해서 우리는 우리의 눈에 가물거릴 정도로 넓게 간격을 벌려서 교전을 시작하면, 상대방이 우리 항공기 두 대 모두를 한꺼번에 식별하지 못하리라는 결론을 내렸다.

다음날 최대한 넓게 벌린 대형을 유지하고 교전이 시작되니 상대방이 우리 중 한 대는 확인했는데 다른 한 대를 확인하지 못하고 공격을 시작한다. 식별되지 않은 한 대가 공격하여 교관 항공기를 격추했다. 당시 공중 전투 기동을 하는 지역은 해상이어서 음속을 돌파해도 문제가 없는 지역이고, 전투기에 장착된 POD에서 모든 비행 정보가 지상에 있는 상황실에 전파되었다. 더구나 해상 공역에 비행 정보를 입수할 수 있는 안테나 같은 전자 장비가 있어서 지상의 상황실에서는 마치 만화영화같이 기동을 확인할 수 있는 시스템이 운영되고 있었다. 당시로서는 최첨단 장비였다.

공중 전투 기동을 마치고 오면 지상에 녹화된 영상을 틀고 디브리핑(Debriefing)을 하곤 했다. 비행을 마치고 영상을 보니 교관 항공기가 우리의 공격에 98%의 확률로 격추된 것이다. 기분이 무척 좋았다. 그런 개념을 기본으로 2:2 전투 기동에서도 계속 좋은 결과를 얻었다. 전술 개발본부에서도 독창적인 전술을 사용했다고 격려해줬다.

공중전투 기동 과정을 마친 후에는 지상의 목표물을 타격하는 훈련에 들어갔다. 적의 레이더를 회피하면서 목표물을 향해 가장 낮은 고도로 비행할 때는 엉덩이가 간질거리는 현상을 체험했다. 저고도로 침투 시 고도는 약 150미터가 기준인데, 지형에 따라 70미터로 낮춰 갈 때도 있다. 거기에 속도는 약 시속 800킬로미터 수준이다.

계곡 사이를 지나갈 때는 산봉우리가 내 시야의 위에 보이기도 하고, 나뭇가지가 날개에 스치는 것 같은 짜릿하면서도 값진 경험이었다. 저고도에 고속은 침투의 기본이다. 정신없이 비행을 마치고 와서도 항상 파트너인 후배와 같이 임무를 분석하고 더 나은 방법을 찾았다. 훈련을 마칠 때쯤 되니 자신감이 붙기 시작했다. 최소한 적에게 공중에서 격추당하지 않을 수준의 기량을 닦았다는 자부심도 생겼다.

나는 이 과정에서 수석으로 수료하게 되어 참모총장 우등메달을 타게 되었다. 열심히 하기도 했지만 여러 면에서 행운도 따라준 결과였다. 파트너가 된 후배의 적극적인 협조가 큰 도움이 되었다. 수료 후 대대에 다시 돌아오니 대대장은 물론 대대원들이 자기 일처럼 기뻐하며 축하해주었다. F-4 조종사가 오랜만에 거둔 수석 수료였다. 그 후 대대에서 큰 작전이 있거나 훈련이 있으면 차출되어 중요한 임무를 맡는 계기가 되었다.

DACT(TOP GUN SCHOOL)를 마치고 얼마 지나지 않아 한미 연합훈련이 있었다. 여러 종류의 임무가 있는데 나는 미 공군과 이기종 간 전투 기동 임무를 받았다. 아마도 DACT 훈련에서 좋은 성적을 거둔 결과에 대한 믿음이었을 것이다.

미 공군의 기종은 F-16이었다. 당시 F-16은 최신예기였고, 공중 기동 능력은 어떤 전투기도 따라갈 수 없었다. 파트너와 오랜 숙의 끝에 DACT에서 사용하던 전술을 적용하기로 했다. 마찬가지로 두 대의 항공기가 최대한 간격을 벌리고 고도도 서로 다르게 유지하여 교전을 시작하니 미군들이 한 대의 항공기만 식별하고 공격해 들어온다. 위에 있던 나는 바로 미군의 후미에 붙어서 공격했다. 뒤늦게 상황을 인지한 미군이 기동하는데, 마치 제자리에서 빙글 도는 느낌을 받을 정도로 선회 성능이 탁월했다.

그래도 우리의 승리였다. 관제사들도 우리의 승리를 확인해 주었다. 기동성이 탁월한 미군을 이겼다는 사실은 부대에 귀환하는 내내 엄청난 희열을 안겨주었다. 마지막 회피를 하며 과도한 기동을 한 탓에 어깨 뒤쪽이 간지러웠으나 승리의 희열에 비하면 아무것도 아니었다. 부대에 착륙 후 조종복을 벗고 어깨를 살펴보니 실핏줄이 점점이 터져서 마치 흉이 진 듯 보였다. 이 또한 훈장으로 생각하고 싶었다. 나는 기동훈련 결과를 공군에서 발행하는 잡지인 〈에이스〉지에 기고했다. 인터넷에서는 아직도 그때의 기동이 내 실명과 함께 미군을 잡은 한국의 전투 조종사로 소개되고 있다.

1984년도에 소령으로 진급했다. 대대에서의 서열도 서서히 높아졌다. 비행 편대장으로 승급되어 이제는 4기 편대를 지휘하게 되었다. 4기

편대를 이끌다 보니 할 일이 너무 많았다. 부하의 생사를 책임지는 리더로, 임무를 성공적으로 완수해야 하는 편대장으로서, 순간적인 번민과 짧은 시간에 판단해야 할 상황도 무척 많았다.

대신 어렵고 중요한 임무를 잘 마치고 돌아오면 성취감도 비례적으로 컸다. 비행 편대장 임무를 하다가 드디어 비행교관이 되었다. 비행교관은 다른 기종에서 F-4로 전환하는 조종사와 동승하여 기종의 특성을 가르치거나, 오랫동안 비행을 하지 않은 조종사를 대상으로 숙달 비행을 시키는 역할을 한다. 나름대로 가치도 있고, 비행대대에서 최고의 조종사 레벨이 비행교관이기 때문에 명예도 있다. F-4 대대에 전속하여 시간이 흐르면서 서서히 자리를 잡아가고 있는 기분이 든다.

그러다가 다른 의미에서 전환기를 맞게 되었다.

1980년대 초반 북한의 국지적인 도발이 많이 발생했다. 정부에서는 자존심이 많이 상했지만, 전면전으로 확대되는 것을 경계했다. 미군이 작전권을 가지고 있는 상황에서 운신의 폭이 좁을 수밖에 없었다. 그러던 중 1983년에 '아웅산 사태'가 터졌다. 대통령이 각료들과 미얀마에 국빈 자격으로 방문하던 중, 북한이 폭탄 테러를 하여 많은 각료가 숨지거나 다친 사건이다. 급히 방문을 중단하고 대통령과 생존한 각료는 귀국했다.

전군이 비상 상황에 들어갔고, 북한과의 관계는 일촉즉발의 상황이었다. 당연히 공군은 비상 상황에서 숨을 죽이고 차후 명령을 기다리고 있었다. 국제적으로 너무 큰 사건이었고, 나라 간 역학관계가 얽혀있어서 어떤 조치를 내리기도 쉽지 않은 상황이었다. 공군에서는 특별한 상황에서 사용할 무기가 필요하다고 느꼈다. 특히 정밀 폭격 능력을 갖춘 무기의 필요성이 대두되었다.

당시 F-4가 신예기였고, 임부에 투입될 확률이 높은 전투기였다. 정밀 폭격 장비를 구입하기로 결정되고, 미국에 가서 무기 교육을 받을 조종사 선정 작업이 시작되었다. 조종사는 교육을 받고 귀국하여 무기를 운영하고, 다른 조종사를 대상으로 교육하는 임무가 맡겨진다. 공군에서는 나와 1년 선배 조종사를 선발했다. 아마도 DACT 성적도 고려했으리라 예상한다. 그리고 4명의 정비 요원도 선발되었다.

LGB(Laser Guided Bomb 레이저 유도폭탄)를 사용하기 위한 사업이었는데, 지금은 모든 전투기가 기본적으로 장착하고 있는 무장이었지만 당시로서는 첨단 무기 중 하나였다. 모든 교육비용은 미국의 무기회사에서 제공하고 공군에서는 사전 교육을 하기로 했다. 특히 미국 회사에서 교육을 받자면 당연히 영어 실력이 일정 수준이 되어야 한다. 혹시 미국에 갈 기회가 생길 때를 대비하여 틈틈이 영어 공부를 했지만, 이것은 또 다른 차원의 문제이다.

대개 우리 레벨에서 미국에 가는 경우는 미 공군의 지휘관 참모과정, 혹은 미국에서 석사 학위를 받기 위해 가는 경우가 대부분이었다. 하지만 위 두 과정은 마치고 오면 그것으로 본인의 경력에 큰 도움이 되지만, 교육 후 다른 사람을 대상으로 교육하는 경우는 없어서 부담이 없는 편이다. 이번 경우는 직접 활용하고 운영할 뿐 아니라 조종사에게 교육도 해야 한다. 사전 준비의 하나로 두 달간의 영어교육이 시작되었다.

대전에 있는 영어 학교에 입과해 종일 영어 수업을 듣고 시험을 보기 시작했다. 공군에서는 영어 교육을 위하여 영어 전문학교를 운영하고 있다. 다른 업무를 하지 않고 오직 영어만 공부하니 어떤 면에서는 집중할 수 있어 좋았다. 최종 시험을 대비하여 수업을 마친 후에도 그날 학교에서 배운 내용을 복습하고 특히 듣기 능력 향상에 집중했다. 계속 영어에 진력하니 스스로 실력이 향상되고 있다는 느낌도 든다. 일단 의사소통에는 큰 문제가 없다고 느꼈고, 전문적인 교육에 임할 때도 어느 정도 이해가 될 듯싶었다.

미국 교육 파견 시 미리 준비해야 할 일이 많았다. 미국에 국비를 들여 교육을 보냈는데 귀국하지 않고 그곳에서 자취를 감추고 눌러앉는 경우가 간혹 있었다. 그래서 보증인 제도가 생겼고, 만약 귀국하지 않을 때 국비를 반환할 사람을 선정하여 제출하여야 했다. 지금 생각하면 이해하기 어렵지만, 당시에는 미국에 가기도 쉽지 않고 미국의 풍요로운 생활에 혹해 인생을 바꾸려는 어리석은 사람이 있었던 까닭이다. 전신 사진을 찍어서 제출했는데, 이 또한 잠적에 대비한 자료였다.

미국의 회사에서는 이미 출국일에 맞춰 항공기 티켓을 보내왔고 준비는 순조롭게 진행되었다. 우리 6명은 같이 모여서 신세 질 사람에게 줘야 할 선물을 구입하고, 교육을 담당할 회사에 줄 감사패도 만들었다. 처음으로 외교부에 가서 여권을 만들고, 미국 대사관에 가서 비자도 발급받았다. 군복의 위력은 대단했다. 당시 미국 비자를 만들 때 시간이 많이 소요되고 질문도 많은 시절이었는데, 군복을 입고 관용여권을 이용해 교육 목적으로 출국할 예정이라고 하니 손쉽게 발급해주었다.

우리가 교육받을 지역이 미시간주에 있고, 기간이 10월부터 2월까지라 겨울철 혹한기다. 더구나 오대호에 접해 있는 지역이라서 추위가 굉장하다고 한다. 겨울철 두꺼운 옷을 준비하자니 짐이 많아졌다. 체크리스트에 맞춰서 꼼꼼히 준비를 마쳤다.

드디어 출국일이 되었다. 내가 직접 조종하지 않는 항공기에 탑승하여 장거리 여행을 하는 첫 경험이다. 우리는 정복을 입고 가족과 친구의 배웅을 받으며 출국했다. 시카고에 도착해 소형 항공기로 갈아타고 목적지인 그랜드래피즈까지 가는 긴 여정이었다. 나는 여객기에 처음 탑승해 이코노미석이 좁은지도 몰라 모든 여객기가 이렇게 좁은 줄 알았다. 더구나 미국 항공기에 탑승해서 음식을 주문할 때 어려운 점이 많았다. 특히 스테이크 소스는 너무 생소해서 자세히 질문하면 우습게 보일까봐 대충 주문했는데 예상치 못한 맛에 내심 당황하기도 했다. 영화를 보고 음악도 들으면서 앞으로 내게 다가올 새로운 환경과 도전에 마음이 싱숭생숭했다.

태평양을 건너서 미 대륙에 접어들면서 그 광활한 대지에 놀랐다. 더구나 산이 별로 눈에 띄지 않고 평야로 이어진 지평선을 보고, 이래서 미국이 강대국이고 세계 제일의 부국이라고 생각했다. 한 번도 외국의 침범을 받지 않은 나라. 미합중국 초기에 영국과의 독립전쟁은 별도로 치더라도, 누가 이런 강대국을 침범할 수 있겠느냐는 생각이 들었다. 긴 비행을 마치고 미국에서 입국 심사를 할 때도 정복을 입은 우리는 이민국의 특별 우대를 받으며 손쉽게 심사를 마쳤다.

미국은 유니폼을 입은 사람에게 특히 관대하다. 유니폼은 국가와 공적 이익을 위하여 희생하는 사람이라는 인식이 있는 듯하다. 미국 생활 내내 공적인 방문을 하거나 격식을 차려야 할 곳엔 항상 정복을 입었다. 그때마다 관리, 혹은 일반인들은 우리를 특별히 배려하고 우대해주었다. 나는 이런 의식이 미국을 강대국으로 만든 원동력이 아닌가 한다.

시카고에서 환승하여 목적지에 도착했다. 회사 담당자가 마중 나와 있었다. 그를 따라서 숙소에 갔다. 숙소는 조용한 곳에 자연목으로 잘 지어진 아파트였다. 두 채의 아파트에 짐을 풀고 긴 설명을 들었다. 아파트 앞에 주차된 6인승 왜건이 우리가 4개월간 사용할 렌터카이고, 한 달에 몇 마일까지는 기본으로 무료지만, 그 이상 주행 시에는 마일당 얼마를 내야 한다. 국내에서 교육받은 대로 보험은 어떻게 들었냐고 질문한다.

방에 설치된 TV의 유·무료 채널, 아파트 관리비, 국제전화 사용 방법, 아파트 문제 발생 시 대처 방법에 대한 설명이 이어졌다. 첫날부터 머리가 지끈거린다. 행여 잊을까 해서 메모를 부지런히 했다. 내일은 시내에서 생필품을 살 상점과 필요한 장소를 알려주겠다는 얘기를 마지막으로 그는 떠났다. 밤에 자려고 누우니 잠자리도 바뀌고 시차도 엄청나게 뒤틀려서 잠이 오지 않는다. 거의 한잠도 자지 못하고 밤을 샜다.

도착한 날이 토요일이고, 오늘은 일요일. 시내에 가서 생필품을 샀다. 당장 저녁부터 식사를 자체 해결해야 하니 식품을 사는 것이 급선무다. 동양 식품점에 가보니 그야말로 없는 것이 없다. 라면과 쌀은 물론, 김치까지 모든 것이 있다. 회사는 어떻게 출근하는지, 우체국은 어디고, 백화점과 시내를 돌며 지리를 익혔다. 나와 선배가 면허를 국제용으로 바꿔와서 운전을 담당하기로 했다.

준위 한 명이 정비 요원으로 같이 왔는데 식사는 본인이 담당할 테니 한 명이 식사 준비 보조하고, 설거지만 돌아가면서 하라고 해서 그렇게 하기로 했다. 당시 서울은 지금의 대형마트 같은 큰 상점이 없었다. 그래서 미국의 대형마트에 가서 전시된 풍요로운 먹거리에 감탄하고, 특히 육류의 싼 가격에 놀랐다. 일주일 치 식료품을 육류 중심으로 샀다.

모두가 잠을 제대로 못 잔 듯 약간 멍한 상태로 하루를 보냈다. 다음 날부터 본격적인 교육이 시작되었다. 시차가 이렇게 큰 영향을 미치리라고는 예상치 못했다. 종일 멍한 상태가 지속되고, 머리가 맑지 못했다. 이렇게 멍한 기간이 약 일주일이 흐르고 난 뒤에 평소의 정신으로 돌아왔다. 미국에 원정 간 운동선수들이 제 기량을 발휘하지 못하고 패배하는 이유를 알 듯싶었다. 경비를 아끼기 위하여 충분히 시차를 극복할 시간을 확보해 주지 않았을 것이다.

교관들은 헌신적으로 교육에 임했고, 우리는 귀국하여 바로 실전에 활용해야 하는 사명감에 열심히 받아들였다. 이미 미국에서는 컴퓨터를 보편적으로 사용하지만 우리나라 현실은 아직 요원한 상태였다. 이 점이 우리를 힘들게 했다. 기본적인 개념도 부족하고, 특히 운영 면에서 컴퓨터를 모르면 교육 자체가 쉽지 않았다. 이 또한 미국과의 격차를 느끼게 했다.

교육 중에는 회사에서 생활비가 나왔다. 공군 봉급과 별도로 지급되는 생활비는 여유 있는 생활에 도움이 되었다. 일과 후에 같이 중국식당에 가서 한국식 갈비를 싼 가격에 먹는 호사를 누리기도 했다. 휴일에는 영화관도 가고, 주변의 관광지를 구경하기도 했다. 또한 근처에 동기생 부모님과 누나 부부가 거주하고 있어서 여러모로 도움을 많이 받았다. 특히 주말에 동기생 부모님은 동료 전부를 부르서서 뷔페에 데려가기도 했다.

처음 마중 나온 사람은 우리의 스폰서였다. 회사의 간부인 그는 무척 친절하고 사소한 고충이라도 해결해주기 위하여 많이 노력했다. 특히

나는 하늘로 출근한다

그의 집에 초청을 받아 가족들과 식사도 같이 하고, 별장에 가서 스노모빌을 타며 눈밭을 질주하던 기억이 잊히지 않는다. 교관들과도 친해져서 저녁 식사를 같이 하기도 하고 농담도 나누는 사이로 발전했다. 순조로운 적응이었다.

휴일이 되면 우리는 오대호에 나가서 바다같이 넓은 호수를 보며 감탄하기도 하고, 시카고에 가서 박물관과 관광지를 찾아 돌아다니기도 했다. 교육 도중 두 번의 긴 연휴가 있었다. 한 번은 추수감사절로 목요일부터 일요일까지 휴일이고, 연말연시 휴가는 무려 열흘간 휴무였다.

추수감사절에 우리는 뉴욕에 가기로 했다. 자동차로 충분히 갈 수 있는 거리였다. 최소한의 경비로 최대한의 효과를 누리는 여행계획을 짰다. 뉴욕에 가는 동안에 휴게소에서 간단히 식사를 해결하기도 하고, 햄버거로 때우기도 했다. 뉴욕은 거대한 도시였다. 몇 번이나 길을 잘못 들어서 고생했지만, 우리 힘으로 뉴욕을 체험하고 왔다고 자화자찬했다.

연말연시 휴가는 열흘이 넘는 기간이라서 훨씬 멀고 긴 여행을 가기로 했다. 미시간주에서 자동차로 플로리다주까지 가는 여행은 미국인들도 상상하기 어려운 일이지만, 우리에겐 새로운 도전이었다. 무려 3일 동안 운전해서 플로리다로 이동했다. 선배와 나는 두 시간씩 나누어 교대로 운전하고 운전을 하지 않을 때는 쪽잠을 잤다. 네비게이션이 없는 시절이라 한 사람이 꼼짝없이 조수석에서 지도를 펴들고 조언을 해야 했다.

"그래도 이런 호사가 어디 있냐?" 하며 마음은 무척 편하고 즐거웠다. 따뜻한 남으로 내려가는 차량이 대단히 많았다. 플로리다에 도착하여 관광지를 돌기 시작했다. 플로리다는 주요 관광지가 밀집해 있고, 연말 연시 휴가라 사람들이 많이 몰려 있었다. 식사를 자체 해결할 수 있는 허름한 펜션을 골라서 거처를 정하고 계획을 짜서 다니기 시작했다.

디즈니월드, 씨월드, 서커스랜드, 악어농장, 등 갈 곳이 많았다. 특히 디즈니월드는 꼭 가보고 싶은 곳이어서 이틀짜리 티켓을 끊어 돌아다 녔다. 지금도 잊히지 않는 광경은 분수에서 뿜어져 나오는 물에 레이저 를 쏴서 영상을 만들어 보여주는 광경이다. 나는 그 광경을 보고 미국 의 과학은 이미 내가 생각하는 수준을 넘어섰다고 느꼈다. 함부로 범접 하지 못할 정도의 국가로 발전했다고 생각했다. 기억에 남는 다른 한 가 지는, 사람들이 긴 줄을 서 있으면서도 즐겁게 담소를 나누며 그 자체를 즐기는 분위기였다. 이미 질서는 그들 생활의 일부가 되었다는 생각이 들었다.

12월 31일 우리는 마이애미 비치에서 수영했다. 한겨울 바다에서 수 영하는 것은 우리에게 이국에서 생활하고 있다는 묘한 쾌감을 주었다. 미국에서 구입한 카메라를 들고 다니며 멋진 풍경을 담았다. 당시 디지 털카메라가 나오기 전이라 필름카메라를 사용하는데, 막상 찍어서 인화 하니 가치가 없는 사진이 너무 많아서 허망하기도 했다. 비용을 아끼기 위해 식사는 펜션에 돌아와서 직접 만들어 먹었다.

지금도 생각나는 메뉴는 부대찌개다. 미국 어디서나 쉽게 구할 수 있 는 소시지와 햄, 치즈를 김치, 고추장과 함께 찌개로 끓이니 한식과 양 식의 합작으로 얼큰하고 맛있는 음식이 되었다. 꿈같은 열흘을 보내고 무려 2,500마일을 운전하고 다닌 여행을 마무리했다.

회사에 복귀하여 교육에 다시 임했다. 눈이 많이 오는 지역이라 아침에 일어나면 아침 식사를 준비하는 동안에 나와서 자동차에 쌓인 눈을 치웠다. 운전석 앞 유리도 미리 녹이지 않으면 시야가 확보되지 않을 정도로 얼어붙었다. 특히 눈이 많이 오고, 도로가 살얼음이 껴서 미끄러운 상태에서 운전할 때가 많았는데, 자가용을 가지고 있던 선배의 조언을 많이 듣고, 사소한 실수를 하면서 운전 실력이 늘었다.

귀국이 가까워져 선물을 준비해야 하고, 귀국 후 바로 교육을 해야 하는 부담감도 서서히 높아져갔다. 하지만 언제 다시 미국에 올 기회가 있겠느냐는 공감대를 모두 느끼고 있어서 남은 미국 생활을 최대한 즐겼다. 귀국 전 하와이에 들러서 관광하자는 의견이 있었는데, 일찍 한국에 가고 싶다는 의견이 대세여서 바로 귀국하기로 했다. 귀국 전에는 미국에서 인연을 맺은 사람들과의 식사가 많았다. 회사에서도 공식, 비공식적으로 많은 만찬을 준비해주었다. 동기생 부모님, 누나 부부 등 많은 사람들이 짧은 기간의 인연을 아쉬워했다.

미국에 있는 동안 한 교포가 내게 은밀한 제안을 했다. 아직 미혼이고 미국에서 조종사 자격을 가지고 있으면 밥벌이는 문제없으니 미국에 주저앉을 생각이 있냐는 제안이었다. 한 번도 생각하지 않은 황당한 일이었지만, 그 교포가 내게 좋은 이미지를 가지고 있어서 한 제안으로 생각되었다. 그러면서 미국에서 농약을 뿌려주는 항공기만 조종해도 당시 기준으로 월 5,000불은 벌 수 있으며, 어떤 교포를 지목하며 그 교포의 딸과 결혼하면 미국 시민권을 바로 취득할 수 있다는 제안도 했다. 고려할 가치도 없는 얘기였지만 나를 위해서 한 제안이었다고 생각하여 정중하게 거절했다.

당시 사회 분위기를 느낄 수 있는 단면이었다. 대기업에서 미국에 지사원으로 부임해 임기를 마칠 무렵에 이런 제안이 많이 오갔으며 실제로 많은 지사원이 이런 방법으로 미국에 남았다는 후문이 있었다. 귀국 때도 짐이 많았다. 가져온 짐 중에 소비품이나 가치가 없는 물품을 없앴는데도 새로운 짐이 많이 생겼다. 선물을 챙기다 보니 오히려 짐이 불어난 듯하다. 4개월간의 미국 생활은 새롭고 뜻깊은 기간이었다. 미국을 이해하고 경험했으며, 많은 여행을 통해 한층 성숙해졌다.

나는 하늘로 출근한다

그간 나의 군 생활엔 비행대대를 떠나서 다른 업무를 한 적이 없다. 그러나 좋은 지휘관이 되려면 여러 부서에서의 다양한 경험이 중요하기 때문에, 장래를 생각하면 현재가 최선인가에 대한 의문이 있었다. 미국에서 교육을 마친 후 얼마 되지 않아 한창 바쁠 때 1년 선배에게서 연락이 왔다. 국방부 장관 부관을 하고 있는데, 후임으로 올 생각이 있냐는 연락이었다. 아주 바쁜 시기였고 교육받고 온 지 얼마 되지 않을 때여서 정중하게 고사했다.

정확히 2년 뒤 같은 제의가 왔다. 나는 망설였다. 새로운 경험을 할 수 있는 좋은 기회지만, 어떤 면에서는 공군과 동떨어진 업무이기 때문에 과연 나를 위해 바람직할까 고민이 되었다. 추천한 선배 얘기로는 새로운 세계를 볼 수 있는 좋은 기회라고 한다. 일단 장관과 보좌관의 면접에 합격되어야 한단다. 아내와 상의하니 내 결정을 존중하겠다고 한다. 나는 제의에 응하겠다고 했다. 단, 상부에서 결재해서 명령이 내려오는 방식이면 좋겠다는 의사를 밝혔다.

며칠 뒤 국방부에서 면접하러 오라는 연락이 왔다. 당시 국방부 장관은 정권의 실세로 뚝심이 센 분이었다. 면접을 마친 후 명령을 낼 터이니 바로 출근하라고 한다. 일사천리로 일이 진행되었다. 대대에 얘기하고 짐을 꾸렸다. 양복 입고 근무한다고 했다. 결혼식 갈 때나 입어보던 양복이 이제 근무복이 된다고 하니 한두 벌로 될 일이 아니다. 더구나 서울에서 근무하니 거주해야 할 아파트도 문제였다. 선배 얘기로는 동빙고동에 있는 육군 아파트가 국방부 청사에 가까워서 통상 그곳을 내준다고 한다. 일단은 안양에 있는 본가에서 다녀야 했다.

1987년 겨울 문턱, 아내는 돌이 되지 않은 딸을 안고 나는 손가락마다 슈트케이스를 걸고 고속버스를 이용해 서울로 향했다. 자가용이 있으면 훨씬 수월했겠지만, 당시 자가용을 소유한 동기들은 소수였다. 칭얼거리는 딸을 안고 달래면서 가는 아내, 짐이 많아 쩔쩔매는 나…. 당시에는 누구나 그렇게 살았으니 상실감이 크지 않았다. 본가에 짐을 풀고 출근을 준비했다. 양복과 구두를 사는 등 급한 일을 먼저 처리했다.

장관이 도착하기 전 아침 일찍 출근, 즉각 일과가 시작되기 때문에 새벽부터 바쁘게 움직여야 했다. 다행히 장관 보좌관인 육군 장군이 안양에 살고 있었다. 그분이 출근하는 관용차를 같이 타고 다니자고 해서 편안하게 출근할 수 있었다. 전임 선배는 2주 동안 함께 근무하면서 인수인계를 하기로 했다. 이 일은 여태까지 내가 해온 일과는 너무 달랐다. 더구나 의전을 중요시하는 업무라 복잡했다.

회의 시 할 일, 부대 방문 시 고려사항, 청사에서 손님 접대 시 준비사항, 심지어 장관 회의인 국무회의 시 할 일까지, 메모하여 익히지 않으면 실수를 저지를 확률이 높았다. 다행히 체크리스트가 잘 작성되어 있었

나는 하늘로 출근한다

고, 육군과 해군 부관이 같이 근무해서 공백 없이 근무할 여건은 갖춰져 있었다.

조종사가 부관으로 일할 대상은 국방부 장관과 미 7공군 사령관이다. 자문이 필요할 경우 바로 조언을 할 수 있는 취지에서 조종사를 보임했다. 더구나 국방부는 3군이 모여 있어 육·해·공군의 부관이 각각 있었고, 별도로 사무직 요원도 많았다. 부관의 주 임무는 장관 외근 시 수행이다. 필요한 자료를 미리 준비하고 적시에 제공해서 회의나 행사 때 사용할 수 있도록 한다. 또한 지시사항을 바로 시행하도록 조치하는 것도 중요한 임무이다.

하루 일정을 마치면 장관과 함께 장관 공관에 들어가 부관실에서 밤을 보낸다. 상황실이 바로 옆에 있어서 모든 게 먼저 보고된다. 그중 직접 보고해서 지시를 받아 조치할 사항인지, 내일 보고해도 무방할 내용인지 부관이 판단하여 조치한다. 예를 들면 탈영병이 발생했을 때, 무장하고 탈영하면 후속 사건 발생이 유력하므로 깨워서라도 빨리 보고해야 한다. 단순 탈영이면 다음날 보고해도 무방하다. 북한과 항상 일촉즉발 상황이므로 이 또한 잘 판단하여 즉시 보고, 차후 보고 여부를 판단한다.

복잡할 수도 있지만 역지사지의 마음으로 판단하면 크게 그르칠 일도 아니다. 3군의 부관이 1주일을 반으로 나누어 돌아가며 수행하므로 장관 공관에서의 숙박은 한 달에 열흘씩 하게 된다. 마치 공군에서의 비상근무를 이곳에서도 하는 기분이었다. 선배와 합동 근무하면서 여러 곳을 다녔다. 청와대는 물론, 국무회의 장소, 국방부와 합참, 공군본부, 등 전입 인사도 하고 장소를 익히기 위해서다.

선배가 공군으로 복귀하고 이젠 모든 일을 스스로 처리해야 했다. 동빙고동에 있는 육군 아파트의 입주 순서가 잔뜩 밀렸는데 장관실 윗분들의 배려로 일찍 입주했다. 너무 오래돼 아파트가 많이 낡았지만 그나마 오래 기다리지 않고 입주한 것만으로도 감사했다.

예기치 못한 일이 나를 당황스럽게 했다. 육군과 공군의 업무 스타일 차이라 할 수 있을지 모르겠으나, 일 처리 방식에 너무 큰 차이가 났다. 막무가내로 밀어붙이는 일이 많았다. 당시 장관실에 육군 준장인 보좌관과 육군 대령인 수석부관이 있었다. 보좌관은 상당히 이성적이고 합리적인 분이었다. 반면에 수석부관은 당시 하나회 핵심 멤버인데 막무가내에 가까웠다. 개인적인 일을 부관에게 시키는가 하면 막말에 가까운 언행을 하기 일쑤였다.

나는 육군에 저런 사람이 많이 있냐고 물으니 있긴 하지만 유별나다고 한다. 같이 일하기 너무 어렵다는 생각이 들었다. 내가 장관을 위해 일하러 왔지, 저런 육군 대령을 위해 오지 않았다는 생각이 들어 더욱 회의가 생기기 시작했다. 몇 차례 마찰이 있었다. 그는 공군 소령이 감히 본인에게 대놓고 얘기하는 것이 가당치 않다고 얘기했다. 그러면서 공군은 그런 식이냐고 얘기한다. 나는 공군에서는 최소한 장교의 말을 들으면 존중한다고 분명하게 얘기했다. 급기야 나를 다시 공군에 복귀시켜 달라는 얘기까지 했다. 본인의 경력에 흠집이 날까 두려웠던 그의 뒷걸음으로 마찰은 막을 내렸다.

4개월간 그와 근무하면서 공군이 얼마나 신사적이고 합리적인가를 새삼 깨달았다. 그는 장관실을 떠난 후 하나회 핵심 요원답게 장군 진급까지 되었으나 하나회 해체로 인해 불명예스럽게 전역했다. 그리고 젊은 나이에 세상을 떠났다. 아마 불같은 성격을 다스리지 못해 결국 본인의 명을 재촉하지 않았나 싶다.

　매일 비행하다가 이제 양복을 입고 사무를 보거나 수행한다. 당연히 시사에 관심을 가져야 하고, 행동거지에도 최대한 주의를 기울였다. 과연 내가 군인으로서 제 역할을 하고 있는지 의문이 들기도 했지만, 누군가 이 업무도 해야 할 일이고, 내가 잘하면 공군에도 이득이 된다는 생각으로 마음을 잡았다.

　그러다가 대통령 선거가 끝나고 장관이 바뀌었다. 새로운 장관은 육군 출신이지만 육사가 아닌 갑종 출신(갑종간부후보생: 한국전쟁 때 장교충원을 위한 제도)으로 임관한 분이었다. 합참의장 출신에 합리적이고 인품이 좋다고 소문이 난 분이 장관으로 오셨다. 그러나 육사 출신이 아니라서 권력에 가까운 분은 아니었다.

　육군 부관이 바뀌었고, 해군과 공군 부관은 임기 2년이라 계속 근무했다. 많은 것이 바뀌었다. 예전의 장관은 대통령과 가깝고 권력의 핵심에 선을 댈 때 주변에서 알아서 기었다. 하지만 이번 장관은 실력 있고 인품도 훌륭하지만, 권세가가 아니라는 이유로 의전상 문제가 간혹 발생했다.

　예를 들면 행사가 있을 때 많은 관용차가 진을 치고 있다. 행사가 끝나면 일사불란하게 관용차가 순서대로 상급자부터 모시고 빠져나간다. 당시 육군참모총장은 자타가 공인하는 권세가였다. 갑자기 육군참모총장 관용차가 먼저 나타나더니 망설임 없이 탑승시키고 빠져나간다. 의전 서열상 육군참모총장은 국방부 장관과 합참의장 다음의 지위다. 너무 당혹스러워 놀람과 분노가 온몸에 감돌았다. 먼저 관용차를 대기시킨 수행원도 나쁘고, 뻔히 위계질서를 알면서도 탑승하고 간 참모총장도 정상이 아니다. 그렇게 해서 권위가 올라가는 것도 아닌데 다른 사람들이 보는 앞에서 그런 행동을 하는 모습이 기가 막혔다. 화가 머리끝까지 나서 사무실로 와서 육군참모총장 부관에게 전화했다.

이런 일은 총장님을 위한 일이 아니라 적을 만드는 행위다. 상관을 잘 모시는 것이 무엇인지 다시 한 번 생각해야 한다. 긴 변명을 한다. 말도 되지 않는 변명이다. 다행히 그 후 같은 일이 반복되지는 않았다. 그러나 장관이 근무하는 내내 유사한 일은 여러 번 있었다. 육군 부관은 복잡하게 얽혀있는 육군의 선후배 사이에서 처신이 애매하여 침묵을 지켰다. 비교적 그런 면에서 운신이 자유로운 내가 악역을 많이 맡았다. 장관이 바뀌면서 수석부관 제도가 없어졌고, 그간의 갈등도 사라졌다.

새로운 보좌관인 육군 준장이 보임했다. 육군 장군 진급자 3명 중 한 명으로 소위 잘나가는 분이었다. 나는 많은 장군을 접했지만 이렇게 합리적이고 훌륭한 인품을 가진 분은 처음 만났다. 육군은 사람이 많아서 그런지 모르겠지만 개인별로 너무 두드러진 차이가 난다. 또한 당시에 잘나가는 하나회 주축 멤버이기도 했다. 그분이 쓴 조그만 책자를 주서서 읽어봤는데 이런 말이 있었다.

"군이 합리적이지 않은 명령을 내려야 할 때가 있다. 죽음이 뻔한데, 때로는 적진에 돌격 명령을 외쳐야 한다. 이때 평소에 합리적인 지휘관이 외친다면 무언가 우리가 모르는 이유가 있으리라 생각하고 명령

나는 하늘로 출근한다

에 따르겠지만, 평소에 합리적이지 않은 사람이 명령을 내리면 의구심을 가지고 명령에 따르지 않을 수도 있다. 자세히 설명할 여유가 없는 긴박한 순간에 따르기 어려운 명령을 내려야 하는 군의 지휘관은 그래서 평소에 합리적이어야 하고, 그렇게 하여 상하 간 신뢰를 구축해야 한다."

너무나 공감이 가는 이야기다. 현실은 "군인은 명령을 먹고 사는 생물이다.", "까라면 까!" 같은 저속한 표현까지 사용하며 명령을 남발하는 지휘관을 군에서는 쉽게 볼 수 있다. 그러나 그분은 말만 그렇게 하는 것이 아니라 실제로 행동도 합리적이었다. 예전에 겪었던 수석부관과는 완벽히 다른 존재였다.

대개의 장군은 본인의 장래에 도움이 될 만한 모임에 충실한데, 그분은 장관실에 근무하는 부서를 나누어 같이 식사하며 고충을 듣고, 본인이 해결 가능한 일은 바로 수정하는 호쾌함을 가지고 있었다. 또한 아랫사람이 무슨 말을 하면 진지하게 경청하는 좋은 습관도 있었다. 부관들이나 장관 부속실 사람들이 휴가를 갈 때는 봉투를 주면서 휴가 첫날에 가족과 식사할 때 보태 쓰라고 했다. 군 생활 중 휴가를 다녀와서 휴가턱으로 식사를 냈으면 냈지, 휴가비를 받아본 것은 처음이었다. 신선한 충격이었다. 대군을 지휘하는 사람은 역시 다르구나. 마치 지휘관 롤 모델을 보는 느낌이었다.

어느 날, 그분의 진가를 느낄 수 있는 사건이 발생했다. 청와대에 들어가서 장관이 보고하는 일도, 회의도 많은 시절이었다. 청와대는 보안이 까다롭고 폐쇄적이라 출입 시 신경이 많이 쓰였다. 회의에 참석하는 장관을 모시고 가서 내릴 때 회의 자료를 드리기 위해 따라 내리는데 청와대 경호원이 반말로 내리지 말라고 한다. 나는 대꾸도 하지 않고 자료를 전해드렸다. 그랬더니 마치 아랫사람에게 훈계하듯 내리지 말라고 했는데 왜 말을 듣지 않냐고 한다.

당시 장관 수행비서들은 대개 행정고시에 갓 패스한 초급 공무원들이 많았다. 나이도 적거니와 청와대의 위세에 눌려 반론을 제기하기도 쉽지 않은 시기였다. 나는 자료를 전해 드려야 하는데 당신 같으면 어떻게 하겠냐며 이래서 청와대가 욕을 먹는다고 일침을 가했다. 그랬더니 경호 계장 정도로 보이는 그가 이름이 뭐냐고 묻는다. 네 이름을 먼저 말하면 알려주겠다 했더니 입을 다문다. 기분이 무척 나빴다. 권위주의 시대라 청와대에 근무하는 경호원을 상대로 시비 거는 사람은 없던 시절이었다.

사무실에 돌아오니 공군본부에서 전화가 왔다. 청와대에서 연락이 왔으니 사과 전화를 하란다. 나는 잘못이 전혀 없으니 사과 전화를 할 수 없다고 했다. 그리고 나는 국방부에 파견나와 있는 사람으로서 이번 문제는 국방부에서 해결할 테니 공군본부에는 나중에 결과만 전하겠다고 했다. 아마도 경호처를 통해 공군본부에 본인들에게 유리한 얘기를 하며 나를 징계하라고 한 모양이었다.

나는 부관을 그만두더라도 사과할 생각은 추호도 없었다. 보좌관께 가서 보고했다. 사정을 자세히 설명하고 공군본부에서 이런 연락을 받았다고 했다. 먼저 보좌관은 공군본부에 전화해서 이 건은 국방부에서 벌어진 문제이므로 우리가 해결하겠다고 얘기했다. 그리고 경호처에 전화해서 그곳의 상급자와 오랫동안 통화를 했다.

모르긴 해도 서로의 자존심이 오가는 문제였을 것이다. 그리고 나를 부르더니 장관을 모시는데 당연히 해야 할 일을 했다, 없던 일로 하기로 했으니 평소대로 잘 모시라고 한다. 공군에서는 보기 힘든 중재와 결론이었다. 번거롭고 귀찮을 수 있는 문제를 본인의 일같이 해결해준 보좌관께 진심으로 감사하고, 존경하는 마음이 생겼다.

매주 목요일에는 장관 회의인 국무회의가 열린다. 회의실에 장관이 입장한 후에는 장관들의 수행비서와 부관이 모여 담소를 나눈다. 이미 친하게 지내는 사이라 군에 관한 얘기가 화두에 오르기도 하고 각 분야의 얘기를 나눈다. 청와대에서 있었던 사건이 소문으로 퍼져서 이미 전부 알고 있었다. 그들은 마치 그들의 서러움을 내가 풀어준 것처럼 기뻐했다. 그들은 해당 부서에서 똑똑하고 장래가 촉망되는 사람들이었다. 전역 후 신문을 보면 그때 만났던 수행비서들이 승진하여 그 부서 대변인도 되고, 차관도 된 사례가 많았다. 또한 권한도 막강했다. 그래서 사소한 일이라도 그들에게 부탁하면 잘 해결해주었다.

언젠가 추석이 다가오자 국토부 장관 수행비서가 필요한 만큼 비행기 표를 구해 주겠다고 했다. 명절에 지방 가는 비행기표를 구하는 것은 하늘의 별만큼이나 어려운 일인데, 원하는 만큼 얘기하라고 하니 어안이 벙벙했다. 사무실에서 근무하는 부관들까지 연락하여 필요한 만큼 요구했다. 그랬더니 원하는 만큼 비행기표가 전달되었다. 후에 안 얘기지만 항공사는 이런 특별한 시기에 항상 여분의 표를 가지고 있다가 배포하는 관습이 있었다. 항공사 로직을 꿰뚫고 있는 수행비서는 국토부의 힘과 이 관습을 활용한 것이다.

씀씀이도 국방부와는 비교가 되지 않을 정도로 좋았다. 같이 회식을 하더라도 국방부가 무슨 돈이 있겠냐며 최소한의 경비만 걷고 그들이 냈다. 각 부서에서 장관이 사용하는 경비라면 아끼지 않고 후원해주는 모양이다. 비디오 촬영 장비같이 가끔 필요한 장비가 있다. 산업부 장관 수행비서에게 한동안 빌려 사용 후 돌려줘도 되느냐고 문의하니 바로 해결해준다. 정기적인 모임을 가지며 친하게 지냈다. 새로운 소식도 그들이 가장 빨리 알고 있고, 전문적인 식견도 탁월했다. 내가 알지 못했던 이런 세계도 존재한다는 것을 실감했다.

1988년에 우리나라에서 처음으로 하계 올림픽이 개최되었다. 빚잔치라고 말도 많았고, 반대도 심했지만 정상적으로 개최되었다. 나는 장관 수행부관 역할로 출입증을 받을 수 있었다. 국방부는 테러에 대비한 경계 임무 때문에 출입증 발급을 쉽게 해주었다. 나라의 중요한 행사인 만큼 준비를 많이 했고, 특히 선수촌 건립도 병행하여 진행되고 있었다. 학생들을 동원해 개막식 행사를 준비하고, 자원봉사자를 모집해 분야별로 교육하면서 준비에 박차를 가했다.

언론에서는 분위기를 띄우느라 특집방송을 만들어서 올림픽 상징물을 선정하고 주제가를 확정하는 등, 축제 전야 같은 생각이 들 정도였다. 나는 장관을 수행하고 경계 태세를 점검하는 현장에 가기도 하고, 준비가 한창인 주경기장에 가기도 했다.

운 좋게도 주경기장에서 열리는 개막식 최종 리허설을 관람할 수 있는 티켓이 배부되어 가족들이 볼 수 있었다. 관람객이 있는 상황을 가정해 최종 리허설을 연출하는 기회를 잡은 것이다. 아내와 본가, 처가 가

나는 하늘로 출근한다

족들에게 모처럼 좋은 일을 한 것 같아 뿌듯했다. 나는 장관을 모시고 육상경기장에도 가보고, 수영경기장에도 가서 세계 최정상급 선수들의 경기를 직관할 기회가 몇 차례 있었다. 이 또한 올림픽 기간에 국방부에서 근무한 작은 선물이었다.

공군에서만 근무했기에 육군의 실상을 처음 알게 된 계기가 국방부 근무 시절이다. 세 분의 장관을 모셨는데, 세 분 모두 약간의 차이는 있지만 분명한 공통점이 있었다. 바로 부하를 다스리는 스타일이다.

첫 번째 장관은 내가 임무를 시작한 후 4개월 만에 퇴임하였다. 새로운 대통령이 선출된 후 장관도 바뀐 것이다. 두 번째 장관을 모시던 중 이런 일이 있었다. 내가 청와대 행사로 장관을 모시고 다녀올 때 장관이 청와대 행사장에 있던 담배라며 주신다.

당시 나는 흡연 중이었는데, 나를 생각하고 공군 소령에 불과한 부관을 위해 행사장에 있던 담배를 가져다준 성의에 놀랐다. 번거로운 일인데도 불구하고, 부관을 위해 본인은 피우지도 않는 담배를 가져다준 그 마음이 오랫동안 뇌리에 남았다. 그리고 수행 중 모임에 다녀오면 운전기사와 식사는 했냐며 식사 거르지 말고 잘하고 다니라는 당부를 잊지 않는다. 상하관계에 익숙한 내게 인연을 중시하고 정을 느끼게 하는 따스함은 충성심을 우러나오게 하였다.

명절이 되면 보좌관과 부관의 가족을 공관에 불러 식사를 같이했다. 한 아름 선물을 안겨주며 많이 도와줘서 감사하다고 얘기하는 것도 놀라웠다. 당연히 해야 할 일을 하는 것이라 치부할 수도 있기 때문이다.

가족 같았다. 이런 분위기에 젖다 보니 장관을 수행하는 게 아니라 어버이를 모신다는 기분이 들었다. 내가 잘 모셔야 할 분, 존경받고 좋은 평을 받을 수 있는 분이 되기를 진심으로 바라게 되었다.

'아웅산 사태' 때, 합참의장이 폭탄 테러에 피투성이가 되어 의식을 잃었는데, 부관이 아직 폭발이 채 가라앉지 않은 현장에 뛰어 들어가 합참의장을 업고 나온 사례가 있다. 그는 합참의장을 병원에 모시고 가서 치료를 받던 중, 시설이 열악하고 의료진도 미비해 헬기를 호출하여 필리핀으로 가서 치료받게 하였다. 영어에 능통했던 부관의 적극적인 도움에 힘입어 합참의장은 완치하여 퇴원 후 다시 직위에 복귀하였다.

이 사례는 부관이 충성심을 발휘한 유명한 사례로서 신문, 잡지에도 기사가 나왔고, 그 부관은 일약 유명인이 되었다. 이러한 사례는 우연이 아니고 상관과 부하가 가족이라는 개념이 확고한 상황에서 발생한 단면이 아니었나 생각한다. 육사 3년 후배인 그 부관과 개인적으로 친하게 지냈다. 그는 그 후 승승장구하여 3성 장군인 특전사령관까지 지냈다.

두 번째 모시던 장관은 9개월 만에 정치적인 문제로 장관직을 퇴직했다. 새로운 장관이 임명되었다. 이 장관은 특이한 이력을 가지고 있었다. 하나회 멤버가 아닌데도 육군 대장까지 진급하였다. 권력자들과 가까이 지내지는 않지만, 실력이 있었다. 육사에서 두 번 교관을 한 경력이 있는데, 한 번은 영어 교관, 한 번은 태권도 교관으로 재직했다고 한다. 극과 극의 교관을 지낸 셈이다. 영어 실력도 대단하지만, 태권도도 8단이라 한다.

육사 출신 장관이 부임하니 의전도 훨씬 매끄럽게 흘러갔다. 육사 선후배 사이면 그 관계를 뛰어넘기 쉽지 않은 역학관계가 있기 때문이다. 더구나 자존심이 세고, 할 말은 하는 장관에게 의전을 쉽사리 어기는 후배가 있을 리 없었다. 일하기가 훨씬 수월해졌다. 마초 같은 성격도 서로 잘 맞아 새로운 장관을 좋아하게 되었다.

그뿐 아니라 장관도 사모님도 내 수행방식과 조언, 행동거지를 좋아하였다. 나는 당시 이미 고참급에 속하는 부관으로 경력이 쌓였고, 주관도 분명하게 가지고 있었다. 부관은 기본적으로 입이 무거워야 한다. 안에서 발생한 일이 밖으로 새는 것을 상관들은 무엇보다도 꺼린다. 알고도 모르는 척, 있어도 없는 척. 이런 모습이 수행 부관의 기본 소양이다. 마치 비밀을 많이 알고 있는 것처럼 떠벌리고 다니는 수행 부관은 최악이다.

당시 노조를 정부에서 승인한 후 사회 분위기가 어지럽고 소란스러웠다. 공공장소에서 파업 선동이 일어나고 대규모 집회를 열었다. 부산에서는 한 대학에서 강당을 점거하고 있던 학생들이 진입하던 전경들에게 화염병을 던져 여러 명의 전경이 사망한 사건이 발생하기도 했다.

나는 장관을 모시고 부산에 가서 병원에 들러 화상을 입은 전경들을 위문하는 행사에 참석했다. 그 처절한 분위기 속에서도 병원 로비에서는 노조에 속한 간호사와 직원들이 모여 파업 행사를 하고 있었다. 장관이 이런 분위기에 파업이냐고 한마디 하자 소란스러운 대꾸가 돌아왔다. 나는 그때 직감적으로 이런 사회 분위기에서는 장관을 보호하기 위한 경호조가 필요하다고 느꼈다. 보좌관에게 보고하여 경호조를 편성하여 차량 근처에 같이 다니게끔 요청했다. 보좌관과 국방부는 사회가 불안하고 어지러운 상황을 직시해 흔쾌히 동조했다.

4명의 경호조가 탄 차량이 항상 장관 차 근처에 따라다니게 되었다. 교통체증이 심할 때는 그들을 앞세워 체증을 뚫고 가기도 했다. 부관과 경호조는 항상 무전기로 통화하며 그들을 관리했다. 운전자는 예전에 활어를 운반하는 차량을 몰았다고 한다. 운전을 기가 막히게 잘하였다. 나머지 탑승자 3명은 전부 무술 유단자로 내가 그들의 무술 단수를 계산해보니 모두 합해 25단이었다. 물론 한 번도 그들을 동원하여 물리적인 경호를 한 적은 없었다. 하지만 어지러운 시절에 최소한의 조치를 하는 것이 모시는 사람에 대한 도리라고 생각했다.

예하 부대를 순시할 때는 용산에 있는 헬기장을 주로 이용했다. 청사에서 가장 가까운 헬기장이기 때문이다. 헬기에 같이 탑승하여 서울을 내려다보면 아파트가 온 도시를 장난감처럼 빼곡하게 메우고 있었다. 어디에도 내 아파트 한 채가 없는 현실이 안타까웠다.

가끔 국방부에서 주택조합의 조합원을 모집하는 문서가 나오는 것을 보았다. 나는 당시 주택조합이 그렇게 복마전이고 시간과 비용이 기하급수적으로 들어가는 돈 먹는 하마라는 사실을 몰랐다. 국방부 기무부대에 근무하는 후배와 식사를 하면서 혹시 좋은 주택조합이 나오면 같이 서울에 아파트를 장만하자고 했다.

얼마 후 목동에 주택조합이 생긴다고 한다. 목동 1단지 옆에 있는 플라스틱 공장단지를 사서 아파트를 지을 예정인데, 만약 성공한다면 비용면에서도 큰 이익이 될 듯하다고 한다. 목동은 신시가지로 거주지로는 강남을 제외하고 최적의 구역으로 알려진 곳이었다. 당시 목동 아파트 35평 시가가 약 1억 2천만 원인데, 주택조합을 결성하여 단지를 조성하면 33평 아파트를 약 6천만 원에 입주가 가능하다고 한다.

얼핏 계산해봐도 반값 수준이다. 당연히 계약금을 내고 조합원이 되었다. 목돈이 있을 리 만무하여 부모님의 노후 자금을 빌려 사용하고 반드시 갚겠다고 했다. 그때가 1988년 후반기였던 것으로 기억한다. 이 사업은 무려 7년이 걸리면서 사업체가 여러 번 바뀌고 역임한 조합장 여러 명이 횡령 혐의로 수감되면서 지연되었다. 그러면서 비용도 계속 오르기 시작하여 최종 입주 시에는 원래의 시가와 유사한 1억 2천만 원에 달하였다.

그래도 나는 행운아에 속한다고 생각한다. 천호동에서 모집했던 어떤 주택조합은 자금을 걷어 땅을 사고 사업을 진척하던 중, 대지 밑에 하천이 흘러서 아파트를 지을 수 없고, 주차장으로나 사용 가능하다고 하여 2천만 원을 냈는데, 5백만 원만 돌려받았다고 한다. 내가 국방부 임무를 마치고 부대에 돌아가서 간혹 주택조합 소식을 들으면 희망찬 소식은 없고 절망적인 소식만 들렸다. 그때까지 모은 돈 전부에 부모님 노후 자금까지 빌려다 쏟았는데, 만약 사업이 좌초된다면 금전적인 고통에 직면할 수밖에 없는 현실이었다.

가끔 서울에 올 기회가 있으면 건설 현장에 들러 업자들에게서 얘기도 듣고, 공사가 중단되어 있으면 낙담을 하고 돌아간 적도 있었다. 우여곡절 끝에 1993년 말, 아파트가 완공되어 입주가 시작되었다. 주택조합이 책임을 지는 주체가 없는 사업체라는 사실과 복마전을 체감한 후 나는 누가 주택조합을 한다고 하면 재고해보라고 권유하는 사람이 되었다.

그 아파트가 지금까지 서울에서 내가 거주하는 아파트다. 그때 같이 사업에 동참하여 가슴을 졸였던 후배는 옆집에 살고, 의전실에 근무하던 해사 동기생도 이웃이 되었다. 헬기에서 내려다보며 키웠던 서울의 꿈 하나는 이룬 셈이다.

민주화 바람일까?

정권이 바뀌면서 군사정권 시절에 언론 통폐합으로 많은 신문 잡지사가 폐간된 지 꽤 오랜 시간이 지났는데, 신고만 하면 신문사를 창간할 수 있도록 법률이 바뀌었다. 우후죽순 많은 신문사가 창간되었다. 심지어 좌파 성격이 짙은 신문, 종교신문도 잇달아 창간되었다. 갑자기 많은 신문이 창간되니 인력이 턱없이 부족했다. 경력이 있는 직원들을 수소문하여 채용하기 시작했다. 중앙 일간지에서 6년간 일한 경력이 있는 아내에게도 연락이 왔다.

어느 날 퇴근하니 아내의 얼굴에 수심이 가득했다. 경력을 다시 오기 어려운 이을 기회인데 방법이 묘연하다는 것이다. 먼저 처가에 가서 부탁하니 아이 둘을 봐줄 여력이 없다고 한 모양이다. 아내가 내 생각을 묻기에 경력을 유지할 좋은 기회이기 때문에 사정이 허락하면 내가 조금 불편해도 감수하겠다고 했다. 아내는 여러 곳을 방문하고 가능성을 타진했다.

보름이 지난 후 아내가 결국 포기하겠다고 한다. 나는 진심으로 안쓰러웠다. 충분한 능력이 있고, 다시 일을 시작하면 잘할 텐데, 육아 때문에 경력이 단절될 수밖에 없는 현실이 너무 안타까웠다.

하지만 엄밀히 따져보면 포기가 맞다. 몇 개월이 지나면 나는 국방부

나는 하늘로 출근한다

의 임무가 종료되고 예하 부대로 되돌아가야 한다. 만약 아내가 일하게 된다면 홀로 부대로 내려가야 한다. 이 또한 어려운 결정이 될 수밖에 없다. 나는 현실을 받아들이자고 아내를 설득했다. 며칠간 고민에 잠기더니 아내는 훌훌 털고 잊었다. 그리고는 다시 그 얘기를 하지 않았다. 강단 있는 여성이다.

1989년 후반기에 장관이 미국의 한미 국방장관회의에 가게 되었다. 세 명의 부관 중 한 명이 수행하여 다녀와야 하는데 내가 당시 경력이 오래되어 적임자로 추천되었다. 나는 곧 임기가 만료되어 부대에 가야 하고, 계속 근무할 사람이 모시고 다녀오는 게 업무의 연속성에 도움이 될 것이라고 얘기했다. 그래서 해군 부관이 모시고 다녀오게 되었다.

출국 전 준비는 같이 도와서 했다. 나는 부대에 가기 전에 할 일이 많았다. 먼저 고급 지휘관 참모과정 이수가 필요했다. 통상 소령 말에 진행되는 고급 지휘관 참모과정은 조종사들이 부족해 배포된 책자로 스스로 공부하고 주기적으로 모여 시험을 보는 형태였다. 국방부에 근무하면서 공부를 하고 시험을 준비하는 것은 쉬운 일이 아니었다. 업무를 하면서 책을 보니 집중하기가 쉽지 않고 공부할 시간을 내기도 어려웠다. 하지만 이 성적이 오랜 기간 따라다니면서 평가의 대상이 된다고 생각하면 대충해서는 안 될 시험이었다.

틈틈이 공부하고 시험 때는 집중적으로 준비했다. 시험이 거의 마무리되면 4주간 공군대학에서 집체교육과 토론 등이 있고, 2주간 진해에 있는 육군대학에서 3군 합동 교육이 계획되어 있었다. 물론 오랫동안 자리를 비울 수 없으므로 교육에 들어가기 전 국방부 업무를 종료하고,

부대에 내려가기 전에 모든 교육과정을 마쳐야 한다.

나는 1989년 10월 초에 국방부 업무를 마쳤다. 그동안 고생했다며 잦은 환송회가 있었고, 특히 장관은 부대에 가서 열심히 하라며 지휘봉을 선물했다. 짧다면 짧고 길다면 긴 2년의 세월이었다. 하지만 내가 그간 겪었던 군 생활과 비교해 시야가 크게 넓어지고 세상사를 겪으며 많이 깨닫고 돌아간다는 느낌이었다.

공군대학에 입과했다. 자율학습 과정에 대한 보완교육 형태로 세미나와 분임 토의가 진행되었다. 이미 시험은 거의 치른 상태로 논문을 마지막으로 제출하고 논문 발표가 주된 목적이었다. 나는 당시 화두로 떠오른 테러에 대해서 논문을 작성하여 이미 제출했다. 논문이라고 해봐야 학위나 학술 가치를 인정받는 수준의 논문은 아니고, 얼마나 새로운 정보를 활용해 잘 엮느냐가 중요한 기준이었다.

나는 국방부에서 얻은 최신자료를 기초로 각국의 대테러 상황을 서술하고 관련된 논문을 인용하여 나름 각색하였다. 당시 같이 입과한 동기생 한 명은 헌병 장교로 대테러 전문가였다. 그는 국방대학에서 대테러에 대한 석사학위논문을 작성한 적이 있는 사람으로 그도 대테러에 대한 논문을 제출했다. 최신자료에 대한 업데이트와 논문 발표는 내가 낫다는 평가를 받아 그 친구 보기가 민망했다.

매일 저녁 친교를 빙자하여 식사하고 음주를 하는 모임에 참석했다. 부대에 가면 이젠 중견 장교로서 바쁜 생활이 기다리고 있는데, 이런 부담이 적은 과정을 다시 만나기 어려우리라는 생각이 마음을 가볍게 했다. 공군대학 수료 시 시험성적과 논문, 발표 그리고 분임 토의성적을 망라한 종합성적을 산출한 결과 우등상 수상자로 선정되어 참모총장 메달을 받았다. 국방부 장관상에 이어 2등 수준의 성적이었다. 분주하고 어려운 환경에서 일궈낸 성적이라 더 뿌듯하였다.

그리고는 바로 진해에 있는 육군대학으로 이동했다. 3군 장교가 모여 합동작전에 대해 토의하고, 타군에 대한 이해도를 높이기 위한 합동 교육이었다. 육군대학에 가서 보니 육군의 참모대학 주 기수가 육사 3년 후배였다. 그곳에서 합참의장 부관이었던 후배를 만나서 식사도 하고, 여러 사람들과 친교의 폭을 넓혔다. 특히 내 출신 고교에서는 육사 진학이 많은 편인데 육군대학에 가니 고교 동문의 모임이 활성화되어 있었다. 그들의 전폭적인 환영을 받으며 재미있고 즐겁게 시간을 보냈다.

특강을 하는 사람들이 소위 베트남의 전쟁영웅으로 불리는 사람도 있고, 현대전에 대한 서적을 저술한 저자도 있어 들을 만한 강의가 많았다. 그런데 그곳에서 소수군, 해공군의 육군에 대한 불만 표출을 많이 보았다. 특히 해병대는 자부심으로 뭉쳐진 집단인데, 육군대학의 강사가 육군 위주의 작전만이 승리를 담보한다는 식의 강의를 해서 집단 반발하여 강의를 거부한 적도 있었다.

"모든 작전은 육군의 군사적인 승리를 위해 계획되어야 하고, 해공군은 그 작전을 위하여 보조적인 역할에 중점을 두어야 한다."

이런 식으로 강의를 하니 반발을 불러일으켰다. 심지어 해병대가 왜 공수 훈련이 필요하냐며 육군 특전사로 충분하다는 얘기에 해병대 장교들이 발끈했다. 당시 육군대학의 교관이라 해봤자 중령이나 대령 수준이다. 3군의 장교를 모아놓고 서로 합동작전의 중요성과 시너지 효과를 논해야 하는데, 속 좁게 자군 이기주의적인 강의를 하니 오히려 반발을 불렀다. 최첨단 무기가 전세를 좌우하는 시대에 타군의 작전 능력을 무시하거나 격하하고, 백두산 정상에 태극기를 꽂는 자는 결국 보병이라는 식의 우물 안 개구리식 사고는 고립을 자초할 뿐이다.

2주 간 꿈같은 시절을 보냈다. 매일 저녁에 친교의 밤이 있고, 수업은 부담이 없는 강의 일색이니 이런 교육이 어디 있나 싶었다. 국방부 업무를 마치고 부대에 복귀하기 전에 재충전할 기회를 얻은 것 같았다.

나는 하늘로 출근한다

청주에 있는 비행대대에 복귀했다. 내년에 중령 진급이 이미 발표된 상태라 군 생활에서는 중견에 속한다. 예전에 대대를 떠날 때 고정 편대에서 2인자 역할을 했는데, 부임하면서 4편대장에 보임되었다. 청주로 이사를 하고 생활이 안정되기 시작했다. 국방부에 근무하는 동안 유지 비행만 했기 때문에 우선 비행 자격을 다시 취득해야 했다.

비행대대에서는 계급에 맞는 비행 자격을 갖추는 것이 중요하다. 자격이 미비한 상태에서 대대를 떠나고 난 후 복귀하기 힘든 이유는, 그 공백 기간에 후배들이 경력을 쌓아 자격을 갖추고 보직을 맡고 있기 때문에 뒤늦게 선배가 돌아와서 위치를 찾기가 쉽지 않다. 나는 다행히 이미 교관 자격까지 갖춘 상태여서 대대 생활에 적응하는 덴 어려움이 없었다. 국방부 근무경력을 높이 평가하는 상관들이 많아 이 또한 적응에 도움이 되었다.

그런데 고정 편대장급 이상이 되면 보직 장교라서 본인들은 물론 부인들의 모임도 별도로 있었다. 동기생들은 이미 자녀들이 성장하여 자녀들만 집에 있어도 문제가 없는데, 아직 두 살이 되지 않은 아들과 어린이집에 가지 못하는 딸이 있는 우리 집으로서는 난감한 일들이 많이 생겼다. 당시에는 보직자 부인모임이 잦았다. 명절이 되면 부인회에서 대대의 먹거리를 준비하고, 미혼자들을 위한 식사를 준비하는 일이 다반사였다.

아내의 후일담을 듣자니 난처했겠다는 생각이 든다. 모임에 참석하려면 성장한 자녀가 있는 동기생 부인에게 전화해서 아이들을 맡기고 이게 어려우면 고개 너머에 있는 정비사 아파트에 아이들을 맡기러 갔다.

당시 정비사 아파트에는 부인들 몇이 시간당 저렴한 가격에 아이를 봐주는 집이 있었다. 모임을 위해 하이힐을 신고, 아들을 업고 딸은 걸린 채로 손을 잡고, 다른 손으로는 어린이용 자동차를 들고 고개를 넘자면 별의별 생각이 들었다고 한다. 딸을 맡기는 집에 두고 나오면 그때부터 서럽게 울기 시작한단다. 언젠가는 엄마가 떠나고 난 후 다시 올 때까지 울었다면서 혹시 이상이 없는지 잘 보라고 한 적도 있다고 한다.

딸은 그 후에도 관사의 화제를 몰고 다녔다. 예쁜 아이로 알려졌는데 그보다는 소문이 잘 우는 아이로 더 크게 났다. 후에 딸이 좀 커서 어린이집에 다니게 되었는데 관사에서 통학버스가 운영되었다. 어린이집 버스가 출발할 때, 마치 이별의 정거장같이 딸의 울음이 터지기 시작한다. 어느 날은 딸이 울음을 그치지 않아 아내가 버스에 동승하여 딸을 어린이집에 데려다주고 돌아온 적도 있었다고 한다. 지금은 그런 얘기를 화제로 삼고 웃음 짓지만, 아내가 당시 겪었을 고충을 헤아리기 어렵다.

나는 순조롭게 대대 생활에 적응했다. 특히 상급 부대에 다녀와서 나

나는 하늘로 출근한다

대면 잘난 척한다고 손가락질 받기 쉬운 시절이었다. 옛 경력을 이용하여 도울 일이 생기면 왼손이 하는 일을 오른손이 모르도록 하는 게 미덕이고 상식이었다. 간혹 비행단장이 퇴임한 국방부 장관을 초청하거나 선물을 보내려는 경우에 중간에서 도움을 줬다. 이미 퇴직하신 분을 옛 인연을 생각해서 초청하는 것은 미덕이라는 생각에서다. 그리고 대대에서 정보가 긴급하게 필요할 때도 국방부에 근무하는 사람에게 부탁하여 전달했다.

비행을 다시 시작하니 내가 사무실 근무한 경력이 까마득한 기억이 되었다. 인간의 기억과 망각이 이렇게 손쉽게 바뀌는 것이 놀라웠다. 대대에서의 위상이 있고 계급도 상위에 있어 임무도 상당히 무겁고 비중이 큰일이 맡겨졌다. 이제는 수동적인 입장에서 벗어나 능동적으로 업무와 임무를 수행하는 위치가 되었다.

특히 업무뿐 아니라, 인적 관리도 하는 관리자 위치의 시각도 필요했다. 편대원을 면담하고 근심거리가 있는지, 요즈음의 관심사가 무엇인지 파악하는 것도 중요했다. 모름지기 조종사는 잡념이 없어야 한다. 잡념은 걱정거리를 낳고 걱정거리는 사고를 유발할 확률이 높기 때문이다.

당시 대대장은 야심이 많고 자존심이 높은 사람이었다. 업무능력이 탁월하여 배울 점이 많았다. 서류 작성 능력도 출중해 작성해간 서류를 수정해도 충분히 공감되었다. 하지만 부하를 능력이 부족한 사람으로 생각하는 것이 단점으로, 부하를 신뢰하지 못하는 경향이 있었다. 세상에 어느 누가 원벽한 지휘관이 있을 수 있을까. 장점이 단점을 커버할 정도가 되면 좋은 지휘관 소리를 듣는 현실이었다.

나는 비행단에 복귀하여 세 명의 대대장 밑에서 일했다. 대대장은 군에서는 꽃으로 불릴 만하다. 육군에서도 단독 규모의 독립부대는 대대라고 하고, 대대를 어떻게 관리했느냐에 따라 지휘역량을 평가받는다고 한다. 사단장은 본인이 장군으로서 권위를 누리면서 지휘를 할 수 있는 역량의 시험대이자 꽃 중의 꽃이라고 육군은 얘기한다. 공군에서의 비행 대대장과 비행단장의 위치와 유사하다고 생각한다.

지휘관이 되면 개인의 독특한 개성이 그대로 노출되는 경향이 있다. 그래서 어떤 지휘관을 만나냐에 따라 구성원의 만족도가 크게 엇갈린다. 국방부에 가기 전에도 많은 대대장과 비행단장을 겪었다. 어떤 비행 대대장은 부임하며 취임사에서 대대에 출근하고 싶은 마음이 들게끔 하겠다고 했다. 그 말을 반신반의 했지만, 실제로 그분은 대대원이 부담 없이 대대 생활을 할 수 있는 분위기를 만들었다.

어떤 사람은 오직 본인의 출세만을 위해 대대를 운영하는 사람도 있었다. 정도의 차이이긴 하지만 만약 금전 문제까지 그렇게 운영하면 최악의 대대장이 되고 만다. 심지어 어느 대대에서는 대대장 이임식을 마치고 대대원들이 식장에서 최악의 대대장이 떠나서 반갑다고 만세를 불렀다는 웃지 못할 일화도 있다.

내가 겪은 첫 번째 대대장은 능력도 있고 금전 문제도 깨끗한 대대장으로 기억한다. 대대에는 대대원을 위하여 사용 가능한, 소위 판공비가 책정된다. 엄연히 그 돈은 대대원을 위하여 사용해야 하는 돈이고 그렇게 사용했다는 영수증을 첨부하여 객관성을 인정받아야 한다. 하지만 그렇지 못한 사람들이 있는 것이 현실이다.

나는 보직자들이 고생하므로 그들을 위해 회식 자리를 만들어서 판공비를 사용하는 행위는 공적이라고 생각한다. 공적인 출장을 가거나 대대를 위하여 사비를 사용한 금액을 보상하는 것도 당연히 판공비의 취지에 부합된다. 하지만 외부에서 사적으로 가진 회식비를 판공비로 메꾸거나, 심지어 상관들과 내기골프를 해 잃은 금액을 판공비로 메꾼 사람이 있다는 얘기에는 놀라움을 금치 못했다.

세 번째 맞은 대대장은 금전에 관해서는 청렴할 정도로 깔끔했다. 보직 장교들과 회식을 하고 나면 어느새 본인이 사비로 지불한 적이 많았다. 그렇게 하지 않아도 된다고 얘기했지만, 본인이 생각하는 공적 개념은 지극히 엄격했다. 오죽하면 별명이 '내가 낼게'였다. 금전적으로 깨끗하게 보이면 그만큼 존경심이 뒤따른다.

나는 대대장이 되면 그간 많은 대대장이 보여준 모습을 분석해 반면교사적인 사람과 롤 모델을 잘 헤아려 최소한 경멸받는 지휘관은 되지 말자는 다짐을 했다. 하지만 끝내 이루어지지 않았다. 최근에 동기생과 등산 후 술자리를 가졌는데 그 친구는 대대장에 부임하면서 아내와 의논해 천만 원을 가지고 갔다고 한다. 일 년 남짓 대대장 생활을 하면서 구질구질하게 판공비를 쓰고 싶지 않았단다. 매 회식 시 대대장 본인이 계산했는데 한 달에 백만 원 내에서 모든 게 해결되었다고 한다. 그렇게 했는데도 임기 동안 준비해갔던 천만 원을 전부 사용하지 못하고 마쳤다고 한다. 그 동기생은 합리적인 성격에 부하들의 존경을 받으며 3성 장군까지 진급했다.

한미 연합작전인 딥스피릿 훈련이 시작되었다. 나에게는 비상활주로에 착륙하는 임무가 부여되었다. 평소에 고속도로로 사용하는 비상활주로에 착륙하는 훈련은 아주 낯선 임무다. 주변 지형지물이 낯설고 활주로 폭도 좁아서 쉽지 않은 훈련이다. 훈련 중에는 차량 통행을 우회시키고 이착륙한다.

요기를 데리고 어렵사리 활주로에 착륙 후 이륙을 위해 대기하는데 현지 지방 방송국에서 인터뷰 요청이 들어왔다. 기자가 낯이 익어서 보니 예전에 공사 2년 선배로 4학년 때 좋지 않은 일에 연루되어 퇴교했던 사람이다. 방송국에서 기자로 일하는 것을 보니 퇴교 후 나름대로 열심히 살았던 그의 생활이 보이는 듯했다.

이어서 승공 작전이 개최되었다. 전 전투대대가 참여하는 사격 시합인 승공 작전이 개최되면 모든 비행단이 열기로 뜨겁게 달구어진다. 나는 지상 폭격인 대지사격과 공중사격에 모두 출전하게 되었다. 계급이 높은 입장에서 출전하는 사격대회는 자칫 망신을 당할 수 있어서 무척 조심스럽다. 두각을 나타내기보다는 평소의 성적만 내도 감사한 이유다.

나는 대지사격보다는 공중사격에서 강점을 보였다. 표적을 줄로 맨 가상 적기를 만나서 180도 기동한 후 표적을 가장 짧은 시간에 명중시키는 게 관건이다. 마주 오던 가상 적기가 옆을 지나면 180도 선회를 시작한다. 짧은 시간에 명중시키려면 엄청난 중력을 견디며 선회해야 한다.

약 6G의 중력을 느끼며 선회를 시작하면 눈앞에 아무것도 보이지 않는 블랙 아웃이 된다. 그 상태를 계속 견디다 보면 마치 어두운 터널이 지나고 멀리 터널 끝이 보이듯 점차 희미하게 빛이 보이기 시작한다. 눈의 초점을 최대한 모아서 표적을 찾는다. 멀리서 표적이 보이면 짧은 시간 내 진입하기 위해 다시 G-Force를 높인다. 그리고 표적을 시야에 두고 가속하여 거리를 좁힌다. 통상 1,500피트 이내로 진입해야 사거리가 되고 명중 확률이 높아진다. 너무 빠른 속도로 진입하면 순식간에 표적이 다가와서 조준할 시간이 부족해 실패할 수 있고, 너무 천천히 진입하면 시간이 지체되어 수상권에서 멀어진다. 또 너무 가까이에서 사격하면 표적이 파괴되면서 튄 파편이 엔진에 흡입되어 사고로 이어질 수도 있다. 모든 것이 아주 짧은 시간에 벌어진다. 판단력이 아주 중요한 임무이다.

그간의 연습 과정에서 나는 매번 짧은 시간 내에 표적을 명중시켰다. 나름대로 자신감은 있었지만, 시합에서는 긴장이라는 변수가 있다. 시합 당일에는 판정관이 탑승한 전투기가 같이 이륙하여 명중 여부와 소요된 시간을 잰다. 날씨가 쾌청한 시합 당일에 나는 요기를 데리고 평상시와 같은 마음으로 사격하여 첫 번째 공격에서 표적을 명중시켰다. 표적을 향해 사격하던 중 표적에서 파편이 튀는 모습을 확인하니 엔도르핀이 온몸에 퍼져나가는 듯했다.

판정관도 명중을 확인했고, 시간 측정을 얘기해 주지 않았지만, 표적기에 탑승했던 대대원 말로는 짧은 시간에 명중시켜 충분히 수상권에 들어갈 것 같다고 얘기한다. 대지사격도 평균 수준의 성적을 거두어 이번 승공 작전은 평년작 이상이 될 것 같다. 최종 성적을 집계한 결과, 공중사격은 짧은 시간에 명중시켜 우리 편조가 우수사격 편조로 선정되어 수상했다. 대대에 복귀한 이래 첫 단추를 잘 채운 느낌이었다.

ORI(전투 준비 점검)도 문제없이 잘 마쳤다. 전술 교리와 항공기 기술 책자의 숙지 상태에 대한 시험도 성적이 괜찮았다. 이제는 개인이 잘하는 문제를 넘어 대대원 전체 성적을 관리해야 하니 예전보다 부담이 컸다. 내가 관리하는 편대원들도 내 지침에 잘 따라주었다.

1990년을 마무리하는 시점에, 대대에서 우수 조종사 후보로 나를 추천했다. 1년 동안 모든 비행과 평가, 승공 작전에서의 성적, 주요 작전 참가 등에 점수를 매겨서 우수 조종사를 선정한다. 우리 대대에서는 내 성적이 제일 좋아서 나를 추천했다고 한다. 물론 우수 조종사를 염두에 두고 노력하지는 않았지만, 수상하면 큰 영광이다.

작전사령부에서 전 비행단과 대대에서 추천받은 조종사를 대상으로 평가하기 시작했다. 각 기종에서 우수 조종사가 먼저 선정되고 그중에서 최우수 조종사가 뽑힌다. 약 한 달간의 심사가 이루어지는 동안 여러 소문이 들려왔지만, 모르는 척 의연하게 행동했다.

최종적으로 내가 1990년도 최우수 조종사(Best Pilot)로 선정되었다. 내심 기뻤다. 대대에서 중요한 임무를 맡기고 밀어준 것도 큰 역할을 했다. 1991년 초에 수상을 위해 작전사령부에 갔다. 참모총장의 상장과 메달을 받고, 부상으로는 전 비행단 마크가 새겨진 탁상시계도 받았다. 기다리고 있던 국방일보의 기자와 인터뷰를 하고, 많은 축하를 받았다. 나는 1989년에 중령으로 진급한 상태였다. 다음날 모든 신문에 수상 소식과 함께 전투기 앞에서 촬영한 사진이 게재되었다. 장교로 임관 후 약 13년 만에 거둔 영예의 수상이었다. 수상 후 인터뷰 요청이 쇄도했다. 이런 현상은 당시 국제정세가 많은 영향을 미쳤다.

1990년에 중동 지역에서 전쟁이 발발했다. 이라크의 후세인이 쿠웨이트가 원래 이라크의 영토라는 이유로 쿠웨이트를 침공하였다. 미국과 영국 등 서방국이 연합군을 결성하여 쿠웨이트를 구한 이른바 '걸프

나는 하늘로 출근한다

전'이 발발했다. 그간 많은 전쟁이 있었지만 한 달 만에 공군의 공격으로 시작해 공군의 작전만으로 전쟁이 마무리된 유일한 전쟁이 걸프전이다.

언론에서 공군의 중요성을 인식하고, 전쟁에서 공군의 역할을 부각시키려 노력하는 와중에, 마침 최우수 조종사 시상이 있었다. 뭔가 이슈를 만들고 싶은데 때마침 좋은 소재가 생긴 셈이다. 나는 신문을 비롯해 많은 잡지에서도 주목을 받았다. 매년 최우수 조종사 시상은 있었지만, 걸프전으로 인해 이렇게 주목을 받은 최우수 조종사 시상은 처음일 것이다. 〈월간항공〉, 아침 TV 방송 등에서 인터뷰한 내용이 잡지, 방송에 보도되고, 〈월간조선〉에서는 기자가 부대에서 인터뷰를 마치고 집에까지 와서 저녁 식사를 같이하며 취재하기도 했다.

그때 실린 월간지의 특집기사가 「이달의 인물」이다. 기자의 얘기로는 「이달의 인물」에 현역 군인을 대상으로 기사가 실린 게 처음이고 40세 이전의 인물 또한 처음이라며 두 가지 기록을 깼다고 했다. 18페이지에 달하는 특집기사였다. 아이들은 아직 그런 현실을 이해할 나이가 되지 않아 몰랐지만, 아내는 몹시 기뻐했다. 특히 인터뷰에 같이 나오기도 하고 가족의 사진이 언론에 보도되면서 실감이 나는 모양이었다.

언론의 힘은 대단했다. 언론에 노출되며 국내에 있던 지인들에게서 연락이 왔다. 심지어 전 세계에 있는 전혀 알지 못하는 교포들이 편지를 보내 기회가 되면 꼭 방문해달라고 하기도 했다. 조국의 하늘을 지키는 당신 같은 사람이 있어서 든든하다는 설명을 덧붙였다. 오랜 시간이 지난 후 고등학교 3학년 시절 담임 선생님과 통화했는데, 자신의 추천으로 공사에 간 제자가 최우수 조종사가 되어 월간지에 나왔다며 잡지를 들고 다니시며 자랑을 하셨다고 한다. 그 모습을 생각하니 가슴이 찡했다.

MBC에서 방영하는 〈저녁〉이라는 프로그램에 부부가 같이 초대되어 출연한 적이 있었다. 아내가 앞집 사는 후배 부인이 옷을 빌려줘서 입고 나간 기억이 난다. 아내는 본인을 위해 사치를 하지 않았다. 그 사실이 오랫동안 뇌리에 남아 아프고 미안한 마음이 가시지 않았다. 당시 왜 그렇게 검소한 생활에 집착해 융통성 없이 살았는지 모르겠다. 어린이들에게 꿈을 주는 사람들을 초청하는 어린이날 특집 프로그램에 나가 유명 탤런트 최불암 씨, 박홍 서강대 총장 등과 같이 동요를 부르기도 했다.

한번은 본가에서 연락이 왔다. 당시엔 극장에서 영화를 볼 때, 애국가가 나오면 기립하여 예의를 갖추고, 〈대한뉴스〉라는 국책홍보성 필름이 영화 시작 전에 상영되었다. 그 뉴스에 우리 가족이 나오고 비행 모습, 인터뷰 내용이 나왔다고 한다. 부모님이 아마도 지인들 얘기를 듣고 직접 극장에 가서 확인한 모양이다. 물론 부모님도 자랑스러워했다. 지금도 당시 방영되었던 대한뉴스 필름이 유튜브를 통해 유통되고 있다. 그 후 한동안 언론의 취재가 이어졌다.

환희의 기간이 지나고 다시 임무에 집중할 시간이 되었다. 유명세를 치른 후 어렵고 힘든 임무가 계속 배정되었다. 지금도 기억에 남는 임무가 두 종류 있다.

하나는 강원도에 있는 사격장에 한미 고위 장성들이 배석한 자리에서 저고도로 침투하여 실제 무장을 투하하는 임무였다. 표적을 제대로 명중시키지 못하면 임석했던 사람들이 바로 임무의 실패를 인지할 수 있는 훈련이라 어깨가 무거웠다. 사격을 제대로 하기 위하여 사전에 연습

나는 하늘로 출근한다

을 많이 했다. 매 연습 후 관심이 집중되어 비행 단장까지 직접 결과를 물어볼 정도였다.

임무의 부담감이 크고, 그 스트레스도 엄청났다. 또한 실제 무장 투하 훈련은 폭격 후 파편이 높이 오르기 때문에, 투하를 조금 늦게 하면 파편이 항공기를 손상시켜 사고의 위험성도 상존한다. 만약 폭탄 투하를 했는데 투하가 제대로 되지 않으면 폭탄을 달고 서해상 무인도에 가서 재투하해야 하는 등 문제가 복잡해진다. 다행히 행사 당일 임무가 성공적으로 잘 되어 한시름 놓았다.

두 번째 임무는 국군의 날 행사였다. 국군의 날이 되면 지상에서는 도보로 퍼레이드를 하고, 공중에서는 항공기가 열과 오를 맞춰 여의도 상공 행사장을 지나가는 공중 퍼레이드를 한다. 여태까지 국군의 날 행사에 참여할 때는 주로 편대장을 따라다니는 요기의 임무를 했다. 하지만 이번에는 청주와 타 기지에서 이륙하는 스무 대가 넘는 팬텀기를 서해 상공에서 합류시켜, 전국 기지에서 이륙한 항공기와 연결하여 여의도 상공을 통과해야 한다.

항공기를 다섯 대씩 나누어 열을 맞추고 간격을 일정하게 하여 퍼레이드를 하는 게 지상에서 보듯 쉽지 않다. 지상에서는 문제가 있으면 잠깐 세울 수 있지만, 공중에서는 항상 움직이는 항공기를 대상으로 간격을 맞춰야 한다. 만약 행사장 통과 시간이 늦게 재조정되어 항공기의 속도를 줄이면, 뒤에 있는 항공기는 아코디언 효과가 발생하여 전방에 있는 항공기와 추돌의 위험성이 있다.

시간을 늦춰 가야 할 때는 속도는 그대로 유지하고 경로를 우회하여 긴 대형이 흐트러지지 않고 갈 수 있게 해야 한다. 반대로 시간이 단축되어 원래의 계획보다 일찍 행사장에 진입하라는 연락이 오면 이 또한 쉽지 않다. 속도를 내서 가면 간단하다고 생각하지만, 뒤에 오는 항공기가 늦게 가속을 인지하고 증속을 위해 추력을 높이자면 로켓을 사용해도 간격을 좁히기 어렵다. 마찬가지로 경로를 봐서 최단 거리를 선정하여 시간을 단축한다. 마치 추력을 어린이 손을 잡고 가듯이 아주 부드럽고 천천히 사용해야 거대한 대형이 흐트러짐 없이 유지될 수 있다.

전 국민이 보는 행사인 만큼, 행사 전에 연습을 많이 한다. 요즈음은 항공기 성능이 개선되어 속도를 줄이거나 경로를 단축하면 행사장 상공을 몇 분에 통과하는지 알 수가 있는 시스템이 있지만, 당시의 항공기에는 그런 장비가 없어서 전 후방석에서 암산으로 시간을 계산했다.

공중에 올라가면 두뇌의 회전이 늦어진다. 쉬운 계산이 더뎌지고 기억력도 감퇴한다. 산소가 부족하여 빚어지는 일이라고 한다. 비행 생활을 하며 매번 경험하던 일이다. 나름대로 암산을 잘한다고 생각하는데 공중에 올라가면 그 능력이 뚝 떨어진다. 그래서 후방석 조종사와 상의하여 계산표를 작성했다. 1분 늦게 들어오라고 하면 어느 정도의 경로를 늘려야 하는지, 2분 일찍 들어오라고 하면 경로를 어느 정도 단축해야 하는지, 마치 난수표같이 만들어 앞에 두고 참조하며 간격을 조정했다.

국군의 날 행사 같은 경우, 대통령 훈시가 있다. 통상 훈시 시간이 결정되어 통과 예정 시간이 산정되는데, 만약 요즈음 표현으로 애드립을 하면 공중에서는 혼란에 빠진다. 덕분에 행사를 마치고 내려오면 조종복이 땀에 흠뻑 젖어있다. 요즈음도 공중에서 퍼레이드를 하는 항공기를 보면 고생하고 있을 후배들 생각이 나서 안쓰럽다. 다행히도 행사는 성공적으로 마쳤다.

공사 졸업식에도 축하 공중 퍼레이드가 있다. 사관학교 재학 중 선배들의 공중 퍼레이드를 보고 꿈을 키웠을 정도로 졸업식 행사의 빠질 수 없는 하이라이트였다. 공사가 청주로 이전하여 청주기지에서는 지척에 있다. 행사를 하기 위해서는 멀리 서해상에 나가 항공기를 합류시키고 대형을 갖춰 사관학교 행사장 상공으로 진입해야 한다.

게다가 이번에는 전 항공기를 지휘하여 진입하는 '군장기' 역할을 맡았다. 군장기는 공중 퍼레이드의 총책임기로 제일 먼저 행사장에 진입하는 1번기를 지칭한다. 실제로 공중 퍼레이드의 성패를 책임지는 중차대한 임무가 주어졌다.

국군의 날 행사와 다른 점은, 국군의 날 행사는 여의도에서 행사하기 때문에 멀리서 행사장이 훤히 보이고 경로를 선정하기가 쉽다. 하지만 공사는 산에 묻혀 가까이 가서야 보이고 행사장이 좁아서 경로를 선정하기가 쉽지 않았다. 행사장 지붕에 가깝게 항공기 대열이 지나가면 고개를 쭉 빼서 봐야 하는 불편함이 있을 수 있다. 산이 많은 지형을 5만도 지도를 구해 바짝 익혔다. 지상의 지형지물을 최대한 이용하여 가장 최적의 경로로 비행하기 위한 방책이었다.

공사 졸업식 행사는 대통령이 참석하는 일급 행사다. 요즈음에는 3군 사관학교별로 순번제로 참석한다지만, 당시는 가장 중요한 공군 행사 중 하나였다.

행사 당일에 날씨가 좋지 않았다. 흐리고 구름이 잔뜩 낀 날씨에 지형지물을 이용하여 공중 퍼레이드 행사를 해야 하니 스트레스 게이지가 서서히 높아진다. 대형을 이루고 가는 중에 구름에 들락거리는 것이 신경이 쓰인다. 옆에 있는 요기가 잠깐씩 보이지 않는 경우도 발생한다.

지형지물도 구름에 가린 지역이 있어서 명확하게 판단하기 쉽지 않다. 우여곡절 끝에 행사는 잘 마쳤다. 행사를 마치고 착륙하니 항공기에서 내릴 힘조차 없을 정도로 체력이 소진되었다.

1992년이 밝았다. 매년 신년이 되면 새로운 포부와 함께 공군에서는 많은 지침이 내려온다. 대비태세를 강화한다는 등의 상투적인 지시부터 올해의 목표까지 갖가지 내용이 폭주한다. 1월 3일 참모총장이 직접 항공기에 탑승하여 공군의 대비태세를 점검하겠다고 한다. 국민의 국방에 대한 신뢰를 보여주기 위한 행사다. 청주 기지에서 탑승하겠다고 공문서가 내려왔다. 같이 탑승할 조종사로 내가 선정되었다. 그동안 언론에 노출이 많았던 내가 모시는 것이 여러 면에서 타당하다고 판단한 듯하다.

참모총장을 모시고 비행하면서 부담을 느끼지 않는다면 거짓이다. 브리핑 자료를 만들고 비행 준비를 했다. 그런데 건강하던 내가 전날 밤에 오한으로 잠을 설쳤다. 춥고 컨디션이 좋지 않은 상태로 이불을 잔뜩 덮고 잤더니 밤새 땀을 많이 흘렸다. 아침에 일어나 과연 비행을 할 수 있을지 걱정이 된다. 이미 탑승 조종사 명단이 통보되었고, 오전에 비행해야 하는데 갑자기 대신 비행할 조종사를 선정하는 것은 불가능하다.

온수에 샤워하고 컨디션을 높이기 위해 무진 애를 썼다. 마음을 굳게 먹었다. 관록이 있는데 못할 것이 무엇인가 싶었다. 컨디션이 좋지 않다고 고백하면 모두에게 걱정만 끼칠 것이 분명해 누구에게도 말하지 않았다. 다행히 겉모습으로는 앓은 흔적이 나타나지 않은 모양이다.

참모총장이 대대에 도착하고 비행 브리핑을 했다. 당시 참모총장은

나는 하늘로 출근한다

까다롭기로 소문이 난 분이었다. 조심스러웠지만 의연한 척했다. 같이 항공기에 탑승하고 이륙했다. 이륙하자마자 관제사에게 비상대기 전력을 긴급 발진시켜서 우리 항공기를 요격하라고 명령을 내린다. 브리핑된 비행경로를 따라 비행하는데 각 기지에서 긴급 발진한 전투기들의 요격이 시작되었다. 만약 전투기들이 제대로 요격하지 못하면 후환이 있을 수 있는 상황이다.

후방석에 탑승한 참모총장은 전투기가 제대로 요격하는지 계속 뒤를 보고 있었다. 나는 레이더에 나타난 항공기를 확인시키며 "6시 방향 2대" 식으로 계속 설명했다. 이런 상황에서는 동료 의식이 절대적으로 필요하다. 그들의 임무 실패에 내가 기뻐할 이유가 없다. 오히려 슬그머니 후미에 스모크가 나오게 만들어 그들이 나를 식별하기 쉽게 하기도 했다.

각 기지에서 발진한 전투기는 요격 임무를 성공적으로 수행했다. 그리고 참모총장의 지시에 따라 건설이 진행 중인 중부지역의 비행장에 들러 상공을 돌아보고, 공사 중인 활주로에 접근 비행을 하고 귀환했다. 1시간 남짓 비행하며 신년을 맞이했다. 참모총장은 수고했다며 본인의 휘장이 들어간 손목시계를 보내왔다.

1991년 후반기에 나는 비행대장이 되었다. 그동안 선임 편대장의 직책을 맡다가 이제 대대에서 서열 2인자인 비행대장이 된 것이다. 비행대대장은 대대를 맡아 지휘하고 책임을 지는 최고의 지휘관이며, 비행대장은 대대장을 보좌하고 비행에 대한 책임을 지는 직책이다. 항상 대대에 제일 먼저 출근하고 제일 늦게 퇴근한다. 하루 비행 스케줄을 관리하여 날씨에 따라 임무의 GO, NO-GO 여부를 결정하거나, 편조를 보강하는 업무를 한다. 물론 최종 책임이 대대장에게 있기 때문에 대대장의 재가를 받아 업무를 수행한다.

따라서 어떤 대대장을 만나서 같이 일하느냐가 관건이다. 사사건건 업무에 간섭하기 좋아하는 대대장을 만나면 임기 내내 마음고생을 한다. 적절하게 업무를 이관하여 자율성을 인정해 주는 대대장을 만나면 좋은 관계를 유지하고 업무의 효율성도 극대화된다. 대대장과 비행대장의 관계가 어떻게 조화를 이루느냐에 따라 대대의 분위기도 크게 달라진다. 그런데 인간의 일이라서 그게 말같이 쉽지 않다. 같이 일한 인연이 오히려 원수 같은 사이가 될 수도 있고, 평생 연락하며 경조사를 나누는 사이가 될 수도 있다. 당연히 대대장의 인품에 따라 상황이 달라진다.

나는 1편대장 시절에 아주 까다로운 대대장을 만났다. 1편대장은 평가가 주된 업무로, 선임 편대장으로 불리며 예우를 받는 편이다. 그런데 당시의 대대장과 비행대장 사이가 좋지 않아서 분위기가 냉랭했다. 그러다 보니 대대원들의 협조를 얻기가 어렵고, 책임질 일은 하지 않으려는 분위기가 팽배했다. 어느 날인가 비행대장이 지인들과 휴일을 이용하여 부대 내 골프장에서 골프를 치겠다고 대대장에게 보고하고 운동을 했다. 흔히 있을 수 있는 일이다.

그런데 대대장이 비행대장에게 미리 알려주지도 않고 대대원 전체 비상을 걸어 긴급 소집했다. 무슨 일이 있는 게 아니고 어떤 지침이 있어서도 아닌 대대장의 개인 결심에 따른 대대 자체 비상 소집이었다. 골프를 치던 비행대장은 혼비백산하여 운동을 중단하고 급히 대대로 출근했다. 1편대장이던 내가 봐도 전혀 이해되지 않는 상황이었다. 이러니 무슨 협조를 기대할 수 있으며 마음에서 우러나는 충성심이 생길 수 있겠는가. 대대의 분위기가 급랭하여 대대장 임기 내내 불화가 지속되었다. 그러다가 임기를 마친 대대장이 퇴임하고 새로운 대대장이 부임했다.

새로 부임한 대대장은 인품이 좋기로 소문난 사람으로 자율적으로 대대를 운영하는 분이었다. 비행대장은 임기 내내 고생만 하고 그 자리를 내게 넘겼다. 새로 부임한 대대장은 모든 대대의 업무를 내게 자율적으로 운영할 수 있게 권한을 위임했다.

물론 모든 일에는 권한과 책임소재가 따르기 마련이다. 나는 그간 생각하고 있던 바를 실행하기 시작했다. 먼저 대대의 부인들이 과도하게 자주 모이거나 사소한 행사에 소집되지 않도록 했다.

대대의 큰 행사가 있을 때 부인들이 모여서 음식을 준비한다. 부인의 손길이 필요한 자녀들도 있고, 남편이 군인이지 부인이 무슨 죄인가 싶어서 나는 이런 행태를 좋지 않게 생각하고 있었다. 대대 연말 파티 준비를 외부 전문업체에 맡겼다. 대대장도 동의하여 쉽게 일이 진척되었다. 부인들은 처음 겪는 일에 기뻐하면서도 약간 당황한 듯하다.

그간의 고정관념을 바꾸기는 쉽지 않았다. 하지만 파티는 구성원들이 즐기도록 자리가 만들어져야 하는데도 부담을 잔뜩 주는 행사로 고착되었다. 부인들 도움이 전혀 없이 외부업체에 맡겼는데 비용 측면에도 큰 차이가 없었다. 행사를 마치고 난 후 대대원들 모두 좋아했다. 옆 대대에서도 외부업체에 행사를 맡기는 계기가 되었다.

비행도 권한위임을 많이 해 나름 보람있고 책임지는 자세로 일하는 분위기로 변화했다. 한번은 무슨 선거가 있었다. 공군본부에서 투표율을 최대한 높이도록 하라는 지침이 내려왔다. 부재자 투표를 최대한 이용하도록 하고, 당일에 근무 스케줄을 조정하여 투표에 빠지지 않도록 했다.

그러던 중 대대원 한 명이 부친상을 당했다. 먼 지방에 본가가 있던 그는 장례식을 위해 떠났다. 그런데 비행단 인사 부처에서 투표율을 높이기 위해 장례 중인 그를 투표하러 돌아오라고 한다. 기가 막혔다. 이렇게 꽉 막힌 지시가 있을 수 있을까. 비행단 본부에 가서 설득했다. 필요하면 공군본부에 대대원이 투표하지 못한 소명서를 작성하여 보내겠다고 했다. 다행히 그는 투표를 위해 중간에 장례식장을 비우는 일은 없게 되었지만, 대대장의 후원이 없었으면 불가능한 시도였다.

1992년 6월 하순에 내 인생을 뿌리째 바꾸는 사건이 발생했다. 전투기를 팬텀으로 바꾸는 전환 조종사 훈련 교관 임무 비행 중 사고가 생긴 것이다. 사고의 내막은 〈프롤로그〉 장에서 서술한 바와 같다. 지방에 있는 병원에 헬기로 후송되어 치료를 받는데, 등과 발 쪽에 화상이 생겼지만 가장 아픈 곳은 마음이었다. 자부심 하나로 공군 생활을 했는데, 내가 사고의 주인공이 되다니 머릿속이 혼란스러웠다.

더구나 전방석에 탑승했던 전환 조종사는 비상탈출 중 갈비뼈가 폐를 찌르는 등 부상이 심해 서울에 있는 국군 통합병원으로 이송되었다. 나는 부상이 상대적으로 심하지 않아 당일 저녁에 부대 근처에 있는 항공 의료원으로 이송되었다. 의료원에 도착하니 대대장과 대대원들이 기다리고 있었다.

먼저 담배를 한 대 청하여 깊이 빨아들였다. 그리고 오열했다. 살아 돌아왔다는 생각보다 폐를 끼쳤다는 자괴감이 몰려오기 시작했다. 누구의 위로도 귀에 들어오지 않았다. 대대장은 모두 생존하여 귀환해서 고맙다고 했다. 내심, 전환 조종사가 생존했다는 사실이 조그만 위안이 되긴 했다. 긴 입원 생활이 시작되었다. 아내는 뒤늦게 소식을 듣고 처가에 갔다가 허겁지겁 달려왔다. 입원실에 둘이 남았다. 아무런 얘기도 하고 싶지 않았다. 계속 눈물이 났다. 악몽으로 잠을 못 이뤄 군의관이 수면제를 처방해 수액에 넣어주었다. 긴 하루, 운명을 송두리째 바꾼 하루가 이렇게 저물어갔다.

다음날부터 두 부류의 방문이 있었다. 하나는 사고의 책임을 가리는 사고 조사부서의 방문이고, 다른 하나는 조종사들과 지인들의 위로 방문이었다. 특히 놀란 부모님과 처가 어른들의 방문이 가슴을 저미게 했다. 소식을 들은 지인들의 방문도 이어졌다.

사고 조사부서는 누군가 책임을 져야 하는 조사의 속성상 대답하기 민망할 정도로 질문의 강도가 날카로웠다. 나는 마음의 정리를 이미 하고 있었다. 의연하게 모든 책임을 내가 지고 깨끗하게 마무리하자. 전환 조종사의 책임을 얘기하는 조사원들에게, 모든 사고의 책임은 교관에게 있으니 모든 책임을 지겠다고 했다. 어느 날엔가는 조종사 자격 심의위원회를 개최하여 전환 조종사의 자격 문제를 논의하겠다고 한다.

나는 내 자격을 박탈하라고 했다. 해당 항공기의 자격이 없는 전환 조종사는 책임이 없을 뿐 아니라, 내 지시를 듣고 끝까지 비상 탈출하지 않은 근성 있는 조종사이므로 절대로 자격을 박탈해서는 안 된다고 주장했다. 다행히 모두 극한상황에서 최선을 다했다는 판정을 받아 전환 조종사는 자격을 유지하게 되었다. 마침 비행 중 녹음된 테이프가 발견되어 항공기를 구하기 위한 피 말리고 숨 가쁜 당시 행적이 밝혀졌다. 사고 후 전환 조종사를 구하려는 내 노력이 구조대 진술로 밝혀져 전우애의 표본으로 전파되었다.

며칠 후 비행단장이 방문했다. 비행단장은 공군에서 드물게 덕장으로 불리는 분이었다. 방문 첫 마디가 먼저 두 명의 조종사가 생존해 귀환해서 고맙다는 말이었다. 그리고 전환 조종사를 구하기 위해 애쓴 노력을 치하했다. 화상 치료에 도움이 될 거라며 도가니 한 상자도 놓고 가셨다. 사고를 발생시킨 조종사에게 이런 표현을 하는 지휘관은 없을 것이다. 사고는 일반적으로 지휘관의 승진에 부정적인 요소가 되기 때문에, 사고에 대해서 관대하기 어렵다. 그러나 그 후 단장은 사고에도 불구하고 소장까지 진급하였다. 대대원과 친구들 방문이 끊이지 않았다. 간혹 너무 많은 방문이 부담스럽기도 했다. 하지만 일부러 시간을 내서 방문 하는 사람들의 성의를 생각했을 때 절대 내색해서는 안 되는 일이었다.

항공의료원에서 특실이 배정되어 아내는 같은 병실의 옆 침대에서 같이 지내게 되었다. 발등과 등의 화상이 심해 허벅지 살을 이식하여 수술을 마쳤다. 전신 마취했는데, 깨어났을 때의 고통이 지금도 뇌리에 남아 있다. 이식 후 화상의 빠른 완치를 위하여 하루 한 번씩 온수에 몸을 담그는 치료를 받았다. 고통스럽고 번거롭지만, 쾌유를 위해서는 감수해야 했다.

아내는 식사를 준비하고 시중을 들면서도 조금도 내색하지 않았다. 저녁 식사를 마치면 걷지 못하여 아내가 미는 휠체어를 타고 병실 밖으로 나간다. 병실 밖에 떠 있는 저녁노을은 왜 그리 아름답던지…. 석양이 지는 하늘을 보고 있자니 갑자기 설움이 울컥 북받쳤다. 아내가 눈치 챌세라 소리 없이 눈물을 삼킨 적이 많았다. 내가 어쩌다 이런 모습이 되었나 하는 생각이 들었다. 미래를 어떻게 헤쳐나갈까? 고민이 뇌리를 떠나지 않는다. 항공의료원에서 산책하는 중에 서쪽 하늘을 보면 김포공항에 접근하는 여객기가 보인다.

어느 날 아내에게 민간 항공사로 전직하는 문제를 어떻게 생각하는지 물었다. 아내는 최종 결심은 본인 몫이지만 군인이 천직이라고 생각하는 사람이 과연 군을 떠날 수 있을지, 후회하지 않을지 의문이라고 했다. 입원 기간 중 아내의 헌신에 감복했다. 몸을 움직이기 어려운 기간에 젖은 수건으로 고양이 세수를 시키고, 몸을 닦아주기도 했다. 매 끼니 식사를 준비하면서 한 번의 불만도 토로하지 않았다. 그런 아내의 모습을 보며 어떤 일이 있어도 아내를 사랑하고, 마음을 아프지 않게 하겠다고 결심했다. 그리고 무언가 인생의 전환점이 필요하다고 생각했다.

두 달간의 입원을 마치고 퇴원했다. 아직 몸 상태가 완전하지 않아서 일단 집에서 요양하기로 했다. 그동안 딸은 본가에서 머물고, 아들은 처가에서 돌봐주고 있었다. 집에서 요양하고 있는 동안 잡념을 떨치고자 독서를 시작했다.

운전을 할 수 있는 시점이 돼서야 서울 국군통합병원에 입원하고 있는 전환 조종사를 만나러 갔다. 그는 폐를 다쳐 아직 누워 있었다. 모친이 돌보고 있는 그를 보니 다시 가슴이 미어진다. 식사를 옆으로 누워서 하는 모습이 너무 애처롭다. 그가 오히려 나 때문에 목숨을 건졌다고 얘기할 때는 미안하고 죄스럽기까지 했다. 조금 일찍 비상탈출을 시도했으면 이렇게 심한 부상은 피할 수 있지 않았을까 하는 회한이 들었다. 그나마 상태가 호전되고 있다는 얘기가 위안이 되었다. 그는 오랜 병상 생활을 마치고 퇴원했다. 퇴원 후 몸이 완치되며 비행을 다시 시작했고, 의무 복무연한을 채운 후 항공사로 전직해 기장이 되었다.

몸이 정상으로 회복된 후 비행대대에는 바로 돌아갈 수가 없었다. 단장은 비행단 참모로 근무하면 어떻겠냐는 의사를 보내왔다. 입원하는 동안 보직 없이 지냈는데 업무가 필요했다. 단장의 호의로 비행단 계획처장으로 부임했다. 비행단의 주요 계획을 세우고, 모든 행사를 주관하고 VIP 방문 시 브리핑을 하는 업무였다. 국방부 업무를 마친 후 다시 시작하는 행정직 업무인 셈이다.

너무 오랫동안 비행을 떠나 있으면 다시 복귀하는 것이 더욱 힘들 수도 있다며 비행 자격을 취득하라는 조언도 해주었다. 그 조언에 공감했다. 사실 나는 과연 다시 전투기를 탈 수 있을까에 대한 의구심이 있었다.

그래도 다시 비행하기로 했다. 비행에 대한 자격을 재취득하기 위해 첫 비행 한 날이 기억난다. 이륙하는데 약간 어색함을 느꼈다. 한때 나의 분신으로 느꼈던 전투기가 낯설다는 것이 참 아이러니했다. 몇 회의 재자격 훈련을 마치고 다시 정상적으로 비행하기 시작했다. 물론 행정부서에 근무해 대대에서처럼 많은 비행은 하지 않는다. 교관 자격을 다시 갖추고 교관 임무에도 투입되었다. 후방석에 탑승하여 교관 임무를 하는데 예전의 과감하고 적극적인 나로 돌아갈 수 없었다.

조금이라도 과격한 조작이 나오면, 교관 좌석에서 자꾸 조종간을 잡으려는 나를 발견했다. 이런 행동이 트라우마에서 비롯된 게 아닌가 하는 생각이 들었다. 전투 조종사로서의 생명이 퇴색되었다고 느꼈다. 혼란스러운 세월이 흐르고 있었다. 계획 처장의 업무는 만만치 않았다. 일주일에 한 번 있는 비행단 회의 시 각 부서별 자료를 받아 취합하여 회의 자료를 만들고, 회의를 주관한다. 공군본부나 작전사령부에서 비행단에 자료를 요청하면 답신하는 부서도 우리 부서다. 브리핑은 많이 해본 경험이 있어서 손님들의 방문에는 큰 어려움 없이 잘 대처했다.

머릿속은 항상 나의 미래에 대한 생각으로 가득 찼다. 과연 내가 군에 계속 남아있는 것이 최선인가? 혹은 새로운 길을 찾아가는 것이 옳은가?

특히 혼자 사무실에 있을 때 많은 상념이 들었다. 자부심 하나로, 명예로 군 생활을 했는데, 경력이 흠집 난 지금 계속 군에 남아있는 현실이 자존심을 상하게 했다. 특히 대대장 보임 시점이 되면 동기생들의 경쟁이 치열해진다. 진급이 잘 되는 곳으로 대대장 보임되길 원하고, 심지어 내가 누구보다 뭐가 부족해서 그곳으로 가냐는 항의도 있다.

　단장을 비롯한 상관은 행여 내가 다른 길로 진로를 바꿀까 봐 허튼 생각을 하지 말라고 조언을 많이 했다. 그때 어디선가 읽은 기억에 남는 글귀가 생각났다.

　"거울이 깨지고 나면 아무리 다시 잘 붙여도 얼룩이 져서 보이게 마련이다. 얼굴을 비춰보면 울퉁불퉁하게 보인다."

　내 경력은 이미 깨진 거울과 같다. 깨진 거울…. 소중했던 과거의 경력은 이미 사고와 더불어 사라졌고, 냉혹한 현실이 존재할 뿐이다. 대령 진급 시즌이 되면 과연 사고의 경력이 있는 내게 호의를 베푸는 상관이 몇이나 될까도 의문이었다. 새로운 길을 찾아 다시 시작하는 것이 지금의 현실에선 최선이라는 생각이 들었다.

　그래서 서울에서 근무할 수 있는 자리를 알아보기 시작했다. 서울에는 국방부가 있고, 합동참모본부, 한미 연합사령부 등이 있다. 그간 호의를 베풀어 준 단장에게는 차마 속내를 털어놓지 못했다. 담당자와 직접 통화를 하고 알아보니 한미연합사령부에 중령 자리가 곧 바뀐다고 한다. 그곳에서도 내가 오면 기꺼이 받겠다는 회신이 왔다. 아내와 상의를 하고 전속 가기로 했다.

　1993년 초에 어렵게 재가를 얻어 서울로 보직을 옮겼다. 단장은 극구 만류했고, 주변 사람들도 아쉬워했지만 내 결심은 확고했다. 내가 서울로 자리를 옮긴 이유는 새로운 길을 모색하기 위해서였다.

　한미연합사령부는 미군과 같은 사무실에서 합동 근무하는 환경이라 전속 전에 영어시험을 치르고 일정 기준 이상이 되어야 한다. 예전에 집중적으로 영어교육을 받은 경험이 도움이 되었다. 내 직책은 공군 작전과 공중 작전장교다. 한국과 미 공군 대령 두 명이 있고, 한미 각 공군 중령 두 명, 소령 두 명이 근무하고 있었다. 근무 환경은 괜찮은 듯 보였다.

　우선 집 이사가 문제였다. 서울에 근무하는 장교들은 군에서 제공하는 아파트를 구하기가 어려웠다. 오랜 기간을 기다려야 하고, 나도 신청하니 언제 군 아파트가 배정될지 모르겠다고 한다. 일단 나만 본가에서 출근하고 가족은 당분간 청주에 있는 아파트에 머무르기로 했다. 주중에 근무하고 주말을 이용해 집에 내려가는 주말부부 생활을 하기 시작했다. 마침 같은 사무실에 근무하는 소령이 본가 근처에 살고 있어서 그와 순번제로 자가용으로 출퇴근했다.

　업무는 크게 부담을 주는 수준이 아니었다. 미군들과 같이 업무 하다 보니 문화의 차이를 느끼기도 하지만, 예전에 미국에 교육 갔던 경험이 도움이 되었다. 연합사령부에는 영어 실력을 향상시킬 수 있는 많은 교육과정이 있었다. 미군 장교들이 직접 교육 자료를 만들어 일과 후에 강의하는 여러 클래스였다. 비용도 저렴하고 좋은 기회라 싶어 강의를 신청하여 참여했다. 합동 근무하는 한국군 장교는 미군 위락시설 사용이 가능하여 테니스는 물론, 라켓볼 등을 처음 경험하기도 했다.

　한미 연합훈련인 팀스피릿이 시작되었다. 모두 벙커에 들어가서 순번제로 근무를 한다. 미 본토에서 파견 온 미군들과 교류도 하고, 전시에 실제로 어떤 방식으로 전투를 수행하는지 파악할 좋은 경험을 했다. 내 미군 파트너는 미 공군사관학교 2년 위 기수로 성실하고 친절하여 좋은 관계로 근무하게 되었다. 타군들과는 이미 국방부에 근무할 때 경험이 있어서 합동 근무 시에도 무리 없이 잘 지냈다.

당시 반가운 소식이 기다리고 있었다. 예전 국방부 근무 때 시작했던 주택조합이 오랜 시간 지체되다 1993년 9월 말경에 입주가 가능하다는 소식이다. 그동안 주말 가족으로 살아왔는데 가족이 함께 생활할 수 있는 터전이 생긴 것이다. 입주를 위해서는 많은 자금이 더 필요했는데, 그간 모은 모든 자금을 털어 넣고 부모님께 반드시 갚겠다는 약속과 함께 노후 자금을 빌렸다.

드디어 새로운 아파트에 입주했다. 아직 주변 환경이 정리되지 않고, 옆 단지에서는 공사가 계속되고 있었지만 입주할 수 있는 여건에 감사했다. 몇 개월 떨어져 있던 가족이 합류했다. 지금도 그때의 광경이 눈에 선하다. 청주의 공군아파트는 당시 15평이었다. 33평 아파트에 입주하니 아이들의 눈에도 무척 넓게 보인 모양이다. 아들이 야구 타자 흉내를 내고 뛰어가는데 한참을 뛰는 듯하다.

새 아파트에 부대 사무실 요원들을 초청한 기억이 난다. 미군들은 집들이 문화가 생소했지만, 한국 장교의 생활상을 보고 싶어 하는데 내 초청을 크게 반겼다. 세 명의 미군 장교들이 방문했다. 아내는 음식 접대를 고민했다. 고심 끝에 한국식으로 음식을 준비했다. 미군들이 좋아하는 갈비찜은 물론 생선회, 닭고기찜 등을 준비했다.

그날 최고 스포트라이트를 받은 음식은 닭고기찜이었다. 미군 대령 부인은 닭고기찜을 어떻게 만드냐고 아내에게 묻는 등 관심을 보였다.

나는 하늘로 출근한다

그들이 집들이 선물로 가져온 커피메이커와 장식품 등을 보니 우리의 문화와 크게 다르지 않다는 생각이 들었다.

후반기가 되어 내년에 전역할 사람은 지원하라는 공문이 내려왔다. 그때부터 고민이 다시 시작되었다. 전역하기 위하여 서울에 있는 근무지로 옮겨왔는데 막상 결정하려니 갖가지 상념이 들기 시작한다.

지금 전역하면 근무 기간이 16년이 되어 연금 혜택을 받을 수 없다. 연금은 20년이 되어야 가능한데 4년이 부족하다. 연금에 대한 기대치는 모두 같을 것이다. 평생 연금이 지급되니 이를 포기하는 결정은 쉽지 않다. 그런데 4년을 더 근무하자면 어디에서 어떤 보직을 받아 근무할 것인가? 4년을 채우는 중 만약 대령으로 진급되면 전역의 기회는 희박해진다. 반대로 민간 항공사에서는 20년을 채우고 전역한 사람은 활용할 기간이 상대적으로 짧아서 대형 항공기로 보내지 않는다. 중소형 항공기 기장으로만 활용한다고 한다. 당시는 아파트 베란다에서의 흡연이 허용되었다. 우리 집 베란다에는 작은 플라스틱 의자가 하나 있어 그곳에 앉아 흡연하며 생각에 생각을 거듭했다.

내 인생의 나침반은 어디로 향하고 있는가? 아내는 내 결정을 존중하겠다는 의사를 이미 비쳤다. 오랜 기간 심사숙고 끝에 나는 전역을 최종 결심했다. 전역 지원서를 작성하여 제출했다.

며칠 뒤 내가 전역 지원서를 냈다는 소문이 퍼졌다. 한미연합사에는 장관 부관 시절의 보좌관이 계셨다. 육군 소장인 그분은 소식을 접하자마자 바로 장관께 보고했는데 상관이 적극적으로 결심을 되돌리라고 하셨다고 한다. 나는 보좌관과 면담하며 내 처지를 얘기하고 얼마나 많은 기간을 고민 끝에 얻은 결론인지 설명했다.

보좌관이 수긍하고 끝났다고 생각했는데, 이번에는 연합사에 근무하는 공군 소장이 부른다. 아마도 장관이 공군끼리 얘기하면 나의 결심이 바뀔까 해서 부탁한 모양이다. 그분은 공군에서 합리적이라고 소문난 장군이었다. 본인이 내게 해줄 수 있는 것은 다 해줄 테니 전역을 재고하라고 한다. 당시 조종사 사이의 속어로 전역을 지원하는 것을 "손을 든다"라고 표현했다. 내가 손을 든 것은 이미 공군에 소문이 다 났다. 그런데 다시 손을 내리는 행위가 더욱 우스꽝스러워진다.

말씀은 감사하지만, 현재로선 이 방법이 나의 최선이라고 얘기했다. 결국 그분도 수긍했다. 후에 그분은 승승장구하여 공군 참모총장까지 올랐다. 공군에 있는 지인과 옛 상관에게서 연락이 오는 등 한동안 혼란스러운 시기가 지속되었지만 나는 결심을 밀어붙였다.

전역을 결심하고 나니 현실적인 문제가 다가왔다. 먼저 항공사에서 필요한 조종면허가 내겐 없었다. 만약을 대비해 동기들은 틈틈이 준비하여 갖춘 사람도 있는데, 군인 체질로 군 생활 외에 다른 생각을 하지 않은 나는 미처 준비하지 못했다. 의무 복무연한이 지나서 몇몇 동기들은 이미 항공사에 입사한 상태였다.

그들에게 면허장 문제를 어떻게 해결했냐고 질문했다. 대개 두 가지 방법으로 취득했다고 한다. 국내 필기시험을 통하거나, 미국에 가서 취득하는 방법이 있다고 한다. 그러면서 국내에서 필기시험을 통하여 취득하려면 5과목의 시험을 통과해야 하는데 난이도가 높아 쉽지 않다고 한다. 심지어 브로커가 중간에 국토부와 수험자를 연결하여 과목당 백만 원을 받고 답안을 누출하기도 한단다. 아직도 이런 썩은 냄새가 진동하는 제도가 존재하냐는 회의감이 들었다.

해외에서 취득하자면 미국에 가서 필기시험을 치르고 일정 횟수의 평가 비행을 통과해야 한다고 한다. 단, 필기시험은 문제은행식 문제집에서만 출제되기 때문에 비교적 쉽고, 비행하고 평가 비행을 통과하는 것이 번거롭다고 한다. 그런 뒤 미국에서 취득한 자격증을 국내 자격증으로 바꾸면 된다고 한다. 나는 돈을 주고 브로커에게 부탁하는 짓은 하지 않겠다고 결심하고 미국에서 취득하기로 했다. 나중에 미국 자격증이 필요할 수도 있다고 하니 오히려 낫다는 생각이었다.

당시엔 K항공과 창설된 지 얼마 되지 않은 아시아나 항공사 간의 공군 출신 조종사 확보 경쟁이 치열했다. 서로 자기 회사로 입사시키기 위해 인사부서와 해당 회사의 공군 출신 조종사가 팀이 되어 전역 예정자를 만나러 다녔다. 나는 규모가 작은 군에서 근무하며 느낀 애환이 많아 가능하면 큰 회사인 K항공에 입사하려고 생각하고 있었다. 같은 해에 전역할 동기생 한 명이 더 있었는데, 공군에 계속 근무해도 진급에 전혀 지장이 없을 동기였다. 나중에 듣기로 모친을 모시기 위해 전역을 결심했다고 한다. 서로 연락하고 정보를 공유하는 사이로 발전했다.

그는 아시아나에 입사를 결심했다고 한다. 이유인즉 아직 신생 항공사이기 때문에 기장 승진이 수월하고 기회가 많아서 대형 여객기로의 전환도 빠르다고 한다. 그러면서 기왕 동기 두 명이 전역하니 같이 입사하면 좋지 않겠냐고 제안한다. 인간성이 좋고 남에게 폐를 끼치는 성격이 아닌 그 친구의 제안에 마음이 끌렸다. K항공에서는 예전에 광주에 근무 시 편대장 했던 분이 계속 연락하고 있었다.

나는 그분에게 양해를 구하고 아시아나에 입사하기로 최종 결심했다. 이면에는 그 친구와 미국에 가서 면허장을 따고 입사하면 여러모로 외롭지 않고 서로 도움이 되리라는 계산도 있었다. 16년을 군에서 근무하면 취업을 준비하기 위한 기간이 전역 전에 몇 달 주어진다. 우리는 그 기간을 이용해 자격증을 취득하기로 했다. 미국 교육기관에 근무하는 사람과 연락하여 기간을 조정하고 비용을 산정했다. 본가에도 그동안의 사정을 설명하고 이해를 구했다. 부모님은 처음에는 서운해했지만 내 설명에 동의하고 미국에서 필요한 교육비를 주셨다.

업무를 마치면 도서관에 가서 미국에서 치를 시험문제집을 공부했다. 문제은행식 형태를 갖추고 있지만 전부 영어로 된 책이고, 이해되지 않는 부분도 많았다. 논리를 따져가며 공부할 시간도 여력도 없었다. 마치 머리에 사진기를 놓고 찍듯이 외우기 시작했다.

또한 미국의 자격증을 취득한 후 한국의 자격증으로 바꾸기 위해서는 한국의 항공법 필기시험 통과가 필요했다. 두툼한 항공법 책을 구해서 공부하기 시작했다. 웬 범칙금 조항이 그렇게 많은지 숫자 암기할 내용이 대단히 많았다. 궁하면 통한다고 했던가. 첫 시험에서 합격했다. 체크리스트를 작성했다. 준비사항을 동기와 같이 점검하고, 미비한 점은 언제까지 해결할지 날짜를 정하여 준비에 박차를 가했다. 다행히 직속 상관인 공군 대령이 배려해줘서 준비에 지장이 없었다.

참으로 아이러니한 점은 그 당시의 대령이 조종사가 부족해 한시적으로 입사가 가능한 시기에 아시아나에 입사하여 오랜 기간 나와 같이 근무한 인연을 맺었다. 그분은 인품이 훌륭하고 업무능력도 출중했다. 아시아나에서 전무로 승진하여 운항본부장으로 재직한 내 전임 본부장이 기도 하다. 동기와 같이 서울시에서 운영하는 도서관에 가서 종일 공부하고 점심도 구내식당에서 해결했다. 이제 더 이상의 잡념은 떠오르지 않고 모든 감각이 현실적으로 바뀌고 있었다.

형식적이지만 아시아나에서 입사 면접이 있었다. 본사에 가서 면접 보는데 그룹 회장이 면접관으로 참여했다. 내 경력을 보더니 왜 전역을 결심했냐는 질문을 한다. 나는 복잡한 설명은 적절치 않다고 판단해서 가족을 위해 전역을 결심했다고 답했다. 다른 면접관의 경력에 관한 질문도 있었다. 최종 입사 시기가 결정됐다.

1994년 3월 2일, 아시아나 항공에 입사했다. 실제 전역일은 4월 말이지만 당시의 관례에 따라 장기근무 보상 차원의 취업 준비기간을 이용해 미리 입사한 것이다. 신분이 제일 애매했던 기간이었다. 아직 현역군인 신분이지만 항공사에 소속된 회사원 신분이다.

입사 후 국토부에서 필수로 규정한 기본교육이 시작되었다. 나와 동기가 제일 나이가 많았고, 항공대학 출신, 공군 2사관학교 출신 등이 같은 해에 입사하여 약 30명이 한 과정을 이루었다. 양복을 입고 출근하니 민간인 신분이 되었다는 것이 실감 되었다. 회사에 대한 이해도를 돕기 위해 2주간의 입사 특별교육이 있었다. 조종사뿐 아니라 모든 신입사원은 반드시 받아야 하는 필수교육으로 각 분야의 직원들이 총 망라되어 입과했다.

금호그룹에 대한 설명, 각 계열사에 대한 개요, 소속감을 느끼도록 많은 소개와 교육이 이어졌다. 또한 개인의 소양을 위한 교육, 팀별로 그룹을 만들어 협동심 향상을 위한 과제가 부여되었다. 교육받는 다른 부서의 사람들이 우리와 연령차가 많이 났지만, 특수성을 인정하여 예우는 잘 해주었다. 어떻게 생각하면 큰 부담 없이 교육받는 기간이었다. 항공사가 도대체 어떻게 운영되고 어떻게 수익을 내는지 알려주는 교육이었다.

아시아나는 신생 항공사로 그룹 내에서 흑자를 내지 못하는 계열사였다. 그래서 금호고속 소속 운전기사들이 "아시아나는 우리가 먹여살린다"는 얘기도 들렸다. 원래 항공사는 초기 투자가 많고, 상당한 투자가 이루어지고 난 후에야 비로소 흑자가 나기 때문에 그런 얘기가 나올 수밖에 없는 구조이다.

신입 교육을 마친 후 그룹 각사를 방문했다. 금호그룹의 모체인 금호고속과 금호타이어, 그리고 전남에 있는 금호석유까지 방문해 소개를 받고 제작과정을 견학했다. 세상에는 우리가 알지 못하는 여러 산업체가 있고 생각보다 근무 환경이 녹록하지 않다고 느꼈다.

교육 막바지에 음성에 있는 꽃동네에 갔다. 신입 교육이 마무리되는 시기에 봉사활동을 가도록 계획되어 있었다. 꽃동네는 오웅진 신부가 부랑아들을 위해 만든 보호소이다. 버스를 타고 들어가는 길에 "얻어먹을 수 있는 힘만 있어도 그것은 주님의 은총입니다."라는 글귀가 눈에 들어왔다. 강렬한 메시지였다. 그곳에서는 매번 신입사원들이 봉사활동을 해와서 수녀님들이 할 일을 마련해두고 있었다.

여사원들은 주로 지체아들의 시중드는 일을 맡았고, 남자는 부엌, 창고 청소 같은 육체적인 일들이 기다리고 있었다. 오전 내내 묵은 청소를 하고 오후에는 중증 장애인을 목욕시키는 일을 맡았다. 나이 많은 사람들도 있지만 젊은 사람들도 있었다. 그들을 목욕시키며 건강이 얼마나

큰 행복인가를 새삼 깨달았다. 건강하기만 해도 감사한 아이들에게 과
도한 욕심을 내서는 안 되겠다고 생각했다. 하루의 짧은 기간이지만 봉
사에 대한 보람보다 가족의 건강에 대한 행복을 느낀 계기가 되었다.

회사에 양해를 구하고 기본교육 기간 중 미국에서 자격증을 획득하여
오겠다고 했다. 기본적으로 필요한 자격증이기 때문에 회사에서도 흔쾌
히 허락하고 필요한 도움을 주기로 했다. 동기와 같이 자격증을 취득하
기 위해 미국에 갔다. 이미 입사한 조종사 한 명이 동행하여 가게 되었다.

그는 한국에서 필기시험을 통해 자격증을 획득하기 위해 노력했는데,
도저히 불가능하다고 판단하여 우리와 동행하기로 했다고 한다. 5과목
의 필기시험을 보는데, 알아야 할 사항을 출제하는 것이 아니라 구석에
있는 엉뚱한 내용을 출제하여 합격률을 크게 떨어뜨린다고 한다. 국토
부의 일부 부서에서 행해지고 있는 구태가 많은 조종사를 미국에 가게
하는 원인이라고 생각하니 분노가 치민다.

미국에 가기로 한 결정이 옳았다고 생각하니 홀가분하다. LA에 있는
비행학교에서 교육을 받기로 되어 있었다. 항공기 티켓은 회사에서 주
고, 기본 출장비도 제공하기로 입사 전에 약속했다. 비행학교 근처에 있
는 모텔에 짐을 풀었다. 비용을 최대한 아끼기 위해 숙소를 정하다 보니
숙소 환경도 좋지 않았다. 우리를 담당하는 교관과 4명이 한 방을 사용
하게 되었다. 도착하자마자 필기시험을 치르기 시작했다. 체류 기간을
단축하기 위한 고육지책 중 하나이다.

미국은 한국과 달리 이해하기 어려운 여러 정책이 있다. 정부에서 인
가해주면 철저히 믿었다. 예를 들면, 필기 시험장소가 일반 업체에서 운

영하는 곳이다. 그런데도 시험 감독을 철저히 하고 부정행위가 있으면 단호하게 처리한다고 한다. 민간에 최대한의 자율권을 부여하고 만약 부정행위를 눈감아주거나 감독이 소홀하면 바로 업체 인가를 취소한다. 부여된 권한에 대한 책임, 미국의 선진성을 가늠할 수 있는 제도다.

도착한 첫날, 세 과정의 필기시험을 치렀다. 둘째 날, 기장 승진에 필요한 두꺼운 문제집이 있는 한 과정의 시험을 치러서 필기시험을 이틀 만에 마쳤다. 이틀 만에 자가용, 상업용, 계기비행, 운송용 등 네 과정의 필기시험을 마친 셈이다. 필기시험을 마치면 바로 시험 결과가 나오기 때문에 오히려 편리했다. 미국에서 비행하려면 의료인가증이 필요하다고 해 증명서를 발급해주는 병원에 갔다. 회사의 검사와는 비교가 되지 않을 정도로 간단한 검사만 하고 증명서를 발급해줬다. 의외였지만 이 또한 자율성을 중시하는 조치가 아닌가 싶다.

다음날부터 비행이 시작되었다. 비용을 절감하려면 최소한의 비행과 평가 비행을 해야 한다. 그보다는 평가 비행을 통과하기 위한 최소한의 비행이 옳은 표현일 것이다. 평가 비행은 미국 정부에서 자격을 위임한 평가관이 하는데, 비행 전에 인터뷰하여 지식수준을 점검하고 인터뷰에 합격해야만 평가 비행을 할 수 있다.

비행보다 오히려 인터뷰에서 질문할 내용을 공부하는 것이 급선무였다. 저녁이 되면 모여서 질문할 내용을 토의하고 공부했다. 미국은 식당에서 식사하면 비싸지만, 직접 식자재를 사서 준비하면 저렴하다. 특히 육류는 한국과 비교해 엄청나게 싸기 때문에, 매일 고기를 구워 먹고 소꼬리를 고아 먹어도 식비 지출은 오히려 저렴한 수준이었다. 동기가 요리를 잘하는 편이라 나는 가지고 간 전기밥솥으로 밥을 짓고 식사 후 설거지는 순번제로 했다.

약 한 달 간 체류하며 외식을 한 번도 하지 않았으니 그때의 절박한 심정이 어떠했는지 짐작이 간다. 비행으로 점심 식사가 애매할 때는 샌드위치를 사서 먹기도 했다. 마침 동기의 남동생이 근처에서 사업을 하고 있고 모친도 같이 계셔서 가끔 가져다주는 음식이 특식이었다. 지루하지는 않았지만, 마음의 여유가 전혀 없고, 빨리 과정을 마치기만 바라는 기간이었다.

비행을 오랜 기간 했다고 자부했지만 복잡한 공항에서 영어 원어민의 관제를 받으며 비행하는 것이 녹록하지 않았다. 그곳에서 여러 군상을 목격했다. 한국에서 와서 자격증을 획득하고 비행시간을 확충하기 위해 교관 생활을 하는 사람이 꽤 있었다. 그들의 목표는 한국의 항공사에 입사하는 것인데 그 목표를 위해 결과가 어떻게 될지 모르는 도박을 선택한 것이다. 같은 목표를 위해 경쟁하는 비행 교관들이 많아서 월급은 겨우 식생활을 해결할 수준이었다. 그런 시각에서 보면 나는 행복한 사람이다.

세월이 많이 흐른 뒤 그 과정을 겪은 사람들이 항공사에 지원했으나 극소수의 인원만 채용되었다. 우리의 교관을 했던 사람도 항공사에 조종 요원으로 지원했으나 결국 꿈을 이루지 못했다. 우리는 4주로 책정된 교육 기간에 계획했던 자격증을 획득하여 잘 마무리했다. 평가 비행을 앞두고 만약 떨어지면 기간이 늘어나고, 비용도 기하급수적으로 증가해서 이를 악물고 최선의 노력을 다했다.

특히 기장 승진 시 필요한 운송용 면허장까지 획득하여 훗날 다시 미국에 오는 번거로움을 해소했다. 꼭 해야 할 과정이었지만 재미없고 긴장이 연속되는 여정이었다. 모든 과정을 마치니 긴장이 풀리며 바로 귀국하고 싶어졌다. 성공적으로 마무리되었음을 자축하며 귀국길에 올랐다.

오랜만에 만난 가족이 무척 반가웠다. 가족들도 내가 잘 마치고 왔다고 하니 기뻐했다. 4월 말에 전역하게 되었다. 사관학교 교육 기간을 제외하고 만 16년 1개월을 장교로 근무했다. 퇴직금이 약 6천만 원 남짓 되었다. 약속한 대로 퇴직금을 찾아서 본가에 갔다. 그 당시 회사에서는 수습 조종사 신분이라 월급이 한 달에 백만 원 수준이었다. 선배들이 조언하기를 생활비에 최소 월 백만 원은 더 필요하다고 한다. 도저히 기본 생활비에 미치지 못하는 수준이라서 퇴직금에서 천만 원을 떼어 1년 동안의 생활비에 보태려고 생각했다.

정식 부기장이 되어야 제대로 된 월급을 받을 수 있어 한 달에 백만 원은 생활비에 보태지 않을 수 없었다. 통상적으로 수습 부기장에서 정식 부기장이 되는 기간이 약 1년이 걸린다. 본가에 가서 조합아파트 관계로 빌린 돈을 드리니, 부친이 3천만 원만 받을 테니 나머지는 부모의 상속으로 생각하라고 하신다.

몇 차례 사양하다가 받기로 했다. 3천만 원 정도를 도와주신 셈이다. 부모님이 어렵게 번 돈임을 잘 아는 나로서는 그 돈을 받기가 어려웠다. 아파트에 자금을 전부 투자하다 보니 통장에 잔고가 거의 없는 상태였다. 예상보다 생활비가 많이 들었다. 나중에 아내에게 듣자니 그 당시가 참 힘든 시기였다. 원래 흉년이 들면 아이들이 밥을 더욱 많이 먹는다는 옛이야기가 있듯 아이들이 고기반찬을 모처럼 준비하면 무척 많이 먹으며 더 찾는다고 한다. 또 과일을 한꺼번에 많이 살 형편이 안 되어 종이 봉지에 넣어서 조금씩 사는데, 평소보다 과일도 많이 먹는다고 한다. 군것질할 만한 것이 없으니 당연히 그랬을 것이다.

아시아나 항공에선 내가 입사하기 한 해 전에 목포에서 대형 사고가 발생했다. 인명사고의 원인이 계기비행을 원칙적으로 하지 않아서 발생했다는 사고조사 결과에 따라, 기본교육 중 계기비행에 대한 강화교육이 추가되었다. 지상에서 계기비행을 하기 위한 기본적인 시뮬레이터가 있는데, 이를 JTS(Jet Training System)라 부른다. 계기비행을 위한 시뮬레이터가 한 대밖에 없어서 30명을 대상으로 교육을 하자면 밤낮을 가리지 않고 계속 운영해야 한다. 한번 시작하면 1회당 4시간을 탑승하는데 2시간은 본인이 조작하고(PF: Pilot Flying), 2시간은 옆 파트너의 보조역할(PM: Pilot Monitoring)을 한다. 조종사는 시각적으로 밖이 보이지 않는 JTS가 따분하고 재미없는 과정이라 무척 싫어한다. 예전에 10회 탑승하던 과정이 사고 후 30회로 늘었다.

교관은 주로 K항공 은퇴자로 권위적이고 고압적인 사람들이 많았다. 시뮬레이터에 탑승하기 위해서는 탑승교(Bridge)를 건너야 하는데, 우리는 다리를 건너며 광부들이 탄광에 들어갈 때 이런 심정이었을 거라고 농담을 했다. 약 두 달이 넘는 기간의 과정을 마쳤다. 그나마 동기와 같은 편조라 서로 위로하고, 조언하며 잘 마쳤다. 지금도 수습 조종사들이 가장 싫어하는 JTS를 내가 책임자가 되어서 횟수를 대폭 줄였다. 항공사에서 실제 적용 시 효과가 크지 않은데, 시간만 많이 소요되고 조종사에게 스트레스만 배가시킨다는 판단에서였다.

나는 하늘로 출근한다

항공사에서는 어떤 여객기를 배정받는가에 따라 희비가 엇갈린다. 통상적으로 입사 후 초기에는 소형기를 배정받아 국내선을 주로 비행하고, 일본이나 중국, 혹은 동남아 노선을 비행하면서 항공사에 적응하게 한다. 그리고 경력이 쌓이면 필요에 따라 중형기나 대형기로 전환하게 한다. K항공과 아시아나 항공에서는 해외 승객이 폭발적으로 늘어남에 따라 대형기 수요가 폭증했다. 대형기에 군 경력 출신의 조종사를 초기 배정하기 시작했다.

이는 분명히 장단점이 존재한다. 아직 여객기에 적응이 부족한 군 경력 조종사를 대형기에 배정하면 초기엔 시행착오를 겪으며 고생할 수밖에 없다. 반면에 시간당 비행 단가는 대형기가 높아서 월급 만족도가 높다. 특히 아시아나는 점보 여객기를 계속 들여오는 단계여서 점보 조종사의 수요가 많았다. 우리 차반에 입사한 조종사는 대부분 점보 여객기를 배정받았다. 물론 나와 동기도 점보에 배정되었다. 이에 따른 기종 교육이 시작되었다.

점보는 신형과 구형으로 구분된다. 구형은 B747-200으로 불리는데 흔히 '클래식 점보'라고도 한다. 조종석에 항공 정비사의 추가 탑승이 필수인 이 여객기는, 조종석에 세 명이 필요할 정도로 자동화가 덜 된 여객기이다. 당시 K항공에서 운영하고 있었으나 아시아나에는 신형만 있었다. 인력을 줄이고 수동 작동을 자동화한 점보가 신형인 B747-400이다. 당시 모든 민항 조종사의 꿈은 점보 여객기를 조종하는 일인데 2층짜리 여객기의 위용은 대단했다.

막상 점보에 배정되니 걱정이 앞선다. 훈련이 끝난 후 바로 미주와 유럽 비행에 나서야 하는데 과연 잘할 수 있을까 의구심이 든다. 기종

교육을 받으며 점보의 크기에 다시 한번 놀랐다. 연료를 가득 채우면 1,300드럼을 실을 수 있으며, 최대 14시간을 착륙 없이 비행 가능하다는 얘기를 들었다. 이래서 점보인가 싶었다. 뉴욕에서 서울을 목적지로 비행 시 맞바람을 받고 직접 올 수 있는 여객기이다.

항공기 점검할 때 보니 가슴 높이에 달하는 바퀴가 무려 18개가 있다. 400명에 달하는 승객이 탑승하려면 이 정도의 몸체와 바퀴가 필요하겠다는 생각이 들었다. 또한 점보 화물기는 120톤의 화물을 탑재할 수 있다. 120톤은 10톤짜리 대형트럭이 12대 실을 수 있는 화물량이다. "도대체 그 많은 연료는 어느 곳에 실릴까?" 하는 의구심은 후에 풀렸다. 동체와 날개의 여유 공간에 모두 연료를 싣게 되어 있었다. 아시아나는 신형 점보가 계속 들어와서 비행시간이 얼마 되지 않는 신형도 꽤 있었다.

나는 당시 미국에서 취득한 자격증을 국내용으로 바꾸는 과정이었다. 기종 교육을 받으며 자격증을 바꾸는 과정은 쉽지 않았다. 이미 항공법 시험은 합격이 되어 있는 상태였으나, 인터뷰에 합격해야만 한국에서 사용 가능한 자격증을 취득할 수 있다. 기종 학술교육을 마치고 시뮬레이터를 탑승하려면 그 전에 자격증을 취득해야 한다.

당시 인터뷰 면접관은 까다롭기로 소문이 나 있었다. 심지어 전년에 입사한 어떤 동기생은 면접관에게 좋지 않은 인상을 줘서 무려 1년이 넘는 동안 계속 응시하여 가까스로 합격한 사례도 있었다. 또한 두 면접관에게 두 번의 인터뷰를 거치고 모두 합격되어야 한다. 그래서 인터뷰를 누구에게 하는가가 큰 관심사였다. 시험장에 가면 눈치싸움이 대단하다. 이미 까다롭기로 소문이 난 면접관을 회피하기 위하여 온갖 인맥을 동원하고, 심지어는 회피 대상자에게 면접이 확정되면 그 면접을 포기하고 그냥 가는 사람도 있었다.

나는 점보 시뮬레이터를 탑승하기 전에 자격증을 취득해야 하는 절박한 상황이었다. 첫 번째 면접관은 K항공에 근무하는 현직 기장이었다. 군에서도 몇 차례 만난 분이었고, 사관 출신이었다. 나는 면접 질의응답을 마치고 사정을 얘기했다. 질문에 거의 답을 잘한 상태라 어느 정도 좋은 결과가 있으리라 예상하지만, 최종 결과는 누구도 확신할 수 없다. 게다가 첫 번째 응시하는 사람에게 합격을 준 사례가 거의 없던 시절이었다. 그분은 내 얘기를 듣더니 준비를 많이 한 것 같다며 걱정하지 말라고 했다.

두 번째 면접관은 악명으로 소문난 사람이었다. 내가 듣기로 그 사람은 합격률이 20%도 되지 않을 정도로 낮으며, 수험자들의 회피 대상 1순위였다. 난감하기 짝이 없었다. 일단 부딪히기로 했다. 면접이 시작되니 어떻게 준비했냐고 질문한다. 당시 그 사람은 항공대학 교수이면서 국토부 자문역도 맡고 있었다. 이미 소문이 자자하여 그 사람이 질문하는 내용은 면접 전 필독 내용까지 복사판으로 돌아다니고 있었다. 하지만 그 사람은 항상 새로운 내용을 발췌하여 수험생들을 당황시키기로 소문이 나 있었다.

나는 그 사람이 저술한 책들 이름을 줄줄이 되뇌었다. 이런 책들을 보고 공부했으며, 이를 위하여 수개월 간 도서관에서 집중적으로 매달렸다고 했다. 표정이 좋아 보였다. 아마 그 당시에 그 면접관에게 첫 번째 면접에서 합격한 사람은 내가 처음이었으리리. 이로써 항공 자격증 문제는 잘 해결되었다.

당시 아시아나 항공에는 점보 시뮬레이터가 없었다. 기종 교육을 마치면 해당 기종에 대한 자격시험을 치른다. 자동차를 운전할 수 있다고 해서 모든 종류의 자동차를 몰 자격이 주어지는 것이 아니라 해당 자동차만 운전할 자격이 주어지는 것과 같다. 전환하여 다른 기종으로 갈 때마다 해당 기종의 자격증 획득은 필수다. 기종에 대한 자격증을 취득하기 위해서는 시뮬레이터를 규정된 횟수만큼 탑승하고 평가에 합격해야 한다.

K항공은 점보 시뮬레이터를 보유하고 있지만, 당시 두 회사가 경쟁관계에 있어서 경쟁사에 빌려줄 리가 만무하다. 결국 우리는 그해 겨울에 시뮬레이터 탑승을 위해서 미국에 갔다. 당시에 아시아나는 미국의 노스웨스트 항공과 동맹관계에 있어서 항공사의 본사에 있는 시뮬레이터를 타기 위하여 미네아폴리스에 갔다. 시뮬레이터를 탑승하는데 공짜는 있을 수 없다. 하지만 계약에 따라 미국에 갈 때와 올 때 노스웨스트 항공을 이용할 티켓을 받았다.

몇 달 전 동기와 같이 기본 자격증을 획득하기 위하여 미국에 갈 때와는 신분이 달라져서 체류비도 일반 부기장들과 같은 수준으로 지급되었다. 우리는 아파트를 렌트하여 시뮬레이터 교육 동안 머물기로 했다. 시뮬레이터 있는 곳이 꽤나 거리가 있어서 자동차를 이용해야만 했다. 회사에서는 나중에 영수증을 제시하면 자동차 렌트비도 정산해준다고 했다. 여러모로 마음이 편했다.

체류비도 제법 나오고 복지도 군보다 나아 보였다. 동기와 같은 아파트를 쓰며 그간의 노하우를 십분 활용했다. 마트에서 육류를 포함한 식자재를 사고, 시간이 비면 영화도 보고 주변을 관광하기도 했다. 식사를 순번제로 번갈아 준비했다. 회사에서 파견온 교관에게 교육을 받기도 하고, 노스웨스트에 소속된 교관과 시뮬레이터를 탑승하기도 했다. 나와 동기는 주로 현지 소속인 미국 교관에게 교육을 받았다.

미국 교관은 나름대로 최선을 다해 교육하기 위해 노력했다. 너무 감사해서 동기와 같이 모든 교육을 마친 뒤 저녁 식사 자리를 만들어 그간의 노고에 감사를 표했다. 그는 오랜 기간 미국의 항공사에서 기장으로 비행했다고 한다. 충분히 연금이 나오는데도 불구하고 가르치는 일이 좋아서 교관을 하고 있다고 한다. 진정한 프로의 모습이라고 느꼈다.

평가는 한국에서 국토부의 위임을 받은 기장이 와서 담당했다. 미국의 담당 교관은 평가 비행이 진행되는 동안, 마치 본인이 평가를 받는 것처럼 주변을 서성이다가 합격되었다는 얘기를 듣고 본인의 일처럼 기뻐했다. 참으로 인간미가 넘치는 분이었다. 이번에는 마음의 여유가 있어서인지 가족의 선물도 샀다.

한국으로 돌아와서 본격적인 비행 준비에 들어갔다. 일본이나 중국의 짧은 노선 참관 비행이 1회 계획되었고, 미주 비행도 1회의 참관 비행이 계획되어 있었다. 먼저 승객이 탑승하지 않은 점보로 서해상에 나가서 점보의 특성을 익히고, 제주공항에 가서 이착륙훈련을 했다. 손님이 탑승하지 않은 점보를 훈련을 위해 투입하는 자체가 엄청난 기회비용을 지불하는 셈이다. 여객기가 워낙 커서 조종하기가 녹록지 않았다. 여객기로 이착륙을 처음 해보니 전투기와 큰 차이는 없으나 날개가 커서인지 바람의 영향을 더 많이 받는다.

며칠 후 후방석에서의 참관 비행이 있었다. 지상에서의 절차를 모두

외웠는데 막상 뒤에서 되뇌려 하니 혼란스럽다. 군에서 하는 비행보다 절차가 훨씬 복잡하고 주변의 상황 판단을 해야 할 요소가 많다. 또한 훈련 시 모든 여객기에는 손님이 탑승 중이기 때문에, 실질적인 안전에도 각별하게 신경 써야 한다. 참관을 마치고 돌아와서 좀 더 세부적인 비행 준비를 하지 않으면 망신당할 수 있겠다고 생각했다.

공부방으로 사용하고 있는 곳에 항공기 내부의 계기 사진을 붙이고 여객기 지상 절차에서부터 시동을 끌 때까지 계속 되풀이하며 암기했다. 버벅거리면 어떤 교관들은 "군 경력 조종사 출신이 맞습니까?" 하며 면박을 준다고 한다. 그 말을 들으면 얼마나 자존심이 상할까?

드디어 첫 번째 훈련으로 도쿄 비행이 나왔다. 그나마 일본의 관제사는 우리 표현으로 혀가 짧아서, 우리와 영어 발음이 대동소이해 알아듣기가 쉬운 편이다. 그런데 막상 지상에서부터 다음 절차는 뭘 해야 할지 멍해지는 경우가 생긴다. 훈련 부기장은 정식으로 인가된 요원이 아니라서 기성 부기장이 뒤에 앉아서 관찰하고 혹시 부적절하면 조언을 하거나 바로 수정한다.

편도 2시간 비행이 그토록 길게 느껴질 수가 없었다. 도쿄에서 손님이 하기 후 기내에서 잠시 식사하고 다시 돌아올 비행을 준비해야 한다. 비행계획서를 보면서 여객기에 있는 컴퓨터에 비행 노선과 자료를 입력해야 하는데 입력 속도가 늦어서 속이 탔다. 비행을 마치고 교관에게 강평을 듣고, 후방에 있던 부기장에게도 조언을 들었다. 어떤 면에서는 부기장에게 듣는 조언이 훨씬 현실성이 있다. 비행을 그토록 오랫동안 했는데 아직도 이렇게 여유가 없는 현실이 부끄럽고 민망스럽기까지 했다. 비행 준비를 좀 더 잘해야겠다는 생각이 들었다.

나는 하늘로 출근한다

비행이 끝난 후에는 책상에 앉아 첫 번째 비행을 복기하고 문제점 수정에 나섰다. 그러면서 비행일지를 작성해야겠다고 결심했다. 이렇게 시작한 비행일지 작성 습관은 내가 비행에서 은퇴할 때까지 계속되었다. 새로운 노선을 비행할 때, 관제사의 생소한 표현을 들었을 때, 공항의 특수한 상황, 미처 예상하지 못했던 돌발적인 변수가 발생할 때 등을 기록했더니, 비행 전에 대충 보기만 해도 큰 도움이 되었다.

LA 첫 비행을 앞두고 미국 관제사의 녹음테이프를 구해 반복적으로 들었다. 물론 교관과 후방의 부기장이 있지만, 피교육자로서 부담이 없을 수 없었다. 그나마 미주노선 중 LA가 비교적 덜 복잡하고 단순하여 초기 교육 노선으로 많이 사용한다. 항로 비행 동안은 약 50분마다 한 번씩 위치보고만 하기 때문에 여유가 있고 충분히 다음 절차를 대비할 수 있었다.

LA가 가까워지면서부터 여객기 간 간격을 조정하고 속도제한, 고도 분리 등, 지시가 많아진다. 공항 관제에 접어들어 많은 여객기를 한 사람이 관제하다 보니 말 속도가 엄청나게 빨라진다. 한 번에 알아듣지 못하면 다시 얘기해달라는 말을 할 여유가 없는 수준이었다. 뒷좌석 부기장의 도움을 받아 공항에 무사히 착륙했다.

호텔에 들어와서 곰곰이 생각하니 기가 막히기도 하고 민망하기도 했다. 나름대로 영어는 웬만한 수준이라고 자부했는데, 오늘의 관제에 대한 인지와 적절한 항공 영어 구사는 낙제점이었다. 마침 동기도 다음 항공편 LA 비행을 마치고 호텔에 들어왔다. 두 사람은 과부 마음 통하듯 같이 모여 오늘 비행의 치부를 논했다. 똑같은 상황을 겪었고, 버벅댔다. 마음의 위로를 얻으며 마치 우리가 훈련병 같은 모양새였다고 토로

했다.

미국 공항, 특히 복잡한 뉴욕, 시카고의 관제 테이프를 구해 들었다. 세 번째 미주 비행부터는 그런대로 잘 듣고 대답도 적절한 시기에 맞춰 할 수 있게 되었다. 결국은 경험이었다. 몇 차례의 경험이 토대가 되어 반응할 능력이 생기는 것이다. 그 후로 진행되는 훈련 비행 시 관제와 관련된 지적은 받지 않았다. 어차피 점보 조종 능력은 시간이 좀 더 필요할 것이다. 전투기와 속도가 대동소이하여 곧 적응되리라는 자신감은 있었다.

훈련 비행을 하는 동안 다른 고민거리가 생기기 시작했다. 당시 아시아나 항공의 기장과 교관은 대부분 K항공에서 전직한 사람들이 대다수였다. 육군에서 연락기나 헬기를 비행한 사람도 있고, 공군에서도 주력기보다는 지원기 등의 조종사 출신들이 많았다. 그래서 그런지 모르지만 조종사 문화가 독특하다고 소문이 나 있다. 예를 들면 호텔에서 체류하는 동안 음주를 과도하게 한다느니, 기장 부기장 간 서열을 따져서 기장의 비행 가방을 부기장이 들고 다닌다느니 하는 소문이 났다. 맞는 것도 있었고 터무니없는 소문도 있었다.

내 담당 교관은 육군 항공대 출신으로 연배가 비교적 많은 분이었다. K항공에서 기장 경력을 갖추고 아시아나 항공이 생기면서 전직했다고 한다. 그런데 술이 과하다는 소문이 있었다. 약간 걱정됐지만 나도 어느 정도의 주량은 있다고 자부했기 때문에 무슨 문제가 있겠냐 싶었다.

같이 LA에 훈련 비행을 갔다. 저녁 식사 시간이 되어 비행 편조가 모두 모여 한인 식당으로 갔다. 식사 시간에 반주를 곁들이는 것은 시차를 극복하여 밤잠을 잘 자려는 방편으로 치부할 수 있다. 그런데 식사 후 호텔에 들어오면서 맥주를 한 박스 사서 내 방에서 마저 마시자고 한다. 내가 제일 서열이 낮으니 그것도 이해했다. 나는 내심 피곤하여 쉬고 싶었지만, 교관의 제안에 반대할 수 없었다. 맥주를 사와서 방에서 온갖 대화를 나누며 마시기 시작했다. 화제도 거의 교관이나 기장의 주도로 이루어지고, 우리는 대개 듣는 사람의 입장이었다.

맥주 한 박스를 비울 무렵 한 박스를 더 마시자고 한다. 내가 한밤중에 맥주를 살 요량으로 호텔 밖으로 나섰다. 호텔 내에 비치된 술은 너무 비싸서 엄두를 내지 못할 수준이었다. 부기장 한 명과 같이 나가서 맥주를 한 박스 더 사왔다. 두 번째 맥주를 거의 마실 무렵에 창에 햇살이 보이기 시작했다. 한국시간으로 밤을 꼬박 새우고 도착한 미국에서 또 밤을 밝힌 셈이다. 햇살이 들어오고 나서야 술자리를 마쳤다. 물론 하루 더 쉬고 돌아가기 때문에 비행에 지장을 초래하지는 않았지만, 소문으로만 듣던 얘기를 현실로 겪은 것이다.

아침에 빈 맥주 캔을 치우며 자괴감에 빠졌다. 새로운 삶을 위하여 택한 길이 이다지도 환경이 척박하고 희망이 없나 싶어 암울했다. 오히려 군 생활보다 더 퇴행적이지 않은가 하는 생각에 며칠 동안 우울했다. 훈련 비행 중 유사한 경험을 몇 차례 더 했다.

하지만 마음을 고쳐먹었다. 이제 퇴로는 없다. 내가 적응해야만 내 가족과 내 행복을 살릴 수 있다. 일단 훈련 비행 중 최선을 다하고 정식 부기장이 되면 주관을 가지고 생활할 기반을 찾자. 실제로 정식 부기장으로 발령 난 후에는 반주를 곁들인 수준의 저녁 식사는 같이 했지만, 도를 넘는 음주는 내 컨디션을 이유로 참여하지 않았다. 초기 암울했던 생각에 휩싸여 있을 때를 생각하면 지금도 찜찜한 기분이 든다.

그즈음 아시아나는 훈련 비행 중인 부기장에게는 견장과 소매에 두 줄을 부여했다. 부기장이 세 줄을 패용하고, 기장이 네 줄을 부여받는 것은 전세계적으로 같다. 하지만 훈련 부기장은 항공사에 따라 두 줄을 부여하기도 한다. K항공에서는 훈련 중이더라도 세 줄을 주는데, 유독 아시아나만이 두 줄의 제복과 견장을 줬다.

영어 표현으로 기장은 'Captain', 부기장은 'First Officer'라고 하며, 훈련 중인 두 줄짜리 부기장은 굳이 표현하자면 'Second Officer'가 된다. 이 모든 표기는 선박에서 비롯된 표현으로, 선장이 기장, 일등항해사가 부기장, 이등항해사가 훈련 부기장인 셈이다. 미국에 가면 타 항공사 조종사들이 나를 "Second Officer"라고 부르는데 기분이 무척 나빴다. 더구나 점보 훈련은 타 기종과 달라서 훈련 기간이 긴데 이런 대우가 언짢았다. 훈련이 끝나면 다시는 두 줄을 달 일은 없다. 약 6개월간 두 줄을 달고 다니며 자존심이 무척 구겨졌다.

우여곡절 끝에 훈련 비행을 마쳤다. 다른 교육에서와 마찬가지로 이 훈련 비행도 최종 평가 비행을 통과해야 한다. 그전에 담당 교관과 타 교관으로부터 평가 비행에 임할 자격이 있다는 '추천'을 2회 받아야 한다. 이제는 어디를 가더라도 관제사의 지시를 거의 이해할 수준이 되었고, 점보의 특성도 잘 파악하여 이착륙에도 문제가 없다. 무난하게 추천과 평가 비행을 통과하여 부기장이 되었다. 세 줄 유니폼과 견장을 받아오며 감회가 새로웠다. 이제 내 인생의 유니폼에서 다시는 두 줄이 없으리라 확신하며.

평가 비행을 마치고 정식으로 비행을 하기까지 약 일 주일간의 여유가 있었다. 한가로이 시간을 보내는 중에 월간조선에서 연락이 왔다. 내가 현역 시절에 「이달의 인물」을 취재한 기자였다. 공군에 취재할 일이 있어서 간 김에 내 소식을 물었다고 한다. 그런데 전역했다고 해서 너무 놀랐다고 한다. 끝까지 군인으로 살 사람으로 생각했는데 예기치 않은 반전에 놀랐다며 한 번 만날 수 있냐고 한다.

나는 이미 군에서 전역했고 전역 사유는 들었을 테니 굳이 만나서 설명하고 싶지 않다고 했다. 그 기자는 그렇다면 내게 수기 형식의 글을 써서 보내달라고 한다. 며칠 생각하고 답변하겠다고 했다. 이틀 동안 고민했다.

"과연 내가 공군에 대해서 어떤 글을 쓸 수 있을까?"

"나는 공군에 대해서는 악감정이 없는데 자칫 어설픈 표현으로 공군에 누가 될 수도 있지 않을까?"

"하지만 이런 기회를 잘 활용하면 제삼자의 눈으로 공군 조종사들이 얼마나 고생하며 희생하고 있는지 현실을 일깨워줄 수 있지 않을까?"

결국 기고하기로 했다. 한두 페이지짜리 글을 써서 기고한 경험은 많지만, 장문의 글을 써본 적이 없는 것이 부담되었다. 개인 컴퓨터가 보급되기 전이라 대학노트를 준비하여 글을 쓰기 시작했다. 저녁에 공부방에 틀어박혀 새벽녘까지 글을 썼다. 연필로 쓰다가 지우개로 지우고, 몇 페이지를 겨우 쓰고 아침에 보면 너무 감상적이고, 세부적인 사안에 치중해서 마음에 들지 않았다. 오전에 다시 정독하고 노트를 찢을 때는 헛수고를 했다는 생각에 가슴이 답답했다.

마냥 글을 써 내려가는 것만이 중요하지 않다는 생각이 들어 계획을 바꾸었다. 체계적으로 글 쓰는 훈련을 받을 기회가 없었던 현실이 안타까웠다. 노트를 펼치고 기간(Time Table)을 일단 나눴다. 그리고 중요하고 기록할 만한 일들을 거기에 끼웠다. 기둥을 만들고 가지에 또 작은 가지를 치기 시작했다. 어느 정도 가지를 쳐서 기둥에 맞추니 이 정도면 옆으로 새거나 엉뚱한 방향으로 전개되지 않겠다는 자신감이 생겼다.

다시 처음부터 글을 쓰기 시작했다. 기획서를 보면서 글을 쓰니 훨씬 체계가 잡힌 듯했다. 나중에 책을 쓰는 사람들에게 물으니 그들도 장문을 쓸 때는 유사한 방법을 쓴다고 한다. 이 또한 절박하면 통한다는 생각이 들었다. 20페이지에 달하는 노트를 몇 차례 검토한 후 월간조선에 보냈다. 그러면서 일부 내용은 빼도 좋지만 다른 내용을 첨가하지는 말도록 당부했다. 행여 그럴 경우가 생기면 내게 먼저 연락해달라고 했다. 의도하지 않은 내용이 추가되어서 오해되지 않기를 바라는 마음에서다.

당시 월간조선에는 유명한 우익인사가 편집장을 맡고 있었다. 그분이 내 글을 보더니 인터뷰를 하여 기사를 첨부하라고 지침을 내렸다고 연락이 왔다. 월간조선 사무실로 가서 인터뷰하고 사진 촬영을 했다. 거기서 들자니 편집장은 공군 병사 출신으로 관제 업무를 했다고 한다. 그래서 공군에 대한 애착이 많은데, 내 글을 읽더니 무척 공감하며 관심을 크게 가졌다고 한다. 그분의 외부출장으로 회동은 없었지만 나를 꼭 만나고 싶어 했다는 후문을 전해 들었다.

이렇게 월간조선 1995년 8월호에 무려 20페이지가량 최우수 조종사의 수기 형식으로 장문의 글이 실렸다. 4년 만에 한 잡지에 두 번째 장문의 글이 실린 셈이다. 이때 나는 전투 조종사 생활이 매우 엄중하고 조금의 긴장도 놓지 못하는 생활이며, 개인 생활이 거의 없는 헌신이 요구되며, 생활환경이 열악하다고 역설했다. 잡지가 출간된 후 여러 곳에서 연락이 오기 시작했다. 공군의 현역 장성부터 선후배를 비롯한 동기생까지, 며칠간 전화받기 바빴다.

그들의 얘기로는 공군에서 아무리 설명해도 메아리가 없던 내용을 전역한 조종사가 현실을 가감 없이 담담하게 풀어 써서 가슴이 후련했다고 한다. 또한 당사자가 힘들다고 하소연해도 공감을 불러일으키기 어려운 현실에, 제삼자가 된 사람의 눈으로 설명하니 훨씬 설득력이 있어서 감사하다고 했다. 언론의 힘이 이렇게 센지 다시 한 번 실감했다.

심지어 잡지가 출간된 얼마 후 알래스카에 있는 한국인이 운영하는 작은 상점에 들렀는데 주인이 나를 뚫어지게 보더니 혹시 월간지에 기고하지 않았냐고 묻는다. 동행도 있고 해서 민망하여 아니라고 얘기했더니, 잡지를 가지고 나와 사진을 비교하며 맞지 않냐고 한다. 그러면서 고국에서 전투 조종사들이 이렇게 고생하면서 나라를 지키고 있다며 가슴이 찡했다고 한다.

내 글에 대한 긍정적인 평가를 받아서 내심 만족스러웠다. 각 비행단의 비행대대에 해당 월간지를 비치해서 조종사들이 거의 다 읽었다고 동기들이 전했다. 일주일 이상 꼬박 고생한 보람을 느꼈다. 후에 원고료로 적지 않은 금액이 나왔다. 그 돈으로 아내와 상의하여 공군에서 사용하던 조종 헬멧 등 기념품을 전시할 가구를 샀다. 지금도 공군에서 받은 메달과 기념품을 전시한 가구가 거실에 놓여있다.

정식 부기장이 된 후 안정을 찾았다. 월급도 정상적으로 나와 이제 생활에 쪼들리는 수준은 벗어나게 되었다. 군에서 받던 수준의 급여보다 약간 많은 수준이다. 이것도 점보를 타서 그렇지 소형기를 타면 비슷하거나 적을 수도 있다.

입사 후 1년 3개월이 흘렀다. 비행에 대한 부담감도 크게 줄었다. 새로운 노선을 가게 될 때는 많은 준비를 하지만, 자주 가는 국제선은 기록했던 비행일지를 하루 전에 보는 정도였다. 평탄한 생활이 지속되었다. 하지만 맨 처음 닥친 문제는 시차였다. 미국에 가면 그곳의 밤 시간에 숙면하기 어려웠다. 여러 사람에게 물어보니 그래서 아예 한국시간에 맞춰 지내는 사람도 있다고 한다. 그러자면 낮에 주로 자고 밤에 시간을 보내야 하는데, 당시 여건으로 밤에는 피트니스센터에 가서 운동하거나 TV 시청 밖에 할 일이 없다.

나는 항공사에 오면 부수적으로 견문을 넓히는 것을 큰 매력으로 생각하는데, 그러면 그 장점을 살리지 못하게 된다. 현지의 시차에 맞춰 살기로 했다. 아침에 일어나서 식사하고, 산책에 나선다. 시내를 돌면서 구경하고 가능하면 버스나 지하철을 이용해 먼 길을 나서기도 한다. 초기에 LA로 주로 비행이 나와서 지도를 보고 계획을 짜서 다녔다. 일반적으로 비행 중 체류는 한 곳에서 2박 3일 혹은 3박 4일을 지낸다. 그러면 최소한 하루 혹은 이틀은 부담 없이 다닐 수 있다.

LA는 가 볼 곳이 많았다. 비슷한 시기에 점보로 전환한 사람들과 함께 자동차를 렌트해서 디즈니랜드나 씨월드같이 먼 곳을 가기도 했다. 미국은 할인 혜택을 잘 갖춘 나라다. 호텔에 있는 팸플릿 비치대에서도 할인쿠폰을 찾을 수 있고, 신분증을 가지고 다니면서 항공사 직원 할인 혜택이 있냐고 물으면 대부분 할인해줬다.

LA에는 한인들이 많이 살고 있어서 그들이 운영하는 택시회사가 많았다. 엄밀하게 얘기해서 세금을 내지 않고 불법으로 운영하는 한인 회사 택시비가 쌌다. 자가용인 고급차를 사용해서 만족도가 높다. 하지만 보험 가입 여부를 생각하면 좀 꺼림칙한 점도 사실이다. 가성비로 따지면 미국 택시비가 워낙 비싸서 한인 택시를 이용하지 않을 수 없었다.

유니버셜 스튜디오를 가면서도 4명이 한인 택시를 이용하여 갔는데, 돌아올 때 미리 전화하면 시간에 맞춰 택시가 와서 편리했다. 유니버셜 스튜디오는 인기 영화를 주제로 만든 흥미로운 구경거리가 많았다. 〈ET〉와 〈죠스〉 등 영화 주제와 관련된 볼거리도 많고, 재미있는 탈 것도 많았다. 특히 '워터월드'에서 항공기가 수면에 착륙하는 장면은 압권이었다. 언젠가 가족들과 같이 오면 꼭 보여주고 싶은 곳이다.

같이 갈 사람이 마땅치 않으면 혼자 버스를 타고 산타모니카 해변에 간다. 약 50분 정도 걸려서 도착한 해변엔 가슴이 탁 트이는 바다가 있고, 산책로를 이용하여 다니면 쾌적했다. 한번은 자전거를 빌려서 남쪽으로 쭉 이어진 해변을 달리기도 했다. 낚시를 하는 사람을 구경하기도 했다. 특히 주말에는 쇼하는 팀들이 몰려들어 구경꾼 사이에 끼어 시간 가는 줄 모르고 탐닉하기도 했다.

하지만 한국 시간으로 한밤중이 되면 시차 문제로 약간의 졸음이 오고 머리가 묵직해지기 시작한다. 이 정도의 고충은 좋은 구경거리에 대한 팁 정도로 생각했다. 한국으로 돌아갈 전날엔 잠을 잘 자야 한다는 강박관념이 생긴다. 선배들이 추천한 수면 호르몬제인 '멜라토닌'을 먹어 보기도 했다. 어느 날은 효과가 좋기도 하고, 효과가 별반 없기도 했다. 멜라토닌을 복용하고 아침에 일어나면 수면의 후유증이 남아서 찬물로 샤워하고 비행에 나섰다. 그래서 가능하면 멜라토닌을 복용하지 않고 자려고 무던히 애썼다.

새로운 곳에 가면 아예 시내 관광을 전문적으로 하는 투어 티켓을 사서 설명을 들으며 관광에 나서기도 했다. 국제선 여객기를 타는 부기장의 삶을 나름 최대한 누리고 싶었다. 호텔 시설도 최대로 이용하고자 했다. 항상 운동화와 운동복을 챙겨 다니며 호텔 내 피트니스센터를 활용하고, 호텔 수영장도 틈이 날 때마다 이용했다. 회사에서 호텔비를 내지만, 비싼 호텔비에 걸맞은 이용은 나의 권리라고 생각했다.

그런데 이 조그만 조종사 사회에서 잡음이 들리기 시작했다. 조종사 집단을 관리하는 임원을 둘러싸고 힘겨루기가 시작된 것이다. 출신이 다양한 조종사 사회는 약간의 패거리 문화가 있다. 공군 조종 간부 출신 기장이 운항 총괄 임원으로 일했는데, 서열이 높은 기장을 제치고 공군에서 늦게 전역한 공사 출신 기장이 운항 총괄 임원으로 바뀌었다.

나는 하늘로 출근한다

그러자 K항공에서 전직한 기장들을 중심으로 반발이 생기기 시작했다. 운항에서는 교관과 평가관의 위치가 상대적으로 높아서 기장들은 그 자리를 기대하는 경우가 많다. '출신이 다른 임원이 오면 교관과 평가관의 주력을 이루는 중심축이 이동하지 않을까?' 하는 우려에서 비롯된 갈등이었다.

나는 관심이 없었다. 누가 하면 어떠하고, 바뀐다 해도 크게 변화가 없을 거라고 생각했다. 그들은 연명으로 사장과 그룹 회장에게 운항 임원을 바꿔 달라고 요청했다. 그렇지 않으면 단체 행동을 할 수도 있다고 암시했다. 운항은 기존서열도 중요하지만, 일단 임원이 정해지면 그대로 지휘체제를 인정해왔었다.

당시 12명의 기장이 쿠데타를 일으켰다고 해서 우리는 그 사건을 '12인 기장 사태'라 불렀다. 회사의 답변이 없자, 세력을 늘려 대항하겠다는 심산으로 부기장들을 대상으로 설득하기 시작했다. 같이 회사에 대항해 조종사의 위상을 찾자는 명분이었다. 나는 그들의 주장에 동조하지 않았다. 그러나 몇 명의 부기장이 현혹되어 동조하기 시작했다.

어느 날인가 오후에 비행 나가기 위해 집에서 쉬고 있는데 1년 공사 선배 부기장이 만나자고 한다. 오후에 비행 나가니 나중에 보자고 했더니 중요한 일이어서 지금 꼭 봤으면 좋겠단다. 훈련 비행 때 도움을 많이 주던 선배라 만나러 나갔다. 그는 길게 상황을 설명하면서 부기장들도 이 기회에 세력을 규합하여 위상을 찾자고 한다. 나는 그 집단에 동조할 이유를 찾지 못하겠다고 했다. 그랬더니 약 50명 정도의 부기장을 확보하면 회사에서도 함부로 조치하지 못하고 주장을 들어줄 것이라고 했다.

당시 회사에서는 군 경력 조종사만으로는 수요를 충당할 수 없어서 대학을 졸업한 자원자를 대상으로 미국에서 비행훈련을 시키고 부기장으로 활용하는 그룹이 있었다. 그 인원이 많이 늘었고, 그들은 자유분방한 대학 생활을 해서 그런지 우리와는 사고방식이 달랐다. 학생운동을 한 전력이 있는 사람도 있어서 우리가 생각하는 '회사'와 그들이 보는 '회사'는 시각차가 있었다. 12인 기장 사태를 기회로 본인들의 존재감을 나타내고 싶어 하는 듯 보였다.

나를 만난 선배는 그들의 설득에 넘어가 공사 출신들을 규합한다고 생각했다. 향후 어떻게 할 것인지 물었더니 인원을 규합한 후 사표를 단체로 내서 주장을 관철하자고 한다.

기가 막혔다. 나는 전역한 이유가 노동운동을 하기 위해서가 아니라 가족과 행복하게 살기 위해서라고 했다. 나는 재산이 없어 만약 사표가 수리되면 생활할 수단도 없다고 했다. 내가 그룹 회장이라면 먼저 부기장 사표를 수리해 본때를 보여주겠다고 했다. 기장을 만들려면 기간이 많이 소요되지만, 부기장은 1년 남짓이면 급조할 수 있어 본때 보이기에 적합한 대상이라고 했다. 다시는 이런 일로 나를 보지 않았으면 좋겠다고 했다. 그 선배는 본인과 처가의 재산을 얘기하고 다녔는데, 만약 일이 잘못되면 고향에 가서 주유소를 운영하겠다고 했다. 그 후로 내게 그런 제안은 다시 없었다. 그런 주장에 동조하는 부기장도 없었다.

한편 12인의 기장은 사표를 단체로 작성하여 내용증명과 함께 회사에 보냈다. 이 사태는 기 싸움을 벌이는 양상으로 번져갔다. 회사는 그들을 만나서 이유를 묻고 출신에 구애받지 않고 교관과 평가관을 임용하겠으며, 항상 그들의 조언에 귀를 기울이겠다고 했다. 그들은 주장을 거둬

나는 하늘로 출근한다

들이지 않았다. 급기야 그들은 비행을 거부하는 표시로 그들의 제복 한 벌씩을 포장하여 회사에 보냈다.

회사의 인내도 한계에 도달했다. 당시 점보 한 대를 운영하기 위해서는 기장 12명, 부기장 12명이 필요했다. 즉 1대분의 기장이 반기를 든 셈이다. 회사는 화물기 한 대를 세우기로 하고 그들을 해고했다. 엄밀하게 얘기하면 해고가 아니라 그들이 낸 사표를 수리한 것이다.

설마 했던 일이 현실로 나타났다. 본인들이 자발적으로 낸 사표를 회사가 수리했으니 어디에 가서 하소연할 수도 없었다. 그들은 모여 숙의를 거듭했으나 방법이 묘연했다. 당시에는 제주항공이 생기기 전이었고, 다른 곳으로 갈 곳도 없었다. K항공에서 전직한 사람들을 그곳에서 다시 받아줄 리는 만무했다. 그들은 그대로 실업자가 되었다.

나중에 듣자니 공사판에서 막 일을 하는 사람도 있고, 주차장에서 차량을 정리하는 사람도 있었다고 한다. 그중 한두 사람은 대만의 항공사에 가서 기장으로 일한다고 들었지만, 잠시의 판단 착오가 그들과 가족의 삶을 송두리째 바꿨다고 할 수 있다. 나중에 그 선배를 만났더니 내 말이 전적으로 옳았다고 하면서 민망한 표정을 지었다.

부기장의 비행 생활에 영향을 가장 크게 미치는 사람이 기장이다. 한 달의 비행 스케줄이 나오면 어떤 기장과의 비행이 나왔나를 제일 먼저 본다. 그만큼 영향력이 크고 그 비행을 좌지우지한다. 이착륙을 부기장에게 위임하는 권한도 기장에게 있다. 본인 스스로 자신이 없고 부기장을 신뢰하지 못하는 기장은 부기장에게 이착륙을 위임하지 않는다. 또한 부기장이 마음에 들지 않으면, 굳이 그 부기장에게 본인이 리스크를 감수하면서 이착륙 기회를 주지 않는다. 그만큼 부기장에게 미치는 기장의 영향은 대단하다.

당시 부기장이 기장으로 승진할 경우, 기장들의 부기장에 대한 인성과 능력에 대한 투표제도가 있어서 인생 자체에 큰 영향을 미치고 있었다. 그러다 보니 인성이 제대로 갖춰지지 못한 기장들의 전횡이 심각했다. 당시의 비행문화는 K항공의 문화가 이어졌다고 할 수 있다. 심지어 체류하는 곳에서 부기장을 마치 부하 부리듯이 하는 기장도 있었다.

한때 대단히 악명이 높은 기장이 한 명 있었다. 그는 부기장을 종 부리듯이 한다고 소문이 난 사람이었다. 심지어 외국의 호텔 방에서 식사를 준비하게 하는 기행을 일삼는 사람이었다. 엄격한 사용지침이 있는 외국의 호텔에서 밥을 짓는다면, 규칙에 어긋나기도 하거니와 창피를 감수해야 한다. 모두가 그와 비행하기를 꺼렸고, 같이 비행 편조로 정해지면 바뀌기를 기원했다. 또한 부기장에게 돈을 꾸고 갚지 않는 파렴치한 기장도 있었다.

어느 날 나는 악명이 높은 기장과 같이 비행이 나왔다. 바뀌지길 바랐으나 결국 같이 비행에 나섰다. 소문 듣던 대로 그는 안하무인이었다. 부기장에 대한 배려는커녕 부기장을 자신의 편안함을 위한 수단쯤으로 생각하고 있었다. 말로만 듣던 대로 호텔에서 식사를 준비하라고 한다. 나는 속이 좋지 않아서 죽을 먹기 때문에 식사를 준비하지 않겠다고 했다. 워낙 단호히 얘기해서인지 그는 다른 부기장만 데리고 그 짓을 했다. 내심 다시는 저 기장과 같이 비행하지 않겠다고 결심했다.

또 비행이 나왔을 때 나는 개인 사정으로 비행할 수 없다며 비행을 뺐다. 차후에도 그와 비행을 넣지 않았으면 좋겠다는 의사를 표명하여 다

나는 하늘로 출근한다

시는 그와 비행하지 않았다. 비록 사람이 좋을지라도 문화는 쉽사리 바뀌지 않는다. 저녁 식사 시간이 되면 모든 조종사가 호텔에서 제공한 휴게실에 모여 선임자를 기다린다. 그리고 모두 모여 식당에 간다. 식사 메뉴는 선임자가 정한다. 그렇다고 본인이 식사비를 내주지도 않는다.

비행을 마치고 호텔 방에 들어가며 내일 어떻게 보내겠냐고 두 번째 기장이 선임 기장에게 묻는다. 그가 결정한 대로 일정이 진행되는 경우가 많다. 아무것도 살 물건이 없는데도 선임자가 백화점에 간다는 이유로 몇 명의 조종사가 같이 다니기도 한다. 심지어 어떤 인성이 나쁜 기장은 비행을 마친 후 집에 가면서, 자가용을 가져온 부기장에게 부천에 있는 본인 집에 내려주고 일산의 부기장 집에 가라고 하는 사람도 있었다. 아침 출근길 혼잡 시간에 밤을 꼬박 새우고 비행했는데, 집까지 2시간이 넘게 걸렸다고 한다.

그래서 오죽하면 가장 좋은 한국인 기장보다 가장 나쁜 외국인 기장이 낫다는 우습지만 슬픈 얘기까지 돌았다. 외국인 기장은 비행을 마치고 호텔에 도착하면 다음 비행 시 만나자며 바로 헤어지니 오히려 간섭하지 않는 외국인이 더 낫다고 한 것이다.

한번은 외국인 기장과 같이 비행한 적이 있었다. 그의 생김새는 배우 '록 허드슨'같이 잘 생겼는데, 인성이 쓰레기인 미국 기장이었다. 나는 옆 편조의 부기장인 관계로 그와 직접 비행하지는 않았다. 당시 이착륙 시에는 가장 분주하고 위험한 단계라 옆 편조의 부기장이 후방석에서 관찰하도록 규정되어 있었다. 후방에 앉아 있는데, 임무 중인 한국 부기장이 내게 무언가를 물었다. 나는 한국어로 답변했다. 갑자기 미국인 기장이 화를 내며 영어로 얘기하란다.

"Speak English!"

조심스럽게 왜 그런지를 설명하며 얘기했으면 좋았을 텐데, 화를 내는 그를 보니 내가 더 화가 났다. 이젠 외국인 기장까지 한국인 부기장을 쉽게 보는가 싶어 로마에 오면 로마법을 따라야 한다고 했다. 네가 한국말을 배우든지, 아니면 무슨 중요한 말을 했냐고 물으면 되지 않냐고 맞섰다.

그 미국 기장은 평소 행실도 좋지 않고 무책임한 이기주의자로 소문나서 내가 혐오하는 사람이었다. 그가 화를 참지 못하고 기장의 권위에 도전하냐며 소리지른다. 나는 더 이상 너와는 같이 일할 수 없고, 각자 회사에 보고서를 제출하여 잘잘못을 가리자며 자리를 박차고 일어나 문을 쾅 닫고 조종석을 떠났다. 그리고 객실의 내 휴식 좌석에 앉아 보고서를 작성했다.

한국 기장에게 당하는 설움도 억울한데 외국인 기장까지 우리를 무시하는가 싶어 화가 머리끝까지 났다. 임무 교대 시간이 되어 조종석에 들어가니 미국인 기장이 남아 있다가, 본인이 화를 참지 못해 미안하다고 사과하며 없던 일로 하자고 한다. 한참을 망설이다가 사과를 받아들이기로 했다. 평지풍파를 일으키고 싶지 않았다. 외국인 기장 사이에서 성질 못된 부기장으로 인식되고 싶지 않았다. 결국 해프닝으로 끝났지만, 부기장들은 내 에피소드를 듣고 대리만족을 느꼈다고 한다. 그 후로 그는 내게 대단히 신사적으로 대했다.

부기장 생활 중 제일 힘든 일 중 하나가 같이 골프 치러 가는 것이었

나는 하늘로 출근한다

다. 공군에 근무할 때도 골프를 썩 즐기지는 않았지만, 크게 힘들지 않고 즐기기엔 좋은 운동으로 생각하고 있었다. 그 생각이 전역 후 항공사에 들어와서 바뀌었다. LA에 체류할 때는 골프를 칠 여건이 좋다. 쾌적한 날씨에 주변에 많은 골프장이 있으며 비용도 한국보다 저렴하다. 그런데 비행을 마치자마자 자동차를 렌트해서 골프장에 가자는 골프 매니아가 기장 중에 많았다.

부기장은 힘이 들어서 호텔에 가서 쉬고 싶은데 기장의 성화에 할 수 없이 자동차를 빌리고, 조종사들이 공동으로 사용하는 골프채를 챙겨서 골프장에 나선다. 물론 골프를 좋아하는 부기장도 있긴 하다.

하지만 아무리 좋아하는 운동이라도 피곤하면 쉬고 싶은 것이 인간의 본능이다. 그렇게 해서 가면 언제 18홀을 마치나 하는 생각이 든다. 게다가 항공사에 입사하여 골프를 처음 배운 기장들이 많아서 신사의 운동인 골프의 매너가 부족한 사람이 많다. 푼돈이긴 하지만 내기골프를 하자고 하고, 본인이 잃으면 노골적으로 싫은 기색을 나타내는 사람도 적지 않다. 아직 그린에서 퍼팅을 마치지 않았는데도 본인이 끝났다고 다른 홀로 이동하는 사람도 있다.

부기장 사이에서는 같이 돈을 내고 운동하면서 왜 이렇게 좋지 않은 환경에서 운동해야 하는지 모르겠다며 불평이 쏟아진다. 그래서 공군에서 골프를 즐겼던 사람들도 부기장 때는 골프를 하지 않는 사람들이 꽤 있었다. 차라리 쉬는 게 낫다고 판단하기 때문이다. 나도 초기에 몇 번 골프에 동참했다가 눈치를 보면서 후에는 나가지 않았다.

더구나 시차가 한국과 완전히 반대인 곳에서 체류할 때는 달밤에 체조하는 형국이다. 골프를 하면서도 과연 이것이 운동이 될지 혹은 독이 될지 모르겠다는 생각이 들 때가 많다. 한국 시간으로 한밤중이 되면 마치 발이 모래에 빠지는 듯 힘이 들었다. 후에 기장이 되어 마음 편한 사람들이 가자고 할 때는 흔쾌히 동행했지만, 부기장 시절에 골프에 가지 않으려고 꼼수를 쓸 때를 생각하면 지금도 쓴웃음이 난다.

음지가 있으면 양지가 있는 법. 그런가 하면 귀감이 되는 좋은 기장도 있다. 알래스카 앵커리지는 뉴욕에서 서울 오는 길에 새벽에 들려 하루 쉬고 오는 코스의 체류 장소였다. 지금은 직항으로 바뀌어 여객기는 체류하지 않는다. 어느 날 새벽에 일어나서 비행 준비를 하는데 기장에게서 전화가 온다. 식사했냐며, 문고리에 참치 샌드위치를 걸어놨으니 먹고 나오란다. 그곳은 시간이 애매해 식사를 거르기 쉬운 곳이었다. 처음으로 느껴본 따뜻한 감정이었다.

그분은 부기장 선택권을 빼앗는 것이 부당하다며 식사도 혼자 다녔다. 비행에 대해서는 자세하게 설명한 뒤 부기장에게 이착륙 권한을 줬다. 모든 부기장이 그분을 존경하고 따랐다. 어떤 기장은 처음으로 체류하는 지역을 같이 돌아다니며 그곳의 특성을 설명하고 봐야 할 곳과 유의할 점을 잘 얘기해주는 분도 있었다.

하지만 그 당시는 전반적으로 비행문화가 수준에 미치지 못하는 상황이었다. 나는 여러 기장을 겪으며 세상에는 따르고 싶은 롤 모델이 있는 반면, '저러면 안 되지' 하는 교훈을 주는 사람도 있음을 느꼈다. 내가 훗날 운항본부장이 되었을 때 승진 인사하러 오는 신임 기장에게 항상 되뇌는 얘기가 있다. 당신들이 부기장 때 비행 스케줄이 공시되면 제일 먼저 뭘 봤냐며, 부기장이 기장과의 스케줄이 바뀌길 바라는 기장이 되

나는 하늘로 출근한다

지 말라고 역설했다.

세월이 흘러서 요즈음 이런 얘기를 하면 시대에 뒤떨어진 사람이 된다. 노조가 생기면서 부기장의 인권이 획기적으로 바뀌고, '블라인드' 같은 익명의 채팅방이 생기면서 독특한 인성을 가진 기장은 항공사에 발을 붙이기 어려운 세상이 되었다.

뉴욕 비행을 시작했다. 꿈의 뉴욕이다. 뉴욕은 세계문화의 중심지다. 뮤지컬의 성지이기도 하고 박물관도 많으며, 세계 각국의 문화가 상존하여 볼거리가 많다. 하지만 시차가 우리와 거의 정반대여서 낮에 다니기에는 불편한 곳이기도 하다. 먼저 뉴욕의 심장 타임스퀘어에 나갔다. 여기저기에 뮤지컬 포스터가 붙어 있고, 길거리에선 온갖 쇼를 공연하기도 한다.

첫 번째로 '메트로폴리탄' 박물관을 가기로 했다. 뉴욕을 방문하면 첫날은 시내 투어하고, 둘째와 셋째 날은 박물관에 가고, 마지막 날에 뮤지컬 〈미스사이공〉을 관람한다는 속설이 있던 시절이었다.

박물관에 가니 계단이 많아 생각보다 힘들었다. 보통 이틀 걸린다는 여정을 하루 만에 속성으로 구경했다. 오픈 버스를 이용해 시내 투어도 했다. 중간중간에 내려 역사와 배경을 설명해줘 좋은 체험이 되었다. 또한 지하철을 이용하여 뉴욕 여러 곳을 돌아다녔다. '소호'라 불리는 예술가 집단이 모여 사는 곳, 어시장이 대규모로 있는 곳, 중국인들이 집단 거주하는 차이나타운 등 갈 곳이 많았다.

뉴욕의 맨해튼은 허드슨강과 이스트강으로 둘러싸인 섬 아닌 섬 같은 특이한 곳이었다. 허드슨강에는 퇴역한 항공모함이 있는데, 선상에 항공기가 전시되어 있었다. 그 웅장함에 입을 다물기 어려웠다. 티켓을 사서 항공모함을 관람하는데 주변에 유람선이 다니는 것이 눈에 띈다. 섬을 일주하는 배가 있어서 그 배를 타면 자유의 여신상도 볼 수 있단다. 바로 크루즈 티켓을 사서 맨해튼을 일주했다. 말로만 듣던 '자유의 여신상'도 가까이 접근해서 보고 미 프로야구 명문 구단 양키 스타디움도 보면서 맨해튼을 밖에서 관찰할 기회를 얻었다. 나중에는 자유의 여신상을 자세히 보기 위해 리버티섬에 가서 동상 안에 들어가 보기도 했다.

　뉴욕 관광에 싫증이 날 무렵 뮤지컬에 관심이 생겼다. 처음 본 뮤지컬이 〈미스사이공〉이었다. 미국이 베트남전에 참전하는 동안 있었던 미군과 베트남 여성의 러브스토리로 쉬운 줄거리에 비해서 볼거리가 많은 재미있는 뮤지컬이었다. 특히 베트남을 탈출하는 헬기가 무대에서 이륙하는 장면은 압권이었다. 뮤지컬을 보고 싶었지만, 언어의 장벽을 넘어서지 못할 것이라는 막연한 두려움이 해소되면서 이제는 새로운 희열로 다가오고 있었다. 미리 관련 서적을 찾아보기도 하고, 뮤지컬 시작 전에 배포된 팸플릿을 읽고 관람하니 스토리 이해에도 무리가 없었다. 뉴욕에 갈 때마다 뮤지컬을 관람했다.

　당시 카메론 매킨토시 프로듀서의 빅4 뮤지컬로 알려진 〈미스사이공〉을 비롯하여 〈캣츠〉, 〈레미제라블〉, 〈오페라의 유령〉이 유명했는데, 시차를 두고 4편의 뮤지컬을 모두 관람했다. 특히 〈오페라의 유령〉은 유령이 부르는 처연하고 쇳소리 나는 고음의 매력에 빠져서 두 번이나 보기도 했다. 그 밖에 〈그리스〉 〈시카고〉, 〈아이다〉 등 시간 날 때마다 뮤지컬을 보곤 했다.

　처음에는 시큰둥하던 몇몇 부기장들이 내가 뮤지컬에 탐닉하자 동행하는 사람들이 생기기 시작했다. 그리고 여건이 허락하면 가능한 현지 음식을 먹었다. 한식을 고집하는 사람들이 많았지만, 나는 햄버거로도 충분히 한 끼를 때울 수 있고, 스테이크나 피자에 대한 거부반응이 없어서 혼자 다니거나 젊은 사람들과 동행할 때 현지식을 즐겼다.

당시 유럽의 아시아나 노선은 초기에는 없었지만 계속 확충을 위해 노력했으며 간혹 화물기 특별비행이 나오곤 했다. 화물기는 앵커리지에 가서 하루만 쉬고 북극점(North Pole)을 넘어가는, 북극항로를 이용하는 비행이었다. 북극항로를 이용하면 시간이 훨씬 단축되어서 기장 2명과 부기장 1명이 비행하는 3조 비행으로 계획되었다. 간헐적으로 나오는 비행이라 회사에서 호텔을 예약해 주지도 않고, 귀국 시에는 K항공의 여객기를 이용하는 조건이었다.

부기장으로서는 기장 2명과 같이 가는 비행이라 부담이 많은 비행이었다. 공항에 도착해 직접 공항 전화를 이용하여 호텔을 예약하는 등 번거롭고 까다로운 비행으로 소문이 났다. 하지만 누군가는 해야 하는 비행이고, 책정된 체류비보다 단가를 높이 계산해줘 비행을 마치고 나면 수중에 달러를 꽤 남길 수 있어서 좋아하는 사람도 있었다.

드디어 나도 그 비행에 나서게 되었다. 다행히 기장들이 까다롭지 않고 자율을 보장해주는 사람들로 구성되어서 부담은 적었다. 북극을 넘어 네덜란드 암스테르담 공항에 도착했다. 몇 군데 호텔에 전화해서 가격이 괜찮은 방을 구하고 비행 가방과 짐을 끌고 호텔로 향했다. 처음 도착한 공항이고 처음 체험해보는 도시이다. 기장들이 본인들은 몇 번 왔고, 나는 처음일 테니 본인들 신경 쓰지 말고 구경 잘 다녀오라고 한다.

옷을 갈아입은 후 일단 풍차 구경에 나섰다. 그리고 시내에 가서 관광 티켓을 샀다. 관광 코스에는 네덜란드가 자랑하는 유명한 다이아몬드 세공 공장을 방문하고, 안네의 집, 암스테르담의 수로를 따라 배를 타고 도는 크루즈가 포함되어 있었다. 새로운 도시의 풍물을 보는 기쁨은 항상 새롭다. 네덜란드에만 있는 박물관인 '성박물관'을 구경하고, 네덜란드의 세계적 화가 렘브란트의 그림이 소장되어 있는 박물관도 구경했다.

수로를 통해 이동하는 크루즈는 무려 4개의 언어로 해설해 주변 경관을 감상하는데 무척 편리했다. 특히 국토 면적이 좁아서 그런지 집과 집 사이의 간격 없이 벽을 붙여 지은 건축물이 인상 깊었다. 광장에 가서 비둘기 떼와 사람들이 어울리는 모습을 구경했다. 성 의식이 개방된 나라답게 복장도 자유분방한 모습이었다. 이틀간 짧은 체류를 마치고 올 때는 K항공 여객기를 이용했다. 기장은 이등석 객실을 주고, 부기장은 이코노미석을 끊어주었는데, 좌석에 여유가 있다면서 객실장이 이등석으로 올려주었다. 동종업자 간의 따뜻한 정이 살아있음을 실감했다.

유럽 관광노선을 개발하려면 프랑스 파리와 영국의 런던에 취항해야 한다. 당시 상황에서는 K항공이 기존 노선을 장악하고 있어서 두 곳으로의 취항이 무척 어려웠다. 일단 변방으로라도 노선 확보를 위해 아시아나는 오스트리아 비엔나를 거쳐 벨기에 브뤼셀을 여행하는 노선을 설계했다. 일주일에 두 번 다니는 노선이었다. 모처럼 유럽을 체험할 좋은 기회를 잡은 것이다.

그런데 미국은 한인 식당이 많아서 식사를 걱정할 이유가 없었는데,

나는 하늘로 출근한다

유럽에는 한인 식당이 드물고 어렵게 찾아가면 그 비싼 가격에 놀라 다시는 가지 못하는 수준이었다. 브뤼셀의 어느 한인 식당에서 육개장 한 그릇을 먹고 약 5만 원을 낸 후 다시는 유럽에서 한식을 먹지 않겠다고 결심한 경험이 있다.

브뤼셀은 유럽을 체험할 수 있는 좋은 교두보 역할을 했다. 대륙 간 열차가 발달하여 웬만한 유럽의 유명한 도시는 열차로 갈 수 있다. 브뤼셀 노선은 일주일에 두 편이 다니고 체류 날짜도 3박 4일 혹은 4박 5일로 길어서 장거리 여행이 가능하다.

네덜란드 하면 튤립 축제를 빼놓을 수 없다. 관광 인프라가 잘 되어 있어서, 브뤼셀의 기차역에서 튤립 축제가 열리는 네덜란드의 '쾨켄호프' 기차표와 버스 환승권, 그리고 입장권까지 한 번에 구할 수 있다. 안락한 기차여행도 좋고, 튤립 축제에 가니 눈이 호사를 누린다는 느낌을 받았다. 원색의 튤립이 주는 강렬한 색감과 넓은 평야에 색깔별로 구분된 튤립밭은 마치 미술작품 같았다. 어떤 해에는 두 번 튤립 축제에 간 적도 있었다.

꼭 가보고 싶은 유럽의 환상적인 도시는 파리였다. 4박 5일 체류를 이용, 파리를 여행했다. 기차를 이용해 파리에 가서 그곳의 지하철을 이용하니 접근성이 좋았다. 숙박료가 너무 비싸서 잠은 허름한 여인숙 같은, 이름만 호텔인 곳에서 잤다. 얼마나 방이 좁은지 화장실 변기에 앉으면 무릎이 커튼으로 된 문밖으로 삐죽 나오는 수준이었다. 아침 식사를 곁들여준다고 해서 기대했는데, 이빨도 들어가기 어려운 딱딱한 빵 조각에 한약같이 향도 없고 쓴 커피가 전부였다.

그래도 파리는 파리였다. 가는 곳마다 그림엽서나 화보를 통해 눈에 익숙한 곳이 많았고 곳곳에 낭만이 깃들어 보였다. 몽마르트르 언덕에서 본 파리 전경도 아름다웠고, 베르사유 궁전의 실내장식과 정원은 왜 그곳이 관광객들로 북적이는지 이유를 알게 해주었다. 세계적인 현대건물인 퐁피두 빌딩이 있는 광장에서 건물을 구경하며 멍하니 앉아 있던 기억도 난다.

체류 호텔이 있는 브뤼셀은 장점이 많은 곳이었다. 묵고 있던 호텔이 5성 호텔이라 만족도가 높았고, 근처에 다양한 현지 식당이 많아 음식 선택권도 폭넓었다. 특히 닭요리가 저렴하고 입에 잘 맞았다. 피자도 한국과 맛이 거의 유사했으며 가끔 들러 먹는 포크 립 스테이크(구운 돼지갈비) 요리는 가격 대비 품질과 만족도가 높아서 체류할 때마다 한 번은 꼭 들렀다.

가장 실망스러운 곳은 '오줌싸개 소년' 동상이었다. 사진으로 보면 그럴싸한데 막상 가서 보니 왜소하고 볼품이 없었다. 전세계에서 온 관광객 모두가 실망이 큰 모습이었다. 인근에 있는 '그랑 플라스그랑프라' 광장은 실망에 대한 보상을 충분히 해줬다. 건물에 둘러싸인 광장도 인상적이지만 건물 하나하나에 새겨진 조각이 일품이었다. 특히 저녁에 가면 조명이 은은하게 밝혀져 중후한 건물이 더욱 멋들어지게 보였다.

나는 자주 동료와 같이 그곳의 노천 맥주 바에 앉아 맥주를 홀짝이며 은은히 들리는 음악과 함께 그 광경을 즐겼다. 그렇게 볼 곳도 많고, 먹을 것도 많은 곳에서 굳이 호텔에서 밥을 지어 먹는 일부 기장들이 있어서 마음을 무겁게 했다. 한식이 비싸서 이용할 형편이 되지 않자, 아예 한국에서 음식 재료를 바리바리 싸 와서 식사를 직접 해 먹는다. 아침에 준비하면 혹시 청소부에게 노출될세라 새벽 일찍 밥을 지어 먹는다. 우

나는 하늘로 출근한다

리끼리 하는 얘기로 독립운동하는 것도 아니고 이게 무슨 짓이냐고 불평했지만, 그들의 오랜 관습은 바꾸기 어려웠다.

언젠가 나는 아무것도 한국에서 준비하지 않고 브뤼셀에 갔다. 아예 모든 식사를 현지 식당에서 하려고 결심했다. 어느 정도 근무경력도 되니 부딪히기로 했다. 저녁 식사를 위해 나가려 하는데, 기장이 잠깐 방에 들렀다 가라고 한다. 뭔가 부탁이 있으려나 싶어서 갔더니, 찌개를 포함, 거나한 식사를 준비해놓고 같이 식사하자고 한다. 머리가 복잡했다. 결국 내 독립 식생활은 무너지고, 다음날 슈퍼에 가서 음식 재료를 사서 그 집단에 합류하고 말았다.

부기장이 되고 얼마 되지 않아 가족 동반 해외여행을 계획했다. 항공사 근무의 가장 큰 매력은 직원들이 여객기 티켓을 사용할 수 있는 것이다. 특히 조종사에게는 혜택이 커서, 부기장은 일 년에 한 번 선진항공사를 방문한다는 명분으로 비즈니스 티켓을 부부가 사용하게 해주었다. 자녀들은 세금만 내면 이코노미 티켓을 사용할 수 있었다. 그런데 그 큰 장점을 이용하기 어려운 건 빈 좌석이 있는 경우에만 사용 가능하다는 점이다. 대개 여행은 자녀의 방학을 이용하여 다니는데 그때는 성수기라서 티켓 구하기가 어려운 시점이다. 회사에서 무상으로 나오는 티켓을 이용해 여행에 나섰다가 낭패를 겪는 경우가 많다.

동기생 한 명은 아이들 방학을 이용하여 샌프란시스코에 갔는데, 귀국 티켓을 구하지 못하여 호텔에서 공항까지 몇 번 헛걸음하다가 급기야 비싼 타 항공사의 성수기 티켓을 사서 귀국한 일도 있다. 그래서 가족여행을 갈 때 우리는 보통 가장 붐비지 않는 비수기를 이용해 아이들

학교에 양해를 구하고 떠난다. 당시엔 학교의 방침이 바뀌어 가족 동반 여행을 하면 결석 처리하지 않아 부담 없이 양해를 구했다.

나는 첫 여행지로 LA를 택했다. 당시 딸은 초등학교 1학년이고, 아들이 유치원에 다니고 있었다. 이들에게도, 아내에게도 첫 여행지로는 승객들의 선호도가 높은 LA가 낫다고 판단했다. 처음 해외여행을 가자니 준비할 게 많았다. 여권을 준비하고 여행비자도 필요했다. 요즈음은 여행사에서 주관하는 단체 여행이 주류지만 당시는 개인 여행이 많았다. 인터넷이 전혀 보급되지 않은 시절의 여행계획이라 국제전화를 이용하여 준비해야 했다. LA 체류 시 호텔에 얘기해 방 예약을 미리 하고, 현지 관광회사를 방문하여 미국 내 상품을 선택해서 예약했다.

아내는 해외여행이 처음이고, 아이들은 비행기 여행 자체가 처음이었다. 동료들 사이에서 공유하는 자료를 챙겨서 나섰다. 어린아이들을 혼자 이코노미석에 방치할 수 없어서, 미국에 갈 때는 나와 아들이 먼저 비즈니스석에 타고, 올 때는 아내와 딸이 타기로 했다. 들뜬 마음으로 좌석에 앉아 있는데 객실장의 안내로 아내와 딸이 비즈니스석으로 왔다. 배려심 많은 객실장이 좌석의 여유가 있어서 아내와 딸을 비즈니스석으로 조정해준 것이다. 너무 감사했다. 가족에게도 체면이 섰다. 처음 해외여행을 가는 부기장 가족을 배려해준 그 객실장과는 계속 개인적인 인연을 이어갔다.

첫 해외여행을 비즈니스석에 앉아가니 가족들 모두가 들떴다. 특히 딸은 기내식으로 나오는 음식을 빠짐없이 먹는 식성을 보여 우리를 놀라게 했다. 우리는 LA에 도착해 시내버스를 타고 샌타모니카 해변에 가서 산책하고, 해변 식당에서 해산물을 먹었다. 다음날부터는 계획대로

나는 하늘로 출근한다

디즈니랜드, 유니버설 스튜디오, 씨월드를 렌트한 차로 다녔다. LA 현지 관광회사에 예약한 그랜드캐니언, 라스베이거스 코스를 2박 3일 동안 버스를 이용해 관광했다. 가족 모두의 만족도가 높았다. 가족에게 큰 즐거움을 선사해서 행복했다.

첫 여정을 성공적으로 마치고, 우리 가족에게 제공된 회사의 혜택을 맘껏 누렸다. 그래서 한 해에 한 번은 해외여행을 다녀왔다. 그때는 인터넷이 보급되기 전이고, 모든 걸 메일이나 전화로 처리하자니 한계가 있었다. 저녁에 피곤하여 가족 모두가 잠잘 때도, 다음날의 일정을 생각하고 계획을 짜느라 밤늦게까지 골몰했다. 전화로 만날 장소를 약속할 때는 의사소통이 불확실하여 애를 먹은 적이 많았다.

나름대로 가족여행을 형편껏 다녔다. 후배 가족과 같이 하와이를 다녀왔고, 우리 가족 단독으로 호주의 시드니를 갔다. 가능하면 단체 여행을 삼가고 개인 여행을 다니고 대중교통을 최대한 이용했다. 현지 식당에서 식사하는 것을 기본으로 했다. 단거리 여행으로는 사이판에 가서 해양스포츠를 즐겼고, 태국 방콕에 가기도 했다.

당시 부기장 생활할 때, 제대로 된 근로 조건이 없었다. 한 달에 비행시간은 몇 시간까지만 가능하다는 규정이 없었고, 휴식 시간은 어느 정도 확보해줘야 한다는 규칙도 없었다. 회사는 적은 인원을 최대한 활용하면 능률적이란 생각을 가졌다. 휴식 시간을 보장하지 않아도 아무런 제약이 없는 여건이라서 제대로 쉬는 날이 없었다. 지금 얘기하면 믿기지 않겠지만 당시 한 달 비행시간이 150시간에 육박했다. 실제로 내 경우에 145시간을 비행한 적도 있었다. 심지어 뉴욕에서 한국에 아침에 도착하고 다음 날 저녁 다시 비행 나가기도 했다. 쉬지 못하고 비행 나갈 때는 뒷머리가 묵직하기도 했다.

K항공도 그렇게 했으니 항공회사는 그렇게 운영하는 줄 알았다. 누구도 회사에 항의하지 않았다, 내심 불만스럽더라도 발설하지 못하는 분위기였다. 게다가 비행시간에 따라 월급이 지급되는 제도라서 비행을 많이 하면 월급을 많이 주니, 비행이 취소되면 오히려 다른 비행을 갈 수 있냐고 묻는 사람까지 있었다.

현재는 비행시간이 월 100시간을 절대 넘을 수 없고, 년 비행시간이 1,000시간으로 제한된다. 당시 비행이 얼마나 가혹했는지 가늠할 수 있다. 요즈음은 평균 월 비행시간이 70에서 75시간으로 운영되고 있다. 최근에는 코로나로 인해 비행시간이 대폭 줄어서 오히려 그 시절을 부러워하는 조종사도 있다.

당시에 모든 생활은 비행을 중심으로 이어지고 사생활은 거의 없다고 생각했다. 가족이나 친척의 경조사를 제날짜에 챙기는 것은 사치에 가까웠다. 가족에게 미안하다는 생각이 들기도 했다. 8월 초 뉴욕에서 한국에 새벽에 도착하고 며칠 여유가 있었다. 수면도 취하지 않은 채 평촌에 있는 부모님을 모시고 가족과 같이 무작정 강릉에 갔다. 가면 무언가 방법이 있을 것 같았다.

강릉에는 공군에서 운영하는 휴양소가 있다. 하계 성수기에는 호텔 방 외에도 솔밭에 텐트를 치고 저렴한 비용으로 이용할 수 있게 해준다. 하루를 텐트에서 자고, 다음날부터는 호텔의 예약이 취소된 방을 받아 사용했다. 운이 좋은 경우지만, 그렇게라도 전역 후의 자유로운 생활을 만끽하고 싶었다. 지금 생각하면 밤을 꼬박 새우고 장거리 운전을 하여 여

나는 하늘로 출근한다

행가는 모습이 이해되지 않지만, 그때만 해도 젊은 열정이 있었나 보다.

한번은 아이들 초등학교 시절, 방학 때 빈둥거리는 모습이 보기 싫어 과제를 줬다. 이문열의 삼국지를 읽으면 한 권에 1,000원, 10권을 다 읽으면 15,000원을 주겠다고 했다. 사실 딸은 어느 정도 이해할 만한 수준이었지만, 아들은 조금 시기가 일렀다. 상금에 눈이 먼 두 아이는 독서에 몰입해 완독하고 상금을 챙겼다. 아이들이 성장한 후 그때 읽은 삼국지가 머릿속에 많이 남아 다시 음미하고자 재차 읽었다고 한다.

기장도 마찬가지지만 부기장의 생활은 1년을 주기로 순환된다. 먼저 신체검사에 대한 부담에서부터 시작한다. 45세 이하는 일 년에 1회 신체검사를 하는데, 45세 이상은 6개월에 1회씩 한다. 공군에서는 비행훈련을 시작하기 전 심사를 엄격하게 하고, 그 후에는 가능하면 자격을 유지해 주려는 경향이 있다. 그러나 항공사에서는 매번 엄밀하게 검사한다. 정밀하게 하고 그 결과에 따라 비행 가능 여부를 결정한다.

혈액검사에서 콜레스테롤이나 요산 수치가 높게 나오면 한두 달 여유를 주고 재검하라고 한다. 그러니 미리 그 기준치를 벗어나지 않으려고 신체검사가 있기 오래전부터 음식을 조절하고 대비한다. 특히 체중과 혈압에 굉장히 민감한 편이어서 체중이 늘면 운동은 요즈음 어떻게 하느냐, 무슨 변화가 있는지 자세히 묻는다. 혈압은 일반 병원보다 기준을 높여 엄격히 관리한다. 체중이 늘면 대개 혈압이 높아지고, 당뇨로까지 발전되는 현상을 주변에서 적지 않게 봐왔다. 비행에 영향을 미치는 요인이 발견되면 즉각 비행을 중지시킨다.

예를 들면 심장의 부정맥이 발견되면 비행을 중지하고 대형병원의 심장 전문의에게 보내 정밀검사를 시키고, 결과가 좋지 않으면 의료자격 증을 발급하지 않는다. 주변의 적지 않은 조종사가 중도에 의료문제로 비행을 중지한 사례가 있다. 암은 당연하고, 청각, 안압, 심전도, 당뇨 문제로 비행을 중지한 사례가 많다. 그런 이유로 조종사는 운동에 강박관념을 가지고 있다. 외국 호텔에서 밤에 피트니스 시설을 이용하는 사람 중 국제선 조종사의 비율이 현저히 높다. 한국에서도 운동을 주기적으로 하고 등산이나 걷기라도 꾸준히 하려고 노력한다.

1년에 두 번 있는 시뮬레이터 평가가 비행의 큰 이슈다. 시뮬레이터는 문자 그대로 공중에서 승객을 탑승시킨 상태에서 할 수 없는 모든 비상 상황을 훈련하여, 비정상 상황에서 처치 능력을 극대화시키는 평가다. 두 번의 훈련 시뮬레이터 탑승 후, 지식평가를 하고 한 번의 시뮬레이터 평가로 마무리한다.

요즘 시뮬레이터는 워낙 정교하여 공중에서 일어나는 모든 상황을 거의 유사하게 재현한다. 심지어 난기류에 의한 항공기 흔들림과 조종간의 느낌까지 섬세하고 비슷하다. 짧은 시간에 복잡한 상황 연출이 가능하고, 조종사의 기량이 바로 드러나기 때문에, 외국인 기장 채용 시 시뮬레이터를 이용하여 평가하기도 한다. 여객기 이륙 시에는 연료가 가득 실려 있는 상태라서 가장 무겁다.

그 상황에서 이륙 활주 중, 혹은 막 바퀴가 활주로에서 떨어질 때 엔진이 정지된 상황을 부여한다. 항공기가 뒤틀리고 날개가 한쪽으로 크게 기운다. 조종간과 방향타(Rudder)를 이용하여 지상에 충돌하지 않으려고 최선을 다한다. 이 상황은 시뮬레이터의 단골 메뉴다. 만약 지상에

나는 하늘로 출근한다

날개가 접촉되면 불합격이다. 그러면 다시 한 번 기회를 부여, 평가하며 그래도 불합격되면 자격심의회에 회부하여 조종사 자격 유지 여부를 결정한다. 똑같은 상황에서 엔진에 화재를 발생시키기도 한다.

누구든지 시뮬레이터에서 자유롭지 않다. 결과가 명확히 나오기 때문이다. 침착하고, 담력이 있으며, 상황 분석력이 탁월한 사람이 유리하다. 한때 K항공에서 연속적으로 사고가 발생한 적이 있었다. 그때 사고 방지 대책이 수립되었는데, 모든 시뮬레이터 훈련과 평가를 외국의 전문 기관에 위탁하는 방안으로 바뀌었다. 한국인의 정서에는 서열이 자리잡고 있어서, 경험이 많은 고참 기장들을 대상으로 한국인 평가관이 관대하게 넘어간다는 의심이 만든 조치였다.

외국의 전문 기관이 맡고 나서 노 기장들이 무더기로 불합격되어 회사를 떠났다. 회사의 중추를 이루는 교관과 평가관이 불합격된 것이다. 물론 그들은 경험이 많아서 사고를 유발할 가능성은 적지만, 이 사태는 큰 반향을 일으켰다. 국토부는 심각성을 인식하고 아시아나 항공도 외국 기관에 시뮬레이터를 위임하라는 지침을 내렸으며 그 제도는 아직 유지되고 있다. 개인적인 의견으로는, 외국 기관이 훨씬 전문성이 있고 공정하여 조종사의 조종 능력을 높이지만, 회사에서 지불하는 비용이 크게 늘었다. 한편으로는 공정성 문제로 한국인을 믿지 못하여 외국 기관에 위탁해야 하는 현실이 슬프기도 하다.

직접적인 비행을 통한 평가 비행도 있다. 국토부에서 위임한 회사의 평가관과 동승하여 비행을 히며 평가를 받는 것이다. 평가 비행에 앞서 먼저 지식심사를 한다. 미리 출근하여 평가관 앞에서 필기시험을 치르고, 구두 테스트를 한다. 지식심사에 합격해야만 평가 비행에 임할 수 있다.

평가 비행은 조종사의 상황 판단력과 적절한 조치 능력을 본다. 승객이 탑승한 상태여서 안전에도 당연히 신경을 써야 한다. 만약 착륙이 거칠어 기준치를 넘거나 승객의 불평이 생기면 당연히 불합격이다. 이 비행은 계획된 훈련 비행이 아니라 항상 하는 운송 비행 중 하나로 상황이 유동적이다. 유연하게 대처하지 못하면 뜻하지 않은 상황으로 번질 수도 있다. 가끔 국토부에 소속된 심사관이 직접 회사에 와서 평가하기도 한다. 회사의 명예와도 관련된 사항이라 그 부담감이 클 수밖에 없다.

또한 주기적인 영어시험이 있다. 미국에서 9·11 테러 사건이 터지면서 영어를 모국어로 사용하지 않는 국가의 조종사는 ICAO(국제민간항공기구)에서 주관한 영어 테스트에서 기준치를 넘어야 국제선을 비행할 수 있는 자격증을 준다. 9·11 사건 당시 전혀 예상하지 못한 긴급 상황에서, 외국에서 미국에 진입한 여객기와 관제사 간 의사소통이 원활하지 않아 예기치 못한 사고가 많이 발생되었다. 이에 따른 조치로 새로운 영어 평가 방법이 생긴 것이다.

대개 3년을 기준으로 자격증을 갱신하는데 기한이 가까워지면 체류 호텔이나 집에서 준비에 여념이 없다. 영어시험 난이도가 크게 어렵지는 않지만, 준비에 소홀할 수 없는 현실이다. 이 또한 부담일 수밖에 없다.

비행 시에는 온 신경을 집중하여 임무를 다하지만, 뜻하지 않은 복병은 곳곳에 있다. 특히 관제 지시 이행 여부가 가장 크다. 물론 관제사의 지시에 제대로 응하지 않으면 대형 사고에 직면할 수 있다. 여객기 이륙

시, 혹은 착륙 시 반드시 관제사의 허가를 얻어야 한다. 사고 사례를 보면 지시받지 않은 이착륙에서 사고가 많이 발생한다.

하지만 인간의 능력은 한계가 있어서 다른 일에 신경 쓰다 보면 부지불식간에 허가를 받지 않고 이착륙을 하는 오류를 범할 수 있다. 대개 이런 경우에는 해당 국가에서 한국의 국토부로 관제 지시 불이행에 대한 문서를 보낸다. 그런 후 회사로 다시 그 문서가 오는데, 통상 한 달 비행 정지 처분이 내려진다. 한 달간 비행이 정지되면 비행 수당이 전혀 나오지 않고 기본급만 지급된다. 또한 이 불명예스러운 기록은 비행 생활하는 동안 내내 꼬리를 물고 따라다닌다.

날씨가 나쁜 상황에서 무리하게 착륙을 시도하다가 거칠게 착륙하는 경우도 있다. 그때는 회사에서 상황을 분석하고 적절한 조치를 한다. 통상 시뮬레이터를 몇 회 이상 타고 다시 비행하라는 조치가 다반사다. 만약 조종사가 규정을 지키지 않아서 사건이 발생하면 국토부에서 회사에 벌금을 부과하기도 한다. 특히 안전에 관한 규정을 위반하는 경우, 억 단위의 벌금이 부과되기도 해 회사에 엄청난 손실을 끼치기도 한다.

국가에서는 벌금을 회사에 부과하면서 회사가 제대로 교육하지 않은 이유로 일이 벌어졌다고 하지만, 그 액수에 비례해 해당 조종사는 비행 정지 처분을 받는다. 비행은 매력 있고 보람차지만 조그만 실수가 큰 재앙을 불러일으키는 전문직이다. 항상 좋은 컨디션을 유지하고 안전을 최우선으로 생각하는 상황 판단력이 필수이다.

점보에 온 지 3년이 넘어갈 즈음 기장 승진 후보에 올랐다는 연락이
왔다. 당시에는 절차가 복잡하여 대상이 되면 먼저 기장들의 투표에 합
격해야 한다. 요즈음은 없어진 제도지만, 이 또한 K항공에서 유래된 구
태의 상징이었다. 나는 기장들에게 썩 잘하지는 않았지만, 밉보이지도
않아서 그런대로 묻혀서 패스됐다. 개성이 강한 몇몇 부기장은 합격하
지 못한 사람도 있었다.

먼저 기장 투표에 패스한 사람들을 대상으로 지식심사를 하겠다고 한
다. 지식심사는 여객 운송에 필요한 규정과 절차에 대한 필기시험을 치
르고, 합격하면 구두시험을 치른다. 기장 승진이 점점 어려워지고 있다
는 생각이 들었다. 하지만 항공사의 얼굴은 기장이고, 부기장 생활을 열
심히 한 것도 결국 기장 승진을 위한 방편이 아니었던가.

LA 가는 비행을 위해 출근했다가 돌아오면 바로 시험 본다는 사실을
알았다. 완전히 손을 놓고 있었는데 마음이 급했다. LA에 도착하자마자
기장에게 사실을 얘기하고 저녁 식사에도 동참하지 못함을 알렸다. 호
텔 밖에 나가서 김밥 몇 줄을 사고, 음료수와 간식거리도 샀다. 2박 3일

간 호텔 방에서 지내며 규정과 참고서적을 탐독했다. 모처럼 잡은 기회를 놓치면 큰 후회가 될 것 같았다. 사관학교 다닐 때, 시험 전날 벼락치기 공부를 하며 시간에 쫓긴 경험이 많았다. 그럴 때는 영어 원서도 한국어 서적같이 쉽게 읽힌 기억이 있는데, 마치 그런 상황을 맞은 것 같았다. 산책 시간 잠깐을 제외하고 호텔에 틀어박혀 책 읽기에 열중했다. 한국에 가기 위해 공항에 나오는데 머리가 묵직했다.

하루를 쉬고 다음 날 시험을 봤다. 다행히 공부한 내용에서 크게 벗어나지 않았고, 알아야 할 만한 내용을 총괄한 시험이라서 무난히 패스했다. 구두시험은 그간의 경력에 대한 검증이었다. 징계를 받은 경험이 있는가, 규정 위반한 사실이 있는가, 혹은 어떤 사명감으로 일하나 하는 질문들이었다. 모든 절차를 마치고 이젠 기장 교육만 남은 상황이었다.

그런데 또 절차가 바뀌었다. 예전에는 점보 부기장을 하다가 바로 B737 소형기 기장으로 전환했는데, B737의 경험이 전혀 없는 상황에서 기장이 되니 자질구레한 일이 많이 발생하였다. 그래서 일정 기간 B737의 부기장을 하고 기장 승진을 시키기로 했단다. 우리 차반의 경우에는 B737 부기장으로 먼저 전환하고, 두 달 부기장 생활을 한 후에 기장으로 승진하기로 했다.

나쁘지 않은 정책변화라고 생각했다. B737은 소형기라 국내의 작은 공항을 운항하고, 일본과 중국의 소규모 공항을 찾아 교두보를 확보하고, 승객이 늘어나면 중형기나 대형기가 다니는 경우가 많았다. 그런 연유로 짧고 좁은 활주로를 갖춘 공항에 취항하여 열악한 환경에서 비행하는 경우가 많았다. 몇 달이지만 부기장 경험을 쌓아서 기장 승진하면 안전에도 훨씬 도움이 되리라 생각했다.

당시 기장 승진은 시뮬레이터 평가와 최종 비행 평가에 합격해야 한다. 최종 비행 평가에는 두 명의 평가관이 같이 탑승해서 모두가 합격을 인정해야 하며, 그 평가 비행을 두 차례 합격해야 했다. 기장은 부기장과 달라서, 안전에 직접적인 영향을 미친다는 이유로 무척 엄격하게 평가한다. 만약 평가 비행에서 불합격하면 2년의 부기장 생활을 한 후 한 번의 재도전 기회가 부여되었다. 재도전 기회에도 불합격하면 다시는 기장 승진 기회가 없고 퇴사 때까지 부기장으로 근무해야 한다.

회사의 조치는 충분히 이해하지만, 개인으로 봐서는 참으로 안타까운 일이 아닐 수 없다. 물론 기장의 판단 혹은 조종 실수로 대형 사고가 발생하면 본인은 물론이고 회사가 입는 피해는 이루 말할 수 없다. 실제로 재정이 넉넉하지 않은 소형 항공사에서 사고가 발생하면 그 손실을 감당하지 못하여 회사가 문을 닫는 경우도 있다. 점보의 비행을 마감할 날이 정해졌다. 이젠 소형기로 전환해야 한다.

여객기는 매번 해당 여객기의 자격증을 획득해야 한다. 그러기 위해서는 지상 교육부터 시작한다. 새로운 여객기에 대한 책자를 받았다. 그런데 책자의 두께가 점보보다 훨씬 두껍다. 이유를 물은즉, 외국에서는 소형기부터 교육받는 관계로 처음으로 접하는 항공기에 대한 설명이 자세하게 나와 있다고 한다. 점보는 대상자가 이미 경험이 있는 조종사로 간주하여 설명이 짧다고 했다. 일리 있는 설명이다.

아무튼 기장으로 탑승할 항공기인 만큼 대하는 마음이 남달랐다. 소형 여객기의 모든 기능부터 작동 원리까지 교관으로부터 직접 교육받았다. 당시 회사에는 컴퓨터가 상당한 수준으로 보급되어 일정 부분은

나는 하늘로 출근한다

컴퓨터를 이용한 교육으로 대체되었다. 일명 CBT(Computer Based Training)라고 불리는 교육수단으로, 설명을 보고 설명 뒤에 나오는 시험을 통과해야만 다음 과목으로 넘어가는 시스템이었다. 각 스위치에 대한 설명을 자세히 하고 스위치를 터치하면 어떤 방식으로 작동하는지 영상으로 보여주니 무척 이해가 쉬운 점이 장점이었다. 다만 워낙 분량이 많아 보는데 시간이 많이 걸렸다. 저녁도 회사에서 대충 먹고 늦게까지 공부했다.

　　지상 교육을 마치고 다음 단계인 시뮬레이터 훈련에 들어갔다. 시뮬레이터를 탑승하기 위하여 비행 절차를 외우는데 그 절차가 점보보다 곱절이나 길었다. 점보만 해도 최신예 여객기로 조종사의 피로도를 줄이기 위해 많은 절차가 자동으로 진화했는데, 소형기는 아직도 수동으로 작동하는 절차가 많아서 번거롭다. 점보나 B737이나 모두 보잉사에서 만든 여객기라 전반적인 개념은 거의 유사해 다행이다.
　　나중에 나온 에어버스 사에서 만든 여객기는 저작권을 의식해서 그런지 모든 용어나 개념이 보잉과 너무 달라서 까다롭고 힘들다. 비행 절차를 외우고 시뮬레이터를 탑승하는데 조종간의 감이 마치 팬텀과 유사했다. 착륙하기 직전의 속도도 팬텀과 유사하고, 점보보다 항공기가 작아서 그런지 조종하기가 상대적으로 수월했다. 당연히 짧고 좁은 활주로가 있는 열악한 공항을 오가자면 조종이 쉬워야 유리하다고 생각했다.
　　시뮬레이터는 한 팀이 4시간을 타면서 계속 운영해야 하기 때문에 밤중에도 스케줄이 나온다. 새벽에 탑승을 마치고 집에 가면서 마치 공군에서 심야 초계비행을 마치고 집에 가는 착각이 들기도 했다. 나는 한

해 먼저 입사한 내 동기생과 같은 조가 되어 시뮬레이터 훈련에 임했다. 시뮬레이터는 본인 혼자만 잘해서는 결코 좋은 성과를 내지 못한다. 본인이 주체가 되어 훈련할 때(PF: Pilot Flying) 기장, 혹은 부기장 역할을 해주는 옆 사람(PM: Pilot Monitoring)이 얼마나 적극적으로 잘 협조해 주느냐에 따라서 결과가 확연히 달라진다.

같은 조의 협동심과 의사소통이 중요하다. 우리는 동기생이라 기본적으로 상대가 원하는 바를 잘 파악하고 있고, 임무 중 바라는 점이 있으면 즉각 얘기해서 부담 없이 훈련에 임할 수 있었다. 혹자는 서로 마음이 맞지 않고, 상대방이 협조해주지 않아서 훈련이 잘못되었다는 피해 의식에 젖어, 서로 좋지 않은 관계로 악화되는 경우가 있다. 모든 것은 '역지사지易地思之'다.

내가 원하는 바가 있으면 상대방도 그렇고, 내 일같이 생각하고 훈련에 협조하면 서운할 일이 없을 것이다. 서로 잘 소통하기 위해서는 미리 모여서 맞춰봐야 한다. 시뮬레이터 시작 한 시간 전에 모여서 개인이 연구한 걸 토의하고 어떻게 협조하는 것이 최선인지 논의한다. 다행히 나는 항상 시뮬레이터 파트너 복이 좋아서 항공사에서 한 번도 눈살을 찌푸리거나 서운한 적이 없었다. 지겹고 힘든 시뮬레이터 훈련을 마치고 평가도 큰 문제없이 잘 마무리했다.

여객기를 이용한 직접적인 훈련 비행이 시작되었다. 이 비행훈련은 내가 기장 승진 때 다시 훈련을 받아야 하고, 훈련을 맡은 교관은 기장 승진 시 또다시 만날 사람들이어서 부기장 전환 훈련이지만 좋은 인상과 능력을 보여주고 싶었다. 훈련이 시작되어 지방의 여러 공항을 다니

나는 하늘로 출근한다

다 보니 소문대로 열악하기 짝이 없는 공항이 많았다.

정밀 계기접근 시설이 없어서 비정밀 접근으로 착륙을 시도해야 하는 공항이 많았고, 공군과 해군 등이 공동으로 사용하는 공항은 군이 우선이라서 제약도 많았다. 많은 준비가 필요하다고 느꼈다. 선배들이 전해 준 자료들을 확보하고, 새로운 공항에 갈 때마다 연구했다.

교관들은 대부분 괜찮은데 점보에서 온 부기장에게 다소 호의적이지 않은 교관도 있었다. 점보를 타다가 도저히 시차를 극복하지 못하고 회사에 청원하여 소형기에서 근무하는 기장들은, 점보의 경험이 있기에 고초를 이해하고 도와주려고 했다. 하지만 점보 경험이 없는 교관들은 은근히 시샘하듯, 점보를 탔으면서 그것도 모르느냐는 식으로 힐난하는 교관도 있었다.

당시 B737에는 공군에서 대령으로 전역하고 조종사가 부족한 시기에 취업한 그룹이 있었다. 장군 진급을 기대하다가 진급이 되지 않아 항공사로 온 사람들이다. 그 사람들은 군에서 지휘관을 한 경험이 있고, 나이도 많은 편이라서 개성이 강했다. 나보다 약 10년에서 20년 사이의 선배 기수가 주류를 이루고 있었다. 항공사에서는 이런 그룹은 나이가 많아서 효용성이 떨어진다는 이유로 타 기종으로 전환시키지 않고 소형기의 기장으로만 활용한다. 대형기로 전환시켜봤자 은퇴가 얼마 남지 않아서 활용할 기간이 짧다.

항공사에는 이런 속설이 있다. 군에서 대령으로 전역하고 항공사에 입사하면, 까마득한 후배가 이미 기장이 된 상태에서 부기장 역할을 하다가, 기장으로 승진하면 예전의 대령이 다시 된다. 마치 잠수하듯 조용히 지내다 기장 승진해 목소리를 높일 수 있는 기회가 되면 지휘관 시절로 복귀한다. 다시 예전의 개성이 살아나고 자신의 존재감을 부각하기 위한 언행이 시작된다는 것이다. 예를 들면, 갑자기 화를 낸다든가 소리를 크게 지르는 행동들이 튀어나오는 경우가 있다. 대부분 그 대상은 부기장이다. 자신의 권위를 과시하기 위해 여승무원 앞에서 부기장을 꾸짖는 어리석은 기장도 있다. 항공사에서 바닥부터 생활하며 경력이 다져진 사람들에게서는 찾아보기 어려운 언행들이다.

부기장들은 그들을 부담스러워하고 피하기도 한다. 물론 인품이 좋은 사람들은 그렇게 행동하지 않는다. 기본적인 인격이 있는 사람들은 쉽사리 본인의 주관을 바꾸지 않는다. 실제로 대령 출신으로 입사한 분 중에는 인품이 좋고 남을 배려해서 좋은 영향을 끼친 사람들이 많다. B737에는 나이 많은 대령 출신들이 대형기로 전환이 되지 않아서 계속 그곳에 머무르며 교관, 평가관이 되어, 영향력을 행사하는 위치에 오른 것이다.

실제로 그들과 비행할 때, 마치 군에서 비행하는 분위기를 느꼈다. 역사의 퇴보라고 할까. 시계 바늘을 거꾸로 돌려 옛날로 돌아간 느낌이랄까.

부기장 전환이 끝날 무렵에 희한한 일이 생겼다. 전환을 마치려면 당연히 평가 비행에서 합격해야 한다. 평가 비행을 하기 위해서는 담당 교관과 다른 교관의 추천이 있어야 평가 비행에 임할 수 있다. 담당 교관의 추천은 이미 받았고, 다른 교관의 추천이 한 회 필요한 상황에서 평가 비행의 일정이 나왔다. 그런데 추천을 은근히 안 해주려는 분위기였다. 어떤 교관들은 본인의 사명으로 알고, 해야 할 일을 타인에게 미루지 않고 해결하려 노력하지만, 혹자는 일말의 책임도 지고 싶지 않다는 심정으로 추천마저 회피하려는 사람이 있다. 평가 비행을 앞둔 최종 비

나는 하늘로 출근한다

행에서 추천을 기대했으나 강평만 기록하고 그냥 귀가하려고 한다.

그날 비행을 되돌아봐도 문제점이 없었으며, 추천을 받지 못할 이유가 없다. 나는 쫓아가서 다음 비행이 평가 비행인데 오늘 추천을 못 받으면 비행 일정을 바꿔야 한다, 내가 오늘 추천을 못 받을 정도였냐고 물었다. 뻔히 모든 사실을 알고 있으면서, 마치 처음 안 것처럼, 진작 애기하지 그랬냐며 추천서를 써줬다.

입맛이 참 썼다. 그래도 같은 사관 출신이고, 연배도 나보다 훨씬 많은 분이 이렇게 배려심이 부족한가 싶어 기분이 언짢았다. 나 몰라라 하며 책임은 전혀 지고 싶지 않아하는 그 사람의 인품이 느껴졌다. 추천을 그렇게 어렵게 받았지만, 평가 비행은 무난히 마쳤다.

정식으로 B737 부기장이 되었다. 이제는 두 달 동안 부기장 역할을 하면서 지방 공항과 일본과 중국의 열악한 공항을 익히기 위한 체험이 필요하다. B737이 취항하는 공항을 전부 열거했다. 특히 착륙이 어려운 공항을 선별하여 비행 스케줄에 넣어달라고 비행 계획부서에 부탁했다. 그들도 기장 승진의 중요성을 알고 있어 그런 부탁은 가능한 들어주려고 노력했다.

비행을 마치고 나면 비행일지에 세부 사항을 기록했다. 어떤 공항은 갑작스럽게 고도를 낮춰야 하는 관제 특성이 있고, 어떤 공항은 활주로가 평평치 않아 경사가 져 착륙 후 속도 처리가 어렵고, 어떤 공항은 착륙 후 승객 하기 장소까지 가는 과정이 복잡하다는 등 세부적인 사항을 기록해 나갔다.

기장들은 곧 기장 승진 훈련에 들어가는 사정을 알고 있어서 우리에게 이착륙 기회를 많이 줬다. 이착륙 위임은 기장의 고유 권한이어서 본인이 거부하면 어쩔 수 없다. 날씨가 좋고 바람이 많이 불지 않은 공항에서는 부기장에게 이착륙 위임을 많이 해주지만, 상황이 좋지 않으면 기장이 직접 한다. 기장의 권한으로 규정한 이유는 모든 안전에 대한 책임이 기장에게 있기 때문이다.

그런데 제주나 포항 같은 공항은 바람이 많이 불었다. 항공기는 기본적으로 바람의 영향을 많이 받는다. 착륙을 위한 접근 때 심하게 흔들리고 활주로에 닿을 때 자칫 잘못하면 거칠게 접지할 수도 있다. 특히 제주공항은 한라산 영향 때문인지 활주로의 양방향에서 모두 뒤바람이 불 때도 있다. 뒤바람이 불면 착륙이 힘들어 가장 좋지 않은 환경이다. 접근속도가 높아지고 착륙 후의 속도 처리도 어려워 애를 먹는 경우가 많다. 제주공항을 다니면서 바람에 대한 내성이 강해졌다.

여수나 울산 공항 같은 경우엔 활주로의 길이가 짧아서 자칫 방심하면 착륙 후의 속도 처리가 제때 되지 않아 섬뜩함을 느끼기도 한다. 특히 비가 와서 활주로가 젖은 상태에서 착륙할 때는, 착륙속도를 최소한으로 줄이고 활주로 진입 부분에 접지하도록 해야 한다. 활주로가 미끄러워 감속이 훨씬 늦게 되기 때문이다.

당시 B737이 취항하는 외국 공항은 주로 일본, 중국, 동남아라서 시차 문제가 없다는 장점이 있다. 집에서 출퇴근을 하니 마음도 한결 편했다. 하지만 새벽 출근이 많았다. 새벽에 집을 나서 제주를 왕복 2회 다녀오는 비행이 많았다. 조금 늦게 출근하는 날은 밤늦게 비행을 마치는 날도 있었다.

국내선을 비행할 때 대부분 착륙 후 다음 이륙 시까지 약 30분의 시간 여유가 있다. 그 시간을 이용해 기내 청소 요원들이 승객이 하기하자마자 들어와서 청소한다. 조종사와 승무원들은 그 짬을 이용해 식사한다. 식사라고 해봐야 기내에 실린 도시락이다. 승무원이 오븐에 데운 도시락을 주면 10분 이내의 짧은 시간에 먹는다. 식사라기보다는 허기를 메우는 수준이다. 도시락을 젓가락으로 4등분하고 한 부분, 혹은 두 부분을 먹었다.

가끔 비행을 지방의 공항에서 마치고 그곳의 체류 호텔에서 묵기도 한다. 오히려 이럴 때는 시간적으로 여유가 있어 호텔에 도착해 음미하듯 저녁 식사를 한다. 하루를 무사히 보냈다는 안도감과 피로감이 온몸을 감싼다. 물론 다음날 새벽에 출발해야 하기 때문에 잠을 잘 자야 한다는 강박관념이 있다.

두 달이 순식간에 지나갔다. 기장 교육 명령은 이미 났고, 짧은 B737 부기장 생활을 마치고 기장 교육에 들어갔다.

B737 항공기 자격을 가지고 있으니 별도의 기종 자격증을 딸 필요는 없었다. 다시 지상 교육이 시작되었다. 다행히 부기장 생활을 두 달해서 B737 이해도가 훨씬 높아졌다. 기장 교육 중 시뮬레이터 평가에서 불합격되면 기장 교육에 들어가지도 못하고 2년의 세월을 기다려야 한다. 시뮬레이터 탑승에 비중을 두고 준비했다.

공군에서는 항공기에 이상이 있는 상황을 Emergency(비상)라고 표현하는데, 항공사에서는 Non-Normal(비정상)이라고 표현한다. 개념 차이지만 약간 다른 점이 있다. 비상은 상황이 크게 나빠져서 즉각적인 조치가 필요한 상황이고, 비정상은 정상에서 벗어난 만큼 정상으로 되돌리는 조치가 필요하다. 항공사는 승객이 탑승하고 있어 승객의 불안을 최소화하기 위해 개념도 순화하여 사용하는 것 같았다.

시뮬레이터는 비정상에 대한 조치훈련이 주된 임무이다. 비정상 상황을 꼼꼼히 분석하고 조치를 암기했다. 시뮬레이터는 궁극적으로 항공기에서 벌어질 수 있는 모든 비정상 상황을 부여하여 조치할 능력을 기르는 훈련이다. 일방적으로 암기했던 내용도, 비행을 한 후에 보니 훨씬 이해가 쉬웠다. 매일 저녁에 식사를 회사에서 해결하고 준비에 매진했다.

어느 항공사나 첫 번째 기장 승진이 제일 까다롭다. 소형기 기장을 마치고 중형기나 대형기의 기장으로 전환할 때는 기장 경력을 인정하는 추세다. 이때는 새로운 전환 항공기에 대한 적응력과 취항 공항에 대한 이착륙 능력을 주안점으로 본다. 하지만 신임 기장은 경력이 없어 해당 항공기의 적응력은 물론, 이착륙 능력과 상황 판단력 등 전 부문에 합격점을 얻어야 가능하다.

회사 측에서 보면, 소형기라도 180명에서 200명의 승객이 탑승하는데, 그 소중한 생명과 값비싼 여객기를 책임지고 맡기는 기장의 선발에 소홀할 수 없다. 여객기 부기장은 오른쪽 좌석이고, 기장 좌석은 왼쪽이다. 추력 조절 장치는 가운데 있고, 조종하는 장치인 조종간은 각 좌석에 있다. 그래서 부기장은 조종간은 오른손으로 추력 조절 장치는 왼손으로 조작하고, 기장은 조종간을 왼손으로 조작한다.

기장 교육 초기에 왼쪽 좌석에 앉아 조종하면 항상 눈에 보이던 계기의 위치가 달라져서 한눈에 들어오지 않고, 왼손으로 사용하는 조종간도 익숙지 않다는 얘기를 들었다. 이 또한 극복 해야 할 대상이다. 부기장 전환 때 같은 조로 손발을 맞췄던 동기와 이번에도 같은 조가 되어

　　　　　　　　　　　　나는 하늘로 출근한다

마음이 편했다. 지상에서 학술교육을 마치고 시뮬레이터 훈련을 시작했다. 좌석이 오른쪽에서 왼쪽으로 바뀐 점이 큰 변화라고 할 수 있다.

그런데 생각보다는 크게 어설프지 않았다. 부기장 훈련 때보다 과목이 많고 강도가 조금 더 높아졌다. 동기와 매번 훈련 전에 미리 만나 과목을 같이 토의하고, 주안점과 협조 사항 등을 어떻게 해주는 것이 최선인지 논의했다. 훈련 과목을 마치면 집에 가서 훈련 내용을 복기하고, 부족한 점을 어떻게 보완할지 생각한 후 다시 다음 훈련에 대해 연구했다.

우리 전 차반에서 시뮬레이터에 불합격된 사람들이 있다고 소문이 나서 잔뜩 긴장하는 분위기였다. 망신은 고사하고 2년을 기다려야 한다면 이 또한 인생의 엄청난 스트레스로 다가올 것이다. 평가가 있던 날도 평소와 같이 실행에 옮기고 조치를 해서 두 명 모두 무난하게 합격했다.

이제는 본격적인 비행이다. 모든 자료를 또다시 검토해보고 비행훈련에 대비했다. 첫 비행에서 왼쪽 좌석에 앉아 운항하는 게 생각보다 불편했다. 그동안 오랫동안 오른쪽 좌석에서 부기장으로 비행한 것에 너무 익숙했던 모양이다. 계기를 많이 참조하며 왼쪽 좌석에 익숙하도록 노력했다.

세 번째 비행부터는 왼쪽 좌석의 불편함이 가시기 시작했다. 습관이 무섭다는 얘기를 다시 한 번 실감했다. 교관은 오른쪽 좌석에 앉아서 부기장 역할만 해주고 임무가 끝나면 문제점과 시정사항을 브리핑한다. 다만 안전에 문제가 발생할 가능성이 있다고 판단되면 바로 교관이 조치에 들어간다. 승객이 탑승한 상태에서 교육이 진행되니 당연한 일이다.

B737 여객기는 팬텀과 착륙 방법이 유사하여 이착륙에 큰 어려움은

없었다. 다만 날개가 크고 엔진이 날개 밑에 장착되어 있어 자칫 잘못해 착륙할 때 항공기가 많이 기울어지면 엔진이 활주로에 접촉되어 사고로 이어질 수도 있다. 특히 바람이 많이 불 때는 활주로 정중앙에 착륙하도록 하는데, 이 과정에서 기울기를 잘 조절하여 착륙할 때 수평으로 접지해야 한다. 교관들이 착륙에는 문제점이 없다고 얘기했다. 스스로 생각해도 갖가지 상황에서 비행하면서 자신감이 서서히 붙었다.

그러던 어느 날, 인생의 변곡점이 생길 뻔했다. 그날도 기장 교육 훈련을 받는 평범한 하루였다. 해당 교관이 공군 대령 출신인데 인품이 좋지 않은 사람으로 소문이 나 조심해야겠다고 생각하고 있었다. 다섯 노선을 비행하고 부산에 가서 숙박하는 임무였다. 두 번째 노선까지는 별 문제점 없이 비행했다. 세 번째 공항에서 출발 준비를 하는데, 지식수준을 알아야겠다며 질문하기 시작했다.

지식에 관한 질문은 보통 비행 전이나 비행 후 브리핑할 때 주로 하고, 공중이나 출발 전과 같이 긴장된 순간에는 하지 않는 것이 불문율이다. 항공기에 장착되어 있는 스위치를 가리키며 언제, 어떻게 쓰이냐는 질문을 한다. 그리고 만약 각 스위치의 경고등이 들어올 경우 조치사항을 물었다. '이런 여유가 없는 상황에서 질문을 하나?' 하면서도 내색하지 않고 알고 있는 대로 답변했다.

갑자기 언성을 높이며 제대로 알지도 못하면서 대충 답변하고 있다고 화를 벌컥 냈다. 성심껏 답변하고 있는데 황당한 대답을 들으니 부아가 은근히 치밀기 시작했다. 어떻게 더 성실하게 답변할 수 있단 말인가. 게다가 한창 바쁠 때 질문하는 교관의 태도도 마음에 들지 않았다. 다음 질문부터 모르겠다고 했다. 다분히 반항 섞인 표정이었으므로 그도 눈치챘을 게다.

"이제는 아예 모른다고 하네."

기가 막혔다. 교관이 질문하면 어느 누가 성심성의껏 답변하지 않을 것인가. 이런 인품을 가졌으니 상스러운 별명으로 불리고 있구나 싶었다.

다음 공항의 착륙 조작도 괜찮았다. 그랬더니 착륙 조작만 잘하면 기장이 될 수 있느냐고 한다. 그 발언에 그만 감정이 폭발했다. 내가 뭘 잘못했냐고 물었다. 그는 나에게 좋지 않은 인상을 품고 있는 듯했다. 사소한 얘기를 들추며 마치 인신공격하듯 얘기했다.

기장 교육을 받으며 혹시 비흡연 교관에게 나쁜 인상을 줄까 봐 교육 중에는 금연을 했다. 하지만 다음 노선 비행 준비를 하지 않고 공항에 도착해서 밖에 나가 담배 두 대를 연거푸 피웠다. 그래도 인신공격한 교관에 대해 화가 풀리지 않았다. 조종실에 가서 비행 가방을 들고 나와 고속버스를 타고 서울로 갈까를 고민했다. 교관 혼자 비행을 할 수 없으니 이 비행은 취소될 것이다. 그렇게 되면 자초지종을 확인한 후 저 교관은 회사에서 처벌을 받아 교관 자격을 박탈당하고 문제 기장으로 낙인이 찍히겠지.

여객기 스텝을 거의 올라가서 보니 승객들이 탑승을 위해 멀리서 오기 시작한다. 그렇다면 나는 어떻게 될까. 나는 회사에 손해를 크게 입히고, 회사의 이미지를 훼손했으니 퇴사해야겠네.

한동안 멍하니 서서 고민했다. 갑자기 가족의 얼굴들이 활동사진 필름같이 머릿속에서 돌아간다. 그래, 가족들이 있었구나. 참아야지. 저 성격 더러운 인간 때문에 내 인생이 바뀌는 것이 더 억울하겠구나. 이미 승객들은 탑승하기 시작했고, 나는 비행 준비를 전혀 하지 않은 채 조종석에 들어갔다.

통상적으로 모든 비행 준비는 훈련 중인 수습 기장이 하게끔 되어 있다. 그 교관은 아예 비행 준비도 하지 않는다고 툴툴거리며 할 수 없이 본인이 준비했다고 한다. 마지막 노선의 비행은 아무 말도 하지 않고, 교관의 무슨 말인지도 모를 잔소리만 들으며 지나갔다.

부산 김해공항에 내렸다. 나는 아무런 말을 하고 싶지 않았다. 호텔에 도착하니 저녁 식사하자고 한다. 이 기분으로 식사를 할 수 있겠나 싶어서 그냥 쉬어야겠다며 방으로 갔다. 화가 잔뜩 치밀어올랐다. 참으로 다행인 것은, 중간에 내리지 않고 여기까지 왔다는 점이다. 이성을 되찾고 나로 인해서 가족의 안정이 깨질 수도 있다는 현실을 마주했다.

이튿날 약간 누그러진 기분으로 비행했다. 그리고 잘 참았다고 생각했다. 아마 그는 나와는 조금 다른 번민을 했을 것이다. 감히 교관에게 대드는 언행을 하는 내가 미웠을 것이고, 어떻게 처신할까를 고민했을 것이다. 서울에 도착해서 저급하고 듣고 싶지 않은 강평을 들었다. 헤어지면서 다시는 같이 비행하고 싶지 않다고 생각했고, 그 바람이 이루어지길 기원했다. 이날의 악연을 참지 못했더라면 자칫 인생을 그르칠 뻔했다.

계속된 훈련 비행은 무난하게 진행되었다. 이착륙도 제법 잘 되었고, 새로운 공항에 대한 적응력도 생겨서 진척에 무리가 없었다.

초기 기장 승격훈련은 엄격히 진행된다. 전체 훈련의 ⅔가 지나면 추천을 각각 다른 교관에게 2회 받아야 한다. 2회 추천을 받아야만 평가 비행에 들어갈 수 있다. 젊은 교관들이 마치 자기 일처럼 추천을 해줘서 2회의 추천을 받았다. 무난하게 훈련이 진행되는가 싶었다. 그러던 중 여름철이 되면서 태풍이 오기 시작했다.

평가 비행은 날씨의 비중이 반 이상 차지하는데, 태풍이 온다니 걱정이 들기 시작했다. 설상가상으로 지난번 악연으로 맺어진 교관이 평가관으로 나를 평가하는 스케줄에 포함되었다. 평가는 두 명으로 구성된 평가관이 같이 탑승하여 두 명 모두가 적합하다고 인정해야만 합격이다.

드디어 태풍이 한반도에 영향력을 행사하고, 그 상태에서 제주-포항-제주-김포공항의 평가 비행이 시작되었다. 특히 포항공항에 태풍의 영향이 컸다. 차라리 바람의 강도가 제한치를 넘으면 비행이 취소될 텐데, 바람은 제한치 내에 간신히 머물러 있다. 긴장이 되지 않을 수 없었다.

그나마 또 다른 평가관은 젊고 공군에서 후배 기수로 근무했으며, 일찍 전역하여 기장이 빨리 된 친구였다. 그는 내게 우호적인 사람이었다. 평가 비행이 시작되고, 제주에서는 거센 바람을 뚫고 잘 내렸다. 문제의 포항에서 착륙 시 항공기가 조금 뒤틀렸지만, 안전에는 전혀 문제점이 없다고 생각했다. 드디어 서울에 도착했다.

먼저 평가관끼리 각자의 판단을 조율한다. 그런데 통상 시간이 많이 소요되지 않는데, 사무실에 들어간 사람들이 나오지 않는다. 불길한 예감이 들기 시작했다. 틀림없이 악연을 맺은 평가관이 무언가 트집을 잡고 고집을 부리고 있음을 직감했다. 젊은 평가관도 개성이 강해서 쉽사리 자기 주장을 접는 사람이 아니었다. 기다리고 있는 약 30분의 시간이 하루같이 길게 느껴졌다.

그렇게 사람 속을 까맣게 태우더니 드디어 두 사람이 사무실에서 나왔다. 그리고는 솔직하게 얘기한다. 악연의 평가관은 깔끔하지 못한 비행을 했다고 판단하지만, 다른 평가관이 태풍 속에서 이 정도로 비행했으면 본인은 합격이라고 주장해서 결국은 합격으로 판정했단다.

내가 객관적으로 판단해도 바람이 그렇게 많이 불규칙적으로 부는 여건에서 선방했다고 생각했는데, 오랫동안 얘기하며 의견이 엇갈렸다는 게 기분이 별로 좋지 않았다. 나중에 젊은 평가관이 내게 연락하기를 그정도 여건에서는 기성 기장들도 제 기량을 발휘하기 어려웠을 거라며, 기분 나쁘게 생각하지 말고 남은 평가 잘 받으라고 위로해줬다.

한고비를 겨우 넘겼다는 안도감을 느꼈다. 뒤에 남은 평가 비행은 좋은 강평을 받으며 잘 마쳤다. 항공사에 들어온 후 세운 첫 번째 목표인 기장 승진을 마무리했다. 악연으로 맺어진 교관과는 후에 만나도 인사만 가볍게 했다. 그는 부기장들이 같이 비행하지 않으려는 기피 기장 1호로 악명을 떨쳤다.

1998년 8월에 기장이 되었으니 항공사에 입사한 지 약 4년 반 만에 승진했다. 점보 부기장으로 임명된 지 3년여 만에 된 셈이다. 회사에 가서 월계수가 있는 기장 모자와 네 줄이 새겨진 제복, 그리고 네 줄짜리 견장을 받아오는데 감회가 새로웠다.

가족들도 무척 기뻐했고, 특히 아내가 반가워했다. 기장 훈련을 받는 동안 아내는 행여 내가 신경 쓰일까 봐 잘 진행되냐고 묻지도 않고 궁금증을 감추고 있었다. 최종 평가 비행을 마치고 우리 가족은 모처럼 홀가분하게 외식했다. 초등학생인 아이들은 기장이 되었다고 하니 덩달아 기뻐했다. 항공사에 입사한 첫 목표가 이루어졌다.

나는 하늘로 출근한다

기장이 돼 크게 달라진 게 유니폼이다. 네 줄이 새겨진 제복과 견장을 착용한다. 흔히 부기장의 세 줄에서 기장의 네 줄로 바뀐 한 줄의 의미는 책임이라고 한다. 여객기를 지휘하여 승객의 안전을 책임지는 지위에 있다는 얘기다.

비행 시 번거롭고 자질구레한 사전 준비는 부기장이 한다. 목적지 공항과 예비 공항의 날씨를 확인하고 승객현황, 항공기의 상태 등을 파악한다. 그리고 목적지 공항에 대해서 조종사가 알아야 할 NOTAM(Notice To Air Man)도 확인한다. 예를 들어 공항 시설이나 장비에 대한 문제점이 있으면 NOTAM에 표기된다. 항공기 출발 1시간 전에 항공기에 도착하여 먼저 외부 점검을 시작한다. 특히 항공기 외부에 오일이나 연료 등의 누출을 중점적으로 점검한다.

항공기가 제때 도착하면 여유가 있지만, 국내선은 공항의 사정으로 연착이 비일비재해 시간에 쫓기는 경우가 허다하다. 승객들이 불편하지 않도록 지상에서의 준비 시간을 최소화시킨다. 외부 점검 후 승무원들과 만나서 비행 브리핑을 한다. 승무원들은 비행에 관한 일반사항은 대충 파악하고 오지만, 날씨 특히 비행 중 난기류 같은 세부사항을 중점적으로 브리핑 내용에 포함시킨다.

승객 수에 따라 항공기의 탑승 시간을 결정한다. 소형기의 경우에 대개 출발 20분 전쯤 탑승을 시작하는데, 그전에 승객용 식음료의 탑재, 항공기 주유 등을 마쳐야 한다. 탑승을 마치고 출발 준비가 되면 관제사에게 출발을 요청하여 인가를 받고 출발한다. 이륙하여 안전고도에 도달하면 기장 방송을 한다. 짧은 노선이면 아예 목적지 공항의 기상까지 포함하여 방송한다.

가장 신경을 많이 쓰는 사항은 공중에서 마주치는 난기류다. 구름에 진입하는 경우는 미리 난기류가 예상되어 승객이 좌석벨트를 매도록 신호를 주지만, 갑작스러운 난기류를 만나면 곤혹스럽다. 특히 승무원이 음식이나 음료를 서비스한다면 뜨거운 식음료가 승객에게 위해를 가할 수 있어서 조심스럽게 대처한다. 태풍의 영향권 내에서는 난기류 때문에 아예 식음료 서비스를 하지 못할 수도 있다. 식음료 서비스를 하지 못할 때는 미리 방송하여 양해를 구하기도 한다.

반면, 날씨가 좋으면 모든 일이 순조롭다. 하지만 목적지 공항의 날씨가 나쁘면 공중에서 체공하며 날씨가 좋아지기를 기다리기도 하고, 좋아질 기미가 없으면 연료 고갈 우려 때문에 예비 공항으로 간다. 그 결심이 가장 어렵다.

요즈음은 항공사마다 종합통제실이 운영되어 면밀하게 날씨를 확인하고 적극적인 조언을 하지만, 그래도 최종 결정권자는 기장이다. 현장에서 가장 확실하게 상황을 파악하고 있는 사람이 기장이어서 기장의 결심을 존중한다. 그만큼 책임이 뒤따른다. 날씨가 나쁜 상황에서 어렵게 목적지 공항에 착륙하여 승객들이 하기하는 모습을 조종석에서 보고 있자면 기분이 좋다. 아무것도 모른 채 서로 웃고 떠들며 공항으로 나가는 뒷모습은 내가 그들에게 조그만 선물을 한 듯해서 스스로 흐뭇해진다.

하지만 감상에 빠질 만큼 시간의 여유는 없다. 곧 기내 청소를 하고 다음 노선의 비행을 준비해야 한다. 특별한 일이 없으면 비행 후 브리핑은 하지 않는다. 최종 비행을 마치면 체류 호텔로 셔틀버스를 이용, 이동하거나 귀가한다. 이동하면서 그날의 비행을 복기한다. 아쉽거나 특이사항이 있으면 반드시 비행일지에 기록하고 같은 일이 반복되지 않도록 노력한다.

신임 기장이 되면 국내선 공항 중에서 가장 쉽고 안전한 곳으로 임무를 배정받는다. 비교적 활주로 길이가 길고 날씨의 영향도 적게 받는 공항이라 스트레스가 적다. 기장이 된 지 300시간이 될 때까지는 부기장에게 이착륙 권한을 위임할 수 없다. 약 4~5개월간은 아직 부기장에게 이착륙을 위임하고 감독할 능력이 부족하다고 판단해서다.

이 기간에 신임 기장은 스스로 이착륙을 하면서 터득하는 게 많다. 훈련받으며 교관의 눈치를 보느라 시도해 보지 못했던 조작을 할 수 있는 좋은 기회가 된다. 실제로 이 기간에 본인의 착륙 기량이 완성된다고 느낀다. 목적지 공항의 기상 제한치도 상향 조정하여 조금이라도 기상이 좋지 않으면 경력이 많은 기장과 교체된다. 그래서 출근했다가 비행하지 못하고 바로 퇴근하는 경우가 간혹 있다. 초기에는 그런 상황이 안타깝고 다른 기장에게 폐를 끼치는 게 아닌가 하고 생각했지만, 결국 안전을 위한 규정이다.

매 이륙과 착륙 시 기장과 부기장 간 브리핑을 한다. 이륙 시는 긴박하고 본능적으로 이루어져야 할 비정상 상황에 대해 미리 손발을 맞춰놓아야 흔들림 없이 조치할 수 있다. 마찬가지로 착륙 시에도 활주로에 이상 상황이 생겨서 갑자기 복행(Go Around)해야 할 때는 서로 호흡이 맞아야 실수가 없다. 간혹 복행 시 바퀴(Landing Gear)를 올리지 않는 경우가 발생하고, 양력 장치(Flap)를 집어넣지 않는 경우가 발생하는데 같은 편조 간 호흡이 맞지 않은 결과로 볼 수 있다.

기장 시간 300시간이 지나면 부기장에게 이착륙을 위임할 수 있다. 하지만 500시간이 될 때까지는 공항의 측풍(옆바람) 제한치가 아직도 있어서, 제대로 된 기장이 되려면 약 8개월이 지나야 한다. 나 역시 출근하여 기상 악화로 인해 바로 퇴근하기도 하고, 기상이 좋은 공항으로 목적지가 바뀌는 경우를 겪었지만, 이런 조치가 안전을 위하고, 신임 기장을 보호하는 제도라고 긍정적으로 생각했다.

기장이 되고 나서 스스로 몇 가지 결심한 게 있다.

첫째는, 한 달 전에 비행 스케줄이 공시되는데 나와 같이 비행 편조된 부기장이 나를 기피하지 않도록 생활하겠다. 내가 부기장 생활을 하면서 느낀 불량 기장이 되지 않도록 해야 한다. 품위 있게 부기장을 대하고, 부기장의 인격을 높여줘야만 나의 인격도 높아진다. 특히 전역한 군 출신들이 망각하는 점, 기장이 되면 그들이 어느새 지휘관이 되어 마치 부하 다루듯 부기장을 대하기도 한다.

둘째, 의사소통이 잘 되는 환경을 만들어야겠다. 고압적이거나 상명

나는 하늘로 출근한다

하달식 명령을 하면 협업이 절대적으로 필요한 조종실에서 적절한 조언을 기대하기 어렵다. 만약 부기장이 고의가 아닌 실수로 적절하지 못한 조언을 할 경우, 이를 질책하면 다시는 조언하지 않을 것이다. 그런 경우라도 그 조언에 대해서 잘 이해시키고, 그보다는 다른 형태의 조언이 훨씬 효과적이라는 설명을 해주면 교육적일 것이다. 부기장이 활발하게 조언을 할 수 있는 환경을 조성하는 것이 기장의 중요한 능력이다.

셋째, 비행안전이 최고의 가치이다. 부기장에게 이착륙을 위임할 때부터 기장은 갈등에 사로잡히는 경우가 많다. 많은 노선을 비행하면서 과연 언제 부기장에게 이착륙을 위임하는가 하는 문제로 늘 고민한다. 실제로 착륙 시 무슨 문제가 발생하면 비록 부기장이 착륙을 시도했더라도 기장이 책임을 진다.

기장은 감독의 책임을 맡고 있으며, 무슨 문제점이 발생할 가능성이 보이면 즉각 조종간을 이양해서 문제가 발생하지 않도록 조치해야 한다. 태풍이 오고 있다든가, 장마철에 그런 갈등에 휩싸일 때가 많다. 상황이 발생하면 기장뿐 아니라 부기장도 책임을 면할 수 없다. 작은 문제점이 발생하면 시뮬레이터 탑승으로 보완이 끝날 수도 있지만, 상황이 크면 자격심의 위원회에 회부될 수도 있다.

부기장이 서운할까 봐 기상이 좋지 않은 공항에서 이착륙을 위임하여 빚어진 사례가 적지 않다. 솔직하게 부기장에게 설명하고 다음 기회에 주겠다고 얘기하는 것이 서로에게 좋다. 부기장도 언젠가는 기장이 될 것이고 기장이 되면 이런 상황을 충분히 이해할 것이다. 하지만 부기장의 능력을 계속 발전시켜야 할 사명이 기장에게 있다. 마치 양날의 칼과 같다.

넷째, 조종실에서의 대화 주제다. 비행 중 입을 닫고 갈 수도, 비행 얘기만 할 수도 없지만, 상대방의 성향이 어떤지 모르면서 본인의 정치 성향을 강요하는 무지한 사람을 많이 봐왔다. 이미 성숙한 사람을 바꿀 수 없다고 인정하고 정치 얘기를 꺼내지 않는 것이 현명하다. 또 종교를 강요하는 사람이 꽤 있다. 이 또한 바보 같은 짓이다. 본인 앞에서야 수긍하는 척 할 수 있지만, 종교가 어떻게 강요할 수 있는 문제인가.

요즈음은 새로운 금기 주제가 더 나왔다. 바로 노조 문제다. 우리 회사에서도 파업이 있었고, 참여한 사람과 불참한 사람 간 갈등의 골이 심했다. 노조에 열성인 사람이 비노조원을 상대로 노조에 가입하라고 강요하는 얘기는 스스로 고립을 자초하는 행위다. 반대로 비노조원이 노조원 앞에서 노조를 비난한다면 이 또한 조종실 내의 화목을 깨뜨리는 행위다.

그리고 여유가 있는 기장이 되고 싶었다. 베푸는 것은 아주 사소하더라도 좋은 기억을 남긴다. 간혹 공항에서 항공기를 기다리며 쉴 때가 있는데, 이럴 때 커피 한잔이나 아이스크림을 승무원들에게 돌리면 분위기가 좋아진다. 아무래도 기장의 수입이 제일 낮고 조금 베풀어도 어색하지 않다. 복장을 바르게 하는 것도 중요하다. 명색이 기장인데 구겨진 제복을 입고, 움츠린 채 걸으면 누가 그를 신사라고 하겠는가. 비행 나갈 때마다 아내가 다려준 날 선 제복을 입고, 바른 자세로 다니는 모습이 의연하게 보일 것이다.

기장이 되니 정말 좋았다. 나이에 걸맞은 위치를 찾은 듯하고, 비행을 위한 출근에도 부담이 없었다. 예전에는 까다롭지 않은 기장과 같은 조가 되더라도 약간의 부담을 느꼈는데, 기장이 되니 그런 부담은 사라졌다. 그리고 성취감이 있었다. 힘이 들면 드는 대로, 새로운 도전을 한다는 생각이 들고, 착륙 후에 승객이 하기하는 뒷모습을 보면 흐뭇했다.

당시 B737 여객기의 환경은 좋은 편이 아니었다. 휴식에 대한 국토부의 규정이 미비한 상태여서 6일 비행하고 하루 쉬는 패턴으로 진행되었다. 또한 여객기의 수요는 늘고 조종사 수급은 부족하여 만성적인 조종 인력 부족 현상을 겪고 있었다. 비행하는 날은 보통 4개의 노선 비행이 다반사였다. 일본 노선을 비행하고도 오후에 다시 국내선의 지방 공항을 가는 비행이 계속되었다. 한 달에 B737로 무려 80시간에서 90시간을 비행했다면 얼마나 휴식 없이 비행에 전념했는지 짐작이 간다. 요즘은 60시간에서 70시간 정도로 비행한다.

하지만 시차가 없는 비행은 사람의 머리를 편하게 하는 모양이다. 예전에 점보를 탈 때는 대낮에 걷노라면 뒷머리가 띵 했는데, 비행을 많이 해도 그런 증상은 나타나지 않았다. 그리고 수입이 좋아진 것이 성취욕을 높여준 듯하다. 실제로는 국제선 대형기 부기장의 수입이 오히려 소형기 기장의 수입을 앞서는 경우가 많다. 그 현상은 비행을 많이 한 결과라 할 수 있다. 대형기 부기장과 소형기 기장의 수입 역전 현상을 방지하기 위하여 국내선에서는 착륙비를 준다. 한번 착륙 시 기장과 부기장 간 금액 차이를 두고 한 달 기준으로 지급한다.

모든 월급은 통장으로 자동 지급되는데 착륙비는 개인의 다른 통장으로 지급된다. 아내와 협의하여 착륙비는 내가 사용하기로 했다. 비행을 많이 한 달에는 착륙비를 생각보다 많이 받는 때도 있다. 그럴 때는 가족과 외식을 주선하여 아낌없이 냈다. 또한 일정액을 아내에게 보내주기도 했다.

    세월이 흐르면서 300시간을 넘기고, 500시간의 기장 시간도 넘겼다. 이제는 어떤 기상의 제한치도 없었고, 오히려 제한을 받는 신임 기장 대신 임무를 나가는 경우도 생겼다. 인간은 자부심으로 사는 동물인 듯하다. 힘이 들어도 자부심을 가지면 고충을 잊고 현실에 충실하기 때문이다. 모든 상황은 한 사이클은 겪어봐야 알 수 있다.

    첫 번째 고비는 태풍이 올 때 발생했다. 공군과 항공사의 가장 큰 차이는, 군에서는 날씨가 나쁘면 가능한 비행을 진행하지 않는다. 물론 시계로 하는 비행이 많은 편이고 특성이 다르지만, 항공사는 날씨가 나쁘더라도 제한치만 넘지 않으면 가능한 모든 비행을 진행한다.

    예를 들어 태풍이 제주공항을 지나고 있는데, 바람 제한치가 살짝 기준 내에 있다. 당연히 비행이 진행된다. 그날의 비행은 제주-대구-제주-김포공항으로 이어지는 4개 노선이었다. 첫 번째 노선 비행에서 제주공항을 가니 예상대로 엄청나게 바람이 불고 있었다. 접근 단계에서 항공기가 바람에 휘둘리는데 그 흔들림이 엄청났다. 가까스로 항공기를 조종하여 활주로에 접지시켰다. 접지되는 순간까지 항공기의 추력을 조절하고 조종간을 움직이지 않을 수 없었다.

    제주에 도착하여 승객이 하기하고 식사를 하는데 식사할 기분이 아니었다. 마치 있는 힘을 다 써서 진이 빠진 상태였다고 할까. 간단히 요기만 하고 대구에 갔다. 대구에서 제주 기상을 확인하니 조금 전에 착륙했던 상황보다 더 악화일로였다. 태풍의 중심이 점차 가까워지는 모양이다. 다시 제주에 가서 온갖 흔들림을 겪고 싶지 않았다. 하지만 아직도 기상은 제한치 내에 있는데 이를 어쩔 것인가.

마음을 부여잡고 다시 제주로 향했다. 예상대로 항공기는 지난번보다 더 요동을 치고 있었다. 접지하는 순간 항공기가 거칠게 흔들렸다. 머리가 멍했다. 처음 느껴본 거친 착륙이었다. 승객이 하기 한 후 항공기 내부에 문제점이 있는지 확인했다. 다행히 내부에 문제는 없었지만, 승객들이 술렁였다고 한다. 태풍의 영향임을 알고 있으니 승객들이 이해했다고 객실장은 얘기하지만 내심 아찔했다.

항공기 외부에도 문제점이 없었고, 착륙 시 하중치가 제한치 내여서 보고서를 작성할 여건은 아니었지만, 개인적으로 좋은 교훈이 되었다. 최선을 다해도 한계가 있을 수 있다는 좋은 경험, 다시 같은 조건을 만나면 더 잘할 것 같았다. 기장으로서 제한치가 풀리면서 열악한 국내의 공항을 다니기 시작했다.

포항공항은 해군 항공대와 공동으로 사용하는 공항이다. 활주로가 짧고 착륙을 위한 최종 접근 지점에 '인덕고지'라는 언덕이 있다. 착륙 접근 시 항상 엉덩이가 간질거리는 느낌을 받는다. 물론 항공기와 언덕의 실제 간격이 상당히 있는데도 불구하고 느낌이 그런 것이다. 주간에 착륙할 때는 그나마 시각으로 확인이 되어서 나은데, 야간이나 구름이 잔뜩 낀 상태에서는 간질거림이 더 심해진다.

언젠가 야간에 포항에서 체류하는 최종 비행을 할 때였다. 평소에 내리던 방향에 뒤바람이 많이 불어서 활주로 방향을 바꿔 내려야 했다. 포항 주변은 산악지역이라서 온통 산만 보인다. 활주로를 두고 크게 사각형을 그리면서 접근하는데, 고도 간 여유가 있는데도 산악지역이라 기분이 썩 좋지 않다. 게다가 활주로가 계곡 사이에 숨어 있는 형태라서 활주로의 불빛을 찾기가 여간 힘들지 않았다. 부기장과 눈을 부릅뜨고 호흡을 맞춰 안전하게 착륙했다. 마치 큰 짐을 어깨에서 내려놓는 느낌이었다.

"세상에 쉬운 일은 없다."

500시간이 지나고 얼마 되지 않아 회사에서 B737 팀장을 맡으라고 한다. 회사에는 기종별 팀으로 나뉘어 있는데 내가 소속된 항공기의 팀장을 맡으라는 얘기다. 회사의 인정은 감사하지만, 직책을 맡기에는 이르다는 느낌을 지울 수 없었다. B737 팀장은 본인의 비행은 적게 하고, 사무실에서 조종사와 비행의 전반적인 관리가 주된 임무다. 팀장은 조종사 개개인의 자질을 파악하고, 능력에 맞는 임무가 배정되었는지 확인하고 조종사와 개인 면접을 통하여 문제점을 해소하는 것이 중요하다.

운항의 총 책임을 맡은 본부장에게 가서 500시간을 갓 넘은 신임 기장이 팀장을 맡는다면 위계질서가 깨질 우려가 있다고 얘기했다. 진심이 통했는지 먼저 기장이 된 동기생을 추천해 그에게 팀장 직책이 넘어갔다. 그때만 해도 항공사에서 직책을 맡는다는 것이 부담으로 다가왔다. 나는 가족과 잘 살기 위하여 항공사에 입사했고, 마음 편히 항공사 생활을 즐기고 싶었다.

그 후에도 두 번 정도 다른 직책을 권유받았다. 평가팀에서 일하라는 권유가 있었고, 다른 팀에서도 연락이 있었다. 하지만 나는 정중하게 제안을 고사했다. 후에 들어보니 팀장 직책을 제안받고 고사한 사람은 없었다고 한다. 소문에 따르면 내가 의연하게 처신한 것이 화제가 되었다. 속내와는 다르게 소문이 났지만, 긍정적인 소문이 나서 다행이라 생각했다.

　소형기나 중형기에서 기장으로 2년 이상 근무하면 대형기로 전환한다. 대형기로의 전환은 기장들의 로망이고, 특히 점보로의 전환을 꿈꾸는 기장들이 많다. 항공사에 입사하는 모든 조종사는 점보 여객기에 대한 환상이 있다. 항공사의 대표 여객기 같은 위상을 가지고 있기 때문이다.

　나는 소형기 기장으로 근무하면서 특별한 문제점도 없었고, 부기장, 승무원들과의 사소한 갈등도 없던 터라 대형기로 전환하는데 제약이 없었다. 대형기로의 전환 이유 중 중요한 게 소득이다. 대형기는 소득에 대한 면세혜택이 크고, 비행시간당 단가도 높아서 월급봉투가 소형기에 비해 두둑하다. 대형기로의 전환 규정이 까다롭게 곧 바뀐다는 소문이 있었는데, 회사에서 그전에 전환하라고 추천했다.

　좀 더 소형기 기장 생활을 하고 싶었다. 충분하게 익숙해졌고, 익숙한 분위기에서 편하게 생활하고 싶었다. 하지만 인생이란 돌발변수가 항상 있어서 한번 미루면 다시는 그 기회가 오지 않을 수도 있다. 결국 B737 기장 생활을 1년 반 만에 접고 점보로 전환하기로 했다.

　점보 부기장을 한 경험이 없는 상태에서 점보 기장으로의 전환은 리스크가 꽤 있다. 항공기가 대형이라서 조종이 쉽지 않고, 취항 공항의 특성이 까다로운 곳이 많아서 전환 중 최종 평가 비행에서 탈락하여 원래의 기종으로 되돌아가는 경우가 적지 않았다. 또한 점보 내에 존재하는 눈에 보이지 않는 텃세도 있었다. 내 경우에는 점보로의 전환이 큰 변화로 생각되지 않았다. 부기장으로 근무한 기종이고, 점보에 소속된 기장들과는 같이 비행한 인연이 있어서 어색하지 않았다.

그간 정들었던 B737의 비행을 종료하고 전환 과정에 들어갔다. 지상에서 교육이 시작되었다. 불과 2년 전에 비행하던 기종이라서 아직 기억에 많이 남아있었다. 부담 느끼지 않고 공부할 수 있는 여건이 편했다. 항공기의 성능과 각 시스템을 공부하면서 '예전에 이랬었지' 하는 기억이 되살아나니 반갑기까지 했다. 점보의 시뮬레이터가 회사에 도입되어 운영되고 있었다. 예전과 같이 시뮬레이터를 탑승하기 위하여 굳이 미국에 갈 필요가 없었다.

처음 기장 교육을 받을 때에 비해 여유 있고 순조로웠다. 동기와 같은 조로 편성되어 시뮬레이터를 준비하며 성장한 우리의 위치를 실감했다. 소형기처럼 편협한 교관들이 적었고, 자부심이 있는 사람들로 구성되어 있어서 교육 여건이 좋았다.

그즈음 회사에서는 두 가지 문제가 당면과제였다.

첫 번째는, 2000년이 되면서 모든 컴퓨터가 새로운 세기를 인식할 수 있느냐는 문제였다. 자칫 잘못되면 항공기 내에 있는 컴퓨터에 자료를 입력해도 인식하지 못하는 큰 혼란을 초래할 수 있다. 또한 모든 업무가 거의 컴퓨터로 처리되고 있는 실정에서 국제선 항공기의 입출국 문제, 영업부서에서의 티켓 판매 문제 등 고충이 많았다. 컴퓨터에 입력 시, 년은 두 자리 아라비아 숫자로 입력하는데 2000년이 되어 '00'으로 입력하면 1900년으로 컴퓨터가 인식하지 않을까 하는 걱정에서다. 항공사뿐 아니라 정부부서, 특히 금융부서 등도 같은 문제점을 우려하고 있었다. 많은 시뮬레이션을 하고 미비점을 보완한 결과 2000년이 되어서도 문제점 없이 잘 흘러갔다. 회사로서는 큰 고개를 하나 넘은 셈이다.

두 번째는, 인천공항이 개항되어 모든 국제선이 김포에서 인천으로 옮겨가는 문제였다. 이미 김포공항은 포화상태라서 이착륙 시 적체가 심했다. 심지어 가장 분주한 시간에는 무려 30분 이상을 이륙하기 위해 지상에서 대기하기 일쑤였다. 정부에서는 문제점을 해결하기 위하여 인천에 국제공항을 건설해 드디어 개항 시기가 다가온 것이다. 개항이 다가오니 인천까지 출근해 비행할 걱정이 되었다. 집이 먼 사람들은 출퇴근이 걱정되어 몇몇 승무원은 개항 시기가 가까워지자 퇴사하는 사람까지 있었다. 아직 인천 공항까지 철도가 개통되지 않아서 버스를 이용하여 출근할 수밖에 없는 환경이었다. 도심에서 인천공항에 가는 버스는 새로 개통되었는데 주로 공항버스였다. 가격이 만만치 않아서 한번 이용에 비용이 꽤 들었다.

회사에서는 동요하는 직원들을 달래기 위하여 많은 보완점을 제시했는데, 그중 하나가 실제 출근 횟수를 계산하여 월말에 사용된 교통비를 지급한다는 발표였다. 조종사들에게는 새로운 공항에서 사용할 이륙 및 착륙 절차를 교육하고, 비정상 상황에서의 절차도 새로 수립하여 교육했다. 무언가 안정된 환경에서 어수선하게 바뀌는 분위기를 느꼈다.

이 또한 환경이 바뀌어도 맞춰나가는 뛰어난 인간의 본능 때문인지 쉽게 적응해 나가기 시작했다. 실제로 인천공항으로의 이전은 문제점 없이 순조롭게 진행되었다. 오히려 쾌적하고 넓은 공항이 없었더라면 항공 대란이 벌어졌으리라고 생각한다. 오랜만에 정부의 장기정책에 공감했다. 후에 공항철도가 개통되어 출퇴근도 편리해졌다.

지상 교육과 시뮬레이터 훈련도 순조롭게 마쳤다. 비행교육을 시작하며 느낀 점은 불과 2년도 되지 않아 돌아온 기종의 분위기가 많이 바뀌었다는 점이다. 예전에 악명을 떨치던 몇몇 기장이 본인들의 과실로 회사를 떠났고, 교관도 순환되어 합리적이고 능력 있는 교관들이 그 자리를 대체하고 있었다. 고인 물은 썩는다는 옛말이 틀리지 않는 듯했다.

첫 전환 훈련을 위한 비행을 마치고 체류지에서 사관 출신 교관은 저녁 식사를 본인이 샀다. 예전의 분위기 같으면 상상하기 어려운 배려였다. 약 4달에 걸친 기장 전환 비행교육을 마치고 나는 점보 기장이 되었다. 항공사에 들어온 궁극적인 목표를 이룬 느낌이었다. 전환을 마치고 미국에서 가장 수월하고 안전한 LA 공항으로 임무가 집중적으로 배정되었다.

LA는 매번 느끼지만, '천사들의 도시'라는 별칭이 잘 들어맞는 곳이 틀림없다. 1년 중 겨울철 잠깐의 우기를 제외하면 항상 일정한 기온이 유지되고 날씨가 좋다. 오죽하면 LA에서는 세차장을 운영하기가 어렵다고 한다. 그만큼 먼지가 적어서 세차할 필요가 없다는 얘기다. 기온이 올라가는 여름철에도 가로수 그늘에 들어서면 더위를 느끼지 않는다. 습도가 낮아서 우리나라같이 무덥지 않다. 미국에서 한국인 교민이 가장 많은 곳이 LA인 이유가 아마도 이런 여건 때문이 아닌가 싶다.

LA 공항은 교통량이 많기는 하지만 뉴욕이나 시카고 공항과 비교하면 덜 혼잡하고, 단순하게 활주로가 한 방향으로 4개가 놓여있어서 이착륙이 용이하다. 그래서 신임 기장에게는 주로 LA 공항으로 임무가 배정된다. 어떤 달에는 무려 4번씩이나 LA 공항 비행이 배정된 적도 있었다. 매사를 즐기자고 작심하고 나니 이런 배려가 오히려 감사했다.

예전 부기장 시절의 기억을 되살려 산책도 하고 정 할 일이 없으면 극장에 가서 영화라도 봤다. 자막이 없어서 가끔 이해되지 않는 부분도 있지만, 이 또한 내가 누릴 수 있는 특혜라고 생각했다. 다른 사람의 눈치를 보지 않고 생활할 수 있는 여건이 너무 좋았다.

예전처럼 백화점에서 살 물건도 없으면서 고참 기장의 쇼핑에 동행하던 폐습은 없어져야 한다. 같이 비행한 부기장에게 저녁 식사는 혼자 하기 싫은 사람만 모여서 같이 가자고 했다. 놀러 나갔다가 저녁 식사 시간에 늦을세라 택시를 타고 황급히 들어왔던 좋지 못한 기억이 뇌리에 남아있었다. 아침에 느긋이 일어나서 미국식 아침 식사를 마치고 버스를 타고 외출한다. 해변에 가기도 하고, LA의 부촌이 밀집한 베벌리힐스에 가기도 한다. 어찌나 주변 환경이 잘 정돈되어 있는지 미국은 세금을 많이 낸 사람들이 사는 지역은 환경을 잘 조성해주고 치안도 특별히 신경 써주는 듯했다. 편하게 보낸 몇 달이 지나갔다.

점보 기장으로 근무한 시간이 쌓여가자 동남아 주요 도시로 비행이 시작되고, 미국의 모든 공항으로의 제한이 풀렸다. 동남아의 주요 관광지는 대형 여객기인 점보가 들어가야 여객 공급을 충족할 수 있다. 여행 비용이 싸고 구경할 만한 곳, 가성비가 좋아서 관광객들이 몰리는 곳은 점보가 대개 취항한다. 대표적인 관광지가 태국과 베트남, 싱가포르이다. 덕분에 동남아 관광지를 갈 기회가 많아졌다.

태국의 수도 방콕은 먼저 먹거리가 탁월했다. 싼 가격에 해산물을 마음껏 먹을 수 있고 맛도 훌륭했다. 방콕에 가면 비록 24시간도 되지 않은 짧은 시간 동안 체류하지만, 그 시간을 최대한 활용하며 만끽한다. 아침에 일어나면 쌀국수를 아침으로 먹고, 태국의 전통 마사지를 받으러 간다. 시설이 깨끗하고 숙련된 마사지사들이 있는 업소인데 한국의 물가에 비하면 훨씬 저렴하다.

또 하나의 장점은 열대과일이다. 수박 망고 등의 과일도 달고 맛있지만, 과일의 황제라는 두리안을 빼놓고 얘기할 수 없다. 나는 초기에 냄새가 고약하여 먹기를 주저했는데 막상 먹어보니 뒷맛이 주는 고소함이 여운으로 남는 특이한 과일이었다.

저녁 식사로는 당연히 해산물이다. 해산물과 더불어 태국의 고유한 풍미를 지닌 똠얌꿍을 먹는다. 우리의 청국장과 유사하다고 할까. 처음에는 주저할 맛이지만 이 또한 늘 생각나는 음식이다. 식사 후 쪽잠을 잠깐 자고 출발하는 부담이 있지만, 조종사들이 방콕을 선호하는 이유는 차고도 넘친다. 베트남과 싱가포르도 매력이 있고 먹거리도 좋다. 특히 가격이 싸서 어디를 가도 만족도가 높다. 이미 뉴욕이나 시카고 공항의 혼잡함과 샌프란시스코 공항의 특이한 관제 시스템은 부기장 시절에 경험해서 적응에 문제점은 없었다.

겨울철에 뉴욕에서 서울로 들어올 때는 알래스카와 러시아 상공을 거쳐서 비행할 때가 있다. 우리는 시베리아 루트라고 부른다. 러시아 상공을 거치려면 통과료를 내야 하지만, 워낙 맞바람이 세게 불어 비행시간이 많이 늘어나는 태평양 상공 비행보다 오히려 경제적이다.

그런데 알래스카 상공에서는 겨울철 환상적 현상인 '오로라'를 만날 때가 있다. 물론 매번 만날 수는 없고 모든 여건이 갖춰진 특별한 날에만 모습을 드러낸다. 처음 오로라를 봤을 때 어쩌면 이런 자연현상이 있을 수 있나 하며 깜짝 놀랐다. 초록색 혹은 형광 무늬가 빠른 속도로 변화하며 마치 춤을 추는 듯 보였다. 넋을 잃고 보노라면 마치 다른 세계에 들어온 듯한 착각을 느낀다. 승객들이 보면 무척 좋아할 구경거리지만 그때가 수면하는 시간인지라 아깝지만 혼자 감상한다. 항공기에서 일출 구경을 하고, 낙조도 보지만 아름답다고 느끼는 수준이었다.

그런데 오로라는 무언가 마술을 부리는 특별한 광경이다. 언젠가 오로라가 절정을 이루고 있을 때, 부기장과 둘이 보기 아까워서 승무원 중 제일 막내를 불렀다. 물론 커피 한 잔씩을 주문하여 조종석에 들어오게 하였다. 조종석 큰 유리창에서 벌어지는 오로라의 향연을 보고 그녀는 말문을 잃었다. 말로만 듣던 오로라를 처음 목격한 것이다. 한참을 구경하고 난 뒤 그녀는 조종석을 나가며, 이렇게 큰 선물을 줘서 평생의 추억이 되었다며, 몇 차례 감사 인사를 건넸다. 일부러 오로라를 구경하기 위하여 북유럽을 가기도 하는데 비행하면서 이런 자연현상을 관찰할 호사를 누리는 것은 직업이 주는 큰 선물이다.

문화적 충격은 독일에서 크게 느꼈다. 독일의 수도는 베를린이지만 상징적인 의미가 있을 뿐이고 실질적인 경제의 중심지는 프랑크푸르트다. 모든 금융기관과 해외 지사가 밀집되어 있으며, 각종 전시회도 이곳에서 개최된다.

유명한 전람회가 열리면 프랑크푸르트행 항공기가 만석이 되고 호텔도 빈 곳이 없다. 화물 수요도 많아서 화물기가 유럽을 오갈 때는 항상 경유하기도 한다. 언젠가 프랑크푸르트에 체류하고 있는데 같이 간 부기장이 문화체험을 하자고 한다. 나는 박물관이나 전람회에 가자고 하는 줄 알았다. 그랬더니 독일의 특색 있는 혼탕문화를 체험하자는 얘기였다. 처음에는 남사스러워 사양했으나 언제 이런 체험을 해 보겠냐는 생각이 들었다.

　짐을 꾸려 길을 나섰다. 그가 안내한 곳은 일본식 정원이 잘 조성되어 있는 대중목욕탕이었다. 그런데 가격표를 보니 사용 시간별로 가격이 구분되어 있었다. 이를테면 2시간은 얼마, 4시간은 얼마 식이다. 심지어 종일 티켓도 있다. 부기장 뜻대로 우리는 4시간짜리를 사서 입장했다. 입장하니 누드의 사람들이 로비에서 맥주를 마시고 커피도 마시고 있었다.

　탈의하고 안에 들어갔다. 온도별로 구분된 사우나가 많이 있었다. 저온과 고온은 물론 습식과 건식 등 고르기 어려울 정도로 세분되어 있었다. 적당한 온도를 골라 들어가니 눈을 어디에 둬야 할지 곤란할 지경이었다. 여성이 계단으로 되어 있는 마루에 누워 남자친구와 거리낌 없이 대화하고 있는 모습을 보니 놀랍기만 했다. 우리에게 나눠준 타월은 몸을 가리는 수단이 아닌 마루에 땀을 흘리지 않게 하는 목적이라고 한다.

　땀을 빼고 나서 탕에 나가보니 여러 종류의 탕이 있었다. 재미있는 일은 누구도 부자연스러워하지 않는다는 것이다. 심지어 부자지간으로 보이는 남성들이 아들 여자친구와 같이 와서 조그만 탕에 몸을 담그고 대화를 나누며 즐거워하는 모습도 보였다. 누드로 입장하는 수영장에서 수영하니 물결의 감촉이 남달랐다. 햇볕이 잘 들어오는 바깥에는 의자에 비스듬히 앉아 독서에 탐닉하는 사람도 있었다. 물론 누드였다.

　나는 서서히 그 분위기에 젖어 들었다. 이제까지 우리가 경험하지 못한 광경이지만 이는 분명한 그들의 풍속이다. 남녀노소가 거리낌 없이 어울리며 즐기는 그들의 고유한 문화다. 불순한 생각을 가지고 입장한 내가 오히려 부끄러웠다. 한번 경험한 후로 다시 가지는 않았지만, 독일의 혼탕문화에 대한 내 생각은 확연히 바뀌었다. 오랜 역사를 통해 이룩된 문화에 대해 통찰 없이 함부로 비평해서는 안 되겠다.

항상 좋은 여건에서 즐기며 살면 얼마나 좋겠냐마는 현실은 그리 호락호락하지가 않다. 가끔 유럽지역에 폭풍우성 강풍이 전역을 휩쓸 때가 있다. 예비 공항을 봐도 강풍이 거의 같은 수준으로 불어 다른 곳으로 갈 수도 없다. 연료를 거듭 확인하며 착륙 시기를 결심한다. 이미 자동으로 착륙할 수 있는 제한치를 넘어서 수동으로 착륙해야 한다. 공항에 접근할 때 항공기가 요동을 친다. 조종간을 굳게 잡고 요동치는 항공기를 안정시키기 위하여 진땀을 흘린다.

가까스로 항공기를 지상에 접지시키면 온몸에 힘이 빠진다. 날씨가 나쁜 예보를 받고 비행할 때는, 지상 점검 시 항공기 기수를 만지며 같이 잘 헤쳐내자는 주문을 건다. 이 직업은 긴장을 놓을 수 없는 동시에 보람을 주는 이중성이 있다.

나는 40대 후반에 점보 기장이 되었다. 당시에는 취미 생활을 할 만한 여건이 전혀 갖춰지지 않았다. 노트북 보급도 거의 되지 않았고, 설령 노트북을 사더라도 콘텐츠가 형편없어서 가지고 다닐 가치가 없었다. 스마트폰도 개발되기 전이라 호텔 방에서 TV 시청하는 것이 유일한 소일거리였다. TV 프로그램은 뉴스를 주로 하는 CNN, 운동경기를 방영하는 ESPN, 영화만을 보여주는 케이블 방송인 HBO가 대세였다.

저녁 식사를 하고 방에 들어오면 TV를 켜고 채널을 돌린다. 자다가 시차 문제로 깨어서도 별로 할 일이 없어서 TV 리모컨을 잡고 채널을 돌리면서 시간을 보낸다. 그렇지 않으면 왠지 피곤한 듯하여 침대에서 뒹군다. 나는 오랫동안 비행하기 위해서는 체력을 유지해야 한다는 강박관념이 있어서 항상 운동복과 운동화를 챙겨 다니며 운동을 해왔다.

해외에 다니며 견문을 넓히고 여행을 다니는 소중한 기회를 잘 활용하고 있지만, 이렇게 소일하는 시간이 아까워지기 시작했다. 고민하다가 책을 보기로 했다. 뒹구는 시간에, 의미 없는 TV를 보는 시간에 독서를 하는 것이 훨씬 가치가 있다고 느꼈다. 먼저 지루하지 않고 독서에 쉽게 적응할 수 있는 책을 읽기로 했다. 집에 있는 읽지 않은 소설책을 가지고 다니기 시작했다. 그런데 한 가지 복병이 있었다. 미국의 실내조명시설은 우리나라와 달라서 방안을 환하게 밝히는 것이 아니고 작은 등이 여러 곳에 있다.

독서를 침대에 반쯤 누워서 할 수도 없고, 조명도가 낮아서 밤에 독서하기가 여의치 않았다. 책상에 라이트가 있으면 다행이지만 그렇지 않은 곳도 꽤 있었다. 조명이 좋지 않은 곳에서의 독서는 시력에 좋지 않은 영향을 미칠까 해서 탐탁지 않았다.

여건을 최대한 활용하여 독서를 시작했다. 소설로 시작하여 책 읽는 습관이 붙고 나서 조금 더 복잡하고 어려운 책을 읽기로 했다. 그때부터 시오노 나나미 작가의 『로마인 이야기』 시리즈를 사서 읽었다. 독서를 시작하니 나름 성취욕이 생기기 시작한다. 언젠가 런던에 가서는, 우기에 최인호 작가의 『상도』 다섯 권을 가지고 가서 완독하고 온 적도 있었다. 그러다 보니 더욱 생산적인 일을 할 수 있을 자신감이 생겼다.

그즈음에 국제항공기구에서는 주기적으로 영어시험을 치르게 하여 관제사와의 소통에 문제가 없도록 하겠다고 공식 발표했다. 미국에서

　　　　　　　　　　　　나는 하늘로 출근한다

발생한 9·11 사태에 대한 후속 조치였다. 9·11 사태 때 공중에서는 많은 혼란이 있었다. 이를 보완하기 위하여 주기적으로 영어시험을 치르게 하고, 기준에 미달하면 국제선 비행을 금지하는 것이 취지다. 은근히 귀찮고 머리 아픈 조치다.

하지만 로마에 가면 로마법을 따라야 하는 법. 오랫동안 영어 공부를 따로 하지 않고, 항상 영어를 가까이서 접한다는 구실로 게으름을 피운 것도 사실이다. 이 기회에 확실한 계기를 만들고자 하는 마음이 생겼다.

영어시험에 관한 책자를 구했다. 그리고 하루에 일정량을 보기로 마음먹었다. 귀찮고 번거로운 일은 먼저 한다는 심정으로 영어를 최소 30분씩 공부하고, 그 후에 독서하기 시작했다. 스스로 틀에 가두고 채찍질을 하지 않으면 퇴보됨을 우려한 자구책이다. 지속적인 운동과 독서는 비행 생활 동안의 습관으로 정착되었다.

비행하는 동안 틈새 시간을 어떻게 사용하느냐에 따라 큰 차이가 난다. 뒹굴며 시간을 허비해도 시간은 가고, 체계적으로 계획된 틀에 맞춰 생활해도 시간은 흘러간다. 하지만 세월이 흐른 후 과연 내가 무엇을 남기고 살았나 하는 질문을 본인에게 던지면 명확한 답이 나온다. 시간은 마치 모래와 같아서 손에 쥐고 있을 때는 묵직한 듯하지만, 막상 손을 펴면 손가락 사이로 빠져나가 남은 것이 없다. 비행 중 체류 기간에 여행을 많이 다니고, 견문을 넓히기 위해 시간과 금전을 아끼지 않았다. 하지만 가장 칭찬해줄 점은 독서와 운동을 거르지 않고 해온 것과 일정한 틀에 본인을 가두고 채찍질해서 얻은 성취욕이다.

2000년대 초반경 회사에 변화의 물결이 일어나기 시작했다. 바로 노동조합의 출현이었다. 회사 내 일반 직원들의 노조는 이미 출범된 상태였다. 그러나 노조에 가입한 직원들의 수가 한정되어 있었고, 그 세력도 미미하였다. 노조를 원하는 조종사들이 처음에는 일반 노조에 가입하는 방안을 고려했다. 그런데 일반 노조에서 조종사들과 함께 조합을 공동으로 운영하는 방안을 탐탁하지 않게 생각했다. 근무 여건도 다르고, 특히 급여조건이 확연하게 차이가 나는 단체와의 동행을 마땅치 않게 생각했다.

노조를 만들려는 조종사들은 여러 곳에서 조언을 받아 결국 자체적인 노조를 만들기로 최종 결심했다. K항공에서는 이미 조종사노조가 출범하여 합법적인 노조로 인정받는 단계에 이르렀다. 회사에서는 이 흐름을 매우 위협적인 사태로 주시하기 시작했다.

그도 그럴 것이 금호그룹 노조는 강성으로 소문이 나 있었다. 특히 금호타이어 노조는 예전 파업 중에 회사에 있는 재고 타이어를 불태우는 사건을 저질러 사회의 손가락질을 받은 적도 있는 강성 중의 강성노조

나는 하늘로 출근한다

였다. 회사에서는 경계심을 가질 수밖에 없었다. 노조설립을 추구하는 그룹은 조종사 내부에 은밀하게 공지를 돌리고, 회사 밖의 대형 홀을 빌려서 창립총회를 준비했다. 특히 대학 생활을 마치고 입사한 조종사 그룹은 창립총회를 적극적으로 준비하면서 참여하지 않는 사람을 이기주의자로 치부했다.

나 또한 외국 항공사에 비해 현저히 낮은 급여는 향상될 필요가 있다고 생각했다. 근무조건도 개선되면 생활의 질이 좋아질 거라고 여겼다. 더구나 같이 전역한 동기가 노조 임원으로 참여한다니 회의에 가지 않을 수 없었다. 기습적인 총회라 회사에선 어떤 조치도 취할 수 없었다. 회의에 참석해보니 이미 많은 준비가 되어 있는 듯 일사천리로 진행되었다. 참가자들의 의견을 물어보는 게 아니고, 정해진 방향대로 몰아가는 느낌이었다. 항공대 출신인 점보 기장이 위원장으로 추대되고, 동기는 수석부위원장으로 선임되었다. 이미 짜맞춰 내정된 듯 그 밖의 임원들도 추천하고 "재청"을 부르짖었다. 그들은 노조 창립을 위해 특별한 단체에서 교육을 받고 그 절차를 수행하는 듯 보였다. 총회를 마치고 나오며 인사를 나누니 위원장으로 추대된 선배 기장이 많은 도움을 바란다고 한다.

며칠이 지났다. 노조에서 기종별로 대의원을 선정한다고 한다. 일방적으로 임명하는 방식이 아니고 후보로 나와서 조합원의 투표를 통하여 선정되어야 한단다. 동기한테 전화가 왔다. 이번에 점보 대의원으로 출마해주면 좋겠단다. 점보는 대의원 5명이 필요한데 집행부에서 회의를 통하여 후보를 결정했다고 한다.

입장이 참 난처했다. 난 회사와 대립각을 세우면서 생활하고 싶은 생각은 추호도 없었다. 직접 연락을 받으니 처신이 난감했다. 내가 고민하겠다니 얼마 후 위원장에게서도 전화가 왔다. 같은 내용이었다. 후보로 참여할 사람들의 면면을 보니 점보에서는 좋은 인상을 주는 사람들이 선정된 듯 보였다. 직접 임원진에 참여하지도 않는데 이 정도는 도와줘야 하지 않을까 하는 생각이 들었다.

며칠 고민하다가 수락했다. 진행된 투표에서 나는 점보에서 최다 득표하여 대의원에 당선되었다. 그 후 회의에 참석하라는 연락이 많아졌다. 대의원 회의를 비롯해 전체 노조 회의에도 참여를 권유받았다.

한국의 노조는 한국노동총연맹(한노총)과 민주노동총연맹(민노총)으로 양분되어 있다. 한노총은 극단적인 투쟁은 절제하고, 민노총은 강성집단으로 알려져 있다. 당시 아시아나 조종사노조는 어느 한 단체에 소속되어 있지 않았다. 조종사노조의 임원과 대의원을 위한 2일간의 집체교육이 있으니 참석하라는 연락이 왔다. 쉬어야 할 시간을 침해받으니 이 또한 불편했다.

당시는 노조가 합법적인 단체가 아니었기 때문에 정식으로 데이 오프를 신청할 수 없어서 개인의 월차를 사용해야만 했다. 교육 장소는 김포에 있는 일반 기업의 교육원을 빌려 사용했다. 현재의 문제점을 나열하고 어떤 방식으로 개선할 것인가 논의하는 절차까지는 좋았다.

노조 개념을 정착하기 위한 교육의 일환이라며 초청 강사가 등장했다. 본인의 소개를 듣자니 철도기관사 출신인데 해직자였다. 일찍이 철도노조는 강성으로 소문이 나 있었고, 파업을 자주 하여 국민에게 인상이 좋지 않은 집단이었다. 그는 본인이 파업을 주도한 이유와 투쟁하게

나는 하늘로 출근한다

된 배경을 설명하면서 마치 투사의 분위기를 자아내고 있었다. 그러면서 회사는 타도해야 할 대상이며, 타협보다는 투쟁으로 쟁취해야만 노조의 생명력이 오래간다는 설명을 곁들였다. 심지어 회사에서 일방적으로 주는 10만 원보다 투쟁에서 얻어지는 5만 원의 값어치가 훨씬 높다는 표현도 했다.

듣다 보니 기가 막혔다. 결국 회사는 타도의 대상이란 얘기 아닌가. 회사가 백기를 들 때까지 투쟁이 필요하다는 얘기에 공감할 수 없었다. 그때부터 나의 파상적인 질문 공세가 이어졌다. 회사와 노동자의 관계는 도대체 무엇인가. 회사가 발전하고 잘 되어야 소속 노동자에게도 득이 되는 것이 아닌가. 결국 노조의 목표는 무엇인가. 노동 여건을 개선하고 급여를 합리적인 수준까지 올리는 것이 목표가 아닌가. 회사가 망하면 내 존재가치가 있는가.

날 선 질문에 강사는 당황하면서도 강경한 답변이 돌아왔다. 주변 사람들은 우려 섞인 눈초리로 주시하고 있었다. 결국 나는 인신공격성 질문까지 퍼부었다. 철도 해고 노동자로서 무슨 지원을 받아 생활하고 있냐고 질문했다. 그는 상위 연맹에서 일하며 철도노조에서 모은 자금을 월급 대신 받는다고 했다. 마치 노조의 속살을 본 듯했다. 이런 강성 해고 노동자 출신을 초청하여 강사로 활용하는 노조의 처신도 마땅치 않았다.

노조 임원들은 나의 파상적인 질문 공세에 당황한 기색이 역력했다. 그러면서 너무 노조에 반하는 사고를 하고 있다고 느낀 모양이다. 나는 실망이 컸다. 결국 노조가 지향하는 목표가 회사를 적으로 돌리고 노조의 성과만을 달성하면 되는 것 아닌가. 나는 번민에 사로잡혔다. 노동운동을 하기 위하여 노조에 가입하고 대의원을 하는 것이 아니라 생활의 질을 높이기 위함인데, 노조의 방향이 나와는 다르게 보였다.

노조는 합법적인 단체로 인가받기 위하여 모든 노력을 기울였다. 당시 한 회사에 두 노조 단체가 있으면 불법이었다. 합법을 위해서는 먼저 설립한 일반 노조에서 조종사노조를 별도의 기능단체로 인정해야만 가능했다. 태도가 돌변한 일반 노조는 조종사노조를 향하여 일반 노조의 한 부서로 들어오라고 강요했다.

처음에는 가입을 꺼리더니 막상 독립적으로 창립해보니 세력 확장을 위해서라도 조종사노조의 협조가 필요하다고 느낀 모양이다. 여러 차례 일반 노조의 대의원을 만나서 그들을 설득했다. 하지만 그들의 태도는 요지부동이었다. 처음에는 저의를 알 수 없었다. 결국은 파워게임이었다. 힘 있는 노조를 만들기 위해서는 조종사노조같이 파급력 있는 구성원이 필요하다. 조종사노조는 최종적으로 일반 노조의 승인을 받아 합법적인 노조가 되기를 포기했다. 법원에 소송을 내서 판결을 통해 독립 노조를 만들기로 했다. 이 또한 지루한 밥그릇 싸움에 불과했다.

이런 와중에 조종사노조는 그들의 세를 과시하고, 존재가치를 나타내는 이벤트를 만들기 시작했다. 근무 여건을 개선하기 위한 안건을 회사에 제시했다. 외국에 비해 많은 비행시간을 줄이고, 휴일을 근로기준법에 맞추도록 요구했다. 회사와 노조의 줄다리기가 시작되었다. 회사는 합법적인 노조가 아닌 상태에서는 어떤 협상도 있을 수 없으며, 이런 요구도 받아줄 수 없다고 했다.

노조는 노조대로 처음으로 한 제안을 무시한 회사에 대해 반발하며

나는 하늘로 출근한다

다음 단계를 준비했다. 일촉즉발의 대치가 계속되었다. 나는 회사의 초기대응이 미숙하다고 생각했다. 강력한 반발을 일으킬 구실을 주기보다는 대화상대로 여겨주는 방향이 훨씬 어른스럽다고 생각했다. 대화가 결렬되자 노조는 2단계로 회사 내 조종사들이 비행 나가기 전에 들러 비행 준비하는 장소에서 집회를 계획했다.

회사는 원천 차단하고자 했으나 물리적인 대치 끝에 결국 노조가 장소를 점거하고 집회를 시작했다. 일찍이 회사에서 보지 못했던 낯선 풍경이었다. 회사의 반응을 성토하고 자리에 앉아 구호를 외치고 노동운동가를 부르기 시작했다. 조용하던 회사에서 노동가가 울려 퍼지고 인사 부서를 중심으로 한 구사대는 처음 겪는 일에 어찌할 바를 모르고 전전긍긍하고 있었다.

나는 대의원으로 집회에 참석했지만, 이렇게 극단적인 대결 양상이 필요한가에 대해서는 의구심이 있었다. 오전 동안 집회를 하고 노조원들은 흩어졌다. 회사는 인내하면서도 선뜻 손을 내밀지는 않았다.

노조는 회사에 최후통첩했다. 시한을 주고 그때까지 회신이 없으면 협상에 전혀 관심이 없는 것으로 여기고 실력행사를 하겠다고 했다. 회사로서도 난감했을 것이다. 협상에 나서면 합법적인 노조로 인정한 모양새가 되고, 가만히 있으면 점점 투쟁의 강도를 높이니 결정하기 어려웠을 것이다. 회사에선 답변이 없었다.

노조는 비행을 거부하고 파업하기로 했다. 날짜를 정해 그때까지 답신이 없으면 파업한다고 통보했다. 나는 극단적인 대치에서 벗어나 원만히 해결되길 내심 바랐다. 그러나 브레이크 없는 열차는 설 수가 없었다. 통보기한이 되어도 답신이 없자 노조는 버스를 동원하여 노조원을 태워 파업 장소로 이동했다. 일촉즉발의 순간이 다가오고 있었다.

회사에서는 여러 번 강조했다. 현 조종사노조는 합법적인 노조가 아니고, 파업의 전제조건을 갖추지도 못했으니 이것은 엄연히 불법 파업이다. 파업을 일으킨 주동자는 물론, 참여한 노조원들도 회사의 처벌을 받을 것이다. 노조는 파업에 참여한 노조원의 숫자에 따라서 나중에 처벌의 강도가 결정될 것임을 간파하고 있었다. 그래서 참여하지 않은 노조원에게 배신자 프레임을 만들어서 거의 모든 노조원이 참여하도록 독려했다.

파업 장소에 도착하고 다시 집회가 열렸다. 파업에 대한 전문적인 교육을 받은 주동자들은 여기서 밀리면 평생 노예로 산다면서 앞날을 걱정하는 노조원들을 부추겼다. 파업 장소를 며칠 임대했냐고 물으니 일단 5일 임대했고 계속 사용할 수 있도록 했단다. 장기전으로 갈 수도 있음을 느꼈다.

전체 회의하고 있는데 회사에서 연락이 왔다. 협상에 응할 예정이고 내일부터 세부적인 항목을 논의하겠다고 한다. 협상단이 회사에 남았는데 그들이 연락한 모양이다. 다시 버스를 불러 원래의 집결 장소로 돌아왔다. 긴 하루였다. 모두 처음 겪은 일이라서 상기된 표정을 하고 있었다, 특히 군 출신들은 익숙하지 않은 사태를 불편해하고 있었다. 돌아오는 버스 속에서 내일의 비행을 묻는 사람, 향후 어떻게 전개될지 묻는 사람 등 어수선했다. 회사에 복귀하여 비행 스케줄을 확인하고 귀가했다.

하지만 이는 불씨를 덮은 것에 불과했다. 회사에선 전문적인 경험과 법률적인 지식을 갖춘 그룹에 조언을 받고 있었다. 불법노조의 한계를 명확히 인식하고 있었다. 객관적인 잣대로 봐도 회사에서 녹록하게 노조의 요구사항을 들어주기가 쉽지 않다고 느꼈다. 협상은 지지부진하게 이어지고 있었다. 확실하게 결실을 보길 원하는 노조 집행부는 조바심을 내고 있었다.

그러던 어느 날, 대의원 대회를 한다고 연락이 왔다. 참석했더니 여러 안건이 제시되었다. 그중 하나가 기장의 기내 방송에 작금의 회사 현실을 알리자는 지침이었다. 회사에서 안전에 대해 이렇듯 무관심하고 개선에 소극적이어서 조종사노조는 부득이 회사를 상대로 투쟁을 하고 있다는 내용을 포함하라고 한다.

또 하나는 회사에서 지급한 비행 가방에 비행안전은 조종사노조가 지키겠다는 글귀를 붙이고 다니라는 지침도 있었다. 나는 방송에 대한 지침에 대해 깜짝 놀랐다. 회사가 운영하는 여객기에 타고 여행하는 승객에게 "당신은 이렇게 위험하고 안전에 무신경한 회사가 운영하는 여객기에 타고 있습니다"라는 방송을 하라는 말인가. 그래서 당신은 위험한 상황에서 여행하고 있다는 말인가.

나는 우리 여객기에 탑승한 승객이 무슨 죄가 있냐며 적극적으로 반대했다. 덧붙여 나는 기장으로서 양심상 이런 방송은 절대 할 수 없다고 선언했다. 그랬더니 집행부는 내게 '해노행위'에 해당한다고 한다. 즉 노조에 위해를 끼치는 행위라는 얘기다. 나는 내 여객기에 탄 승객을 대상으로, 그들은 관심도 없을 회사와 노조의 복잡한 관계를 언급하는 부적절한 방송은 할 수 없다고 단언했다.

동기와 집행부는 나를 회유하기 위하여 접촉하고 설득했다. 나는 이것은 아니라고 분명히 선을 그었다. 노조의 지침에 따라 기내 방송이 시작되었다. 회사는 당연히 곤혹스러워했고, 그런 기장 방송을 하는 사람들도 불편하기는 마찬가지였다. 나는 소신대로 일절 노조의 지침이 들어있는 방송은 하지 않았다.

며칠이 지나면서 불편한 기장들이 노조의 지침대로 방송하지 않는 사람들이 많아졌다. 강성 기장들만 지침대로 시행했다. 나는 노조와 성향이 다르고 같은 배를 오래 탈 수 있는 관계가 아님을 직감했다. 노조 집행부도 내가 노조 성향이 아니라고 느낀 듯하다. 사사건건 극단적인 투쟁 방법에 반대하는 나를 은근히 불편해하기 시작했다. 급기야는 임기가 되기 전에 대의원 수를 재조정하여 다시 투표하는 방안을 제시했다.

나는 맞지 않는 옷을 벗을 좋은 기회라고 생각했다. 좀 더 적극적이고 노조에 힘을 더해줄 사람들을 선정하라고 찬성했다. 짧은 기간 동안 가졌던 노조 대의원 직책을 자의 반 타의 반으로 내놓게 되었다. 이제는 일반 노조원으로 회비를 내고, 일반 집회에 참석하는 수준의 의무만 다하면 되었다.

내심 홀가분했다. 불편하기 짝이 없는 행동에 앞장설 필요도 없고, 극단적인 성향을 가지고 있는 사람들과 머리를 맞대고 논의할 필요도 없다. 당연히 차후에 있을 대의원 투표에 후보로 나서지 않았다. 훨씬 강경하고 적극적인 성향의 인물들이 대의원으로 선정되었다.

몇 년이 흐른 후 법원의 판결로 조종사노조는 합법적인 노조로 거듭나게 되었다. 회사에서는 일반 노조와 조종사노조 두 노조에 맞춰 따로 노사협의회를 구성해 정식 노조로서 위상을 확립했다.

또한 노조 요구에 부합하여 회사 내에 조종사노조의 사무실이 배정되었다. 노조 집행부 몇 명은 반 전임자로서 노조 사무실에 상근할 수 있는 여건을 만들었다. 일반 노조에서는 아예 본인의 업무는 하지 않고 노조 업무만 하도록 전임자라는 직책이 있다. 종일 노조 사무실에서 근무하며 노조 업무로 본인의 업무를 대체하는 직책이다.

하지만 조종사노조는 직업 특성상 전임을 하면 비행 임무에서 제외되고 본인의 향후 경력에도 영향을 미치기 때문에, 반 전임으로 하향 조정했다. 집행부 몇 명이 돌아가며 반 전임을 하는 형태로 규정한 것이다. 또한 비행을 정상대로 하지 못하여 일반 조종사보다 급여의 차이가 나는 부분은 회사와 노조에서 충당해주기로 했다.

나는 이미 노조 대의원을 사임했고, 노조에 큰 관심을 기울이지 않았다. 그런데 그동안 해소되지 못한 문제가 결국은 표면화되었다. 공군 출신 조종사와 민간대학 출신 조종사 간 경력 인정 문제가 표출된 것이다. 전부터 이 문제는 워낙 예민해 경력을 얼마만큼 인정해 주느냐에 따라서 기장 승진 시기가 달라져서 서로의 이해관계가 첨예하게 엇갈렸다.

원래 회사에서는 공군의 비행 경력을 4년 인정해 주었다. 공군에서 비행 경력을 가지고 입사한 군 출신 조종사는 민간출신 조종사보다 4년 일찍 기장이 될 수 있다는 의미다. 민간출신 조종사들이 반발하고. 항공사에서는 항공사의 경력이 중요하다며 수정을 요구했다.

회사에서는 당사자 간 합의를 통하여 해결책을 가지고 오면 전면 재검토하겠다는 애매한 자세를 취했다. 이해관계가 첨예하게 엇갈린 문제에 당사자 간 합의가 가능한 일인가. 여러 차례의 회의를 통하여 해결을 시도했지만, 해결 방안에는 전혀 진전이 없었다. 민간 출신들이 조종사노조를 만드는데 적극적인 이유 중 하나는 이 문제를 노조에서 해결하고자 하는 욕구가 있었으리라.

나는 이미 기장이 되었지만 향후 공군에서 전역하여 항공사에 입사하는 후배들에게는 큰 영향을 미칠 사안이다. 노조가 만들어진 이후에도 이 문제는 계속 논란의 대상이 되었고 결국은 회사가 시행하고 있던 4년 경력 인정 유지 쪽으로 가닥이 잡혔다. 하지만 이로써 공군 출신과 민간출신은 같은 배를 타고 있지만, 서로 다른 꿈을 꾸는 '오월동주吳越同舟' 신세가 되었다.

조종사노조가 출범한 후 눈에 띄게 좋아진 점은 비행시간의 축소였다. 무려 월 150시간에 달하는 엄청난 비행시간이 여러 차례 노사협의회 끝에 적정 수준의 비행시간으로 자리 잡혔다. 최종적으로 한 달에 최대 100시간으로 제한되었으며, 1년에 1,000시간을 넘지 않도록 규정되었다.

국토부에서도 그간 비행사고를 분석하며 휴식 시간을 보장하기 위해선 비행시간을 축소할 수밖에 없다는 결론을 내렸다. 이 강력한 의사가 회사의 결정을 이끌었다. 비행시간을 줄이면서 75시간 이상의 비행을 하면 급여를 누진적으로 지급하는 부수적인 방안도 마련되었다. 또한 휴식일도 예전의 한 달 6일에서 9일로 늘었다. 조종사노조가 만들어진 후 가장 좋아진 게 근무 여건이라고 생각한다.

두 번째로 노조에서 중점적으로 개선하고자 하는 안건이 급여 문제였다. 외국의 항공사와 비교하지 않더라도 회사에서 고용한 외국인 기장과 내국인 기장의 급여 차이는 엄청났다. 당시 2배 정도 차이가 났으리라 짐작한다. 외국인 기장은 용병 신분이라서 전세계의 항공사를 대상으로 급여가 높고 근무 여건이 좋은 항공사를 택하여 지원한다. 따라서 여건이 좋은 항공사에는 좋은 자원이 지원하고, 그렇지 않은 항공사에는 시원치 않은 자원이 몰린다. 단순하게 수요와 공급의 법칙이 적용되는 이유다.

우리 회사에 근무하는 외국인 기장을 살펴보면 선진국에서 온 기장보다는 동남아에서 온 기장이 많았다. 나중에 확인하니 개인별로 따로 계약을 체결하여 급여를 지급하고 있었다. 아마도 미국이나 유럽에서 온 기장보다 동남아에서 온 기장의 급여가 적지 않았나 생각된다. 같은 업무를 하는 내국인 기장과 외국인 기장의 급여가 이렇듯 차이가 나니 조종사노조는 이를 통일시키겠다고 주장했다. 하지만 이는 노조의 의지에 불과했다.

당시 중국에서는 항공사가 많이 생기고 여객기를 기하급수적으로 도입하고 있지만, 이를 운송하는 기장이 부족하여 고민하고 있었다. 그래서 엄청난 급여를 제시하여 전세계의 기장들을 흡수하고 있었다. 소형기의 경우 국내 항공사의 급여보다 2배 혹은 2.5배를 제시하는 중국 항공사도 나타났다. 공군 출신들도 관심을 보이는 기장들이 많이 나타났지만, 민간 출신 기장들의 관심은 폭발적이었다. 그들의 논리를 들어보면 그런대로 정연했다.

국내의 항공사에서 20년을 근무하는 것보다 중국에서 10년만 근무하면 되지 않느냐는 아주 단순한 논리였다. 파급효과가 커서 적지 않은 기장들이 중국에 진출하기 위해 노력하고 있었다. 이미 중국에 진출한 기장들은 그들의 세력을 확장하기 위하여 국내에 있는 동료들에게 연락하여 중국 진출을 도와주고 있었다. 이런 상황이니 기장이 되어 약 1년이 되고 경력이 어느 정도 되면 이직하는 사람이 많아졌다.

우리 회사뿐 아니라 K항공도 같은 문제를 겪고 있었다. 조종사들의 급여가 오르게 된 직접적인 이유는 중국에서 블랙홀 같이 기장을 흡수하는 여건이 큰 역할을 했다. 때맞춰 출범한 노조는 이런 상황을 이용하여 급여 인상을 부르짖었고, 어느 수준까지 인상 효과를 거두었다. 노조의 존재가치는 근무 여건 개선과 급여 인상이다. 대내외적인 여건과 맞물려 소기의 성과를 거두었다.

그간 불만의 대상이 되었던, 부기장을 대상으로 한 기장 승진 필수 요소로 작용하던 기장 투표도 없앴다. 엄밀하게 얘기해서 인성이 좋지 않은 조종사도 있게 마련이다. 원래의 취지는 좋지 않은 인성의 후보자를 거르기 위하여 만들어진 제도인데, 그간 잘못 악용되어 역사의 뒤안길로 사라졌다.

그 뒤 바람직하지 않은 인성을 가진 부기장도 기장 승진에 제한을 받지 않았다. 기장 승진 시 비행 기량과 상황 판단에 문제점이 있으면 결격사유가 되지만, 인성이 부족하다는 이유로 제한을 걸 수는 없었다. 오히려 인성이 부족한 사람들이 노조 활동에 열성적으로 참여하고, 강성으로 인정받아 노조의 비호를 받는 경우가 간혹 발생했다. 심지어 기량과 상황 판단이 부족하여 기장 승진에 실패한 사람들에 대해서도 노조에서는 강성 노조원이라서 떨어뜨리지 않았냐는 항의도 있었다. 이 또한 노조의 보이지 않는 일그러진 자화상이다.

노조는 여러 차례 집행부가 교체되면서 자리를 잡아가고 있었다. 그동안 몇 차례 노조 집행부에 들어오라는 권유가 있었지만 나는 정중하게 고사했다. 그런데 2005년이 되어 공사 선배가 노조 위원장이 되었다. 그는 우리 집까지 찾아와서 노조 수석부위원장이 되어달라고 부탁했다. 어찌나 집요하던지 무려 4시간 동안 얘기를 나누다가 포기하고 돌아갔다. 나는 기본적으로 노조 체질이 아님을 뼈저리게 느끼고 있었다. 나는 집행부에 합류하지는 않겠지만 밖에서 보는 노조의 모습을 가감 없이 알려주겠다고 약속했다.

어느 날 그 선배에게 만나자고 연락이 왔다. 요즘 노사관계가 교착상황이고 타결책으로 무언가 충격요법이 필요하다고 한다. 그러면서 회사에 운항본부장 교체를 건의하겠다고 한다. 노조가 할 수 없는 것 중 가장 큰 게 인사 문제이다. 회사의 고유권한인 인사 문제를 건드리면 걷잡을 수 없는 소용돌이에 빠질 수 있다.

나는 그건 아닌 듯하다고 얘기했다. 그리고 그 발상이 도대체 어디서 나왔냐고 물었다. 얘기를 들어보니 소외된 나이 든 기장들 사이에서 나온 모양이다. 고참 기장들이 본인들의 위상을 세우기 위해 노조를 이용하려는 인상을 받았다. 당시에는 55세가 되면 정식 직원에서 촉탁 신분으로 바뀌면서 노조에서 나와야 한다. 노조원 신분도 아니면서 위원장과의 친분을 이용하여 노조를 이용하려는 의도라고 생각했다.

위원장은 몇 가지 사안을 회사에 건의하고 들어주지 않으면 투쟁의 강도를 높이겠다고 한다. 나는 의미 없는 제안이라고 판단했다. 건의할 사안도 아니고 과도한 투쟁은 노조를 와해시킬 수 있으니 현명하게 판단하라고 했다. 그러면서 예전에 있었던 '12인 기장 사태' 예를 들기도 했다. 완곡하게 말리는데 영 느낌이 이상했다. 그리고 헤어졌다.

소문을 듣자니 회사와 노사협의회를 하면서 통보식으로 제안했으며 인사 문제까지 거론했다고 한다. 인사 문제는 회사의 고유 업무로 노조의 의견을 들어주는 일이 없다. 만약 노조가 인사 문제에 개입하기 시작하면 회사를 대신해서 열심히 일한 사람의 위치가 우스워진다. 근무 여건을 포함하여 여러 문제를 함께 거론했나 보다. 회사에서는 다른 사항은 충분히 상의할 수 있지만, 인사 문제만은 거론할 대상이 아니라고 했다. 노조는 자체 회의를 통해 날짜를 못 박아놓고 요구사항이 관철되지 않으면 파업에 들어가겠다고 통보했다. 파업할 명분도 부족하고 법률적으로도 수세라는 느낌이 들었다.

회사 내에는 '아시아나 공사동문회'가 있다. 공사를 졸업한 조종사로 구성된 모임이다. 순수하게 친목이 목적인 이 조직에서 경력 인정 문제가 화두로 떠올랐다. 나는 당시에 동문회 감사직책을 맡고 있었다. 직접 연관이 있는 후배 몇 명이 협상 회의에 참석하여 경력 문제를 협의 중이었다. 동문회 임원진은 경력 인정 문제를 해결하기 위한 TF(태스크 포스)를 구성하고 그 조직을 동문회의 한 부서에 두자고 했다. 그리고 문제가 해결되면 자연스레 TF를 없애자고 했다.

그런데 공명심이 앞서는 선배 한 명이 후배들을 선동하여 '아시아나 경력 조종사협회'라는 기구를 만들었다. 경력 문제를 민간 출신들과 협의하는 중에 새로운 상설기구를 만들겠다는 의중이다. 그렇게 되면 동문회 위상이 애매해지고 순수하게 친목 모임을 만들었던 취지와도 어긋날 수 있다. 이 기구가 경력 문제를 해결한 후 어떻게 운영될 것인가도 의문이었다. 회비로 운영하면서 그들에게 이익이 될 만한 사안을 계속 제공하는 것은 어려운 일이었다.

나는 하늘로 출근한다

동문회 임원진의 반대를 무릅쓰고 후배를 위한다는 명분으로 그는 단체를 만들었다. 나는 이 신생 단체가 향후 어떻게 변모해갈지에 대해서 의구심이 들었지만, 나의 한계를 넘어서는 일이라서 반대를 포기했다. 그들은 내게도 단체 가입을 권유했다. 처신이 난감했다. 나는 기본적으로 찬성하지 않은 단체에 합류하고 싶지 않았으나, 후배들이 자신들을 배려하지 않는다고 의심할세라 마지못해 가입했다.

그런데 이 경력 조종사협회에서 노조가 파업하면 동참하지 않겠다고 선언했다. 당시 노조의 파업 결정은 명분이 부족했다. 마치 노노 갈등이 시작되는 듯 보였다. 물론 경력 조종사협회는 회사의 도움이 일정 부분 필요하기는 하다. 걷잡을 수 없는 갈등 상황으로 번지는 느낌을 받았다.

그 후 노조는 회사의 조치가 미흡하다는 이유로 파업을 통보했다. 그리고 전 조종사들의 파업 참여를 독려했다. 경력 조종사협회는 노조가 노조원의 권익 대신에 정략적인 문제로 파업하려고 한다면서 조종사노조에서 탈퇴한다고 선언했다. 순식간에 벌어진 일이었다. 공사동문회에 소속된 조종사들은 노조 탈퇴서를 작성하여 노조에 제출했다. 물론 나도 포함되었다. 민간 출신들과 경력 문제로 오랜 기간 갈등을 빚어온 배경도 한 원인이 되었다. 경력 조종사협회는 사무실을 따로 내고 회사와 공존을 기치로 존재가치를 과시했지만, 제도적인 한계에 부딪혔다. 시간이 경과 후 협회는 제2 조종사노조로 전환되었다.

노조는 파업에 참여한 인원과 함께 속리산에 있는 숙소로 떠났다. 이때부터 조종사노조의 전무후무한 파업이 시작되었다. 회사는 비행에 투입할 인원을 최대한 활용하여 파업의 여파를 축소시키기 위하여 노력했다. 하지만 워낙 많은 인원이 파업에 참여하여 그 여파를 줄이기에는 한계가 있었다.

점보에서는 화물기 운항을 전면 중단했다. 그리고 모든 인력을 여객기에 투입했다. 조종사노조의 구성원이 부기장이 많아서 이들이 부족했다. 경력 조종사협회가 파업에 불참했으므로 부기장의 부족함에 비해서 기장들은 여유가 있었다. 파행 같은 비행이 시작되었다. 기장 셋이 조를 이뤄 운영하는 이른바 3조 비행을 시작했다. 목적지에 도착해서 규정에 있는 최소한의 휴식만 취하고 다시 귀국길에 올랐다. 한정된 인원을 동원하여 비행을 계속하니 비행하는 사람들은 피로가 누적되고 이럴 때 사고라도 나면 큰일이라는 생각이 들었다. 신경을 곤두세워 비행해서 그런지 다행히도 불미스러운 일은 발생하지 않았다.

파업에 참여한 노조원들은 수염을 덥수룩하게 기르고 마치 투사와 같은 분위기를 연출했다. 비행하는 사람들도 힘들고 파업하는 사람들도 한 치 앞을 내다보기 어려운 힘든 시기였다. 이런 때 근거 없는 소문이 돌기 시작한다. 회사는 항공기를 매각하고 규모를 줄여서 운영한다는 얘기가 돌았다.

연일 신문과 방송에는 파업 소식을 보도했고 명분이 부족하다며 '귀족노조' 파업이라고 비난했다. 처음 노조에서 파업을 시작했을 때 이렇게 오랜 기간 파업할 줄은 누구도 몰랐다. 무려 한 달이 넘는 기간 동안 파업을 했고, 요구했던 인사 문제는 해결하지 못하고 최소한의 명분만 세운 채 파업은 종료되었다.

처음 파업을 시작할 때, 자국의 회사에서 파업을 경험한 외국인 기장은 파업 종료 뒤 후유증이 오래갈 거라고 얘기했다. 파업에 참여한 사람과 참여하지 않은 사람 간의 갈등이 최고치에 달할 것이고, 갈등의 해소에 최소 10년이 걸릴 거라고 예견했다. 그들의 얘기는 불행하게도 맞았다.

파업에서 돌아온 조종사들을 대상으로 직책을 맡은 조종사들이 면담하고 재자격 훈련을 받게 했다. 드디어 비행을 같이 시작했다. 운항을 위한 브리핑실에서 만난 그들은 눈을 마주치지 않고 지나쳤다. 그들의 적대적인 눈빛을 보니 같이 비행하기가 쉽지 않으리라는 예감이 들었다. 나름 이성적, 합리적으로 부기장을 대해줬다고 자부하고 있었는데, 인사도 하지 않고 지나가는 그들을 보며 마치 이데올로기가 다른 사람들을 마주치는 것 같았다.

파업에 참여한 부기장과 같이 처음 비행했던 기억이 난다. 원래 무뚝뚝했던 그 부기장은 파업이 어땠냐는 나의 질문에 아주 좋았다고 한다. 뭐가 좋았냐고 물으니 회사를 다시 한 번 생각할 기회를 얻었고, 같이 파업에 동참한 동료들과 유대관계가 훨씬 깊어졌다고 한다. 물론 그렇게 인정하고 싶겠지만, 공감하기 어려운 답변이었다. 담담하게 보이려고 노력하는 모습으로 보였다.

비행하면서 굳이 갈등을 보이는 게 좋지 않아 나도 의연한 척하며 비행했다. 그리고 애써 노조에 무관심한 듯 행동했다. 파업에 참여한 사람들은 공사동문회가 파업에 불참해 노조 세력이 약해져 파업이 길어졌다는 피해의식을 가지고 있었다. 이 또한 오랜 갈등의 서곡이 되었다. 노조원들은 파업 참여자와 불참자를 구분하기 위해 노조원임을 인식할 수 있는 리본을 패용하고 다녔다. 이 행위는 회사의 규정을 위배하는 행위로 간주되어 제재를 받았다.

운항을 위한 브리핑실에서는 눈에 보이지 않는 견제가 있었고 간혹 큰 소리가 나오기도 했다. 기장들은 직급이 있어서 파업에 참여한 부기장과 비행해도 큰 문제가 없었지만, 부기장의 경우는 달랐다. 회사에서는 파업에 불참한 부기장들은 비행 시 비노조원 기장들과 편조하여 갈등을 미연에 방지했다. 파업을 이끌었던 노조 위원장은 본인의 거취를 고심하고 있었다.

내가 위원장과 가까운 관계임을 알고 있는 회사는, 가끔 나를 통해 회사의 의사를 전하고자 했다. 나는 부담스러웠지만 회사의 의사를 가감 없이 전달했다. 회사는 법률적인 사항을 검토하여 이 파업을 불법 파업으로 결론지었다. 따라서 파업의 주동자인 노조 위원장은 회사의 징계를 피하기 어려운 실정이다. 법률검토에 따라 회사는 주동자를 해고할 수 있다는 결론을 내렸다. 그러나 만약 노조위원장을 해고한다면 파업에 참여한 노조원들을 다시 한 번 자극할 폭탄이 된다는 사실을 회사는 우려하고 있었다. 겨우 봉합된 파업의 여파를 다시 들쑤시고 싶지 않았다.

회사는 위원장에게 제안했다. 파업의 여파가 크고 회사의 손실이 엄청나서 징계로 끝나지 않고 민사소송을 제기하여 손해배상을 청구할 계획이다. 손해배상이 이루어지면 본인은 물론 노조의 재산이 압류되어 큰 손실이 예상된다. 본인이 모든 현실을 인지하고 스스로 퇴사한다면 민사소송은 제기하지 않겠다. 그렇게 하면 경력에 해고로 기록되지 않아 다른 항공사에 갈 수 있다는 설명도 했다. 나는 회사의 중재안을 위원장에게 전달했다. 며칠 고심하던 위원장은 결국 퇴사를 결심했다.

내게 그토록 노조 집행부에 동참하여 노조를 운영하자던 위원장은 결국 자의 반 타의 반으로 퇴사하게 되었다. 그 위원장은 몇 년 후 LC-

C(Low Cost Carrier: 저가항공사)에 운항본부장으로 선임되어 일했다. 그런 후에도 노조원과 비노조원 사이에 찬바람이 계속 불었고 그 갈등은 식을 줄 몰랐다. 체류지에서 노조원과 비노조원은 식사를 따로 다니는 촌극까지 벌어졌다. 파업 후 최악의 분위기로 치닫고 있었다.

노조가 생기면서 조종사 사회는 많은 변화가 있었다. 노동조건이 대폭 개선되고 임금이 인상되었다. 노조의 존재가치를 실현한 대목이다. 이는 양날의 칼 중에 이롭게 사용된 칼날이다. 반면 정치적이고 명분이 부족한 파업은 회사에 큰 손실을 끼친다. 가장 아쉬운 점은 파업에 참여한 사람과 불참한 구성원 간의 불화다. 조종석에서는 기장과 부기장 간의 최선의 협조로 성공적인 비행이 이루어야 한다. 냉소적인 편조가 과연 최선의 협조로 이어질지는 미지수다. 파업 후 갈등을 보며 위태로운 다른 쪽 칼날을 보는 듯했다.

어느 날, 비행을 마치고 집에 오니 운항 책임자인 운항 부사장으로부터 전화가 왔다고 한다. 전화를 되걸어보니 같이 저녁 식사를 하자고 한다. 그분은 공사 10년 가까운 선배로 수송기를 타서 공군에서 전혀 마주칠 기회가 없었다. 하지만 가끔 전화를 걸어와서 조종사들 분위기를 물어보고 현안에 대해서 어떻게 해결하면 좋겠냐는 의견을 묻기도 하였다. 회사 내에서 회의가 있을 때는 평기장 자격으로 내게 참석을 권유하기도 하였다.

갑작스럽게 같이 저녁 식사를 하자고 하니 무언가 불길한 예감이 들었다. 식당에 가서 마주 앉으니 주변 얘기를 꺼내며 본론을 꺼내지 않는다. 그러더니 마침내 B747 팀장을 맡으라는 얘기를 꺼낸다. 나는 '올 것이 왔구나' 싶었다. 계속 회사의 직책을 고사했더니 이젠 부사장이 직접 만나서 권유한다.

머릿속이 복잡했다. 나는 비선에서 회사를 위해 열심히 일하고 외부에서 도울 터이니 직책은 다른 사람에게 맡기는 게 좋겠다고 했다. 부사장은 계속 직책을 맡지 않겠다고 해서 본인이 직접 만나 강권하는 것이

나는 하늘로 출근한다

라고 한다. 며칠 생각할 여유를 달라고 했다. 그랬더니 식당 문을 나설 때까지 결심하여 답변하라고 한다. 머릿속 회전이 심하게 돌아가기 시작했고 난감하기 짝이 없었다. 나름대로 항공사 생활에 잘 적응하고 지내며, 비록 조종사 간에 갈등이 있지만, 나의 소중한 사생활이 침해받을 수밖에 없는 보직 생활은 생각해본 적이 없었다.

만약 직책을 거부하면 어떻게 할 것이냐고 했더니, 회사에서 준 혜택만 받고 거부하면 회사를 떠나는 것이 맞지 않겠냐는 답변이 돌아왔다. 지금 상황이 아주 어려운 상황임을 잘 안다면서, 이럴 때 뚝심 있게 흔들리지 않고 직책을 잘 수행해주면 좋겠다고 한다.

물론 강압적인 권유임을 잘 안다. 하지만 나를 생각해서 꼭 직책을 맡기겠다는 의지의 표현임을 알 수 있었다. 혹시 나를 실제보다 높게 평가하지 않느냐는 마지막 질문을 했다. 같이 근무한 적도 없고 피상적인 모습만 본 상태에서 어려운 시기에 이런 직책을 맡기는 것을 후회할 수도 있지 않냐는 질문이었다. 그는 조금의 흔들림도 없이 그 결심에는 변함이 없다고 밀어붙였다.

나는 제안을 거절할 명분을 더 이상 찾을 수 없었다. 직책을 맡겠다고 했다. 그제야 부사장은 만족스러워하며 태도를 유연하게 바꿨다. 집으로 돌아오면서 갖가지 상념에 사로잡혔다. 이제는 행정업무도 해야 하는구나. 가뜩이나 시끄럽고 혼란한 시기에 어떻게 조종사를 조율해나갈지 암담했다.

며칠 후 회사에 가서 보직인사를 하고 사무실에 본격적으로 출근했다. B747 팀은 항공기 대수가 많고 그에 따라 조종사들 수가 상대적으로 많은 팀이다. 그리고 비행을 위해 전 세계에 조종사가 흩어져 있어 집체교육이 현실적으로 불가능하다. 따라서 전달사항은 주로 메일을 이용하고, 대면 교육이 필요한 경우에도 며칠에 걸쳐서 할 수밖에 없는 구조이다.

팀원들에게 메일로 취임 인사를 하고 사소한 일이라도 건의할 사항이 있거나 면담이 필요하면 팀 사무실로 방문하라고 했다. 팀장은 일반 기업의 부장 레벨이었고, 팀원은 300명이 넘는 수준이었다. 팀의 담당기가 대형기인 관계로 팀원의 연배가 상대적으로 높고, 근무연수도 오래되어 조율하기가 쉽지 않은 팀이다. 출근해보니 그간 전임 직책을 맡았던 2사 출신 팀장이 운항 부문 확장 개편에 따라 임원으로 승진해 내 상급자가 되었다. 진작 이런 사실을 알았다면 절대 직책을 맡지 않았을 것이다. 부사장은 그런 저간의 사정을 짐작하고 내게 얘기하지 않은 듯하다.

2사 출신과 공사 출신은 해묵은 갈등이 있다. 2사 1기와 우리 동기는 같은 해에 임관했는데, 그들이 2년간의 교육과정을 마치고 임관해서 우리는 그들을 후배로 여기고, 그들은 같은 레벨로 인정받기 원하는 동상이몽의 관계이다. 기분이 무척 언짢았다. 하지만 지금에 와서 팀장을 그만두겠다고 얘기하는 것도 경솔해 참기로 했다. 내 옆의 B767 팀장은 사관 2년 선배가 맡게 되었다. 단순하게 따지자면 그는 부하를 상급자로 둔 셈이다.

내심 불쾌했지만 1년만 눈 딱 감고 직책을 수행하자고 결심했다. 그동안 비행하며 스케줄에 맞추어 살다 보니 규칙적인 생활이 되지 않았다. 이제는 아침에 회사에 출근해야 하고, 사무실이 인천공항에 있어서 출근 시간이 꽤 걸렸다. 종일 책상에 앉아 일하다 보니 운동할 시간을 내기가 쉽지 않았다. 오후가 되면 나른했다. 점심 식사를 마치고 걷기로 했다. 날씨가 좋은 날은 공항 밖을 약 1시간 걸었다. 날씨가 좋지 않은 날은 공항 내부를 걸었다. 그랬더니 졸면서 시간을 보낸 것보다 오히려 컨디션이 좋은 듯했다.

팀에 와서 자금 사정을 보니 파업 여파로 문화체육비를 사용할 기회가 없어서 비용이 많이 모여 있었다. 문화체육비는 조종사 일 인당 얼마씩 책정되어 회사에서 나오는 판공비로, 팀원을 위한 체육활동이나 회식비로 지출되는 비용이다. 점보는 팀원이 많아서 비용이 많이 책정된다. 오랫동안 사용할 기회가 없어서 비용이 많이 모였다. 연말까지 사용하지 않으면 다시 회사의 비용으로 귀속된다. 이렇게 갈등이 극심한 상황에서 단체 회식을 할 수도 없고, 체육활동을 주선할 수도 없었다.

그래서 대신 연말에 선물을 배포하기로 했다. 여러 곳을 돌아다니며 선물을 고르다가 결국 회사 내 로고매장에서 선물을 결정하여 주문했다. 조종사들은 눈이 높아 시시한 선물을 준비했다가는 안 하느니 못 할 수 있어서 선물 선정이 어려웠다. 연말 선물을 배포하니 반응이 생각보다 좋았다. 선물의 질도 만족하는 것 같았다. 선물은 회사 로고가 들어간 알람시계로 조종사들이 비행 시 가지고 다니며 사용할 수 있고, 혹은 책상에 두고 보는 아이템으로 선정했다. 디자인이 예쁘고 작아서 소지하기 편하고, 소속감을 위해 팀 이름도 새겨 넣었다. 다른 팀들도 내가 활용한 방식으로 방법을 모색하기 시작했다. 타월을 만들어 돌린 팀도 있고, 다른 선물을 만든 팀도 있었다. 말도 많고 탈도 많았던 2005년이 저물어가고 있었다.

한 해를 마무리짓는 종무식을 마치고 본사에서 일반직 팀원들과 덕담을 나누고 있었다. 인천공항 사무실에서 갑작스러운 일이 생겼다고 연락이 왔다. 나는 처음에 이 사태가 그렇게 커질지는 상상도 하지 못했다. 얘기인즉, 노조에 속한 부기장이 비행을 나가며 조종사들이 비행 중 필수적으로 소지해야 할 서적인『젭슨』(공항의 계기비행 절차 수록 책자)을 본인용만 가지고 나가겠다고 했단다. 당시에『젭슨』은 기장, 부기장용을 부기장이 가지고 나가서 기내에서 배포했으며, 4명이 비행 나갈 때는 부기장 두 명이 나눠서 가지고 나갔다. 파업 여파로 신경이 예민한 상태에서 문제를 일으킨 것이다.

내심 난감했다. 언젠가 수정해야 할 제도라고 꼽고 있었는데, 이렇게 문제가 표출되니 지금 수정하면 마치 노조에 휘둘리는 모양새가 될 듯했다. 나는 그 부기장을 설득했다. 나중에 조종사들과 의논해 수정하겠으니 이번 비행은 예전과 같이 가지고 나가면 좋겠다고 했다. 그는 아주 강경하게 지금 고치지 않으면 비행하지 않겠다고 한다. 나는 "악법도 법이다"라며 설득을 계속했지만, 그의 고집을 꺾을 수 없었다.

그는 노조에서 직책을 맡은 강성 노조원이었다. 게다가 그와 같이 비행할 기장은 내 동기생이었다. 그 기장은 무뚝뚝한 편이고, 원칙을 중요시해서 부기장이 저렇게 행동하면 같이 비행하지 못하겠다고 한다. 그렇다면 부기장을 교체하여 비행하겠다고 최후통첩했다. 끝까지 설득이 되지 않아 부기장을 교체하여 비행하기로 했다. 메워넣기식으로 다른 스케줄 뒤에 있던 부기장을 끌어서 비행에 차질이 없도록 조정했다. 비행에서 빠진 부기장은 바로 노조 사무실에 가서 오늘 있었던 사안을 얘기하고 대책을 논의하는 모양이었다.

나는 하늘로 출근한다

나는 이 사태가 몰고 올 파장을 생각하니 단순히 끝날 문제가 아님을 직감했다. 부사장에게 사실을 보고하고 차후 대책을 논의했다. 부사장은 원래 점보 기장 출신이라서 점보의 생리를 잘 알고 있는 사람이었다. 그 부기장의 노조에서의 위상을 생각하니 앞으로 험난한 노사관계가 예상됐다. 노사관계를 전문으로 다루는 변호사를 호출했다. 비행 관계를 설명하기가 쉽지 않았지만, 상황을 모두 이해한 변호사는 이렇게 된 이상 물러서면 계속 노조가 사소한 문제를 내세워 회사를 압박할 것이라고 조언했다. 그러면서 오늘 조치는 다소 무리가 있지만, 회사는 이렇게 나갈 수밖에 없다고 했다. 덧붙여 차후에 유사한 문제가 발생하면 강경하게 대처하라고 조언했다.

그날 밤에 엄청나게 많은 전화를 받았다. 노조에서 항의 전화가 오는 것은 물론, 회사의 인사 부서에서도 차후 대책을 묻는 전화가 빗발쳤다. 나는 사태가 이미 발생했고 회사의 위상을 떨어뜨리지 않기 위해서 골치 아프지만 강경하게 대처해야겠다고 결심했다. 다음 비행 때 그 부기장을 포함한 비행 계획을 하면서, 그가 거부할 것을 예상해서 예비 부기장을 선정했다. 그리고 다시 한 번 그를 설득했다. 이미 노조의 조언을 받았는지, 그는 또다시 강경하게 비행을 거부했다.

그날 저녁에는 인사 부문 임원과 해당 부사장까지 합류하여 회의했다. 인사 담당 부사장은 일이 커지는 것이 상당히 곤혹스러운 모양이다. 가능하면 좋은 방향으로 해결하면 좋겠다는 조언을 거듭했다. 나는 운항 부사장과 논의를 마치며 어차피 이 단계까지 왔으니 변호사 조언대로 해고를 거론하며 그를 압박하겠다고 했다. 그리고 세 번의 업무 거부가 있으면 인사위원회를 개최하여 해고까지 징계할 수 있는 법률적 근거를 확인했다.

다음 비행 시 그를 만나서 미리 작성한 서류를 보여주며 세 번 비행 거부를 한 사실의 인정을 요구하고, 인사위원회에 상정하겠다고 통보했다. 그는 생각할 시간을 달라고 하더니 한참을 다른 사람들과 통화했다. 그리고 그는 비행하겠다고 말했다. 무려 열흘 넘게 회사를 발칵 뒤집고 회사와 노조의 대립각으로 몰고 간 사태는 회사의 잠정적인 판정승으로 끝났다. 나는 직책을 그만두어도 좋다는 심정으로 주관을 가지고 밀고 나갔다. 만약 내가 좋은 방향으로 해결하고자 노력했으면 오히려 바람직하지 않은 방향으로 전개되었을 확률이 높다. 회사는 노조에 빌미를 주지 않고 사태를 잘 해결했다고 평가했다.

나는 바로 규정 개정작업에 들어가서 『젭슨』을 가지고 가는 모든 사안을 합리적으로 수정했다. 팀장이 되고 얼마 되지 않은 시점에 내가 받은 첫 번째 도전이었다.

새해가 밝아오고 팀장업무는 계속되었다. 나는 팀장도 비행을 계속하여 비행 업무로 복귀할 때 자연스럽게 다시 기장이 될 수 있도록 유지 비행을 계획했다. 한 달에 두 번 비행하도록 계획하고, 미주 혹은 유럽 비행과 일본 혹은 중국의 단거리 비행을 하도록 해서 자격에 공백이 생기지 않도록 했다. 격월제로 미주와 유럽을 번갈아 가도록 계획했다.

직책을 일 년만 하고 그만둘 생각이니 비행 복귀 시 차질이 없도록 하자는 마음에서 비롯된 계획이었다. 비행 분위기는 계속 좋지 않았으며 그러다 보니 많은 언매치(Unmatch) 요구가 있었다. 언매치는 비행에 같은 편조로 구성되면 서로가 너무 맞지 않아서 안전에 지장이 있으니 특

나는 하늘로 출근한다

정한 사람과는 비행을 같이 넣지 말아 달라는 요구이다.

물론 파업 이후에 비행 계획을 짤 때 많은 신경을 썼다. 노조원을 대상으로 강성의 정도를 파악하여 비노조원과 비행을 계획할 때 참작했다. 하지만 워낙 많은 인원을 대상으로 비행 스케줄을 짜다 보면 세부사항을 놓칠 수도 있다. 비행을 바꿔 달라는 요구가 많았고, 누구와는 절대 비행할 수 없다는 요구도 그치지 않았다. 자국에서 파업을 겪은 외국인 기장 얘기가 떠올랐다. 파업을 겪은 항공사는 파업에 참여, 불참한 인원과의 갈등이 10년 이상 간다고 하던 말이었다. 그럴 수도 있다는 생각이 들었다.

찾아와서 불평, 불만을 털어놓는 조종사들도 많았다. 사무실을 방문한 것 자체가 큰 용기를 내서 온 것인데 뻔한 얘기라도 경청하지 않을 수 없었다. 가능하면 그들의 요구를 들어주고, 들어주기 어려운 사안은 이유를 자세히 설명하며 차선의 방안을 제시했다. 겉으론 평온해 보이는데 내부 갈등이 아직도 많이 보였다.

점심시간을 이용한 걷기는 계속했고 퇴근 후 체육시설에 들러 헬스를 지속했다. 사무실 근무 기간 중 유일한 스트레스 해소 방법이었다. 분위기가 이렇게 좋지 않다 보니 문화체육비를 사용할 기회를 잡기도 쉽지 않았다. 노조원과 비노조원이 같이 운동하다가 감정이 격해질 우려도 있고, 단체 회식 자리를 마련하는 것도 조심스러웠다.

B747 팀에서는 일 년에 두 번 정도 대면으로 교육한다. 그동안 일어난 사고 사례를 전파하고, 계절이 바뀌어 수행하여야 할 절차를 교육하면서 현장의 소리도 듣는 자리다. 오전에 교육하고 점심 식사를 외부 식당에 모여서 하도록 했다. 필수 교육인 까닭에 팀원 참여도가 높았고,

공식적인 자리에서는 그나마 감정을 표출하는 사람이 없었다.

획기적인 방안으로 분위기를 쇄신하고 싶었지만, 오히려 역효과가 우려되었다. 노조원보다는 비노조원이 사무실에 많이 찾아왔고 그들과의 대화로 분위기를 파악했다. 연말이 가까워지면서 우리도 문화, 교양 이벤트를 마련하고 싶었다. 그래서 공연장을 알아본 후 무언 상황극을 단체 관람하기로 했다. 그때까지 공연 단체 관람을 계획한 팀은 처음이었다. 팀원들이 성원을 보내기 시작했다. 비행하는 팀원들은 할 수 없이 불참했지만, 많은 사람이 관람에 동참했다. 우리 팀 일반직 직원도 조종사와 같이 공연을 관람할 수 있도록 조치했다.

관람을 마친 후 인사동에 있는 민속 식당에서 저녁 식사를 겸하여 반주할 수 있는 자리도 마련했다. 노조원들도 많이 참석했는데, 우리도 이런 정도의 수준이 되었다며 흡족해했다. 분위기가 많이 부드러워진 듯하여 좋은 이벤트를 마련했다고 생각했다. 회사에서도 관심을 보이고, 다른 팀들도 이벤트를 만들기 시작했다. 팀에 소속된 일반직 직원들도 분위기에 많이 동화되어 스스럼없이 어울리는 계기가 되었다. 신경을 쓰면 분위기를 쇄신할 수 있다는 자신감이 생겼다.

하지만 아직도 사생활을 제한받는 직책 생활이 부담으로 남아있었다. 내가 영입한 부팀장 격인 후배 기장도 일 년만 직책을 수행하고 라인으로 돌아가겠다는 의사를 밝혔다. 내가 사임하기 전에 그를 먼저 보내줘야 하는 의무감을 느꼈다. 업무에 대해서는 빈틈을 보이지 않으려고 최선을 다했고, 인간적인 측면에서는 팀원들이 사무실에 출근할 때 부담 없는 분위기를 만들고자 했다. 그러기 위해서는 업무 시 확실하게 일의 윤곽을 설정하여 요구해야 한다. 명확하게 업무를 규정하여 윤곽을 잡

　　　　　　　　　　　　　　　　　나는 하늘로 출근한다

아주고 요구하면 직원들은 큰 부담 없이 업무를 수행한다.

공군에서 근무하던 시절을 회상하며 어떻게 하는 것이 같이 일하는 사람들의 부담을 적게 주는 방향인지 생각하고 그 방식으로 하도록 노력했다. 사무실 직원들의 개인적인 요구를 경청하고, 시간 외 근무는 시키지 않았으며 퇴근 시간이 되면 오히려 나보다 먼저 퇴근시켰다. 근무 시간에 다른 짓 하지 않고 업무에 매진하는 것이 훨씬 효과적이라고 공군에서도 생각했다. 직원들의 협조가 적극적으로 바뀌고, 만족도도 높아진 듯했다. 팀장으로 일하는 사이에 어느덧 일 년이 지나고 이 일 또한 서서히 녹아들고 있었다.

연말이 다가올 무렵, 비행 계획대로 상하이를 다녀오기로 했다. 상하이 비행은 짧은 국제선 비행 중 하나로, 일과 중에 다녀올 수 있는 비행이라 자주 다니는 편이었다. 비행을 마치고 인천공항에 착륙하여 휴대전화를 켜니 문자 수십 개가 와있었다. 처음에는 무슨 일이 벌어진 줄 알았다. 그런데 문자를 보니 하나같이 축하 인사였다. 곰곰이 생각하니 오늘이 임원발표 날이었다.

임원발표에 대해서는 생각지도 않았고, 더욱이 내가 선임되리라고는 상상도 하지 않았다. 내가 되기를 바랐거나 선임 기미를 눈치챘으면 당연히 비행하지 않았을 것이다. 회사에서도 내가 비행 중이라고 하니 당황했다고 한다. 사무실에 들어와서 컴퓨터를 켜고 인사내용을 확인하니 내가 '운항기획이사'로 임명되었다. 당시 임원 등급체계는 이사-상무-전무-부사장-사장 순이다.

순간 멍했다. 전혀 예상하지 못한 상황이었다. 마치 늪에 한 발이 빠진 기분이었다. 이제는 직책을 그만두고 싶어도 그만둘 수 없는 상황에 직면했다고 느꼈다. 사무실에서는 축하 케이크를 사 오고 꽃다발을 준비하는 등 분주했다. 내 속내와는 동떨어진 분위기였지만 그들의 축하에 찬물을 끼얹고 싶지 않았다.

각 부서에서 축하 전화가 오고 내일 본사에 가서 회장에게 신고한다는 계획이 전해졌다. 옆에서 조언을 아끼지 않던 선배인 전임 운항 기획이사는 승진하여 전무가 되면서 운항본부장으로 임명되었다. 집에 와서임원 승진 소식을 아내에게 전했더니 놀란다. 그룹 회장을 비롯한 여러곳에서 축하 난과 화환을 보내서 거실이 환했다. 아이들도 엄마의 설명을 듣고 축하의 인사를 아끼지 않았다.

이튿날 본사에 가서 회장께 신고했다. 회장은 "열심히 하는 것보다 잘하는 것이 중요하다"라는 의미심장한 얘기를 했다. 검증된 사람이 임원에 선발되는데 누구든 열심히 하지 않겠는가. 잘하는 것이 중요하다. 즉실적으로 실력을 보이라는 얘기다. 많은 기업을 거느린 그룹 회장으로서 임원들이 해야 할 기준을 명확히 얘기한 것이다.

"실적이 곧 인격이다."라는 결과 지상주의적인 표현도 영업 부문에서는 상식으로 알려져 있다. 내가 사용할 사무실이 준비되었고, 개인비서도 배정되었다. 군에서 장군이 되면 처우 서른몇 가지가 바뀐다는 얘기를 들은 적이 있다. 기업에서는 임원으로 승진하는 것이 군으로 따지면별이 되는 것이고 신상의 변화가 크다고 한다.

어느 책에서 본 바에 의하면 같이 입사한 사람 중에 임원이 될 확률은0.6%에 불과하다고 한다. 그리고 국내 기업에서는 임원이 된 후 2년 만에 가장 많이 해임된다고 한다. 경쟁이 극심한 기업의 현실을 생생하게표현한 말이다.

임원용 업무 차량이 나온다면서 어떤 차를 선정하겠냐고 묻는다. 생소하지만 조금씩 실감이 나기 시작했다. 여태까지 인천공항에서 근무했는데 운항 기획 이사는 그곳에 있을 필요가 없고, 회사 내 타 부문과 조율할 업무가 많다. 김포공항 부근의 본사에 사무실이 있다. 사무실에 출근하니 비서가 배정되어 사무실 문 앞에 있다. 이 또한 항상 다른 임원 사무실에서나 봤던 광경이었다.

사사로운 일은 비서를 통하여 연락이 오고, 사무실 전화도 비서가 받아서 필요한 사항을 전하든지 바꿔준다. 먼저 인사팀장의 방문이 있었다. 임원이 되면서 지금까지 근무한 경력은 퇴직 처리되고 새롭게 계약을 맺어야 한다. 근무한 연수만큼 퇴직금을 지급하고, 연봉을 포함하여 새로운 계약서를 작성하고 서명해야 한다. 나는 기장 출신이라 다른 임원에 비해 연봉이 높게 책정되었다.

그리고 임원은 회사에서 효용성이 없을 때는 해임이 가능하고, 매년 임기연장에 대한 계약을 갱신한다고 한다. 매년 실적을 확인하고, 실적이 미미하면 해임 가능하다는 얘기다. 자조적인 농담에 의하면 "임원은 임시 직원이다"라는 말이 있는데 그 말이 허튼 얘기가 아님을 실감했다. 그나마 기장 출신은 임원직에서 해임되더라도 정년이 많이 남았을 경우 기장으로 복직하여 상실감이 덜한데, 다른 임원들은 목숨을 걸고 일한다는 얘기가 이래서 그렇구나 싶었다.

연봉계약을 하고, 차량을 신청하고, 업무를 위해 사용이 가능한 판공비 카드를 받았다. 첫 임원 회의에 들어가서 임원에 대한 회사의 대우와 위상을 다시 한 번 느꼈다. 약 서른 명의 임원이 회의를 진행하면서 각자 실적을 보고하고, 차기 계획을 보고한다. 사장은 업무에 세세히 관여

나는 하늘로 출근한다

하지 않은 채 파악을 하는 것처럼 보였다. 먼저 운항 기획 이사의 업무를 파악하고 차후 어떤 지침을 세워서 일을 추진할지가 핵심이었다. 다행히 전임자가 운항본부장으로 영전해서 가까이 있는 관계로 언제든지 질문하고 논의할 수 있는 상황이라 안심되었다.

임원발표 2주일 쯤 지났을까, 지방에 있는 연수원에서 신임 임원 교육과정이 있었다. 국내외에서 근무하는 금호그룹의 임원 선발자 약 30명이 같이 입과했다. 분야가 굉장히 다양했다. 고속버스, 화학, 건설, 항공, 렌트카까지 총망라한 인원이 한꺼번에 모여서 교육을 받게 된 것이다.

항공사에서는 8명의 신임 임원이 참석했다. 아시아나 신임 임원은 같은 해에 선임된 인연으로 가끔 식사하며 도울 것은 돕자며 '이사팔'이라는 모임을 만들었다. 8명의 이사 모임이라는 표현이다.

그룹 내 기업에 대한 소개에서 재무까지 포함하여 상세하게 이어졌다. 임원이 되면서 갖추어야 할 소양에 대한 교육도 많이 할당되어 있었다. 특히 의상을 어떻게 코디하여 세련되도록 만드는가 하는 교육이 인상 깊었다. 이제는 의상도 신경을 써서 품격 있게 차려입어야 한다고 생각하며 주의 깊게 들었다. 하다못해 명함 지갑 같은 소품도 기왕 하나 마련할 것 같으면 좋은 제품을 사용하여 품격을 높이면 좋다고 강조했다. 전혀 신경 쓰지 않던 사항을 들으니 새로운 세상을 보는 듯했다.

하이라이트는 와인 교육이었다. 팀장이 되어 간혹 와인 마실 기회가 있었는데 와인 메뉴를 보면 까막눈에 가까웠다. 어떤 와인을 고르고 무슨 음식과 와인이 어울리는지 알고 싶었지만 배울 기회가 없었다. 여객기에 와인이 실리고 퍼스트와 비즈니스석에서 서비스되는데, 같은 회사에 다니면서 전혀 상식이 없다는 현실이 민망할 때가 있었다. 명색이 기장인데 와인에 문외한인 현실을 밖의 사람들은 이해하지 못했다.

약 4시간에 걸친 아주 간단하고 상식적인 교육이었지만 상당히 인상적이었다. 나중에 회사에 돌아와서 근무하던 중에도 와인 교육은 임원들을 대상으로 자주 열렸고, 3일 간의 교육과정에 참여하여 많은 상식과 정보를 얻기도 했다.

신임 교육과정 중에는 영업 부문을 이해하기 위하여 팀으로 나누어 마케팅 실습을 하기도 했다. 전혀 접하지 못한 부문을 이해하는 방법에는 여러 가지가 있겠지만, 직접 실습할 때 실감이 났다. 실제로 영업 부문에서는 많은 고초와 어려움이 있겠다는 생각이 들었다.

회장이 특별히 강조한 사항으로 임원은 재무 지표를 이해할 능력이 필요하다고 하여 재무에 대한 교육이 많이 배정되었다. 재무 교육이 제일 이해하기 어렵고 난해했다. 재무 계통에 근무하는 사람들은 본업이니 잘 이해하고, 문외한인 우리에게 자세히 설명해주기도 했다. 저녁 시간에는 소통과 화합을 위한다는 명분으로 회식 자리가 많았다. 타 업종을 이해하고 그들의 고충을 듣는 좋은 기회였다.

다른 기업에서 항공사에 근무하는 우리를 선망한다는 사실에 놀랐다. 특히 그룹에서 공채시험을 통해 선발된 신입사원들이 제일 선호하는 기업이 아시아나라고 한다. 나는 항공사에 배정된 사원들이 최선을 다하여 입사한 사람인 것을 그때 처음 알았다.

임원교육은 자부심을 높이는 좋은 교육이었다. 반면에 부담감을 느끼는 기간이 되었으며, 임원으로서 목표를 설정하는 데 좋은 영향력을 미쳤다. 모든 교육이 그렇듯이 임원교육을 마치고 평가가 있었다. 공정성

나는 하늘로 출근한다

을 꾀한다는 명분으로 시험 감독이 많이 들어와서 옆에 눈길을 주기도 어렵게 책상의 간격을 벌리고 필기시험을 봤다. 역시 재무가 제일 어려웠다. 평가 성적은 밀봉되어 회장께 직보한다고 하니 바닥을 면하는 것이 중요했다. 내 생각에 중간 정도의 성적으로 마친 듯하다. 그 정도면 선방이라고 생각했다.

본격적인 임원 생활이 시작되었다. 회사에서 임원 개인 발전에는 배려를 아끼지 않는다는 생각이 들 정도로 혜택이 많았다. 일과 후 따로 임원을 대상으로 와인 교육과정을 만들어서 무료로 시음까지 포함한 교육이 있었다.

또한 영어 회화 능력을 숙달시키기 위하여 신청자를 대상으로 일과 후 강사가 회사에 와서 일대일로 주 2회 교육했다. 당연히 과정을 신청하고 2시간씩 외국인 강사에게 교육받았다. 회화 능력과 발음을 중점적으로 교육받는데, 자비로 하자면 값비싼 교육일 것이다.

내가 기장이나 팀장일 때는 상상하지 못할 수준의 혜택이 임원에게 주어졌다. 직무에 대한 업무 파악을 하면서 업무의 영역이 꽤 광범위하다는 생각을 했다. 또한 회의가 무척 많았다. 무작정 회의 숫자를 줄일 것이 아니라 효율적인 회의 진행이 필요함을 느꼈다.

업무 진척 사항을 파악하는 가장 빠른 방법이 회의다. 진행 중이거나 계획할 업무에 대한 파악을 위해 회의가 필요하지만, 최소한으로 줄이자면 메일을 활용하여 소통하면 가능하리라 생각했다. 예하 팀장들에게 필요할 때 언제나 내 사무실을 방문하는 것은 당연하고, 메모 혹은 메일로 필요사항을 격식 없이 알리도록 했다. 내가 참석해야 할 회의도 무척 많았다. 회사 내의 회의 중 운항이 필요한 경우 어김없이 운항 기획 임원은 필수 참석 요원이다.

그러다 보니 회의하다가 하루를 보낸다는 말이 실감되었다. 중요한 회의는 사장이 주관하는 임원 회의고, 전 계열사가 참석하는 그룹의 회의에도 나는 필수 참석대상이었다. 하긴 기획이라는 부문 자체가 어디서나 포함되어야 할 대상임은 자명하다.

예전과는 달라진 게 많은데, 그중 하나가 혼자 식사하지 않는다는 것이다. 요즘 말로 '혼밥'이라고 불리는 이것은 금기에 가까웠다.

점심 식사 시간이 가까워지면 선임 팀장이 비서를 통해 약속이 있는지 확인하고 없으면 식사에 동행한다. 비록 구내식당인 경우에도 팀장들과 같이 가서 식사한다. 혼자 식사하는 모습이 행여 독단적이고 화합하기 어려운 성격으로 보일 수 있지 않나 하는 우려에서 비롯된 듯싶다. 나 역시 윗분들의 식사에 동원되기 시작하였다. 부회장이나 사장이 점심 식사 약속이 없는 경우 비서를 통하여 연락이 온다. 동행하여 외부 식당에서 점심 식사하는 경우, 시간이 오래 소요되어 오후 일정에 지장을 초래하는 일이 간혹 발생했다. 식사비는 윗분들이 내는 게 관례로 되어 있었다. 하지만 식사 시간이 오래 소요되어 부담되기도 했다.

어느 날 곰곰이 생각하다 그 관념을 바꾸기로 했다. 내가 비행을 하지 않고 높은 연봉을 받는 이유는 이런 행사에 참여하기 때문이다. 회의에 시간을 많이 보내고, 윗분과 식사하는 것도 결국은 업무의 연장선이고 연봉에 포함되는 일이라고 생각했다. 생각을 바꾸고 나니 이 또한 즐길 수 있는 일이 되었다. 마음이 가벼워지고 식당에서 돌아오면서도 부담이 줄었다. 모든 것은 생각하기 나름이다.

정장으로 일하다 보니 적지 않은 양복과 그에 따른 액세서리가 필요했다. 백화점의 정장 가격이 생각 이상으로 비쌌다. 그간 정장의 필요성을 크게 느끼지 않아서 동계와 춘추복만 있었는데, 매일 정장으로 일하려니 여러 벌의 양복이 필요했다. 아웃렛에 가보니 한두 해 묵은 정장은 고급브랜드여도 가격이 저렴했다. 남성복은 유행에 민감하지 않아서 일이 년 묵은 정장도 괜찮아 보였다.

운항 부문의 임원은 기획 임원이 있고, 라인에서 조종사를 관리하며 비행안전을 책임지는 운항 안전 임원이 있다. 운항 안전 임원은 김포와 인천공항에 각 한 명씩 근무한다. 그들은 직접 조종사를 접하고 안전에 대한 세부적인 사항을 관리한다.

하지만 노동조합에 대한 업무는 기획 임원 몫이다. 회사의 인사 및 노사 임원과 함께 주기적으로 노사협의회에 참석한다. 가장 머리 아프고 힘든 업무를 꼽으라면 노사업무라고 할 수 있다. 파업이 종료된 지 일 년이 지났지만, 아직도 조종사 간 노조원과 비노조원들 관계는 원만하지 않았다. 특히 강성 노조원들은 아직도 편 가르기를 하고, 노조를 대표하는 집행부는 강성 조종사가 맡고 있었다. 따라서 노사협의회에서는 큰소리가 나오는 경우가 있고, 같은 조종사 입장에서 보기에도 과한 요구사항이 많았다. 그런 환경에 이미 적응이 된 인사와 노조 사측 관계자는 그러려니 했다.

언젠가는 회의 중 불손한 노조 집행부 대표에게 쉬는 시간에 우리 아주 안 볼 거냐고 했더니 본인들의 입장도 있으니 이해해 달라고 했다.

회사에서는 노조의 주장을 일차로 내게 묻고 그 타당성을 확인했다. 그러니 부담이 많이 생기기 시작한다. 그래서 이것도 기준이 필요하다고 생각했다. 장기적으로 노조의 요구사항이 조종사에게 필요한가, 역지사지로 조종사인 내가 현장에 있다면 이런 요구가 적정한가를 따지니 해답이 나왔다.

다른 중요한 회의는 자격심의 위원회이다. 조종사는 비행하면서 안전 위배사항에 노출되는 경우가 많다. 사소하게 규정을 위반할 수도 있고, 본인의 실수가 회사에 손실을 초래할 수도 있다. 그런 일이 발생하면 안전 운항 부문에서 자격심의 위원회에 해당 조종사를 회부한다. 그러면 며칠에 걸쳐서 그동안 있었던 사례를 확인하고 그에 맞는 징계를 결정한다. 최종적으로 심의회를 통하여 징계를 상정하고 확정한다. 배석한 해당 조종사는 그 상황을 설명하고 확정된 징계를 기다린다.

사람이 사람을 판단하고 징계를 결정하는 문제가 얼마나 힘들고 어려운 일인지 깨달았다. 사람은 누구나 실수를 할 수 있고, 부지불식간에 사건이 발생한다. 하지만 조종사의 특성상 일부러 사건을 만들려고 하는 사람은 있을 수 없고, 최선을 다하는 과정에서 발생하는 경우가 많다. 그래서 자격 심의위원회에 출석한 조종사는 사기가 떨어진 모습으로 초조하게 결과를 기다리고는 했다.

나는 엄벌이 최선은 아니라는 생각을 한다. 의도적으로 문제를 야기한 사안에 대해서는 엄격한 징계를 내리더라도, 실수로 인해 벌어진 일에 대하여 굳이 무겁게 체벌할 필요는 없다고 생각한다. 그리고 위원회에 참석한 당사자들에게 가능하면 따뜻하게 대하려고 노력했다. 그들도

나는 하늘로 출근한다

소중한 조종사요, 같이 비행할 동료라는 생각에서다.

후에 나는 잊었지만, 당시에 어려운 상황에서 베풀어준 배려에 감사했다는 인사를 받은 적이 몇 차례 있었다. 항상 내가 당사자 자리에서 처분을 기다릴 수도 있음을 가정하며 일 처리를 했다.

임원 초기에는 비행을 계속했다. 그래봤자 한 달에 한 번 정도로 아주 기본적인 수준이었지만, 그래도 현장감을 잊을세라 열심히 임했는데 자격을 계속 유지하기에는 한계가 있었다. 우리 회사의 운항 임원은 비행하지 않는 것이 관례였다. 사무실 업무에 매진하는 임원이 오히려 사건을 일으킬까 염려하는 측면도 있다.

나도 석 달이 지나면서 비행을 하지 않았다. 비행 자격을 유지하기 위해서는 지상 학술교육도 받고, 시뮬레이터 훈련도 받아야 하는데, 그 정도의 시간적인 여유도 없었다. 아쉽지만 이 또한 사정상 어쩔 수 없는 경우로 치부했다. 유지 비행을 하지 않고 난 후에는 가끔 내가 기장임을 망각하지 않을까 하는 우려를 했다.

임원이 되고 시간이 흐르면서 다른 계열사의 같은 시기에 임원이 되었던 아무개가 재계약이 되지 않았다는 소식이 들려온다. 실적에 따른 조치겠지만 현실을 직시하기 좋은 뉴스다. 2년간 이사직에 있으면 다음 상위 임원으로 승진할 수 있는 시한이 된다.

그런데 임원의 명칭이 바뀌었다. 이사는 기업에서는 등기이사로 간주되는 경우가 많다. 등기이사는 사업주와 동등한 위치로 보는 상위직 임원이다. 혼동을 방지하기 위하여 회사는 이사를 상무보로 명칭을 바꾸었다. 따라서 임원의 직급은 상무보-상무-전무-부사장-사장으로 바뀌었다. 나는 1년을 이사로 지내고 상무보가 되었다. 직급이 바뀐 것이 아니라, 단지 명칭이 바뀐 것이다. 당시 격주로 금요일 오전에 본사에서는 유명인사를 초청한 특강이 있었다. 그룹 회장도 참석하고 수도권에 있는 임원은 필수 참석대상이다.

그때는 집에서 바로 광화문에 있는 그룹 본사로 출근하여 특강을 듣고 회사로 돌아온다. 격주로 있는 특강이 자주 오기도 하고 번거롭기도 하였다. 그런데 특강을 하는 인사의 면면이 직접 강의를 듣기에는 정말 어려운 대상이었다. 이 또한 특혜의 하나라는 생각이 들기 시작했다. 언제 저런 인사를 개인적으로 만나 직접 강의를 듣겠냐는 생각이 들자 그룹 본사에 가는 발걸음이 가벼워졌다.

1년의 이사와 1년의 상무보를 잘 마무리 짓고 상무가 되었다. 2년을 운항 기획 임원으로 지내며 많은 일을 겪으면서 좋은 경험을 쌓았다. 업무용 차량도 소나타에서 그랜저로 격상되었다. 월급이 소폭 올랐고 판공비도 상향 조정되었다.

업무를 하며 나름대로 기준을 세웠다. 업무 시간에 분주하고 여러 행사에 참석하다 보니 조용히 생각할 여유가 없었다. 아침 일찍 출근하면 먼저 밤에 세계 각지에서 벌어진 사례를 면밀하게 살펴본다. 필요한 경우 후속대책을 강구하고 어떤 방향으로 진행시킬지 구상한다. 상황이 매번 다르다 보니 일의 우선순위가 필요했다.

아침 일찍 아무도 없는 사무실에서 정신이 맑을 때 업무의 우선순위를 만들기 시작했다. 해야 할 업무를 나열하고 시한이 필요한 업무는 시한을 기록하여 순위를 맞추고, 오늘 해야 할 업무, 그리고 오늘 업무 중에서도 우선순위를 매겼다. 그렇게 하니 일하는 체계가 생기고, 빠뜨리는 업무가 없어졌다. 일반 직원에게 업무 지시할 때도 구체적으로 윤곽을 만들어서 지침을 줬다. 만들어 온 서류를 수정 기준도 없이 다시 작성하라는 상관은 돌고 돌다가 최초의 서류에 결재하는 일도 있다. 나도 공군에서 많이 겪은 일로서 그런 무지하고 무능한 전철을 밟고 싶지 않았다. 그러던 중에 업무가 바뀌었다.

2008년에 미국에서 모기지론 문제가 불거져서 서브프라임 모기지 사태가 터졌다. 미국 경제 영향을 직접 받을 수밖에 없는 한국에서는 환율이 올라가고 금리가 인상되는 등 많은 경제적인 문제가 발생했다. 회사에서는 임원을 축소하고 비용을 줄이는 대책을 내놓았다. 이에 따라 김포공항과 인천공항에서 안전을 담당하는 임원을 두 명에서 한 명으로 통합하였다.

상당 기간 운항 기획 임원을 하다 김포와 인천공항을 총괄하는 안전 임원으로 업무가 바뀌었다. 일단 사무실이 양 공항에 각각 있었다. 어떻게 배분하여 출근하여야 하는 문제부터 업무를 새로이 파악하는 과제도 생겼다. 본사가 가까운 김포공항에 있는 사무실을 주 사무실로 사용하기로 했다. 본사에서 회의가 있는 경우에는 본사로 바로 출근하여 회의에 참석 후 일을 보고 김포공항에 있는 사무실로 출근했다. 잘못하면 김포와 인천을 오가면서 시간만 허비할 수도 있겠다는 생각이 들었다. 인천에 있는 사무실은 주 2~3회는 필수로 가고 일이 있을 때는 횟수를 늘려가기로 했다.

당면과제는 직접 관리하는 조종사를 어떤 기준으로 관리하느냐다. 먼저 각 기종을 관리하는 팀장들의 면면을 봤다. 기획 임원을 하면서 들려오는 소문도 있고, 직접 겪은 일도 있어서 그들의 특성은 금방 파악되었다. 어떤 팀장은 공군에서와 같이 꼼꼼하게 조종사들을 분석하고 관리하고 있었다.

공군에서는 조종사를 관리하는 시스템이 있다. IPQC(Individual Pilot Quality Control: 조종사 개인 기량 관리)라는 시스템인데 조종사의 개인 성향, 기량, 취약점, 비행 경력 등을 총괄하여 기록·관리한다. 그래서 IPQC만 보면 어느 수준의 기량을 가지고 있는 조종사이고 어떤 부분이 취약하고 어떤 실책이 있었는지 한눈에 파악할 수 있다. 공군에서 전역한 후배 팀장이 가지고 있던 IPQC를 보고 깜짝 놀랐다. 어찌나 잘 분석하고 기록했는지 그 내용만 보면 어느 정도 레벨의 조종사인지 금방 파악이 될 정도였다.

그런가 하면 어떤 팀장은 출근하여 뭘 하고 있는지 업무에는 관심이 없고 엉뚱하게 개인사에만 탐닉하는 사람도 있었다. 또한 팀원들에게 불평을 듣더라도 본인이 할 일을 하는 팀장이 있는 반면에, 팀원들의 눈치를 보며 해야 할 말을 못 하는 팀장도 있었다. 팀장은 욕을 먹더라도 해야 할 일은 해야 한다. 그렇게 하라고 직책을 주고 팀을 관리할 권한을 주는 것이다.

공군에서는 가장 똑똑하고 열정적인 사람을 골라서 진급시키고 업무를 맡기지만, 항공사의 사정은 다소 다르다. 어쩌면 항공사의 취약점이기도 하다. 항공사 조종사는 출신이 다양해 직책을 맡길 때 적절하게 출신별로 배분한다. 내가 팀장을 할 때, 타 팀장의 어처구니없는 행태를 많이 목격했다.

본인이 비행 갈 때, 비행 스케줄이 이미 확정된 후, 조종사들이 가장 선호하는 노선에 본인이 좋아하는 부기장을 다른 스케줄에서 빼서 같이 가는 경우도 목격했다. 선호하는 노선의 비행이 갑자기 취소된 조종사는 누가 본인의 스케줄에 들어갔는지 당연히 확인할 테고, 팀장의 소행임을 알게 되면 항의는 못 하지만 팀장의 신뢰는 자연스럽게 떨어질 것이다. 모든 일은 사소한 일에서 비롯된다.

비행안전의 핵심은 비행 스케줄이다. 항공사에는 전문적으로 스케줄을 계획하고 운영하는 스케줄러가 있다. 내가 매번 비행 스케줄을 작성하고 관리하는 스케줄러에게 하는 얘기가 있다.

"너희가 비행 스케줄을 잘 짜고 관리하면 비행 사고를 90%는 막을 수 있다."

공연한 소리가 아니다. 공군에서는 오래전부터 이 사실을 체계화했고, 가장 똑똑한 조종사를 선발하여 비행 스케줄을 짜고 관리하게 한다. 항공사에서는 머리 회전이 비교적 빠른 일반 직원에게 비행 스케줄러의 임무를 맡긴다. 공군 방식에 비해 항공사 방식에서 보이는 약점은 비행 경험이 없는 것이고, 그래서 팀장이 항상 확인하고 관리하게끔 한다.

비행 스케줄을 작성하는 근본 기준이 IPQC다. 기장이 신임이고 기량이 부족하면, 경험 많고 기량이 좋은 부기장을 편조하여 보완하는 것이 기본이다. 즉 A급 기장은 어느 부기장과 편조해도 문제가 없고, B급 기장에게는 B급이나 A급 부기장을, C급 기장에게는 A급 부기장을 편조하여 계획하는 것이 스케줄 작성의 기본이다. 기량이 좋고 경험 많은 부기장이 사고를 미연에 방지한 사례는 차고도 넘친다.

그 기준이 되는 IPQC를 작성하여 스케줄에 반영하게 하는 역할을 기종별 팀장이 해야 한다. 그러나 실제로 보니 개별적인 팀장의 능력에 많은 차이가 났다. 안전 부문의 임원이 되자마자 능력이 부족한 팀장을 교체하는 강수를 두는 것이 부담되었다.

일주일에 한 번은 팀장 회의가 있다. 팀장들의 한 주간 발생한 사례를 보고받고 계획을 듣는 자리다. 기종 팀장들만 참석하는 자리가 아니고 일반직 팀장들도 참석한다. 그 자리에서 잔소리해선 그들을 교화할 수는 없다고 판단했다. 회의를 마치면 따로 기종 팀장들을 모아 비행안전에 관한 회의를 심도 있게 했다.

회의 결과 내가 예상하지 못했던 문제도 많이 있음을 깨달았다. 노조가 생기고 난 뒤, 강성 노조원이 기장 승진에 불합격되면 마치 강성 노조원이라서 안 된 것처럼 노조에서 항의하는 사례가 많다고 한다. 최종 평가 비행에서는 같은 출신이 평가관으로 탑승하지 않게 하는 등 공정한 평가가 이루어지도록 노력하고 있지만, 노조의 항의는 부담으로 작용한다고 한다. 이 또한 노조의 폐해라는 생각이 들었다.

인성이 부족하여 팀원들의 원성을 듣는 팀장은 교체할 필요가 있었다. 인사 부문에 의뢰하고 능력이 있는 인물을 천거하니 출신별 배분 원칙을 들며 다른 인물을 추천하라고 한다. 출신을 배려하여 팀장을 선발할 거면, 능력이 뛰어난 인물이면 금상첨화겠지만, 인성이라도 좋아서 거부감 없이 팀원들이 다가갈 인물이 중요하다는 생각이 들었다. 오랜 시간을 두고 천천히 물갈이했다. 팀장을 마치고 라인으로 돌아가는 사람은 팀원들의 환송 회식에 참석하여 그간의 노고를 격려하고 선물로 책을 줬다. 아름답게 헤어지고 싶었다.

파업 여파는 아직도 조종사 사이에서 갈등으로 작용하고 있었다. 팀장들은 갈등을 해소하기 위하여 많이 노력하고 이벤트도 만들지만, 밑바닥 민심이 돌아오지 않았다. 나는 가능한 기종별 팀 행사에 많이 참석하겠다고 결심했다. 그들의 행사에 얼굴을 내밀고 진정성을 보여야 그들도 마음을 열 거라고 생각했다. 팀장들은 등산을 계획하고 체육대회도 개최하여 팀원들과 소통하기 위해 노력했다.

나는 가능하면 등산과 체육대회에 동참하려 노력했고, 여의치 않으면 뒤풀이에라도 참석했다. 참석할 때 가능하면 스케줄러들도 같이 참석하도록 했다. 스케줄을 짜는 사람이 직접 그들과 소통하는 것도 중요한 일이라고 판단했다. 처음에는 부담스러워 참석을 꺼리던 스케줄러들도 몇 번의 회동 후부터는 자연스럽게 참석하기 시작했다.

행사에 참석하여 조종사들을 보고 느낀 감정은 강성 노조원들도 까칠하게 생활하는 방식이 불편하다고 스스로 생각한다는 점이다. 본인의 캐릭터를 그런 식으로 설정하고 생활하는 게 인간인 이상 마음이 편할 리 있겠는가. 그리고 갈등을 조장하는 사람들의 수가 점점 줄고 있음을 느꼈다. 대세가 흐르는 방향에 따라 작은 물줄기도 바뀌고 있다고 생각되었다.

우리 회사에는 외국인 기장과 부기장이 약 10% 정도 된다. 외국인 조종사는 비행 기량은 어느 수준에 올라있고, 항공사의 분위기에 어울리려고 노력한다. 그런데 항상 이방인 같은 느낌을 지우기 어렵다. 항공사 수급에 따라서 과잉이 되거나 불황 시에 제일 먼저 외국인 숫자를 줄인다. 또한 주기적으로 있는 비행 평가에 불합격하거나, 규정 위반한 사례가 발생해도 그들에게 자비는 없는 편이다. 어떤 면에서 월급을 많이 받는 용병의 운명이랄까? 뿌리가 없는 외국인의 한계랄까? 다른 항공사도 유사하다.

팀원 모임에 초기에는 외국인 조종사의 참여도가 낮았으나, 그들도 가능하면 최대한 참여토록 했다. 그들에게도 소속감이 필요하다고 생각했다. 외국인 조종사가 행사에 참여한 후로 조종사라는 동일체로서의 분위기가 많이 나아진 듯 보였다. 특히 동남아 기장들의 정서는 우리와 비슷해 잘 어울렸으며, 회식 자리에 참석할 때 모국의 술을 가지고 참석하는 성의를 보이기도 했다.

내가 기획업무를 할 때 타이완 출신 기장을 많이 고용했다. 그들은 한국인의 정서와 잘 맞았고, 비행 기량도 좋은 편이었으며, 한국 조종사들과 잘 어울렸다. 역시 술은 마음을 풀어주는 좋은 윤활유다. 회식하면서 술을 주거니 받거니 하고 나면 관계가 훨씬 부드러워짐을 느낀다. 물론 내 앞에서 인상을 구기고 성격을 드러내기는 쉽지 않을 것이다. 모든 것을 감안 하더라도 분위기가 나아질 때가 되었다.

어느 날 한 부기장이 내 사무실을 방문했다. 그 부기장은 비행을 마치고 집에 가지 않고 나를 만나려고 일부러 왔다고 한다. 얘기를 들은즉, 아침에 방콕에서 도착했는데, 비행이 너무 힘들어서 조언을 얻고자 방문했단다. 방콕에서 서울 오는 비행은 기장과 부기장이 교대 없이 계속 비행해야 하기 때문에 쉽지 않다. 게다가 밤에 현지를 출발하여 새벽에 인천에 도착하는 패턴으로 밤을 꼬박 새우는 비행이다. 방콕에서 즐길 수 있는 것이 많다지만, 돌아오는 비행은 고행길이다.

그 부기장은 10년 가까운 선배와 같이 비행했다. 5시간이 넘게 걸리는 비행시간 내내 닦달을 당해서 항공기 문을 열고 바다에 뛰어내리고 싶을 정도로 괴로웠다고 한다. 도대체 무슨 일로 닦달당했냐 물으니, 경력 조종사협회에 불참했다는 이유로 깐죽거리며 갑질을 한 모양이다. 본인이 주도한 협회에 가입하지 않아서 미운 마음에 비행 중 괴롭힌 것이다.

아직도 이런 기장이 있나 싶었다. 강제로 가입시킬 협회도 아니고, 모든 것은 본인의 자유의사인데 의견이 다름을 인정하지 못한 것이다. 비노조원끼리 잘 지내지는 못할망정 이런 괴로움을 주나 싶었다. 어떤 조치를 해주면 좋겠냐고 물으니 다시는 그와 같은 비행에 편조하지 말아 달라는 부탁이다. 스케줄러에게 연락하여 다시는 두 사람을 같은 비행에 넣지 말라고 조치했다.

그리고 그를 조심스럽게 달랬다. 세상에는 많은 사람이 있고, 사람들의 개성이 달라서 이런 과정을 겪게 되고, 그러면서 성장한다고 얘기했다. 덧붙여 내 과거사 한 토막을 들려주며 저 사람이 네게 큰 교훈을 줘서 최소한 저런 기장은 되지 않겠다면 이 또한 가르침이라고 했다. 내가 잘 사용하는 말인 '반면교사'를 다시 한 번 강조했다. 원래 그 기장은 캐릭터가 독특하여 호불호가 분명한 사람이지만 비행 중 분별없이 그런 만행을 저지를지는 몰랐다.

유사한 사례는 많다. 한번은 또 다른 부기장이 방문했다. 장거리 밤샘 비행을 마치고 피곤한 상태에서 왔다는 사실이 그 심각성을 말해준다. 이번에는 같은 노조원끼리 비행했는데, 자존심이 상할 정도의 모욕을 당한 모양이다. 얼마나 화가 났던지 본인이 회사를 그만두는 한이 있더라도 해당 기장을 고소하겠다고 한다.

해당 기장은 강성 노조원으로 소문이 난 사람이고, 인성이 좋지 않다고 정평이 난 인물이다. 얘기인즉 여객기를 운항하며 기장이 조종실에서 금지된 흡연을 하기 위하여 부기장을 화장실에 10분간 머물다가 오도록 몇 차례 종용한 모양이다. 화장실 갈 일도 없는데 화장실에서 골똘히 생각하니 자신의 처지에 너무 화가 났다고 한다.

난 잠시 주저했다. 이 기회에 좋지 않은 기장을 정리하면 좋겠다는 생각이 들었다. 엄연히 규정을 위반했고, 중징계를 할 수 있는 충분한 여건이 되기 때문이다. 하지만 그렇게 하면 해당 부기장도 소문이 나서 정상적인 회사 생활을 하기 어렵겠다는 생각이 미쳤다. 예전에 기장 교육받을 당시 비인간적인 교관을 만났던 과거가 떠올랐다. 그 당시에 잘 참았다고 본인을 다독거리지 않았던가.

부기장을 설득하기 시작했다. 다시는 같이 편조되지 않도록 조치할 테니 마음을 진정시키고 참는 게 어떠냐고 물었다. 그 기장보다는 회사 생활할 날이 훨씬 많고 기장도 되어야 하는데 일을 시끄럽게 만들면 네 신상이 걱정된다, 그의 단죄보다는 네 장래가 더욱 소중하다, 타산지석으로 가슴에 담고 그런 기장이 되지 않겠다는 마음가짐을 가지는 게 좋겠다고 했다. 하루가 지난 후에도 마음이 진정되지 않으면 네 뜻대로 하라고 했다. 다음날 그 부기장에게서 전화가 왔다. 어제 마음을 잘 가라앉혀줘서 감사하다고 한다. 그는 시간이 흘러 기장이 되었다.

몇 가지 사례를 단편적으로 나열했지만, 조종사를 상대로 일을 하다 보면 이런 사소한 사례는 단편소설로 편집하더라도 몇 권 정도는 만들 수 있을 것이다.

나는 하늘로 출근한다

　상무가 된 지 2년의 세월이 흘렀다. 전무 승진은 기본적으로 본부장 직책을 가져야 가능하다. 당연히 꿈도 꾸지 않았다. 본부장으로 계신 분이 인격도 훌륭하고 업무처리도 무리가 없어서 상무직에 만족하며 지내고 있었다. 2010년 말의 인사발표가 다가오고 있었다.

　퇴근 후 다른 곳으로 이동하는 운전 중에 전화가 왔다. 처음 내게 팀장을 권유한 부사장이다. 그분은 퇴직하여 항공 계열의 대학에서 교수로 재직하고 있었다. 운항 임원 출신들의 월간 모임에서 만나는 관계로 통상적인 안부를 묻는 수준으로 생각했다. 약간 톤이 높은 목소리로 이번 인사발표에 내가 운항본부장으로 최종 결재가 났다고 한다.

　약간 멍했다. 기대하거나 꿈꾸지도 않았다. 조종사로 항공사에 입사하여 조종사가 올라갈 수 있는 최상의 자리에 올랐다는 생각에 전율이 스쳤다. 이제는 방패 없이 모든 업무를 직접 책임지고 해결해야 한다는 책임감이 무겁게 짓누르기 시작했다. 그룹 회장의 결재가 있었다고 하지만 최종 발표 전까지는 모른 척하고 있는 게 소식을 전해준 분에 대한 예의라고 여겼다.

집에 가서 아내에게는 얘기를 전했다. 아내는 깜짝 놀라면서 무척 기뻐했다. 아내는 공군에서 전역할 때부터 내가 꿈을 접은 게 너무 아쉽다고 늘 말했다. 비교하기가 어렵지만, 항공사에 와서 임원으로 승진하면서 반대급부로 심적 보상을 받은 것 같다. 아내는 그룹이나 회사 행사에 가끔 초청받아 참석한 적이 있었다. 그러면서 임원으로 혜택을 받고 생활하는 모습을 실감하게 되었다. 거기에 운항본부장으로 승진하고 전무가 되면, 운항의 수장이 된 것이 어떤 의미인지 실질적인 상상도 가능할 것이다. 나도 나름대로 열심히 그리고 소신껏 일하여 인정받은 사실이 뿌듯했다.

이튿날 조간신문에 그룹의 임원발표가 실렸다. 출근하며 문자가 많이 들어오고 축하 전화받기 바빴다. 이어 그룹 본사에 가서 회장에게 보직신고를 했다. 예상한 대로 회장은 축하와 함께 당부와 책임에 대하여 많은 시간을 할애해 훈시했다.

사무실을 본사가 있는 곳으로 옮겼다. 이미 운항 임원을 모두 경험해서 큰 무리는 없으리라 생각했다. 인사 부문의 팀장이 와서 연봉계약 상 달라진 점을 설명했고, 임원 계약서에 서명했다. 업무용 차량은 그랜저에서 제네시스로 한 단계 높아졌다. 남자는 차량에 대해 집착이 큰 경향이 있다. 제네시스를 타니 기분이 무척 좋았다. 사장 차량인 에쿠우스를 제외하면 제네시스도 큰 차이고, 위용이 있어 보였다.

내가 올라갈 수 있는 최고의 자리에 올랐다는 현실이 믿기지 않지만, 회사에서의 인정이 만족스러웠다. 사무실을 옮기고 나서 전임 본부장이 작성한 업무용 파일을 보았다. 꼼꼼하게 파일을 정리해 두어서 현안을 파악하는 데 도움이 되었다. 역시 전임 본부장도 조종사 내부의 갈등 구조에 관심이 많았고, 그 해결책에 고심한 흔적이 보였다.

　회의가 많아졌다. 사장이 주관하는 본부장 회의에는 필수 참석자이고 각종 행사에도 참여해야 한다. 승무원들은 약 3개월에 한 번꼴로 입사하고 백일의 훈련을 마치고 수료한다. 수료식은 사장 행사로, 본부장은 필수 참석 대상자다. 회장이 한 달에 한 번은 회사를 방문하여 점심 식사를 마치고 돌아갔다. 보통 오전 7시경에 방문하는데 미리 출근하여 영접하는 것은 본부장의 일이고, 계속 수행하며 질문에 답변하는 것도 본부장의 몫이다. 팀장 회의도, 각 심의위원회의 참석도, 새롭게 운항 조종사를 선발할 때 면접관으로 참석하는 것도, 본부장은 필수 요원이다.

　아침에 출근하면 행사를 죽 열거하고 업무를 시작한다. 행사를 제외한 시간엔 조종사들이 방문한다. 개인적인 방문이 아니라 새롭게 부기장으로 명령이 난 사람들, 기종을 전환하기 위하여 교육을 시작하는 사람들, 새롭게 기장이 된 사람들 등 비서가 시간을 조정하여 방문하게 하기는 하지만 어떤 때는 저 사람들도 인사하러 다니느라 너무 많은 시간을 보낸다는 생각이 들 정도였다.

　게다가 국토부에서 간혹 감사 형태의 검열이 오고, 국토부의 회의에 불려가는 경우도 많다. 행사에 대한 주관은 확고하게 잡아 놓은 터라 흔들림 없이 잘 적응했다. 누군가 해야 하고, 내가 직책이 있어서 가야 할 일에 수동적인 모습으로 가는 어리석은 사람은 되고 싶지 않았다. 가서도 회사에 도움이 되고 회사의 입장이라면 어떻게 처신하는 게 최선인가를 먼저 고려했다.

운항 기획 임원 때도 참석했지만, 신임 조종사 선발이 너무 형식적으로 흐르는 게 아닌가 하는 의문이 들었다. 당사자는 일생일대의 중대사고 회사로서도 최선의 인물을 선발해야 하는 중차대한 일이다. 그런데 한 그룹 5, 6명을 잠깐 보고 나서 합격 여부를 결정짓는 게 아쉬웠다. 인사 부문에 연락해서 하루 전에 자료를 미리 보내달라고 했다. 사람을 뽑는 게 기업의 백년대계에 해당하는 중요한 일인데, 그 중요성에 비추어 현실이 너무 어수룩하다는 생각이 들었다. 이력서와 경력을 꼼꼼히 살펴보고 면접장에 들어가니 그나마 대상자들의 면면이 보였다.

이 또한 부족하다는 생각이 들었다. 가장 꼼꼼히 들여다볼 수 있는 기회는 임원 면접 전 팀장들의 심층 면접이었다. 시간에 구애받지 않고 면접하여, 영어 능력과 경력을 확인할 기회였다. 팀장들에게 아예 등급을 매겨서 그들의 의사표시를 할 수 있도록 했다. 심도 있게 볼 수 있는 팀장들의 의견을 최대한 반영하겠다는 지침을 준 뒤로 팀장들의 의욕이 높아졌다.

기획 임원 때도 그랬지만 본부장이 된 후 엄청나게 많은 청탁이 쏟아져 들어왔다. 특히 조종사 선발에 절대적인 권한을 행사할 것으로 예상하는 내게 회사 내부 혹은 외부에서 청탁이 들어왔다. 이런 청탁이 있어서는 절대 안 된다. 특히 조종사 선발은 회사의 미래가 결정될 중요한 사안이다. 팀장들에게 배경을 보지 말고 대상자만 보고 능력에 따라 등급을 매기라고 했다.

외부로부터의 방패 역할과 탈락자의 원망은 나의 몫이라고 생각했다. 오히려 그룹의 높은 분들은 조종사의 중요성을 인식하고 있어서 무리한 청탁은 하지 않았다. 이 사람이 어떤 이유로 탈락했다고 하면 수긍하고 물러섰다. 나는 가슴에 손을 얹고 조종사 선발은 회사의 입장에서 최선을 다했다고 자신한다.

끈질기게 청탁하는 사람들은 오히려 고참 기장들의 아들이 대상인 경우였다. 어떤 기장은 아들이 외국 국적인데도 합격시켜달라고 생떼에 가까운 청탁을 했다. 내가 대한민국 국적만 가능하다고 하는데도 그룹의 고위층을 내세워서 나를 압박했다. 배경을 아는 다른 대상자가 그의 합격에 대해서 민원을 넣으면 어떻게 할 거냐는 얘기를 듣고서야 수긍하고 물러서기도 했다. 또 다른 기장의 아들은 영어 능력이 너무 떨어져서 팀장들이 이미 불합격 판정을 내린 대상자였다. 본인이 회사에 충성을 다했으니 아들이 다소 부족하더라도 그 정도의 배려는 해줄 수 있지 않냐고 생떼를 부려 놀랐다. 몇 번을 사무실에 찾아와서 얘기하는데 그 끈질김에 질렸지만, 결국 물리쳤다. 서운하다는 얘기를 들었지만 그런 청탁을 하는 사람들이 선배라는 사실이 부끄럽기도 했다.

가장 어려운 일은 국토교통부를 상대로 하는 업무였다. 국토부는 기본적으로 그들을 항공사를 감독하는 기관으로 공인하고 있다. 크게 보면 틀린 말은 아니다. 하지만 국제적인 경쟁력을 가진 항공사로 성장시키기보다는 현미경을 들이밀어서 감독기관으로서의 행세에만 초점이 맞춰져 있다.

물론 국토부에서 정한 규정이 있고, 수익을 포기하기 어려운 항공사가 안전보다 수익을 추구하는 것을 적시하는 감독은 필요하다. 주기적으로 항공사에 와서 점검하고, 라인에서 불시 검사를 하는 행위는 충분히 설득력이 있다. 하지만 털어서 먼지를 찾아내는 식의 점검은 너무 작위적이란 생각이다.

운항본부장이 된 지 얼마 되지 않아 골치 아픈 일이 불거졌다. 인천공항에서 필리핀 마닐라 공항까지의 비행이 문제였다. 계획상 비행시간은 왕복 7시간 30분이었다. 한 조의 승무원, 즉 기장 한 명과 부기장 한 명이 비행할 수 있는 최대 비행시간이 8시간이다. 비행시간은 항공기를 브리지에서 뗀 후부터 목적지에 도착하여 엔진을 끄는 시간까지이다. 그런데 마닐라 공항이 활주로를 한 개만 운영하는 공항이어서 착륙 시에도 시간이 지체되는 경우가 있지만, 이륙 시 30분 이상을 유도로에서 대기하는 일이 많았다. 그런 경우에는 8시간을 넘겨 비행하게 된다.

국토부에서 이 경우를 문제 삼아 벌금을 부과하겠다고 한다. 벌금을 부과할 때 가볍게 부과하는 게 아니라 몇 억을 마치 동네 아이 이름 부르듯 쉽게 부과한다. 벌금 부과 기준은 코걸이 귀걸이 식으로 어떤 규정에 꿰맞추느냐에 달렸다. 항공사는 '을' 입장 이어서 제대로 항의도 못하고 내는 경우가 많다. 마닐라의 경우에 총 횟수 중 약 30%가 8시간을 넘겼는데, 항공사에서는 알고 있으면서도 인건비를 줄이려고 조종사 3명으로 운항하지 않고 2명으로 운항했다는 이유다.

조종사의 효율성을 따져봤을 때 이는 이익을 추구하는 경우는 아니었다. 3명이 운항해도 제대로 쉬지도 못하고 교대하느라 들락날락하며 비행하여 모두가 피로를 느끼는 패턴이었다. 조종사들은 이런 비행을 선호하지 않는다. 항공사가 고의로 규정을 어긴 형태이니 벌금을 부과하겠다고 통보했다. 나는 사례를 전부 분석하여 국토부를 방문했다. 고의가 아니고, 동남아의 시설이 열악한 공항에서 빚어진 일이니 이번에 벌금을 부과하지 않으면 이 비행 계획을 개선하겠다고 했다.

규정에도 비정상적으로 빚어진 건에 대해서는 8시간을 넘길 수 있는 조항이 있다. 담당자는 마치 큰 건수를 잡은 듯이 물러서지 않고 벌금 부과에만 초점을 두고 큰 소리를 냈다. 나는 최후의 방법을 사용하지 않을 수 없었다. 이렇게 벌금을 크게 부과하면 그간 운영한 내 잘못이 막중하니 내가 회사에 사표를 제출하겠으며, 이 사안은 행정안전부에 행정소송을 제기하여 바로잡겠다고 했다.

행정소송 얘기는 공무원에게는 극단적인 통보다. 행정소송 얘기에도 벌금을 부과할 테니 마음대로 하라고 했다. 나는 결단의 순간이 왔다고 생각했다. 회사에 돌아와서 담당자에게 행정소송을 준비하라고 일렀다.

며칠이 지난 후 국토부 담당자가 와서 회유를 시작했다. 나는 고의는 아니지만, 결과적으로 규정을 어긴 형태가 되었고, 만약 지도 형식으로 징계를 낮추면 당연히 수용하고 개선하겠다고 했다. 결국은 지도로 징계는 하향 조정되었고, 벌금 부과는 없던 얘기로 일단락되었다. 행정소송을 제기하면 담당자가 윗선에 얘기하기도 부담스럽고 그 결과에 대해서도 책임이 따른다. 나는 이판사판이라는 생각으로 승부수를 띄웠고 그 수가 먹힌 셈이다.

하루는 그룹 회장이 회사를 방문, 순시 중에 큰일이 터졌다. 아침 일찍 부산 공항에서 출발하는 국내선 여객기를 대상으로 국토부에서 불시 점검하는 중에 조종사 음주 검사를 했다.

조종사의 음주 기준은 꽤 까다롭다. 제복을 착용한 상태에서 음주해서는 안 되고, 비행 12시간 이내에도 음주가 안 되며, 그 시간 전에 음주했더라도 혈중 알코올 농도가 0.02%가 넘어서는 안 된다. 적발된 기장은 동기생을 부산 현지에서 만나 저녁 식사를 겸해서 음주를 곁들였다. 나중에 조사하니 2차로 호프집에 들러 생맥주를 마신 게 화근이었다.

음주는 개인차가 커서 같이 음주했더라도 혈중 알코올 농도는 각각 다르게 나온다. 그는 알코올 수치에 대해 동의하지 못하겠다며 병원에서 혈액으로 정밀검사를 받겠다고 했다. 혈액검사는 본인이 원한 검사이고, 이미 음주 상태가 적발되었으니 비행은 안 된다고 하여 조종사를 바꿔 출발시켰다.

설상가상으로 매스컴에서 눈치채서 곧 언론에 유포될 예정이란다. 신문 방송에 음주 기사가 나오면 회사의 명예는 물론 조종사에 대한 불신도 크게 부각될 것이다. 일단 사장께 보고했다. 사안의 중요성을 생각하면 당연히 회장에게 보고할 건이다. 기업을 운영하는 모든 사람이 그렇듯이 회장도 언론에는 매우 신경을 쓰고 있다. 사장은 직접 회장에게 보고하라고 한다. 당연히 내가 보고해야 하고 내가 책망을 받아야 할 사안이다. 기회를 엿보다 순시가 끝날 즈음에 보고했다.

난 여태까지 그렇게 노한 회장의 모습을 본 적이 없었다. 조종사들의 음주에 부정적인 회장은 임원들의 회식 중에도 운항 부문 임원에게는 음주하지 못하도록 했다. 그런데 실무자인 기장이 음주로 적발되어 운항을 못 하게 되고, 언론에 노출된다니 화가 많이 날 법도 했다. 그날은 종일토록 음주 사건에 대해 뒤치다꺼리를 하는 날이 되었다.

언론에 음주 사실이 유포되었고, 다음 날의 신문 기사는 더 자극적이었다. 「얼빠진 아시아나」, 「아시아나 왜 이러나」.

정말 부끄러워 다른 임원들의 얼굴을 볼 낯이 없었다. 회사의 명예를 조종사가 실추시키고 구성원들의 자부심에 상처를 냈다고 해도 과언이

　　　　　　　　　　　나는 하늘로 출근한다

아닐 사건이 터진 것이다. 혈액검사 결과는 오히려 수치가 더 높이 나왔다. 현황과 후속대책을 마련하여 회장에게 보고하러 가는 길은 지옥문에 들어가는 심정이었다.

회장은 해당 기장을 퇴사시키고 향후 이런 일이 다시 발생해도 무조건 퇴사라고 했다. 그리고 정신이 혼미해질 정도로 질책을 받았다. 수많은 생명을 책임지는 조종사가 숙취 상태로 비행하려 했다는 자체만으로 용서되지 않는 일이었다. 운항의 책임자로서 유구무언이었다. 잘못을 솔직히 인정하고 향후 다시는 이런 일이 벌어지지 않도록 하겠다고 다짐했다.

사무실에 돌아와서 신문에 난 자극적인 기사를 전부 모아서 조종사들이 운항 전 브리핑하는 사무실 게시판에 붙이도록 했다. 사회가 우리를 보는 시선을 직접 느끼도록 하고 싶었다. 후속대책으로 음주 측정기를 몇 대 구입했다. 사무실에 비치하고 아침 비행 시에 한동안 필수로 측정토록 했다. 또한 불시 측정도 하도록 했다. 이렇게 큰일이 벌어졌는데 자기 직업을 걸고 규정을 어겨가며 음주하거나, 숙취로 인해 불이익을 당할 사람은 없었다.

문제는 해당 기장에 대한 처리였다. 당사자와 면담하니, 본인은 아시아나에 애정이 많아서 중국으로 가지도 않고 계속 아시아나에 근무하고 있으며, 이번 실수에 대한 징계는 달게 받을 테니 퇴사만 시키지 말아달라고 한다. 이미 회장에게 퇴사시키라는 지침을 받은 터라 난감하기 이를 데 없었다. 인간적으로는 그 기장의 처지가 안타깝고 안쓰럽지만, 그 누구도 그를 구제해줄 방도가 없음을 알고 있었다.

차분하게 그를 설득했다. 이미 사건이 너무 크게 알려졌고, 인사위원회에 회부하면 해고로 의결되고 네 경력에는 빨간 꼬리표가 붙게 된다. 후에 타 항공사 입사도 어렵고, 그 사건의 음주 기장이란 경력을 평생 달고 다닐 것이다. 만약 본인이 퇴사한다면 자진해서 회사를 그만둔 것으로 하고, 인사위원회에 회부하지 않겠다. 그렇다면 본인이 거처를 정할 때까지만 퇴사를 보류시켜달라고 요청한다.

나는 그 요청까지 거절할 수 없었다. 사장에게 그의 요청사항을 전하고 3개월 수준의 보류 기간을 주자고 했다. 사장 본인은 이해가 되지만 회장을 설득하는 역할은 내게 있다고 한다. 나는 당사자가 노조원이고 만약 해고하면 과다한 조치라고 노조에서 소송을 제기할 수도 있음을 상기시켰다. 결국 회장도 동의했다.

그는 보류 기간을 이용해 중국 모 항공사로 이직했다. 국토부에서는 음주에 대한 벌금으로 3억 원을 부과했다. 몇 차례에 걸쳐 재심의를 요구하고 벌금을 줄이려 노력했으나 큰 성과는 없었다.

일과 중에는 바쁘지만 비교적 평범한 일상을 보내고 있었다. 나는 주 2~3회 정도 헬스클럽을 찾아 운동했다. 토요일 오전에는 가능한 약속을 잡지 않고 반드시 헬스클럽에 다녀온 후 일정을 시작했다. 일요일 오후에는 집 근처에 있는 산에 올라 400미터 트랙을 열 바퀴 뛰며 새로운 한 주를 준비했다.

운동에 대한 강박관념은 공군에서부터 습관이 되었지만, 항공사에 들어온 후 더욱 절실해진 듯하다. 언젠가 다시 비행을 할 수 있을지는 모르지만, 최상의 몸 상태를 유지하는 게 자신에 대한 신뢰라고 생각했다.

본부장이 된 후 가장 달라진 게 있다면 휴대 전화를 끼고 살아야 하는

나는 하늘로 출근한다

점이다. 그 전 임원 시절에도 상황을 빨리 파악하기 위해 통신 축선 상을 유지하고 있었지만, 본부장이 되고 나서 갑작스러운 전화가 많아졌다. 특히 저녁 TV 뉴스 시간에는 긴장 상태를 유지한다. 내가 알지 못한 사례가 간혹 뉴스를 통하여 나오게 되고, 회장이나 사장의 문의 전화가 오기 때문이다.

인간은 그 순간을 회피하고자 하는 본능이 있다. 그럴싸하게 얘기하여 마치 미리 파악하고 있는 사실이라는 어감을 주고 싶다. 하지만 직책을 맡은 후부터는 그런 임기응변식의 답변은 부메랑이 되어 본인에게 큰 화를 끼친다는 사실을 인식했다. 모르는 사례가 보도되거나 애매한 질문이 있을 경우의 정답은 "파악하여 보고드리겠습니다."다. 누구도 모든 현안을 파악하고 있으리라 기대하지 않는다. 당사자는 슈퍼맨이 되고 싶지만, 정확한 답변과 솔직함이 우선이다.

본부장이 되고 나서는 헬스클럽에서 달릴 때도, 심지어 샤워할 때도 휴대 전화를 항상 가까이 두고 벨소리를 놓치지 않도록 했다. 헬스클럽의 트레드밀에서 달리다가 회장의 전화를 받고 얼른 밖으로 나와 답변한 일이 몇 차례 있었다. 각 팀에서 주관하는 주요 행사에는 참석하여 여전히 내가 관심이 있음을 주지시켰다. 바쁜 일상이지만 그런대로 잘 적응하며 지냈다.

2011년 더위가 기승을 부리는 즈음의 여름 새벽에 전화가 왔다. 상하이에 가는 화물기가 제주 근처 해상에서 추락했다고 한다. 너무 놀라고 궁금한 게 많지만, 상황실에 가서 사건을 파악하기로 하고 급히 차를 몰아 회사에 갔다.

상하이에 갈 때는 제주 상공을 거쳐 중국에 진입한다. 제주 근처에서 항공기 화재를 깨닫고 제주 공항으로 회항하려 시도하던 중 바다에 추락했다. 조종사는 기장과 부기장 한 명씩 탑승하고 있었으며, 정황상 두 명 조종사의 생존 가능성은 희박했다.

점보 화물기는 많이 실으면 최대 120톤의 화물을 싣기도 한다. 화물기 내부에서 화재가 발생했으며 점점 심해져서 유압 계통을 작동 불능으로 만들고 결국 조종 계통이 마비되어 추락했다. 어떤 화물이 화재의 원인이 되었는지는 알 수 없었다. 회사에 사고 대책 본부가 구성되고 상황실 옆에 본부를 차렸다. 가족들에게 사고를 알리고 그들을 관리하는 문제가 우선이다. 기장은 나보다 서넛 적은 연배이고, 부기장은 전역한 지 얼마 되지 않은 젊은 후배였다.

기장의 가족들은 의외로 침착하게 현실을 받아들이는데, 부기장 부인은 거의 실신 상태였다. 젊고 어린아이가 둘 있는 현실에서 갑작스러운 가장의 상실이 믿기 어려웠을 것이다. 회사 주변의 호텔에 거처를 잡아주고 새로운 소식이 있을 때마다 직접 전해주기로 약속했다. 부기장 부인은 남편은 죽을 사람이 아니니 주변을 정밀 수색하여 찾아주기를 간청했다. 이미 해양경찰에 연락하고 경항공기와 헬기를 동원하여 주변을 샅샅이 뒤지고 있었다. 항공기 조종이 가능할 때는 해상에 착륙하는 방법(Ditching)도 고려할 수 있지만, 화재로 조종이 불가능할 때는 어렵다. 회장과 같이 가족들이 머무는 호텔에 가서 위로했다.

많은 일을 경험한 회장은 의연했다. 중요한 일이 제대로 진행되는지 짚어가며 확인했다. 기장의 가족은 계속 초연한 모습을 보이며 회사의 조치에 감사하고 있었다. 문제는 부기장 부인이었다. 아무것도 필요 없으니 남편만 살려서 데려오라고 한다. 그 심정을 이해하지만 난감하기 이를 데 없었다.

사고 이틀 후부터 기류가 이상한 방향으로 흘러가기 시작했다. 매스컴에 기장의 빚이 꽤 있고, 사망보험을 여러 보험사에 들어놔서 많은 보험금 수령이 가능하다는 것이다. 기사 내용은 마치 보험금을 노리고 고의로 화재를 냈을 수도 있다는 암시를 했다. 매스컴이 항상 그렇듯 한 곳에서 의문점이 있는 듯이 보도하니 경쟁하듯 온 매스컴이 대서특필하기 시작했다.

기장 동기생들을 만났다. 그리고 그의 사생활에 대해 질문했다. 그는 씀씀이가 좋은 편이고 남들과 잘 어울리는 기질이 있다, 그래서 약간의 빚은 있지만, 그로 인해 그런 큰일을 저지를 인물은 아니라고 얘기한다. 객관적으로 생각해도 점보 기장이면 수입이 많고, 빚 또한 갚을 수준의 빚이었으므로 극단적 선택을 할 리는 없다고 느꼈다.

연일 매스컴에서는 인터뷰에 응해달라는 연락이 오기 시작했다. 가십거리를 다루듯 사고의 본질은 뒤에 두고 보험금 얘기가 주를 이루었다. 나는 회장에게 명확히 얘기했다. 충분히 해결할 수 있는 수준의 빚이고, 최근의 행적을 보더라도 극단적인 선택을 할 요인은 보이지 않는다. 보험금을 많이 부었던 이유를 부인에게 물으니 혹시 모를 일에 대비한 부부의 대비책으로 보인다. 기장의 동기생들에게 적극적으로 매스컴의 인터뷰에 응하여 의심을 푸는 일이 중요하다고 설득했다. 그들은 매스컴에 인격모독이라며 강력하게 항의하며 인터뷰했다. 얼마 지나지 않아 이 보도 내용은 가십으로 끝났다.

공중 수색 중 화물기 잔해가 발견되어 추락은 현실로 다가왔고, 본체 인양이 큰 문제로 부상했다. 일단 추락의 정확한 지점이 중요했다. 관제사의 최종 확인 지점을 중심으로 원을 그리고, 반경을 넓혀가기로 했다.

문제는 조류였다. 바다의 조류는 그 속도가 빨라서 추락한 동체가 영향을 받을 확률이 높다. 해상 사고 소식을 매스컴을 통해 듣고 해상 구난을 전문으로 하는 많은 업체가 연락하기 시작했다. 요란스럽게 본인들의 장비와 능력을 설명하는데 그 옥석을 가리기가 무척 어려웠다. 그들의 얘기를 듣고 결정하면 많은 시행착오를 겪을 수밖에 없었다.

결국 공군에 연락하여 해상에서 추락한 동체를 찾은 경험을 물었다. 공군에서는 전투기가 해상에서 추락하였는데 많은 시행착오 끝에 동체를 건져냈다고 한다. 성공한 업체를 소개받고 그 업체에 인양 임무를 맡겼다. 레이더를 이용하여 항공기 동체가 있는 곳을 확인하고, 동체에 큰 그물을 연결하여 인양하는 방식이었다.

무려 3개월에 걸친 작업을 한 결과 조종석을 비롯한 동체를 인양할 수 있었다. 두 명의 조종사는 조종석에서 안전벨트를 맨 채로 운명해 있었다. 끝까지 항공기와 생사를 같이한 모습을 확인하니 가슴이 짠했다.

관제 기구에 녹음된 그들의 마지막 목소리는 차마 다시 듣기가 괴로울 정도로 절규에 가까웠다. 항공기 조종이 되지 않는다며 비상사태를 선포하고, 추락할 때까지 자신의 위치를 확인시키는 노력이 눈물겨웠다. 동체를 인양하고 항공기에 탑재된 블랙박스를 찾았으나 화재로 소실되어 찾을 수가 없었다.

블랙박스는 항공기 비행 상황을 데이터로 기록한 FDR(Flight Data Recorder)과 조종석 내부의 대화와 음성이 녹음된 CVR(Cockpit Voice Re-

나는 하늘로 출근한다

corder)로 구분된다. 그런 만큼 사고조사에서 가장 중요한 분석자료로 쓰인다. 그런데 충격과 화재에도 문제없도록 튼튼하게 만들어진 블랙박스가 소실되었다는 사실이 믿기 어려웠다.

결국 화물기 내부에 실린 화물의 화재로 인한 사고로 결론 내렸다. 조종사가 발견된 후의 문제는 보상과 장례 문제이다. 인사 부문과 협의하여 최대한의 성의를 가지고 보상 문제를 마무리 짓기로 하였다. 나이가 어린 부기장의 자녀는 회사에서 대학을 마칠 때까지 학비를 대주기로 하고, 최대한의 도움을 주도록 노력하겠다고 했다.

나는 조종사들의 장례를 총괄하는 장례위원장이 되었다. 장례식장을 차리고 조문을 시작했다. 순직한 부기장은 후에 그의 동기생에게 들으니 선량하고 배려심이 많은 조종사였다고 한다. 동료들과 잘 어울리고 어려운 사람들을 돕기 위하여 자원봉사도 하는 인성이 좋은 젊은이였다는 얘기가 더욱 가슴을 아프게 했다.

나는 장례식 때 장례위원장으로서 조문을 작성하여 읽었다. 인양된 본체에서 벨트를 맨 채 조종석에서 발견된 그들을 회상하며 최선을 다한 그들의 책임감을 기렸다. 그들의 헌신에 대하여 남아있는 사람들의 소명에 대해서도 언급하고, 그들의 명복을 진심으로 기원했다.

기장과 부기장의 장지가 달라서, 동기생들이 안장까지 함께할 수 있도록 스케줄을 최대한으로 배려했다. 장례를 마치고도 사고의 후유증은 오랫동안 지속되었다. 특히 화물본부는 화재의 원인이 화물에 있다는 이유로 국토부의 집중 점검에 시달렸으나, 이 또한 세월과 함께 묻히고 말았다.

항공사에서는 자질구레한 일이 생기지 않을 수가 없다. 아시아나 같은 경우만 보더라도 이착륙이 하루에 약 300번이 넘는다. 일 년으로 계산하면 전세계 공항에서 10만 번이 넘는 이착륙이 이뤄진다. 세계 곳곳에서 태풍을 비롯한 예상하지 못한 악천후를 겪으며 비행한다.

일주일 이상 조그만 사례도 없이 조용하면 오히려 불안감이 서서히 생겨난다. 비가 쏟아지는 날씨에 활주로가 미끄러운 상태에서 착륙속도를 줄이지 못하여 활주로 끝을 약간 지나쳐 멈추는 사례도 있다. 어느 지점에서 멈추냐에 따라 사고 혹은 준사고로 분류되니 이런 상황이 보고되면 가슴이 철렁한다. 아침에 비행 계획된 조종사가 출근하지 않아서 뒤편의 조종사를 끌어 펑크를 메우고 확인하니, 휴대 전화가 방전되어 알람이 울리지 않아서 출근하지 못했다는 어처구니없는 답변을 들을 때도 있다.

항공기의 기종에 따라 착륙 시 거친 착륙(Hard Landing)을 하면 기록하여 항공기 상태를 점검해야 한다. 특히 기준을 넘는 거친 착륙이면 항공기가 손상을 입었는지 특별점검까지 한다. 심지어는 항공기 동체 내부에 균열이 일어났는지 엑스레이를 찍어서 확인해야 할 때도 있다. 기장이 착륙하면 거친 착륙 확률은 줄어든다. 그렇다고 항상 기장이 착륙하도록 할 수는 없다. 부기장도 경험을 쌓아 기량을 발전시켜 언젠가 기장이 되도록 관리해야 한다.

날씨가 나쁘고 상황이 좋지 않으면 자동시스템으로 착륙(Auto Landing)을 권장한다. 하지만 모든 결심은 기장의 권한이다. 기장은 권한과 책임을 동시에 가지고 있다. 따라서 기장은 항상 책임의 한계에 대해서 고민한다. 부기장에게 언제 착륙할 기회를 부여하느냐도 기장의 고민

중 하나이다.

 거칠게 착륙하고 난 후 제대로 항공기 이력부에 기록하지 않고 주기적인 점검에서 드러나면 그것에 대한 책임은 크다. 전투기같이 G-meter가 항공기 내부에 있지 않아서 명확하게 확인이 어렵지만, 조금이라도 이상한 상황이라면 바로 기록하고 점검하도록 해야 한다. 거친 착륙이 계속되어 부품의 피로도가 축적되면 항공기 부품에 손상을 입고 큰 사고로 이어질 수도 있다. 항공기 이력부에 기록했는데도 제한치를 넘기면 두 조종사는 시뮬레이터에서 이착륙훈련으로 징계를 대체한다. 조종사의 덕목은 정직이고, 정직으로 신뢰가 구축되어야 안전한 비행이 될 수 있다.

 외국의 항공국에서 연락이 오기도 한다. 잘했다는 얘기는 거의 없고, 규정을 위반한 보고서가 주를 이룬다. 직접 회사에 연락이 오면 다행이지만 국토부를 거쳐 연락이 오면 상황은 복잡해진다. 사안을 분석하고 어떤 조치를 했는지 사후 보고를 해야 한다. 제일 문제가 큰 상황은 관제사의 인가를 받지 않고 이륙이나 착륙하는 경우다. 중대한 사고를 유발할 위험성을 안고 있어서 중요한 관제 위반 사태로 취급한다.

 이런 문제가 넘어오면 조종사의 소명을 듣지만, 관제 기구에 녹음된 파일을 듣고 조종사의 과실로 판단되면 한 달 비행 정지 징계가 내려진다. 조종사가 관제사의 지시를 어겨서 한 달간 비행을 정지당하면, 개인적으로는 금전적인 손실과 함께 경력에도 항상 징계 이력이 따라다닌다. 사안이 중요한 경우 국토부에서도 징계를 할 수 있어 회사에서 일단 심의하고, 국토부의 최종 징계를 기다려 이중 처벌이 되지 않도록 한다. 한 달에 두세 차례는 자격심의 위원회가 열리고, 조종사들의 잘못에 대한 징계를 결정한다. 매번 할 때마다 사람이 사람을 평가하고 벌을 결정하는 일이 굉장히 힘들고 고통스럽다는 생각이 들었다.

나는 7월 7일에 대한 징크스가 있다. 럭키 세븐… 행운이 두 번 겹치리라 기대하는 이 날에 좋지 않은 일이 많이 발생했기 때문이다.

2013년 이날이었다. 새벽에 전화가 울린다. 새벽에 전화가 왔다는 사실은 여러모로 불길한 일이다. 연로한 부모님들의 신상에 이상이 생겨 연락이 올 수도 있고, 회사에서 연락이 오면 아침까지 기다릴 수 없는 큰일이 발생했다는 의미다.

샌프란시스코에 착륙을 시도하던 여객기가 해안과 공항의 경계선 턱에 걸려서 추락에 가까운 손상을 입었다고 한다. 자동차를 몰고 회사에 가면서 사건을 복기해봤다. 날씨도 좋고, 전혀 외부 문제점이 없어 보인다. 전적으로 조종사의 실책이 빚어낸 사고라는 생각이 들었다. 본부장으로서 내 임무도 이제 마무리해야 할 시점이라고 생각했다. 그렇다면 자리에 연연하는 모습을 보이지 말고, 이 사건을 마무리 짓고 의연하게 사의를 표명하는 게 최선이라고 결심했다.

회사에 가서 사고 대책 본부를 구성하고 사고의 실체를 파악하기 시작했다. 그리고 사고 조종사와 직접 통화를 했다. 불길한 예감은 여지없이 들어맞는다는 말은 틀림이 없다. 의심의 여지 없이 조종사의 실책이었다. 다행히도 해안 턱에 걸린 항공기는 활주로 쪽으로 들어와서 지상에서 수평으로 회전하다가 멈춰서 항공기는 크게 손상되었는데, 사망자는 기내에서 튀어 나간 중국인 학생 한 명이었다. 그것도 사고로 인한 직접적인 원인이 아니고 화재를 진압하기 위한 소방차에 의한 사고였다.

나는 하늘로 출근한다

그룹 회장은 LPGA 골프 시합이 중국에서 있어서 주관사 대표로 중국에 있었다. 사고 소식을 듣고 시상을 다른 사람에게 미루고 귀국길에 올라 낮에 도착 예정이다. 모든 상황을 파악하여 짧은 보고서를 작성했다. 인천공항에 가면서도 계속 현지와 통화하고 진전된 사항이 있는지 확인했다. 누구라도 그룹 회장을 어려워한다.

나는 책임자로서 회장 차량에 동승하여 상황을 브리핑하겠다고 했다. 사장도 흔쾌히 동의했다. 밖에는 비가 추적추적 내리고 있었다. 차에 탑승해 브리핑하려고 하는데 회장이 단도직입적으로 묻는다.

"날씨도 좋은 백주에 이게 무슨 사고냐?"

갑자기 말문이 탁 막혔다. 나도 단도직입적으로 대답했다.

"조종사 실책이 90% 이상일 것으로 예상됩니다. 외부에는 이렇게 얘기하지 않고 주변 상황이 사고를 막지 못했다고 하겠지만, 조종사 실책을 피해갈 수는 없습니다. 저는 사고 마무리를 위해 최선을 다하겠으며, 뒤처리를 마친 후 사표를 제출하겠습니다. 조종사가 잘못하여 발생한 사고의 책임은 전적으로 운항본부장에게 있습니다."

새벽에 출근하면서 의연하게 처신하겠다고 다짐했기 때문에 책임 소재를 언급하며 답변했다. 한동안 말이 없었다. 질책도 없이 생각에 잠긴 듯했다. 인천공항에서 회사까지의 거리가 이렇게 멀게 느껴본 적이 없었다.

회장은 회사에 차린 대책 본부에 도착하여 분야별 상황을 보고받고 지침을 줬다. 항상 느끼는 바지만 큰 사고에 대한 회장의 태도는 놀랍도록 의연했다. 언론에서는 회사 근처에 취재 본부를 차렸다. 국토부에서는 사고 현장에 국토부 요원들이 조사를 위해 갈 수 있도록 특별기를 제공하라고 독촉했다. 다음날 정기편으로 가도 큰 문제가 없다고 생각하는데 특별기를 제공하라니 과하다는 생각이 들었다. 그런데 어찌하랴. 사고를 낸 주체가 무슨 할 말이 있으며, 그들의 지침을 반박할 명분도 부족했다.

언론에서는 합동 기자회견을 해달라는 요청이 있었다. 나는 사장이 쉽게 설명할 수 있도록 순화된 용어로 작성된 브리핑 자료를 검토하여 드렸고, 전문적인 질문이 있을 때는 내가 직접 설명하겠다고 했다. 마치 대역죄를 짓고 언론 앞에 나선 느낌이었다. 기자회견과 질문에 대한 답변을 마치고 다시 사고 대책에 몰두했다. 국토부는 이미 회사에 진을 치고 있고, 계속 자료를 제출하라며 다그치고 있었다.

대책 본부에서 속속 들어오는 상황을 들으니 예상보다 부상자 수가 많고 특히 승무원들의 부상 정도가 컸다. 원하는 승객들을 먼저 귀국시키는 문제부터 시작하여, 현지의 병원에 부상자를 입원시키는 문제까지 해결해야 할 일들이 산적했다. 대책 본부에 구성된 일반 직원과 타 본부장에게 면목이 없었다. 2년 만에 다시 구성된 대책 본부, 이번에는 조종사의 실책에 의해서 빚어진 사고가 아닌가.

미국의 사고조사 기관인 NTSB(National Transportation Safety Board: 미연방 교통안전위원회) 에서도 연락이 오기 시작했다. 자료를 제출해달라고 한다. 원래 항공 사고의 조사는 사고가 난 지역에서 주관하는 것이 관례여서 그들의 요구는 정당하다. 국토부에서 요구하는 자료를 준비하는 것으로도 엄청난 인원이 투입되었는데, 미국에서의 요구는 영어 번역본으로 제출해야 하는 문제까지 안고 있었다.

새벽 2시가 넘어서 겨우 한숨 돌릴 수 있었다. 피곤은 이미 도를 넘었고, 곰곰 생각해보니 사고 후 먹은 음식이 머핀 하나와 오렌지 주스 한 병이다. 정신없이 지내다 보니 음식을 먹을 틈도 없었고, 허기를 느낄 여유도 없었다. 눈은 천근만근 무겁지만 잠을 쉽게 이루지 못할 듯했다. 내 사무실 안락의자에 기대어 두어 시간 쪽잠을 청했다.

이튿날부터 본격적으로 바쁜 일상이 다시 시작되었다. 새벽부터 시작된 대책 본부 회의에서는 고통스러운 소식부터 들려오기 시작했다. 회사의 모든 팀장이 승객 한 가족씩 맡아 그들을 관리하도록 했다. 바로 귀국을 원하는 사람은 간단한 의학적 검사를 하고 항공기에 탑승했다. 부상이 심한 승객은 샌프란시스코의 병원에 입원했고, 중상을 입은 사람 중에는 승무원도 몇 명 있었다. 보험회사에서 병원비를 댄다고 하더라도 미국에서 의료보험이 적용되지 않는 환자의 의료비는 엄청나리라고 생각했다.

서울에 도착한 승객들을 관리하는 부서의 보고를 들으니 상상을 초월하는 요구사항이 많았다. 의학적으로 병원에 입원할 필요가 없다는 의사의 소견에도 불구하고 입원을 고집하는 승객들이 있고, 여의치 않자 한의원으로 옮겨 입원하는 승객들도 있었다. 집에 있는 반려견에게 먹이를 사다 먹이라는 요구, 누구의 생일인데 본인이 못가니 대신 케이크를 사서 방문하라는 요구 등 상상을 초월하는 요구들이 현장의 팀장에게 쏟아진단다. 가십으로만 듣던 얘기가 실제로 주변에서 일어나고 있었다.

본부장 한 명은 미국에 가서 직접 현장을 지휘하고 있으며, 며칠 후 사장도 현지에 가기로 했다. 사고가 발생하면 대책을 세워서 보고하는 문제가 뒤따른다. 사장이 미국 현지에 출장을 간 이후로 모든 대책 회의에 내가 대신 참석했다. 국토부에서 있었던 각 항공사 사장단 대책 회의는 내가 직접 대책을 보고하는 자리였는데, 많은 언론에서 취재하고 있었다. 며칠간 식사도 제대로 하지 못하고 수면도 턱없이 부족한 상태에서 언론의 스포트라이트를 받는 자리는 큰 부담으로 다가왔다. 행여 대책이 미흡하다느니, 아직도 원인을 제대로 분석하지 못했다느니 하는 얘기가 나올세라 조심스러웠다.

다행히 큰 문제없이 언론 브리핑을 마쳤다. 회사에 돌아오는데 지인이 문자를 보내왔다. TV에 나온 모습을 보니 너무 초췌해 보이니, 건강 관리에 힘쓰는 게 좋겠다는 얘기였다. 컨디션이 좋지 않으니 정신이 혼미하다. 업무 과로로 숨졌다는 기사를 볼 때마다 설마 그런 일이 있을까 했는데, 상황이 이렇다 보니 실제로 과로사가 있을 수도 있겠다는 생각을 했다.

스트레스에 심하게 시달리다 보니 흡연하고 싶은 욕구가 생긴다. 실제로 편의점에 담배를 사러 들어간 적이 있었다. 조그만 돌파구라도 찾고 싶었다. 하지만 이번에 흡연하면 영영 담배를 끊을 수 없겠다고 생각했다. 그동안 어렵게 끊은 기간이 너무 아까웠다. 극심한 스트레스에 시달리다 보니 굉장히 예민해진다. 마음을 다시 추스르기 시작했다. 모든 짐을 혼자 떠맨 듯이 살 필요가 없는데도, 스스로 억압하고 죄의식을 느끼고 사는 생활을 바꿀 필요가 있었다. 이번 일을 마무리 지으면 사직할 텐데 군이 죄의식에 빠질 필요 없이 의연하게 일을 처리하면서 틈틈이 나를 돌아보자고 다짐했다.

미국에서 현지 조사를 마친 조종사들은 며칠 후 새벽에 귀국했다. 언

나는 하늘로 출근한다

론에 노출되어 괴로움을 받지 않도록 조심스럽게 귀국시켰다. 새벽에 공항에 나가서 그들을 보니 가슴이 울컥했다. 그들도 차마 나를 제대로 보지 못하고 미안해했다. 차후 그들이 한국에서 겪을 고충을 생각하니 안쓰러운 마음이 들었다. 전 조종사를 대상으로 시뮬레이터를 탑승시켜 다시 한 번 기량을 점검했다. 또한 사고 조종사들을 분석하여 사고의 원인에 대한 고리를 끊을 대책을 실행에 옮겼다.

몇 명의 조종사가 시뮬레이터의 기준에 미달하여 한 번의 기회를 더 부여하고, 그래도 미달한 대상자는 퇴사시켰다. 이때 퇴사한 조종사가 몇 있었다. 멀쩡히 비행하고 있던 그들에게는 날벼락 같은 조치였을 것이다. 이 모든 조치가 대책에 들어 있어서 부득이하게 시행할 수밖에 없었다. 사고의 여파는 컸다. 조종사 사회의 민심도 흉흉하여 헛소문도 많이 돌았다.

이제, 다시 시작이다

그렇게 두 달 가까이 시간이 흘렀다. 나는 아직도 사고의 뒤처리에 시달리고 있었다. 끝없는 국토부의 점검과 자료 제출 요구에 점점 지쳐가고 있었다. 사직서를 언제 제출하느냐가 최대 과제로 인식되고 있는 즈음이었다. 사장의 호출이 있었다. 사고 후속 문제로 사장을 만나는 일이 많아서 그날도 특별한 의미를 두지 않았다. 그러더니 회장에게 사고를 마무리한 후 사표를 제출하겠다는 의사를 밝힌 적이 있냐고 묻는다. 나는 그렇다고 답변했다.

오늘 회장에게서 운항본부장과 운항 안전 임원을 보직 해임하라는 연락이 왔다고 한다. 드디어 올 것이 왔다고 생각했다. 사표를 제출하겠다고 했더니, 회장이 두 임원 모두 사고에 대한 책임으로 보직 해임하며, 라인으로 복귀하여 기장으로 비행하라는 지침을 내렸다고 한다. 여태까지 본부장으로 재직한 후에 기장으로 복귀한 전례는 없었다. 나는 뜻은 감사하지만, 사표를 제출하는 게 옳겠다고 얘기했다. 회장과 사장이 오랜 시간 나의 거취를 놓고 대화를 나눴으며 비행하도록 결정했으니 호의로 받아들이고 기장으로 복귀하라고 한다. 고마운 조치지만 면목이

나는 하늘로 출근한다

없었다. 며칠간 휴가를 받아서 몸과 마음을 추스르고 기장 재자격 교육을 받으라고 한다.

사장실에서 나온 뒤에 내 개인 사무실에 가서 짐을 정리하기 시작했다. 짐이라고 해봤자 얼마나 있겠냐만, 개인적인 서류를 파기하고 사무실을 후임자에게 넘겨주기 위해 정리를 시작했다. 비서가 들어오더니 이 모습을 보고 울기 시작한다. 비서가 우니 갑자기 마음이 울컥해진다. 그동안 헌신적으로 보필해준 비서와의 이별도 가슴 아팠다. 후임자는 예전에 운항 임원을 하고 라인으로 복귀했던 항공대 출신 후배였다. 그에게 언제부터 지상 교육을 시작할 예정이냐고 묻고 2주간의 휴가를 쓰겠다고 했다. 가슴속에 웅어리진 찌꺼기를 쏟고 다시 시작해야 할 때가 왔다.

아내와 울릉도에 가기로 했다. 업무용 차량도 2주간 사용하기로 양해를 얻었다. 그동안 아내는 사태의 심각성을 눈치채고 아무 말도 하지 않았다. 어떤 말도 위로가 되지 않는 현실을 본능적으로 직감한 듯했다.

사실 나는 사표를 제출해도 미래에 대한 계획은 없었다. 통상 임원에서 계약이 해지되면 자문역이 되면서 지급하던 연봉의 50%를 일 년 동안 지급한다. 그동안 노고에 대한 배려이며, 일 년 동안 새로운 일을 찾으라는 의미다. 50%의 연봉이면 일 년간 생활은 문제가 없을 것이고, 그동안 고민하여 장래를 생각하려 했다. 어떤 면에서 가장 큰 고민을 회사에서 덜어줬다고 할 수 있다.

새벽에 집을 나서서 강릉으로 향했다. 강릉에서 배편으로 울릉도에 들어갈 예정이다. 본부장으로 일하는 동안은 중국에 짧은 여행을 다녀온 게 다였다. 걸려오는 전화에 국내 여행을 제대로 다니기도 힘이 들었다. 며칠 동안 머리를 비우고 생각 없이 지내고 싶었다. 울릉도 현지에 연락하여 여행 상품을 구매했는데 생각보다 상품의 내용이 좋았다. 특히 현지에서 가이드를 따라 트래킹하는 프로그램이 있는데, 적당한 운동과 함께 숲길을 걷는 게 인상 깊었다.

돌이켜 보니 내가 임원이 된 지 약 7년이 흘렀다. 짧지 않은 세월 동안 많은 것이 변했다. 점보 팀장을 맡지 않으려고 애쓰던 생각부터 노조와 부딪힌 일까지 모든 기억이 한꺼번에 밀려왔다. 임원이 되어 회사가 어떻게 돌아가는지에 대해 경험할 수 있었고, 나무만 보다가 숲을 볼 소중한 기회를 얻었다.

회사에서 제공한 많은 혜택도 감사하고 그동안 개인적으로 귀중한 경험을 한 사실도 인정한다. 회사에 타격을 준 사고가 났는데도 라인으로 복귀하도록 배려해준 것도 큰 은혜라는 생각이 들었다.

저녁에 아내와 바다에 접해 있는 노점에 앉아 생선회와 함께 소주를 마시며 대화를 나눴다. 말수가 적은 후원자인 아내는 아이들을 잘 키워주었고, 내가 가정에 소홀할 수밖에 없는 현실을 잘 이해해 주었다. 마치 먼 항해를 마치고 집에 온 듯한 기분이었다. 닷새간의 울릉도 여행을 마치고 신변 정리에 나섰다. 운항 승무원에게 메일을 통하여 그간 열심히 해줘서 감사하다는 퇴임 인사를 했다. 같이 일한 일반직 팀장들과 팀원들에게도 퇴임과 감사의 메일을 썼다. 다행히 비행하지 않는 기간에도 영어시험을 꾸준히 봐서 영어 자격을 유지했고, 신체검사도 거르지 않고 해와서 비행에 지장을 초래할 일은 없었다.

비행하지 않고 3년이 지나면 비행에 관한 모든 자격이 상실된다. 따라서 처음 자격을 획득하는 사람과 같은 수준의 교육을 받아야 한다. 당연히 교육 기간이 길어지고 시뮬레이터 탑승 횟수도 많아진다. 혼자 교육을 받는 관계로 골방에서 교관들이 방문하여 교육을 시작했다. 다행히 오랫동안 정보를 탄 경험이 있어서 교육을 받으니 기억이 나기 시작한다. 중간 쉬는 시간을 이용하여 팀장들이 찾아오기도 하고 같이 일했던 사람들의 방문도 잦았다.

한 달여의 지상 교육을 마치고 시뮬레이터를 타는 중에 부친의 부고 소식을 접했다. 본부장을 마치고 병원에 갔을 때만 하더라도 괜찮다고 생각했는데, 그새 병세가 나빠진 모양이다. 부친은 3년 반 전에 뇌출혈로 쓰러졌다. 연세가 있어서 수술이 위험하다고 하여 치료를 마친 후 요양원에 모셨다. 면회 갈 때마다 정신을 잃은 부친을 보며 과연 부친의 삶이 옳은 것인가 하는 생각을 많이 했다. 모친은 병원비를 자식들이 분담하는 현실이 부담스러워 부친을 퇴원시켜 집에서 모시자고 했지만, 그러다 모친의 삶도 어찌 될지 몰라 만류했다. 아직 내가 수입이 있고, 동생들도 병원비를 충당할 여유가 있어서 병상 생활을 유지했다.

그러던 부친이 마침내 운명하신 것이다. 본부장을 그만둔 지 불과 두 달이 되지 않은 시점이었다. 회사에서는 임원의 기준으로 장례지원을 해주고, 사장을 비롯한 임직원들이 조문을 왔다.

부친의 삶을 재조명해봤다. 나와는 개인적으로 정을 살갑게 나누는 사이는 아니었지만, 가족을 위하여 육체적인 일까지 불사한 대한민국의 평범한 아버지였다. 우리 시대의 아버지들이 그랬듯이 경제적으로 부유한 삶을 누리지도 못했고, 취미 생활도 없이 생계를 위한 일에 몰두할 수밖에 없던 처지가 안쓰러웠다. 부친을 화장하고 납골당에 안치할 때 갑자기 설움이 북받쳤다.

어릴 때 기억부터 최근의 요양원에 누워계신 모습까지 마치 파노라마처럼 필름이 머리에서 돌아가며 과거가 회상되었다. 예전에 좀 더 살갑게 대하지 못했다는 회한이 가슴에 사무쳤다. 부친의 파란만장한 생애는 86세에서 멈췄다.

시뮬레이터를 마치고 재자격 비행이 시작되었다. 아직도 정식 기장으로 활동하려면 몇 개월의 훈련 기간이 필요했다. 부친의 장례를 마치고 한 달이 지났을 때 친하게 지내던 동기생이 사고를 당했다. 그는 군에서 헬기를 조종했고, 전역하여 대기업에서 전용기를 조종하고 있었다. 전역한 뒤 우리 집 근처에 살아 자주 만나서 식사를 하고 골프도 치는 등 가까이 지냈다. 그런 그가 악천후 상태에서 헬기를 조종하여 VIP를 태우러 가다가 아파트의 골안개에 갇혀 사고를 당한 것이다.

기장인 그와 부기장인 젊은 후배가 순직했다. 당시에 헬기가 아파트 사이의 안개에 갇혀 상승하다가 아파트 벽에 홈집이 생겼다. 해당 아파트가 강남의 고급 아파트로 세간의 이목을 집중시켰다. 사고의 원인에 대해 여러 추측이 난무했다. 동기생의 가족은 가장의 사고로 인해 황폐해진 마음을 추스르기도 전 언론의 집중 조명을 받게 되었다. 초점은 안개가 자욱하여 기상이 헬기의 운항 조건에 미흡한데도 회사의 강요에 의한 운항 여부였다. 아침 일찍 회사에서 전화가 왔는데 기상 문제로 의견이 엇갈렸나 보다. 동기생의 아들이 그 통화내용을 들었고, 무리한 회사의 요구로 인해 사고가 일어났다는 추측이 생겼다.

나는 하늘로 출근한다

어차피 사고는 발생했고 조종사들은 순직했다. 지금에 와서 원인을 따져 회사를 굳이 난처하게 만들 필요가 없다고 판단했다. 그리고 운항에 대한 최종 결심권자는 기장이다. 기장의 판단으로 비행을 시작했다는 사실은 변하지 않는다. 동기생 부인에게 연락하여 회사를 옹호할 필요는 없지만, 인터뷰에 응하여 잘잘못을 가릴 필요도 없다고 조언했다. 내심 갈등하고 있던 그의 부인은 내 조언대로 움직였다. 장례식장이 마련되고 동기생들이 모였다.

문제는 사고 보상에 대한 회사 측과의 협상이었다. 나는 동기생들의 추천으로 유족 측 대표를 맡게 되었다. 회사 측에서만 협상하다가 유족 측에서 보상 협상에 임하게 된 셈이다.

첫 협상장에서 회사 측은 터무니없는 보상 액수를 가지고 나왔다. 나는 고속버스 사고를 당해도 이보다는 더 보상해줄 거라고 하고 협상을 계속할 가치가 없다며 협상장을 나왔다. 실제로 너무 어이가 없는 액수였다. 대기업에서 자사를 위해 일하다가 사고를 당한 사원에게 줄 보상금으로는 너무 적었다. 그리고 만약 이런 기조로 계속 협상에 임하면 언론 인터뷰에 응하겠다고 엄포를 놨다.

다음날 새벽이 발인이었다. 나는 집에 가서 옷을 갈아입고 오기 위해서 장례식장을 떠났고, 그 밤중에 직원들이 유족들을 공략한 모양이다. 세부적으로 필요한 사항은 미리 회사에 얘기해서 추가해달라고 부탁했는데, 그 사항은 포함되어 있었다. 아마도 발인 때까지 아직 협상이 완료되지 않았다는 비판을 받을까 두려웠던 모양이다. 유족들이 금전 문제로 보상이 늦어지는 일이 외부로 나가는 사실을 수치스러워 하는 심리를 이용한 듯싶었다.

아침에 가니 부인이 협상안에 서명했다고 한다. 좀 더 받아낼 수 있겠지만 유족들의 마음에 상처를 주고 싶지 않았다. 흔쾌히 잘했다고 했다. 대기업이라 더 보상할 여지는 있지만, 그 정도 보상이면 남은 가족들의 생활에 어려움은 없으리라 생각했다. 그리고 장례식에 집중했다. 그 동기생과 친한 사실을 아는 동기들이 조사를 내게 작성하고 읽도록 권했다. 정성을 다해 고인을 추모하고 명복을 기원하는 조사를 만들었다. 안장하고 오는데 언론에서 내게도 연락이 오기 시작한다. 나는 정중하게 고사하고 가족들이 해야 할 뒤처리에 조언을 아끼지 않았다.

재자격 훈련을 마치고 다시 기장으로 비행을 재개했다. 운항본부장을 한 사람이 라인에 돌아오니 여러 군상이 보이기 시작한다. 전례 없이 라인에 복귀했다고 뒤에서 수군거리는 사람이 있는가 하면, 예우를 갖춰 잘하려고 애쓰는 사람도 있었다.

나는 의연하게 생활해야 한다고 매번 되뇌었다. 팀장을 포함한 사무실 근무를 하는 8년의 세월 동안 라인의 분위기는 많이 변해 있었다. 개인적인 성향을 중시하는 분위기가 대세였고, 심지어 식사도 혼자 알아서 하는 분위기로 바뀌었다.

상부에서 나를 라인에 다시 보낸 여러 이유가 있겠지만, 조금의 잡음도 없이 비행에 전념해야겠다고 생각했다. 있는 듯 없는 듯 생활하고, 아무런 일 없이 비행하는 모습이 나를 배려한 회장에 대한 예의라고 다짐했다. 예전에 가깝게 지내던 조종사들이 같이 식사하자고 할 때를 제외하고는 식사도 대부분 독자적으로 해결했다. 호텔 내에서 운동하기도 하고, 주변을 많이 걸었다. 비행 준비는 철저히 하고 행여 규정 위반의 당사자가 되지 않기 위하여 특별히 조심했다. 라인에 복귀하고 비행하면서 예전에 아내와 같이 유럽 여행을 하지 못한 게 후회되었다.

사무실 근무로 인해 갈 여건이 되지 못했지만, 이제는 그 아쉬움을 풀 좋은 기회라고 여겨졌다. 아내와 일 년에 두 번은 해외여행을 가겠다고 약속했다. 한 번은 그간 가지 못했던 유럽을 중심으로 길게, 나머지 한 번은 일본이나 동남아, 중국 등 짧게 가기로 했다. 서유럽 일주를 비롯하여, 동유럽 일주, 이탈리아 일주, 크로아티아, 스페인 등 미뤄놓았던 여행을 계속했다.

COVID-19, 코로나로 불리는 이 역병이 중국에서 발생하여 온 지구를 혼돈에 빠뜨렸다. 국가 간 여행이 금지되고 세계 경제가 피폐해졌다. 가장 큰 피해를 본 분야가 관광회사와 항공사다. 2019년 초에 발생한 코로나는 그 전파력이 대단하여 빠른 기간에 전세계로 확장되었다. 각 국가에서 입국을 통제해 그야말로 항공사는 초상집, 전무후무할 정도의 타격을 받았다.

특히 A380같이 500명이 타는 대형 여객기는 갈 곳이 없어 운항하지 못하고 공항에 세워놓기 일쑤였다. 다행히 점보는 화물기가 주류를 이루고 있어서 나의 비행에는 영향이 적었다. 하지만 주변 환경은 엉망으로 변하기 시작했다. 회사는 승객들이 극단적으로 줄어서 적자를 면치 못하게 되었고, 비용을 줄이기 위하여 온갖 노력을 다했다. 일반 직원들이 주기적으로 돌아가며 무급휴직을 시작했다. 운항하지 않는 항공기가 늘어남에 따라 조종사들도 무급휴직에 들어갔다. 전에 경험하지 못한 극한상황이 도래한 것이다.

비행을 나가도 예전 같은 재미를 느낄 수 없었다. 특히 사회주의 성향을 보이는 국가에서의 체류는 제한이 엄청났다. 외국에서 입국한 조종사가 병균 전파자라도 되는 듯이 아예 외출을 금지하고, 식사를 방에 가져다주어 방 밖으로 나가지 않도록 했다. 예전에는 베트남에 가면 할 일이 많고 맛있는 음식도 많아서 인기가 좋은 곳이었는데, 상황이 이렇게 급변하니 오히려 잠깐만 체류하고 출국하는 게 더 나았다. 방에서 독서를 하는 것도 한계가 있고, 영상을 보는 것도 하루 이틀이지 체류가 고역에 가까웠다. 게다가 하루에 한 번씩 불러내 코로나 검사를 한다.

기타 국가에서의 체류도 즐거움이 없어진 지 오래다. 그나마 미국에서의 체류는 제한이 없었다. 하지만 외출해서 감염될 것을 두려워해서 호텔에 머무르는 사람이 많았다. 나는 많이 걷기로 했다. 시내를 걷고 마트에 가서 필요한 물건을 사기도 했다. 코로나가 극성을 부릴 때는 가게의 면적에 따라 한 번에 몇 명만 출입이 허용되어 제한한 적도 있었다.

비행 생활이 얼마 남지 않은 상황에서 환경변화가 아쉬웠지만 적응할 차선의 방법이 필요했다. 미국에서는 대중교통인 버스가 탑승 인원이 제한되면서 차비를 받지 않고 무료로 운영했다. 구글 지도를 이용하여 목적지를 정하고 무료 버스를 최대한 이용했다. 멀리 떨어진 아웃렛에 가서 그동안 소홀했던 가족들의 선물을 사고, 오가며 걸어서 운동도 했다.

식사 시간이 제일 고역이었다. 삼삼오오로 외출하여 식사하는 분위기가 아니어서 호텔 내에서 식사를 해결하기도 하고, 외출 시에 식사를 포장 주문하여 가져와서 먹기도 했다. 당연히 호텔에서 지내는 시간이 많아졌고, 독서로 시간을 많이 보냈다. 아들이 선물한 전자책 단말기가 큰

나는 하늘로 출근한다

도움이 되었다. 집에서 보고 싶은 서적을 다운로드해 가면 어디서나 볼 수 있는 편리한 물건이었다. 직접 페이지를 넘기는 감각은 없지만 아무리 두꺼운 책도 여러 권 한꺼번에 가지고 다닐 수 있어서 편리했다. 항공기 내에서는 비번 시간을 이용하여 보기도 하고, 호텔에서 컨디션이 좋은 때 애용했다.

책을 방에서 오랫동안 보면 눈이 침침하여 조리개 운동이 필요하다. 걷기도 하고 호텔 내 피트니스센터의 이용자 수를 확인한 후 운동했다. 사람이 많은 실내에서 운동하면 이 또한 감염의 우려를 떨치기 어렵다고 판단했다.

런던에 체류할 때는 도시락을 아침 식사 대용으로 주기도 했다. 식사 비용이 비싸고 미각이 떨어지는 영국이어서 평소에도 식사 대용품을 챙겨가는 곳이지만, 제대로 끼니를 해결할 아침 식사까지 허술한 도시락으로 대체하니 서운했다. 이렇게 코로나는 나의 생활 전반을 크게 흔들고, 말년의 비행 생활을 황폐하게 했다.

비행 생활을 계속하다 보니 어느덧 나이 60을 지나게 되었다. 원래 조종사의 정년은 55세였다. 요즘은 60세로 정년이 연장되었지만 나는 55세 당시에 임원직을 수행하고 있던 터라, 기장으로 복귀하며 60세까지 정년을 보장받았다. 60세가 되면 그때부터는 촉탁으로 연장 여부를 회사에서 결정한다.

가장 중요한 기준은 수요와 공급의 법칙이다. 조종사가 부족하여 필요하면 숙련된 조종사를 촉탁으로 연장하여 활용하지만, 여유가 있으면 굳이 채용할 필요가 없다. 따라서 그때마다 연장의 기준도 달라진다. 우리는 일 년을 연장하고 문제가 없으면, 그 뒤 4년을 한꺼번에 연장하는 계약을 했다.

그런데 급여가 많이 달라진다. 나는 기본급에서 최고가 수준이었는데, 60세가 되면서 기장 초봉으로 바뀐다. 또한 비행 수당의 시간당 단가도 약 30% 삭감되었다. 동일 근로에 동일 임금이라는 근로 원칙에 어긋나서 아쉬웠지만, 채용하여 계속 일할 기회를 준 회사에 감사했다.

K항공에서는 60세가 되면 아주 까다롭게 연장을 심사한다. 특히 신체검사에서 사소한 문제점이 있는 옵션 대상자는 단호하게 제외한다. 또한 한번 연장되더라도 63세 이상 연장은 거의 없다. 아마도 회사 내부의 확고한 지침이 있나 보다.

코로나로 인해 항공시장은 황폐하기 이를 데 없었다. 중국으로 이직한 한국인 기장들은 중국 항공사의 승객 감소로 직장을 잃고 국내로 돌아왔다. 하지만 현직 조종사를 무급 휴직시키고 있는 국내의 항공사가 그들을 채용하기는 불가능한 상황이다. 그렇게 직장을 잃고 귀국한 기장은 국내에서 택배 기사를 하기도 하고, 에어컨 설치 기사로 전직한 사람도 있다. 그런 마당에 회사에서 정년연장을 결정하면 감사하다는 표현 이외에 이견이 있을 수 없다.

재정이 빈약한 소규모 항공사는 이미 파산한 회사가 나왔고, 일자리를 찾는 조종사가 넘치는 상황을 악용하여 연봉을 최저로 낮춰 채용하는 항공사도 나타나기 시작했다. 부익부 빈익빈이라더니 항공사 수요도 한편으로 치우치기 시작했다. 대형 여객기는 아예 운항하지 않고 공항에 세워놓는가 하면, 여객기의 비운항으로 화물의 운송이 제한되면서 화물기는 활황이 되었다.

나는 하늘로 출근한다

여객기에도 항상 어느 정도의 화물을 운송한다. 그런데 여객기가 운항하지 않으니 화물 운송이 화물기에 몰리게 된 것이다. 원래 화물의 성수기는 여름휴가가 끝나고 9월부터 시작되어 크리스마스가 끝나는 12월 말까지로 보는데, 비수기에도 화물의 운송이 폭증했다. 봄에는 화물 비수기로 화물 운송의 단가가 낮은 편인데, 화물이 몰려서 평년보다 무려 15배로 운송단가가 뛰었다.

화물기가 있는 K항공과 아시아나는 화물 운송에 힘입어 적자 폭을 크게 줄일 수 있었다. 화물기가 많은 K항공은 오히려 흑자가 났다. 반면에 화물기가 없고 여객기만 운영하던 저가항공사인 LCC(Low Cost Carrier)는 자본잠식 상황에까지 몰리게 되었다. 그러다 보니 화물기는 최대로 활용하고 여객기는 최소한으로 운영하게 되었다. 화물기 조종사는 코로나 이전보다 더 많은 비행을 하게 되었다. 힘이 들어도 배부른 소리를 한다는 비아냥을 들을세라 아무 말도 하지 못한 채 지냈다. 나의 비행 말년은 코로나 상황과 화물기의 아이러니한 활황으로 희비가 엇갈렸다.

나는 체력관리를 상당히 잘 해왔다고 자부하며 살았다. 그도 그럴 것이 매년 하는 신체검사에서 옵션 없이 무난하게 통과되었고, 비행하면서도 힘들다고 느낀 적이 없었다. 하지만 누구나 그렇듯이 밤샘 비행은 쉽지 않았다. 그러던 자신감이 63세가 지나면서 체력적으로 버겁다는 생각이 들기 시작했다. 4인조 비행 시에는 총 비행구간의 중간 지점에서 교대하는데, 벙커에서 자다가 교대 시간 알람을 듣고 일어나서 한동안 멍하니 앉아 참 힘들다는 생각이 들었다.

그런 경험을 해보니 세계적으로 국제선의 경우에 조종사의 정년을 65

세로 정한 이유가 이해되었다. 화물기는 브리지를 통하지 않고 스텝을 걸어 올라가야 한다. 체류를 위한 무거운 백과 비행 가방을 양손에 들고 가파른 스텝을 올라가며 이것도 점점 힘이 드는구나 싶었다.

그러면서 두 가지 상념이 머릿속을 채우고 있었다. 정년이 되어 은퇴하면 이렇게 날 밤새는 비행은 하지 않아도 된다는 후련한 생각과 은퇴가 얼마 남지 않아서 아쉽다는 생각이 교차되었다. 인간이 이래서 교활하다고 하는지 모르겠지만, 항상 두 가지 상반된 생각이 순차적으로 오갔다. 은퇴까지 자질구레한 일없이 잘 마무리 하고자 하는 마음은 항상 가지고 있었다. 그러던 중 65세 생일이 며칠 남지 않은 시점에 정년퇴직일을 맞았다.

항공사에서 정년퇴직은 큰 의미를 지닌다. 온갖 난관이 있는 환경을 극복하고 본인이 할 수 있는 날까지 비행했다는 의미는 자부심을 느끼기에 충분하고 축복받아야 마땅하다. 그래서 정년 퇴임일에는 회사에서 행사를 열어 당사자를 축하해준다. 팀장을 비롯한 팀원들이 플래카드를 준비하여 공항 출구에서 은퇴식을 해준다. 가족들과의 기념촬영, 가족들과 함께 사무실에서 간단한 다과를 베풀고 그간의 소회를 얘기한다.

그런데 이 모든 이벤트를 코로나가 삼켜버렸다. 최근 점보 조종사 중 코로나 확진자가 생겼으며 이로 인해 밀접 접촉자의 비행이 금지된 상황에서 은퇴 비행을 하게 되었다. 공항 출구에서 하던 행사를 대신하여 사무실에 들어와서 플래카드를 뒤에 걸고 가족과 기념촬영을 했다. 팀장은 이벤트가 축소되어 미안해했다. 심지어 다과회도 코로나의 감염을 우려한 회사의 지침으로 취소되었다. 아내와 가족들은 나름대로 성대한 은퇴식을 기대하고 왔겠지만, 설명을 듣고 크게 실망했으리라. 간단한 기념촬영을 마치고 서둘러 인천공항을 빠져나왔다.

비행할 때 가져갔던 짐이 많아 집에 와서 짐을 풀고 식당에 갔다. 아이들이 은퇴 선물로 최신 모델 스마트폰을 선물했다. 아내도 같은 모델을 선물 받고 기뻐했다. 정년퇴직을 생각해 선물을 크게 준비한 모양이다. 은퇴했다는 사실이 믿기지 않았다. 하지만 항공사에서 오랜 기간 근무하며 아무런 일 없이 정년을 맞이했다는 안도감과 함께 자부심을 안겨주었다. 가족들도 그동안 너무 고생했다며 이젠 마음껏 은퇴 후의 삶을 즐기라고 했다.

그날 다른 일정으로 오지 못해서 미안하다며 며칠 뒤 운항본부장이 임원들과 함께 저녁 식사 자리를 만들었다. 그간 여러모로 도움을 주던 운항 임원들과 담소를 나누니 이제야 은퇴가 실감이 나는 듯싶었다.

다음날 운항 교범과 반납해야 할 제복 등을 챙겨서 회사에 갔다. 은퇴 체크리스트가 이미 메일로 와서 거기에 맞춰 꼼꼼히 반납 물품을 챙겼다. 항공사 신분증을 반납하고 나왔다. 이젠 회사방문이 쉽지 않겠다는 생각이 들었다.

아시아나에서 27년간 근무했다. 10,000여 시간을 비행했다. 공군에서 비행한 시간까지 합산하니 13,000시간을 비행했다. 조종석에 앉아 있던 시간만 계산해도 그 정도다. 교대를 위해 휴식하며 기내에 있던 시간까지 합산하면 훨씬 많은 시간을 하늘에서 보낸 셈이다.

이제, 다시 시작이다.

은퇴하던 날, 저녁노을은 왜 그리 붉고 아름다웠던지…

이제 내 인생의 저녁 시간이다.

내일은 내일의 태양이 뜰 것이다.

나는 하늘로 출근한다

에필로그

혼히들 직장인의 연봉을 '스트레스 가격'이라 부른다.

책임이 늘어날수록 스트레스 또한 가중되기 때문이다.

맞는 말이다.

하지만 오랜 기간 비행 생활을 해 온 내겐 스트레스 이상의 그 무엇이 있었다.

그것은 죽음이었다.

숱한 생사의 고비를 넘겼다.

전투 조종사 시절, 동료의 순직을 경험한 이후 죽음이 늘 내 주변에 공존하고 있음을 깨달았다.

그래서 새로운 버릇이 생겼다.

아침에 일어나 출근하기 전 침구를 깔끔히 정리한다.

내의를 새것으로 갈아입는다.

내가 세상에 없더라도 남아 있을 내 뒷모습에 실망하지 않길 바라는 마음에서다.

항공사에 입사해서도 이 습관은 계속됐다.

다시 이 안락한 침구에 돌아오길 소망하면서 잠자리를 정돈했다.

비행을 그만둘 때까지 죽음은 항상 내 곁에 머물고 있었다.

공군에서 사고를 겪은 뒤 전역을 결심하던 시절이 생각난다.

새로운 도전이 마치 미로에 들어가기 전처럼 두려웠다.

군대 체질이라는 자기 최면에서 벗어나기 쉽지 않았다.

아파트 베란다에 마련된 내 의자에 앉아 과연 최상의 선택은 무엇인가를 수없이 고민했다. 그럴 때마다 아내가 보여준 담담한 태도가 어떤 면에서 고마웠다. 그렇게 여기까지 왔다.

아쉬움은 있지만 후회도 실망도 없다.

스스로에게, 주변 사람들에게 고맙다는 생각이 들 뿐이다.

날씨 맑은 날,

태평양을 가로지르다 보면 항해하는 선박이 조그맣게 보인다.

후미에 작은 물줄기를 달고 움직이는 선박을 볼 때마다 행선지가 궁금하다.

만약 나처럼 LA로 가고 있다면 며칠이나 걸릴까?

보름쯤…?

그 배가 보이지 않을 때까지 바라본다.

한때 마도로스를 꿈꿨던 나만의 특별한 관찰이다.

내 인생 한 점의 꿈

어찌 삶이 바라는 대로만 이루어지겠는가…?

그래도 집에는 내가 먼저 도착할 것 같아 다행스럽다.

얼마 전 오래전부터 꼭 뵙고 싶은 은사님을 만났다. 고3 때 담임 '송재복' 선생님. 오랜 세월 동안 선생님과 인연을 맺고 있던 고교 친구가 연락해 마침내 뵙게 되었다. 고교 졸업 후 사적으로는 처음 뵌 것이다. 무려 50년 가까운 세월이 흘렀다.

송재복 선생님은 나에게는 특별한 의미의 스승이다. 국어 선생님이었던 스승님은 실력이 출중했고, 특히 반 학생들에게 세세한 관심을 기울이셨다. 함께 자리한 4명 제자의 신상을 50년이 지난 지금도 또렷이 기억하고 계셨다. 누구는 집안이 가난하여 수업을 마치고 아르바이트를 한다고 가정방문하셨다는 얘기, 누구는 고교 졸업 후 바로 취업해 성적이 좋았던 그가 아까웠다는 얘기까지, 그 기억력에 놀라움을 금치 못했다.

특히 나에 대한 애정은 내가 부끄러울 정도였다. 스승님께서 공사에 지원하라고 권유하신 사실을 기억하냐고 여쭈니, 이종 동생이 공사를 졸업한 파일럿이라 추천했다고 또렷이 기억하셨다. 내가 최우수 조종사가 되어 월간 잡지에 나와 그 잡지를 들고 다니며 자랑하셨다는 말씀을 들으니, 그동안 찾아뵙지 못한 게으름이 부끄러웠다.

이미 연세가 90이 넘으셨다. 당시 거인 같았던 스승님이 지금은 세월의 무게에 눌려 90대의 작은 어르신으로 보이는 게 안쓰러웠다. 나는 진심으로 "선생님 덕분에 공사 가서 비행 잘하고, 평생 자랑스럽게 잘 지냈습니다."라고 말씀드렸다.

세월이 제트기보다 빠른 것 같다.
순간순간 치열한 삶의 흔적들이 잡힌다.

항상 긴장감 속에 살면서도 빨간 마후라를 매고 있다는 자부심 하나로 버텨온 공군 전투 조종사 시절, 내 젊음의 상징이었다.

극한의 중력을 견디며 전투 기동을 하던 기억이 새롭다.

그런 경험이 쌓여 나를 만들었다.

하늘에서의 삶을 준비하기 위한 사관생도 시절 4년을 제외하고도 나는 16년간 공군 전투 조종사로 조국의 하늘을 지켰다.

싸움터로서 16년의 하늘에서의 삶.

전역 후 27년간 항공사에서 근무했다.

모두 43년의 하늘에서의 삶은 알래스카 하늘에서 본 오로라처럼 특별하고 소중한 삶이었다.

좋은 유전자를 물려줘 조종사로 살아가는데 최적의 신체와 멘탈을 주신 부모님께 감사를 드린다.

40년에 가까운 세월 동안 가장 가까운 곳에서 나를 도와준 아내, 최고의 후원자이자 반려자이다.

어려운 시기마다 내색하지 않고 챙겨줘서 지금에 이르렀다.

나는 43년간 하늘로 출근했다.

살다 보니 인생은 어렵지도 쉽지도 않다.

좋은 일만 생기지도, 그렇다고 늘 힘든 일만 생기지도 않는다.

분명한 것은 오늘이 늘 마지막 오늘이라는 사실이다.

남은 인생, 날마다 후회 없는 하루를 살아야겠다.